火车浜7号

疯狂处女座

刘波 李梦 著

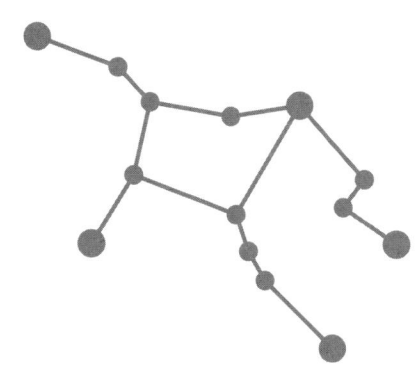

浙江文艺出版社
Zhejiang Literature & Art Publishing House

图书在版编目(CIP)数据

火车浜7号·疯狂处女座 / 刘波, 李梦著. —杭州：
浙江文艺出版社，2023.2（2023.3重印）
ISBN 978-7-5339-7068-0

Ⅰ.①火… Ⅱ.①刘…②李… Ⅲ.①长篇小说—中国
—当代 Ⅳ.①I247.5

中国版本图书馆CIP数据核字（2023）第234510号

责任编辑	张　可　陈兵兵
营销编辑	宋佳音
封面设计	仙境 WONDERLAND Book design
版式设计	吕翡翠
责任印制	张丽敏
数字编辑	姜梦冉　诸婧琦

火车浜7号·疯狂处女座
刘波　李梦　著

出版	浙江文艺出版社
地址	杭州市体育场路347号
邮编	310006
电话	0571-85176953（总编办）
	0571-85152727（市场部）
制版	浙江新华图文制作有限公司
印刷	浙江新华印刷技术有限公司
开本	710毫米×1000毫米　1/16
字数	403千字
印张	21.25
插页	1
版次	2023年2月第1版
印次	2023年3月第2次印刷
书号	ISBN 978-7-5339-7068-0
定价	59.00元

版权所有　侵权必究

001	第一章 厄运降临	070	第十三章 天台创意
007	第二章 重现职场	075	第十四章 反败为胜
014	第三章 一见如故	079	第十五章 周南辞职
021	第四章 上班首日	082	第十六章 暗中较劲
029	第五章 突发事件	087	第十七章 临时补救
036	第六章 乒乓赌局	092	第十八章 粉墨登场
042	第七章 过往交集	097	第十九章 一探究竟
047	第八章 Amazing酒吧	103	第二十章 报销风波
051	第九章 舞台告白	108	第二十一章 化解矛盾
057	第十章 打卡乌龙	112	第二十二章 520礼物
062	第十一章 众矢之的	115	第二十三章 暗中吃醋
066	第十二章 食堂变革	119	第二十四章 同学聚会

123	第二十五章 出其不意	182	第三十七章 蜂蜜过敏
129	第二十六章 遭遇勒索	186	第三十八章 停薪留职
133	第二十七章 揭开面纱	190	第三十九章 故人重逢
138	第二十八章 回首过往	196	第四十章 庆功party
146	第二十九章 姐妹情深	201	第四十一章 神仙打架
149	第三十章 初露锋芒	206	第四十二章 暗中挑拨
153	第三十一章 无力绯闻	210	第四十三章 引狼入室
159	第三十二章 激烈对质	215	第四十四章 病房诉情
164	第三十三章 意外反转	219	第四十五章 筱露升职
168	第三十四章 迎难而上	223	第四十六章 悲喜交加
174	第三十五章 针锋相对	227	第四十七章 吴榛相助
178	第三十六章 明星驾到	230	第四十八章 严明警告

235	第四十九章 生日特款		286	第六十一章 巴黎时装周
239	第五十章 栽赃陷害		290	第六十二章 中华元素
245	第五十一章 挑拨离间		295	第六十三章 双姝争艳
249	第五十二章 数据异常		300	第六十四章 围魏救赵
252	第五十三章 明升暗降		304	第六十五章 真实身份
256	第五十四章 愤然离职		310	第六十六章 幕后推手
259	第五十五章 周南回归		316	第六十七章 水落石出
264	第五十六章 618活动		322	第六十八章 真相大白
270	第五十七章 仿品事件		330	尾声
275	第五十八章 四面楚歌			
278	第五十九章 事出突然			
282	第六十章 迷雾重重			

第一章　厄运降临

多年以后,重返失去已久的银城十里桃花别墅区的家门口,陈筱露再次回想起那个大雪纷飞的冬日,一行四人驱车前往法院——从中产生活的幸福云端直接坠落到家徒四壁的冰天雪地里——那个永远不会忘记的厄运来临的日子,那个一切归零重新开始的日子……

初雪,昏暗的天空,在钱江市到临海县的公路上,一辆黑色的保时捷SUV一路疾驶。陈筱露带着婆婆和两个闺密一行四人,终于在法院开庭前十分钟赶到了现场,并直接坐到听众席第一排中央。

临海县人民法院刑事审判第二庭内,今天一大早便拥入了不少当地凑热闹的民众。对于他们来讲,这可是小县城里轰动一时的"大案"。今天,将被开庭审判的犯罪嫌疑人是钱江小有名气的明星创业者、"光之路"的老板欧阳旭光,在临海更是一度大名鼎鼎。

"活该,这种商人就是太贪心,遭报应了吧?"法庭听众席上,一个皮肤黝黑的马脸中年男子正色说道。

自从他的老婆迷上"光之路"电商平台后,便整天吆喝亲戚一起买买买,把他这大老爷们的脸全都丢光了。如今看到这个始作俑者落了难,那张马脸洋溢着一股莫名的快感。

"哎,你说这么光鲜亮丽的一个公司,怎么这么快就栽了?我上个月为孩子还买过他家的东西，质量挺好的呀！"第二排烫着大波浪的中年胖妇有些遗憾地对一旁的人唠叨着。

"两回事。这次被抓跟他们的服装业务没关系，这块业务小。是因为他们推的首饰通过电商平台大量促销，涉嫌欺诈和传销，以次充好，有消费者实名报案。这事严重扰乱了我县建设诚信社会——这可是新上任的县委'一把手'公开表态零容忍的事……"一个居委会干部模样的中山装大叔好像知道些内情，一脸得意，神秘兮兮地咕哝道。

"我觉得是这老板命不好，这事儿正好发生在我们临海，撞刀刃上了。要发生在钱江，说不定什么事都没有。这种电商销售方式很常见，没听说钱江抓过人。怎么说都不至于这么严重……"

大家至今记得半年前，"光之路"电商平台如旋风般在这个滨海小县城刮起了一阵又一阵势不可当的热卖旋风。最火的时候，临海大街小巷都能看到该公司董事长欧阳旭光那充满阳光笑容的海报。在"光之路"疯狂的病毒式营销中，人们的社交方式一度不再是讨论邻里间的家长里短，谈论谁家孩子的升学挂科，而是微信上"你一拼""我一拼"的中奖链接，以及"光之路"发给代理的一级级的荣誉。

然而，那些无比璀璨的风光时刻，如今却变成了法庭听众席上的飞短流长。

人们在东张西望、说长道短时，并未注意到第一排正中间端坐着的陈筱露——欧阳旭光的妻子，一个六岁女孩的母亲。今天天尚未亮，她把女儿真真送到班主任家后便与闺密、婆婆驱车赶来了。她虽内心苦涩，却平静无语，厚实的羽绒服裹着简洁的羊绒围巾，原本姣好的面容略显憔悴，淡妆之下气色略差，乌黑的头发倒是干净整洁。自丈夫被捕后，她经历了流产，失去了第二胎孩子。

这天正好是2016年12月21日，冬至，距离元旦还有十天。雪雨绵绵中，人民法院大楼外墙上国徽高悬，十分醒目。大门外，两只威风的石狮子在凛冽的寒风中矗立；法庭里，人声嘈杂。

"哎，赚钱归赚钱，但还是要讲底线。他们的这些首饰，以次充好，诱骗民众，纯属手段卑劣。"

"我呸，这种就是奸商！就是为人不正，居心不良。估计以前没少做这种事，现在被抓了个现行，也算为民除害了！"

快开庭了，听众席上，来的人越来越多，话也越说越难听。只见陈筱露紧咬着薄唇，而一旁六十多岁佝偻着的老妇更是悲愤交加。

"你说谁是奸商？这庭都还没开，怎么就这样胡说八道？"

突然，响亮而坚决的质问声响彻云霄。只见一位穿着蓝色风衣的高挑女子杏眼圆睁,从陈筱露身边噌地站了起来。

那个被训斥的男人当即矮下身去,显然被这女子凶狠的眼神和气势压制,不复多嘴。女人一面瞪着男人,一面将余光扫向此时仍在议论的群众,令场面一下子安静下来。

陈筱露不禁心里一暖,侧耳看去,刚刚忍不住为她和婆婆发声相助的女子正是自己的闺密范思琪。

婆婆如今已经年过六旬,刚刚听到那些闲言碎语时气得手一直在发抖,好在另一个闺密颜静在轻声安慰她。

从小就那么优秀的儿子现在成了商业欺诈的嫌疑犯,马上就要站在被告席上。这在一个慈爱的老母亲眼里,怎么都是满满的撕心裂肺的冤屈。婆婆心里的苦与痛,陈筱露最是明白。

同样,作为好丈夫、好爸爸和好老板的他,竟然从明星创业者沦为今天的阶下之囚。这样的打击,这样的命运突变,对陈筱露来说又何尝不残忍?以前这么多年做服装生意,虽然不算大富大贵,可一家人安安稳稳,也算小有积累,如今因行业瓶颈,为求转型,丈夫初涉社交电商领域,谁承想会蒙此大难?

自案发,那么多个日日夜夜过去了,真的眼泪都哭干了,心里说不清道不明的委屈与折磨,或许也只有两个闺密能理解。

从大学相识以来,范思琪与颜静见证了陈筱露与欧阳旭光从恋爱到结婚,从生育到事业有成,一路上对彼此忠贞不渝的浪漫感情。

在同班的姐妹当中,陈筱露不止一次被当作人生跑道上遥遥领先的楷模。在学校时,她功课好,设计天赋佳,是受男生们一致追捧的清纯女神,更是女神教授纳兰如风最看好的弟子。结婚后,老公事业蒸蒸日上,从平层换到排屋别墅,从低端合资车换到保时捷Macan。虽然丈夫工作忙,夫妻两人却有雷打不动的一年两次国外旅行。多年来他们感情丝毫不减。

女儿真真出生后,幼儿园到小学念的都是最有口碑的国际学校,家中日常琐事也有保姆打理。闲暇时,陈筱露绘画做手工,练习茶道花艺,举手投足间,无一不反映出一个生活优渥的女人最高级的修养。

范思琪和颜静也一直认为陈筱露的优质中产生活就是她们这批同学公认的80后女性的幸福生活样板。有那么几年时间,开同学会的时候,女同学们总是会不由自主地提到陈筱露的"好命"——嫁给了爱情,过上了幸福的如童话般的生活。

但谁能想到,这个陈筱露式的玫瑰色般的美丽童话,居然一夜之间戏剧性地破灭,她的人生从云端直坠谷底,平静顺遂的好日子也在那一天被命运打断……

随着法槌清脆的敲击声,全场肃静,也把众人从各自的心事中带回冰冷的现实。

"临海县人民法院刑事审判二厅,现在开庭,传被告欧阳旭光!"

审判长一声传令后,在两个法警的押送下,法庭一侧走来一个脸庞清瘦、轮廓英俊的年轻男子。此人是现年三十三岁的欧阳旭光,此刻他满面倦容,浓眉之下那曾经如炬的目光已然失去昔日的神采。他低着头,步伐缓慢,不敢看向台下明亮又刺目的观众席。

他知道他的家人正在为自己闯的祸备受煎熬,也知道当自己决定转型社交电商时,便埋下了今天的隐患,只是他至今不理解究竟是谁在背后打出了那通实名举报电话,若说是偶然,来得仿佛太巧太快,若说是蓄意,那他究竟得罪的又是什么人?自转型以来,光是身边眼红的人就有不少,两个月前平台还曾遭受过一次黑客的攻击……到后来,也仍旧没查出什么动静。

想到这里,欧阳旭光不禁心中发寒……此时,他的余光终究不自觉地看向了坐在听众席第一排的妻子……两人的目光闪电般交接又脱离,脸上皆是一副欲言又止的模样。

终于站上被告席,欧阳旭光身子略显虚弱,双眼微闭,双唇紧闭。他衣着严整,每个细节都打理得一丝不苟。身子稍微晃了晃,随即一动不动,像一尊石像面对着已经为他开启的如雪花落下的冰冷审判。

法庭开始按部就班地走着流程。不苟言笑的法官,声若洪钟的公诉人,不疾不徐的律师,还有或沉默或指指点点的观众。

法庭上空的声音萦绕不绝,像不间断的寒流侵袭着陈筱露的内心。她在泪光中不断望向低首的丈夫,却怎么也接不到自己爱人的目光。为什么会这样?她的心在无望地呼喊着,像来自海底的呐喊,却无人听见。

眼前的世界慢慢开始虚化。一切多像一场梦啊。陈筱露看见法官念念有词,嘴巴在快速地闭合,她却什么都听不见。她的心思再次飘起来,飘回他们的爱巢十里桃花。

如果人生重来一次,他还会走同样的路吗?欧阳旭光埋下头,想起了跟陈筱露刚认识的时候,自己虽然是学校里的学生会主席,可一没钱二没背景,陈筱露却是死心塌地地跟着他鼓励他。这几年事业上的高速发展,一方面提升了家里的物质水平和生活品质,却无形中也让他渐渐地失了本心,陷入欲望的沼泽。

就在一个多月前,"双十一"大促销如火如荼,却没想到实名举报欺诈的电话却接连打到了临海县云龙镇的派出所和工商部门。

据说，警方因此成立了"光之路"欺诈案的专案小组，秘密跟踪了一段时间，终于搜集了足够的证据。然后从临海赶到钱江，将他和九名工作人员迅速捉拿归案。他知道涉案之后，妻子陈筱露为他操碎了心，跑断了腿，穷尽了各种社会关系，夫妻俩都抱着是警方抓错了的希望，至少没这么严重——毕竟这种电商营销手段在钱江比比皆是，从未出过事啊……可是，可是……

随着法庭顺利走完审判流程，随着书记员一声"全体起立"，一切将尘埃落定。

法庭鸦雀无声。审判长威严地扫视全庭，随即宣布：

法庭认定被告人"光之路"董事长欧阳旭光以虚假营销构成对购买网民的欺诈，并依照《中华人民共和国刑法》第二百二十六条规定，判决如下：被告人欧阳旭光犯诈骗罪，罪名成立。没收其公司所有财产，判处本人有期徒刑三年，个人罚金五百万元。此判决书将在五日内向被告送达，如不服判决，可在接到判决书的第二日起十日内通过本院或者直接向临海中级人民法院提出上诉。

审判长洪亮的声音回荡在庄严的法庭之中。欧阳旭光的脸颊在冷色的灯光下显得更加苍白，他紧闭双目，深吸一口气，然后睁开眼睛，定定地望向满眼泪水的陈筱露和瘫坐着的老母亲。在被带下去的时候，他看向妻子陈筱露和母亲的那一瞬间微微有些失神。

"旭光，我的儿子啊，儿子……"婆婆忍不住失声大喊，陈筱露心里一激，更是忍不住泪洒当场。听众席上的评论声四起，大家又开始了七嘴八舌的议论。而此时，等候在后排的记者们不断地按下相机的快门。

走出法庭时，雪花飘飞。多年没下这么大的雪了。雪越下越大，法院门口的石狮子已经被盖了厚厚的一层。律师追到陈筱露的车前，递给她一个大信封，特别叮嘱里面有一份文件等着她签——欧阳旭光让律师提前准备好的离婚协议。

不到两小时，欧阳旭光的判决新闻已经登上门户网站的头条，"钱江青年企业家欧阳旭光被判入狱""从明星创业者到阶下囚""临海誓言零容忍，反欺诈再添新成就""一个电商达人的发家揭秘"等消息铺天盖地，席卷了当地的所有自媒体。而网友们的评论更是褒贬不一，有的为这位创业新秀而惋惜，有的则认为欧阳旭光作为临海县"诚信经商"的案例，起到了反面教材的作用。

十天后的元旦，灰蒙蒙的早上，陈筱露带着婆婆和女儿真真，依依不舍地搬离了在银城十里桃花别墅区的家,准备搬到婆婆以前单位分的老房子过渡一段时间。那辆漂亮的新车也卖了,卡里的钱除了留给婆婆看病的部分,已所剩无几。真真也会在这学期结束后从国际学校转入普通公立学校。

搬好家已是下午5点。陈筱露安顿好婆婆和女儿后,就借口一个人去超市买东西出了家门。可一出门,她的心里却好生难过。放眼望去,都是高楼大厦。街上倒是热闹,人来人往的。一个卖烤红薯的小贩一身灰尘在高声叫卖,一个英俊的外卖小哥骑着电动车从眼前一闪而过,一个衣着华丽的女人边开宝马车边打电话,公交车慢悠悠地驶过……

丈夫入狱,公司倒闭,失去了房,失去了车,存款也所剩无几,婆婆生病,女儿还小……

"我该怎么办?"忘了熙熙攘攘的人流,失去家中的主心骨,陈筱露仿佛也被抽去了灵魂一般。

眼看夜幕将至,寒意料峭,陈筱露瑟缩着移动沉重的步伐,终究一步一步朝家的方向挪去。

第二章　重现职场

三个月后,入春,钱江市,通往临江新城的地铁上。

早上8点15分,整座城市早已经苏醒。拥挤的地铁一眼望去,半空高举的一排手臂抓着吊环,交错地紧挨着,从车厢这头直到另一头。穿着各种职业装的年轻上班族们,无论坐着的还是站着的,都有相似的表情和动作——一个个睡眼惺忪,一手抓着吊杆,另一只手必是玩弄着巴掌大小的手机。市中心交通枢纽钱江东站一到,人群蜂拥而出,地铁站内顿时变得空空荡荡。这个时候,地铁车厢里只剩下稀疏的几个人。他们的眼睛始终未曾远离手上的电子屏幕……

身穿白色西装的陈筱露在地铁上显得非常特别。她绾着一束亮丽的黑发,肤白似雪,左边的胸口上别着一枚精致的蝴蝶胸针,始终笔挺地站立着,安静地直视着前方。倒是她身旁不断经过的年轻男女,不时朝她看上一眼,嘴里小声地嘀咕着:

"这个姐姐好有霸道女总裁的气质!"

"为什么有空位她都不坐啊,该不会是怕把白色西裤弄脏吧?"

"我觉得她好像《欢乐颂》里的安迪哦,有点酷酷的感觉!"

对于耳旁滑过的赞许声,陈筱露十分满意。毕竟这场面试,对她来讲至关重要。身上的这套西装,更是她下了血本,特意定制的。

此前,她特意跑了六家规模大小不一的公司,积累面试经验,其中有四家都表示了对她的认可,而另外一家认为陈筱露提出的待遇要求较高,表示要考虑,还有一家,男老板那双色眼一直很不老实地在她身上滑溜,陈筱露一眼便明白了老板的用意,面试结束后,连复试都没参加,便急忙离开了现场。

而这次的面试,只许成功,不许失败。

"欢迎乘坐轨道交通1号线。本次列车终点站临江新城已到。开左边门,乘客下车请注意安全⋯⋯"地铁里传来播报员清脆而响亮的声音。陈筱露回了回神,跟随人群走出了地铁口,相比刚刚那个闷热又封闭的空间,一个清新开阔的美丽新世界出现在眼前——流光溢彩的城市综合体,喧嚣的街道马路,还有不远处充满特色的江南建筑群⋯⋯

远近闻名的临江新城,是钱江市接轨上海,融入长三角的门户和枢纽,时尚产业上下游数百家企业在这里云集。作为一家创新型服装企业,陈筱露今天来面试的火车浜7号公司就把总部设在临江新城的艺术小镇历史文化街区。

在安静的石板路上,陈筱露一路使用手机语音导航,步行了约十分钟。告别了高楼大厦,来到临江新城艺术小镇最具传统韵味的历史文化街区——旁边一条宽数米的小河载着睡莲和芦苇蜿蜒而过。这一带曾是百年老火车站的旧址,又属河滨地带,故命名"火车浜"。顺着一条仅限步行的石板路一直往前走,两侧全是白墙黛瓦的江南中式建筑,墙脚是绿植和鲜花,老远便能闻到花香。

突然,一阵轰隆声,只见前方屋顶上有银色"长蛇"飞驰而过。

"高铁!高铁!"身后好几个人惊讶地用手指着,远处的高架上有高铁驶过。看到这情景,陈筱露也不免暗暗称奇。

不一会儿,陈筱露便找到了今天要去面试的公司。一抬头,"火车浜7号"几个遒劲的字就在头顶前方的牌匾上,十分醒目。"咔嚓!"陈筱露顺手拿出手机,拍下了这个气势恢宏的门楣,然后发到了颜静、范思琪和她所在的三人闺密群里。

火车浜7号的占地面积有两千多平方米,是整个火车浜二十多栋建筑中最大、最引人注目的楼王。陈筱露曾在一本服装杂志上读到过,火车浜7号的董事长胡安莉之所以选择将公司入驻这样一个特别的创意园区,是因为当年她正是从这里坐上火车南下去了广州,开始了她改变人生的奋斗之旅。

六年前,胡安莉回到钱江创业,她的公司是火车浜入驻的第一批企业。最开始的时候,她只租得起创意园里的八十平方米小隔间。但是,她一眼就看中了这里的楼王"火车浜7号",甚至把品牌名直接定为"火车浜7号",她把那栋楼王作为她在火车浜创意园开展事业的目的地。虽然两幢楼之间只有八十五米的距离,但这一段路,她整整走了三年。三年前,她以高价租下了这栋楼,完成了当年立下的目标。而"火车浜

7号"也在互联网时代迎来了高速发展。

　　火车浜7号主楼有五层,主要是管理层办公室;附楼有两层,二层是大大小小的设计工作室,一层是会议室、员工图书室、茶水间等;还有天井、水井,以及养着睡莲的大水缸;旁边还有一个八十米长、三十米宽的风雨长廊可以作为第二室外空间。这样的格局,正适合火车浜7号这样的时尚企业。

　　规定的面试时间是早上九点半,陈筱露提前十五分钟到达。

　　"对不起!"

　　"不好意思!"陈筱露刚一进门便撞到了一个结实的胸膛,迎面的男人身高大概一米八,身姿挺拔,左手腕上戴着一块劳力士的手表。回头看到陈筱露的那一刻,他略微诧异地说了一句:"是你?"仿佛是有什么急事,男人匆匆道歉后,便快步往前。

　　陈筱露对于眼前的人并无印象,不知道他是火车浜7号品牌营销部的总监赵云良,以前与欧阳旭光有事业上的交集。眼见他步履匆忙,也没来得及多想,眼下她最紧要的事情还是参加接下来的面试。

　　"你好,这边请!"耳边传来一句甜蜜的女声,陈筱露抬头见一个留着齐刘海、眼睛黑亮、身穿粉色针织衫的女孩,有些俏皮地站在自己面前,此人正是火车浜7号的前台苏小曼,一个酷爱手游的95后。在苏小曼的带领下,陈筱露来到了火车浜7号最大的会议室,直到进门后她才发现,面试者早已盘旋如长龙,坐满了整个会议大厅……

　　这个如今坐满面试者的房间原本是用于火车浜7号员工头脑风暴的玻璃会议厅,相比其他端庄的会议室,这里环境更令人放松,陈设也更随意。除了早春的龙井,会议室里更是有各种干果和小吃,提供给大家。这使原本紧张压抑的氛围轻松了不少,面试者们在等待的间隙,也聊起了彼此的一些情况。

　　从对话中,陈筱露得知,这次火车浜7号除了开放服装设计师职位,也在招聘行政人员。面试的人群则覆盖了刚毕业的大学生、知名企业在职人士、离职人士,还有不少孩子尚且年幼的宝妈,跟陈筱露的情况差不多,这些宝妈的学历并不低,在校时也曾经有过无限风光,然而因为各种各样的原因,生完小孩后,她们不得不回到原点,靠一张张单薄的简历四处求职,以重新确定她们未来的职场坐标。

　　在凌乱的等候区中,陈筱露注意到刚刚有一位面试者因为太激动,把桌上的杂志弄在了地上,却浑然不觉,而上一批面试者早就忘记了他们前一刻留在这里的纸杯和果屑。

　　陈筱露见状主动收拾起来,同时也注意到,这片看似凌乱的等候区,似乎一直被人暗暗观察着。

"麻烦让一下！"陈筱露提醒了一下前面的应聘者，以便拾起地上的杂志……

"这个保洁姐姐好年轻，好好看啊。"就在面试者们窃窃私语，将她当作保洁人员时，陈筱露却没注意到自己的一举一动都被看在行政人事总监姜雪芹的眼里。

"这哪是在招聘员工？一个月迟到不能超过三次，请假不可超过两次，必须是服装行业相关专业毕业或者有服装行业两年以上经验……"从里面走出一位高挑养眼的美女，一脸的愤愤不平，无论学历还是就业经历，她在众招聘者中都算翘楚，没想到刚走出来却比上一位面试者的抱怨声更大，"听说有人在三个月的试用期中因为没有达到公司要求，不予正式录用。要我说比招个老板要求还苛刻！"

这下，引出一堆的嘀咕声，众人忍不住开始七嘴八舌。

"我说，这只招两个人的岗位，光一上午就有三四十个人来面试，行情都赶上事业单位了。"

"是啊，也不知道哪个幸运儿有能耐入选？今年的就业形势越来越严峻。我看前面几个人的简历都好厉害，有知名服装公司的管理人员，还有从世界五百强企业出来的。"

陈筱露一边听大家小声地议论着，一边在心中默默地叹气，如果说刚刚走进小镇的她还满怀期待地认为自己能够应聘上这份工作，那么此刻，在纷飞的简历和面试者的表情中，她分明地感觉到了一种无形的压迫。

现如今正是经济下行的时候，像她这样过了三十岁，前几年又一直在家当主妇的人，在别人眼中能找份薪资不低的工作就已经不容易，更何况还是这种万人争抢的明星企业。

一轮又一轮的人进入那办公室里，又从那办公室里出来。进去时多是一派自信满满模样，出来时却多是愁容满面。从最短五分钟的问话到最长二十五分钟的对谈，面试者们不想也知道，在那小小的空间里，竞争者们是如何口若悬河，又是如何分身乏术。而越是排在后面的人，也从一开始的兴致勃勃，到后来跟打蔫了的茄子似的。

虽然竞争是如此激烈，可陈筱露却并未有半点的退缩之意，打从决定到火车浜7号面试的那一刻开始，陈筱露便知道，自己必须全力以赴。

正待陈筱露思考的时候，包里的手机却突然发出了振动声。原来是闺密群里的信息。

颜静：哟？看样子挺不错的。中式风格的建筑，还挺有规格。

范思琪：筱露，怎么样，面试的人多不多啊？

陈筱露环顾四周，一五一十道：人不仅多，而且大家都到得好早，除了学生和白领,还有不少宝妈!

范思琪:宝妈?

颜静:你别说,我好几个朋友,小孩生了不到半年,在家里实在待不住,还是出来找工作了,面试了几家公司,都没找到合适的。现在只好先在家里看娃,每天跟婆婆斗智斗勇,明里暗里交锋,就跟演电视剧似的。

范思琪:现在的女人是既要赚钱养家,还要貌美如花。家庭事业两头都要顾,没点抗压能力,还真不行……

"下一位——"

"到我啦,先不跟你们说了!"陈筱露发出语音后,将手机调成静音模式,墙上时钟刚好指向上午11点50分,上一位面试者已经从大厅一侧的办公室走了出来。

眼前的面试官是一位戴着金框眼镜、鼻梁高耸、四十多岁的中年妇女,留着一头干练的短发,面容很是和善,虽然身形有些微胖,但两眼泛着精光,一看便是一个工作利索、办事精明的厉害女人。

陈筱露注意到,她的丝质衬衫上十分工整地佩戴着一个金色工牌,上面写的是:姜雪芹,No.5。

这位便是火车浜著名的行政人事总监了,陈筱露来之前便多方打听调查过:姜雪芹,钱江人,四十五岁。火车浜最早元老之一,与胡安莉私交甚笃,工作上一向谨慎严明,大公无私,姜雪芹最厉害的一点就是注重细节,且能在任何事情上快速直指核心,洞察本质。而她不怕得罪人,也要干成事这一点,令胡安莉十分欣赏,也深得火车浜一众员工的信任。

"你好,我是姜雪芹,火车浜7号行政人事部总监,也是今天你的面试官。"姜雪芹见陈筱露似乎正看着自己的胸牌,微笑着说道。

"姜雪芹?雪芹……"

陈筱露正觉得这名字有些耳熟,姜雪芹却像猜到她在想什么一般:"我可不是你想的大文豪曹雪芹,我是个工科生,我这个雪芹,是雪地里的芹菜,顺便再加一片姜。"

"噗!"没有想象中的苛刻严厉……陈筱露第一次听到这样有趣的介绍,不禁放松了不少。

就在这时,陈筱露突然发现办公桌的左前方有一摊浅色的水纹,纸杯的底部也湿了,便停顿了一下,说道:"对不起,稍等一下……"原来是刚才的应聘者太过激动,水弄洒了也没注意。她不由自主立马用纸擦掉桌上的水渍,又将纸杯扔进垃圾桶,才慢慢地坐下来。

这个举动让正在浏览简历的姜雪芹突然抬起头来,她打量着这个着装得体、气质清雅,还有些强迫症的处女座女人:东南大学服装设计……离异……日本文化服装学院留学……擅长女装和运动服的设计……应聘的职位是火车浜7号设计师……早在浏览简历时,姜雪芹便对陈筱露留有极深的印象,尤其是她发来的作品,可以说是面试者里难得的佳作,构思精妙,细节十足,用料大胆,真要说起来,哪怕在公司的设计部,也并不逊于三大总监的作品。凭着多年的招聘经验,姜雪芹一眼就断定了陈筱露就是自己要找的人,这样好的璞玉,自己断没有放走的道理。

"谈谈你对火车浜7号的了解吧。"姜雪芹的手指轻轻敲着陈筱露的简历资料,接着道。

"网上看到过贵公司的资料,也听朋友说过。火车浜7号很传奇,现代、时尚、有个性,重点是很懂女人。作为女装企业,虽然成立时间不算长,但目光远大,特点鲜明,在行业内的成长速度惊人,可以说是有目共睹。如果有机会成为贵司的服装设计师,这里会是我最渴望的梦想舞台!"陈筱露显然做足了功课,把肚子里转了无数遍的话非常流利地讲了出来。

"哦,对我们这么认可?女装可是我们火车浜7号的命脉所在,你有什么高见?"姜雪芹笑吟吟地问道。

"高见不敢,只是有些想法。公司对女装的市场细分已经做得很好,设计的针对性非常强。无论是二三十岁的白领女性,还是三四十、四五十岁甚至年龄更长的女性,都能做到非常好地贴合市场人群的需求……我想,持续创造领先的设计可以支撑公司走得更好更远。另外,就是加快国际化的脚步。"

不知不觉,五分钟已经过去,看似简单的闲聊里,从大学专业到成长背景,从工作经验到个人核心价值,随着姜雪芹提出的问题逐渐深入,陈筱露表面上镇定自若,手心却早已起了热汗。

"轰隆轰隆……"一阵打雷似的声音从附近传来,让专心致志的陈筱露险些失神。

"别介意,刚刚是对面高铁开过的声音。"姜雪芹稍微放松了姿态,微微一笑,顺手指向了不远处。陈筱露只见对面房子的屋顶上,有一排清晰的轨道,不一会儿,一列高铁疾驰如风般呼啸而过,正如她刚走到火车浜7号门口时看到的那样。

"陈筱露,你大学的导师很厉害,你也去日本留过学,看得出结婚前的你,是非常有野心和才华的……不过恕我直言,毕竟你离开职场已经这么多年,而设计行业更新换代又非常快,我们这次要招聘的是成熟的设计师,且至少是在两年内获得过行业专家认可的。这点,你怎么看呢?"

"这……"陈筱露心中一颤,果然最怕的事情还是来了。在阅读招聘文案时,姜雪芹所提到的要求确实写得十分明白,尽管知道自己无法达到文中的条件,陈筱露却还是认真准备了自己的简历,并在检查了多遍后,投递到了火车浜7号。可如今面对姜雪芹的质问,陈筱露瞬间变得哑口无言……

"不对!"似乎想到了什么,此时陈筱露握紧的手突然松开,眉头也舒展开来,心中立即有了答案——身为行政总监的姜雪芹向来以细心著称,那么自然是看过自己简历的,也知道自己已待业多年,如今的反问,显然是在考察她的自信度和应变能力。

只见陈筱露不慌不乱道:"姜总监,虽然我这两年并没有进公司上班,也没有获得任何专家的认可,但是我从未停止对服装设计的探索,同时我也通过互联网平台发布自己的作品,尽管比起火车浜7号,我的粉丝数微不足道,但这些都在证明,我并没有脱离时代。"

姜雪芹朝陈筱露点了点头,继续提问道:"我看到你的简历上写的是离异,且拥有一个孩子。我想问,这个孩子现在是你在带吗?要知道设计师是一个高压的行业,需要投入大量时间,从精力上讲,你认为你顾得过来吗?"

"姜总监,孩子目前是我在抚养,但是平时是由我的家人在接送。您看我年龄已经三十多岁,又离异且带着小孩,可能怀疑我能否再专心投入需要耗费大量时间精力的创意工作中,但是我想说的是,就是因为我三十多岁,离异又独自抚养小孩,我已经没有别的路可走。拼搏、竞争、靠自己在职场中拿到自己想要的一切,才是我唯一的出路。也许,正是像我这样的人才更有干劲,才会不顾一切地去努力。我希望姜总监能给我一个机会,只要让我进入火车浜7号,我绝不会让你失望的!"

明明前一刻还如此温顺柔软的女人,在自己的刻意"刁难"下,非但没有犹豫和退缩,反而充满了自信和战斗欲。面对陈筱露的这一表现,精于人事的姜雪芹早已了然于胸,只见她扶了扶鼻梁上的眼镜,说道:"那就先这样……设计能力的测试今天就免了……如果确定给你这个offer的话,今天之内就能收到我们的通知。当然,如果没有通知,希望理解……"她顿了顿,自然没有继续再往下说。

"这么快?"陈筱露走出来的时候,下一位面试者有些发愣地自言自语道。

是啊,不到十五分钟,她没想到面试时间比意料中的更短。陈筱露轻叹了一口气,只是不知这是好还是坏。

第三章　一见如故

陈筱露从房间里出来,突然发现天色暗淡了不少。沿着走廊往外走时,她正好看到窗台有一排粉蓝相间的风信子盆栽。从靠墙的第一个往下数,一个粉色一个蓝色地依次排列,到末尾正好有十盆,可偏偏第八和第九盆花,跟前面的颜色撞上了。对于一个有强迫症的女人来讲,这就好比看到路上有个坑,不得不填满一样。陈筱露走上前,赶紧将两盆挨在一起同色的花调换了位置,方才心满意足地继续往前走。

"你好,美丽又细心的小姐姐！看好你哦！"一个满头红发、穿着白色卫衣的单眼皮女孩突然冒了出来,冲着陈筱露一脸灿烂地笑着。

看见陈筱露略显惊愕的表情,她有点婴儿肥的脸上一双眼睛可爱地眨巴着,赶紧自我介绍:"我叫李可唯,可以的可,唯一的唯。"

"托你吉言。谢谢！我叫陈筱露。"陈筱露朝女孩微微点头,这份突如其来的善意让她心里一暖,却又有些纳闷,"你为什么看好我？"

"因为……因为呀……你是今天应聘者中最特别的一个。气质最好,着装最得体,做事最细心。刚刚你在整理……我都看见了。对了,你是处女座吧？"

"咦,你怎么知道？难道你也是处女座？"

"Bingo,筱露姐姐！看来我们真有缘,不仅都是处女座,今天我跟你穿的衣服颜色也是一样的呢。要我是老板,一定就录取你啦！"

陈筱露对李可唯的直率很惊诧,本打算跟这个精灵一样的女生再说几句话,不巧她的手机却突然响了起来,是来自女儿的小学班主任老师郝小靓的电话。

"陈妈妈,真真在学校打了同学,您赶紧来处理一下!"

"打同学?郝老师,怎么回事?对方伤到哪儿没有?真真平时很乖的呀……"陈筱露心中一紧,女儿向来懂事,平时看到同学争吵都会制止,又怎么可能无缘无故地去打别人。

"呃……陈妈妈,是同学间发生了争执……有一个男同学被真真推搡到了地上,把屁股摔了,校医刚刚做完检查……要不,你先过来吧!"

"好的,好的。老师,我马上过去。"

"不好意思,可唯,我这边有点急事,要先走了,希望下次再见。"

"好呀,筱露姐姐,希望下次见面,我们就是同事了!非常期待你来到火车浜7号!"

告别了李可唯,陈筱露匆匆地从火车浜7号走到大路边,查了下手机上的地图。看着"半小时地铁+一小时公交"的路线,她犹豫了一会儿,最终还是选择打车到武临国际双语学校。

"郝老师,对不起,我马上就到!"刚下出租车,陈筱露才发现前一秒还好好的天气,也不知道怎么下起了霏霏细雨。

这边是单行道,下车地点离学校还有一些距离,陈筱露只能托起手里的包把头遮住,快速地向前跑。等到达教学楼时,她的衣服已经被淋湿了一半,头发也被风吹乱了,脚上穿的黑色中跟鞋还渗了不少水进去。

"真真妈妈!"看到陈筱露一脸狼狈的样子,郝小靓不觉愣了一秒,之前陈筱露每次来学校都是从从容容,打扮得精致又得体。她不仅形象气质好,对老师们也尤其客气。今天这身职业装完全不像她平时的风格,湿漉漉的衣服和有些凌乱的头发,郝小靓更是第一次看到。

其实,这几个月陈筱露家发生的事情她早就听说了,这次孩子们的纷争,也跟这事儿多少有些关系。作为一名年轻的女老师,她十分同情陈筱露的遭遇。可那边的家长毕竟"有身份",若对方较真起来,她可就不好办了。

"真真妈妈!你赶紧做做真真的工作,让她给受伤的同学道个歉吧,那位同学的父母也在来学校的路上。现在孩子都金贵,千万不要因为孩子的事,演变成大人之间的冲突。"

陈筱露立刻点点头,她明白老师的善意。

"事情是这样的,班里前排的男生小雷向后面一排的男生章小明借橡皮擦,章小明不借,两个人打了起来。真真好心去调解,结果章小明说了什么……真真跟他争执起来。一不注意,真真就把人家给推倒在地,章小明屁股给摔着了,手也摔疼了,坐在地上哇哇大哭,扶了好久才肯起来。"郝小靓一边将陈筱露带往办公室,一边解释道。

"嗯?说了什么?"陈筱露眉头一紧,知道一定是章小明的话激怒了真真,才导致她一下子情绪失控。

"他……他们都不肯说,但是我从其他同学的嘴里听到,好像是说,说……真真的爸爸是诈骗犯,真真就是诈骗犯的女儿。"郝小靓尽可能小心翼翼地将话转述给陈筱露,可话音刚落,她才意识到,无论她怎样委婉地表达,都无法避免刺激到眼前这位可怜的母亲。

其实陈筱露对于"诈骗犯"这样的词,早已不以为意,要是几个月前,她还难免会被触怒,现在的她,唯一担心的只是女儿会不会受到伤害。

陈筱露一踏进门,便见手里抱着Hello Kitty玩偶的真真,噘着嘴背靠墙壁,站在办公室的一角,像一个小大人般一动不动。而就在真真旁边一米左右的位置,分别站了两个穿着校服的同龄小男孩,一胖一瘦,两人都低头闷着,同样没有动作。

陈筱露慢慢地朝真真走过去,将她牵到门口,低下身子说:"真真,妈妈知道你肯定受了委屈,可真真不是一向都说,打人的小孩是不对的,跟小朋友发生矛盾,要讲道理的吗?"

"他们说爸爸不好!"见到妈妈后,真真再也忍不住,委屈的眼泪吧嗒吧嗒地往下落。陈筱露把女儿搂在怀里,直到她平静后,才用纸巾擦干她脸上的泪水。

郝小靓见势,用手指了指那个更胖的孩子,陈筱露立即会意,然后牵着真真来到两个小男孩跟前。她弯下腰将脸凑到章小明面前:"小朋友,屁股还在疼吗?我是真真的妈妈。"

章小明抬起头看了陈筱露一眼,轻轻地摇了摇头。

"真真推你,把你摔疼了,是真真不对,我和真真向你道歉。你可以接受吗?"

章小明重新低下头。

陈筱露掉过头对女儿说:"真真,妈妈知道你一直是个懂事的孩子。你可以跟他道歉吗?"

"对不起。"真真低着头,小声地说。

"好孩子,真真也是一时心急推了你,但她真的不想把你摔疼的。她说,你们一直都是好朋友。你可以原谅她吗?"

"我……我……"章小明有些不知所措。

"真真是女生,你是男生。你可不可以做个男子汉大丈夫,不要说让她伤心的话呢?"郝老师也在一旁柔声说道。

男孩仿佛听到了一个最符合心意的解释,抬头与陈筱露对视,重重地点了点头:"阿姨,是我错了。我再也不说那些话了！真真,对不起!"

"从现在开始,不开心的事过去了,以后啊,还要互相尊重和爱护。小雷小朋友,你也过来！你们三个还是好朋友,互相抱抱吧!"郝老师心中一亮,见势赶紧收场。

看到小朋友们和好如初,陈筱露不禁松了一口气——事情就算结束了!

"哪个这么凶？敢打我儿子?"此时却听一个女人的声音破空而来。

来人是一装扮精致的少妇,气势汹汹,目光如电,身穿一套桃红色平裁的古法旗袍,柳眉细腰,走起路来身姿摇曳,一张俊俏的脸却快气歪了,一副兴师问罪的架势:"儿子,让妈妈看看,伤到哪里了？伤得怎么样?"

章小明一听这话,喊着妈妈就扑到她怀里嘀咕着哭起来,少妇随即下蹲,抱着他安抚着。

"这么小的孩子都会出手打人了？什么父母教的？有没有家教啊?"少妇边听儿子哭诉边回头,凶巴巴地扫了陈筱露母女一眼,吓得真真直躲闪,哪知此时真真的哮喘突然发作,她只得用小手拿出随身携带的气雾剂缓解呼吸困难。陈筱露见少妇一脸挑衅,顿时猜到此人无疑就是章小明的母亲,此前郝老师已好意提醒过这家有点来头。

"老师,你好啊!"尽管前一秒还有些不耐烦,但一见到郝老师,女人立刻像换了张面孔,有了笑容且十分客气。郝小靓略带歉意地点头回应。

在反复触摸儿子身体、反复询问确认没问题后,少妇再次狠狠盯着陈筱露母女俩,陈筱露一身的狼狈被她尽收眼中,而弱小的真真则像一只被保护的幼崽躲在其后。

"呵,现在的小女孩呀,看着瘦瘦小小的,像没吃什么饭,也不知道力气怎么这么大？常言说得好,有其父必有其女。这当父母的,也不知道好好管教？就怕从小没学好,长大不得了。"

女人的声音又尖又细,只是这抑扬顿挫的腔调里弥漫着浓郁的火药味,但凡在场的人都听得出,这分明是一语双关,一面明摆着说真真没家教,一面又暗指欧阳旭光坐牢的事。

陈筱露虽心中万分难受,却只能吞声忍泪。她紧紧抓着真真的小手,侧身搂着她,顿了顿,克制着,最后平静而诚恳地跟对方说了声"对不起"。

"章小明妈妈，话也不能这么说。"郝小靓见此情形，觉得不能再把矛盾扩大，赶紧上前赔笑着打圆场，"其实啊，孩子之间发生点摩擦是难免的。小朋友嘛，总是会有闹脾气的时候，刚刚真真和她妈妈已经道歉了，章小明也原谅了她们。一个班的孩子，大家和和气气，这多好呀。"

"郝老师，你说的是没错。还好我儿子没被弄伤，不然，这事儿没完。还好今天只是我一个女人发发火，他爸要知道了发起火来，事情就没这么简单了。再说，让儿子跟不三不四的孩子一起读书，他也一定不乐意。"少妇显然在警告陈筱露，暗藏威胁，随后开启抱怨模式，说什么一大中午的不得安宁，赶来学校，本来好不容易才有机会与旗袍会会长单独喝下午茶的约会就这么黄了，"我得跟会长致歉、请假。唉，遇到扫把星，真是倒运。"说着又阴阳怪气地白了陈筱露母女一眼，便旁若无人地低头拨弄起手机，像是在发什么信息。

陈筱露打量着眼前这个非富即贵的女人，她身上的旗袍，倒是非常特别，从花纹和剪裁上看应该是旗袍会里的"春晖"系列，属于私人定制款。"春晖"系列的定制款非常少，对于设计师来讲，是他们的心血之作，除了价格，购买者的衣品、口碑都必须得到圈内认可，才能拥有预定机会……

这个女人刚才显摆的是与钱江爱裳旗袍会会长的私交。在钱江，爱裳旗袍会是比任何新款LV和限量爱马仕更有分量的社交名片。毕竟其高门槛让一大批土豪太太趋之若鹜。显然，她还不知道陈筱露这些年一直是该会的重要成员且与会长的交情不浅。现在，自己这种处境，少提这些或许更妥。

陈筱露心里叹了一口气，见她已发完信息，突然知道怎么办了，她走上前看着少妇，语气变得平静异常："章小明妈妈，真的对不起啊！耽搁了你与爱裳旗袍会黄会长的约会。谢谢你大人有大量。等这学期过后，真真也转学了，就不会再打扰到你们家了。"

"黄会长……你知道她？你与旗袍会？"听到"爱裳旗袍会"五个字，女人的眼睛明显亮了一下。

"对，我都叫她黄姐。你如果见到她，代我向她问好，她会很高兴的。我叫陈筱露……你看，孩子的事……"果然，这少妇听了陈筱露这句话后，立马将手机放回包里，又重新打量了一遍陈筱露，脸上瞬间露出友好的笑容。

"哎哟，说不好转来转去，大家都是朋友。"少妇自然事先没想到陈筱露竟认识旗袍会的黄会长，俗话说，人不可貌相。这女人虽看着落魄，却有几分贵气，莫非还有什么背景？

反正刚刚该骂的也骂了,儿子毕竟没事,何不顺水推舟做个人情,免得生出事端。于是不再纠结,将儿子带回到陈筱露她们面前,有些尴尬道:"陈女士,郝老师,小孩子的事,我看也没什么大事,老师也都说了,大家都是一个班的,和和气气。章小明,来,跟真真同学握握手,大家还是好同学。"

说着,两个孩子都伸出了友好的小手,章小明的妈妈不再为难,事情到这里也终于算了了。

"真真妈妈,你也真不容易。"等章小明妈妈走后,郝小靓忍不住多问了一句,"下学期孩子真的不在我们学校念了吗?"

"是的,郝老师,不好意思,因为我们家的事情,实在麻烦你了。等到下半年开学后,我们应该就会转到离我们住的地方更近的小学,这样方便照顾老人和孩子。这段时间辛苦你了!"陈筱露的语气里既有不舍,也有对这位年轻老师的感恩。

"哎,在学校里,真真一向都是最懂事的孩子,她就像班里的小天使一样,不仅学习好,听老师的话,班里无论谁的忙她都帮。只可惜她父亲……"郝小靓心里同样很难过,意识到自己越说越尴尬,连忙打住,最后只补充了一句,"希望她以后能开开心心地长大。"

"谢谢你,郝老师。"陈筱露诚恳地对郝小靓点点头。老师的心意,她全都看在眼里。

"真真,妈妈知道你今天受了委屈,也知道你是为爸爸鸣不平,妈妈要告诉你的是,那些同学说的都不是真的,你不用理会。要是以后谁再说这样的话,你就告诉妈妈好吗?让妈妈帮你解决。对了,你说过,好孩子是不会打人的。以后不可以再推同学了,知道吗?"

"嗯嗯。我知道了,妈妈!"真真重重地点了点头,她爱妈妈,也相信妈妈。

母女俩各怀心事地穿过走廊,出了教学楼,刚刚还一片阴霾的天,不知道什么时候已经布满了金色的祥云和柔和的阳光。

告别了女儿后,陈筱露只身回到家中。直到晚上7点,她终于等到了那个让她梦寐以求的确认电话。然而,让陈筱露没有想到的是,设计师的职位在自己面试的前一天就已经由公司的设计总监安娜"钦定"下来了。不过,行政人事部还缺一位总监助理,综合考虑了陈筱露的面试表现,公司希望她先留在行政岗位,日后再找机会转岗,收入方面,相对其他同事,火车浜7号也愿意给足诚意,让她不要担心。

"这个……"陈筱露短暂地思考了几秒钟后,最终给了对方一个肯定的答复——不管怎么说,先入职火车浜7号再说吧。

闺密群里。

陈筱露:刚刚火车浜7号的HR打来了电话,说我面试通过了,不过,得到的是行政部总监助理的岗位。

范思琪: My God!(天哪!)你应聘的不是设计师,怎么成行政总监助理了?

颜静:对呀,难不成设计师已经招到了,但是又想留着你这个人才？不然,也不会让你先进行政部。

陈筱露:嗯,我答应了,留在这里才是最重要的。毕竟除了当设计师,进火车浜7号,也是为了那件事。

范思琪:是呀,成功入职就是值得庆贺的事情。你也开始了新的生活,恭喜你,筱露!

范思琪在群里发了一个三人的大红包,颜静也跟着发了庆贺的图案和红包。

陈筱露:谢谢静还有思琪,这段时间要不是你们,我真的不知道自己要怎么过来。

范思琪:我们这么多年感情了还用得着说这些儿,又不是塑料姐妹花。你现在这种情况,我们就是你最坚实的后盾,闺密群永远都是你的依靠。

颜静:楼上的说得我都起鸡皮疙瘩了,想不到我们思琪也有这么煽情的时候……

第四章　上班首日

初春的风还透着几分凉意,对于火车浜7号的女孩们而言,时尚却从不分季。

苏小曼今天扎了一个醒目的可爱丸子头,白色的V领衬衫加浅丝光条纹的新款西裤让她显得既时尚又不失职业风。她一年中最勤快的日子,莫过于像今天这样在阳光明媚的早晨,从站在位置上的那一刻起,便不忘热情地打量并招呼进门的每一个人,彰显着一个前台必要的存在感。

"姜姐,你这条Super Bee的项链真好看,看上去像手工定制的,跟你的毛衣太般配了!"

"吴颖,你又换了新指甲啊,绿意盎然,正适合初春,下次去做一定要叫我呀。"

苏小曼满嘴蜜糖,笑靥如花,在夸赞同事们的时候,更不忘用手拨弄着自己新做的头发,生怕大家注意不到。想到今天投资部著名的"白马王子"吴榛也会来公司,苏小曼更是心花怒放。

吴榛,人称"吴公子",钱江鼎鼎大名的志明集团董事长吴志明之子,学历高,家世好,英俊风流,关键是完全没有富二代的架子。

在苏小曼原先的意识里,这些富二代,不是高高在上、锦衣玉食,就是骄纵跋扈、不苟言笑,可偏偏吴榛爱喝奶茶、爱开玩笑,经常乐呵呵地跟大家打成一片。每次去国外出差,吴榛必给公司每一个人都带一份礼物,不论职位大小高低,连保洁阿姨也不例外。在苏小曼的眼里,像吴榛这样的富二代,说不定就爱她这样的"灰姑娘"呢?

第一天报到上班，陈筱露穿了一件白色高领薄羊绒衫，外搭浅灰色便西装，脚上是一双半膝的皮靴，高高绾起的头发，让她显得既干练又简洁。

苏小曼这时正好抬头看见了陈筱露，见她穿着得体，气质非凡，想起之前她似乎来面试过："你是找……姜总监？"

"小曼，这是我们的新同事，百里挑一的小姐姐哦，你快带她去行政人事部报到吧。"还未等陈筱露回话，李可唯突然从身后冒了出来，并向她摇了摇手机，上面是微信二维码，"筱露姐，加一个吧。"

陈筱露定睛一看，是面试那天来打招呼的李可唯。今天的李可唯穿了一套紫色的运动服，仍旧是披肩红头发，她一脸灿烂地朝她挥手，露出了漂亮的梨涡和雪白的牙齿。二人互加了微信。

苏小曼听李可唯这么一说，赶紧收起了那份轻慢之心，把陈筱露领到行政人事部去。陈筱露见的第一个人，便是那天的面试官姜雪芹。姜雪芹，在公司里是最年长的员工之一，又是行政人事部的老大，所以，大家都习惯叫她姜姐。

"欢迎你加盟火车浜7号团队！"

安排好陈筱露的工位后，姜雪芹很快将陈筱露领到了宣传栏旁，耐心地介绍："火车浜7号成立于2012年，到今年已经六年了。公司曾经连续三年获得年度原创女装设计影响力品牌、最具影响力女装品牌、中国服装年度品牌、风格大赏时装口碑榜年度女装品牌等重要奖项……目前公司正在计划进军童装市场……"说着，姜雪芹指了指一旁墙上一对气场十足的"姐妹花"形象照："这就是公司两位创始人胡总、安总。"

果然精神干练，陈筱露心想。而就在这张照片的旁边，还有一张三人的合影，这次照片中多了一位年轻挺拔的男性。"这是？"

见陈筱露对男人的身份十分好奇，姜雪芹微笑解释道："这位是公司投资部的负责人，也是公司的股东之一，叫吴榛。外人只知道他是个每天嘻嘻哈哈的富二代，但是年纪轻轻的他很有生意头脑。在读大学的时候，他就嗅到了房地产的商机，用自己的私房钱，买了两套房子，一套自己住，一套作为工作室，要知道那时每平米房价不到1万。从房地产赚到第一桶金后，他又向父母借了一些钱，开始陆续投资，然后资产不断地滚动增值，到他大学毕业的时候，手上已经积累了不少财富……想想我们大学毕业的时候，只想着找工作、存钱，根本没有想过买房的事情，人家却已经靠投资房地产实现了财务自由。"

姜雪芹说起吴榛时十分激动，陈筱露也不禁对这个年轻人十分佩服，便又问道："那他怎么来到火车浜7号的呢？"

"这呀,就更神奇了。大学毕业后,因为他父亲的要求,他来到了他父亲的集团做董事长助理,之后他开始大量投资他所看好的初创企业,在互联网高速发展那几年,据说他先后投了五六十家互联网公司,如今有两家已经成功上市,他的身家更是早就过亿。因为火车浜7号是他投资的第一家公司,他对胡总和安总尤其欣赏,算是对火车浜7号颇有感情吧,所以才破例在公司挂了一个职位。"

"原来如此。"

"从初创开始,火车浜7号便专注于女装事业。同时,我们整个女装设计部也全是女性,所以呀,设计部也经常被大家说是'铁娘子军'。"

"铁娘子军?"听到这里,陈筱露一下分了神,如果说整个设计部都是女人,那显然幕后推手不在其中。这么来看,设计部可以说完全排除了嫌疑,自己待在行政部反而更便于找到那人了。

见陈筱露仿佛在沉思,此时的姜雪芹面带微笑,俨然已放下前两日面试时的威严,倒是多了几分长辈的亲切跟热心:"我知道你的志向和大学专业是服装设计,但目前只能让你从总监助理这个岗位做起,虽然辛苦,事务烦琐,而且经常要与别的部门的人打交道,但希望你能坚持下来,公司一定会给你机会去完成心愿的。"

"谢谢姜姐,我会努力做好的。"

姜雪芹满意地点点头,随后带着陈筱露到各个部门熟悉人员。一路上,姜雪芹作为前辈更是反复叮嘱行政人事部门的工作性质和要求:"不同于其他部门,我们虽然看上去权力不小,但更多是在为公司里的每一个人服务——所以我们必须把心态放好,凡涉及公司规章制度的事情一点也不能松口,但其他时候,我们就跟服务人员一样,要尽量去满足大家从工作到生活上的各种需求……"

"好的,姜姐。"陈筱露迎着她和善的目光点了点头。

火车浜7号共有七个部门,除了行政人事部,分别是品牌营销部、设计部、供应质检部、财务部、客服部,还有一个公司特殊的招商投资部,在职员工共六十七人。姜雪芹带着陈筱露到公司各个部门转了一圈后,发现一楼的两位老总都不在,想来应该是在开会,于是最后将陈筱露带到了火车浜二楼设计总监安娜的个人办公室。在玻璃门外,姜雪芹见到赵云良、胡安莉和安娜三人正在热闹地商议着什么。

安娜的办公室约二十平方米,不同于楼下办公室的华丽与精致,这间小屋给人的感觉更多是简约而古朴,简单的长条木纹桌上仅放置着一台苹果电脑,背面的柜子墙上大部分是各国的时装杂志、专业书,还有历年来获得的各种奖杯和证书,其中唯一的装饰品是一尊四面佛,这尊小佛还是前两年有一次安娜差点出车祸,之后胡安莉跟老公去泰国旅行时专门给安娜请的。

"那这个月,我们就先以这样的方案试水,在直播间把粉丝聚集起来,然后引流到社群,再通过社群做裂变,搞活动,安总、胡总,你们意下如何?"赵云良建议道。

眼下正是短视频直播和社交电商兴起的时候,安娜并不反感这样的新营销方案。可想到几个月前发生的那件事,她有些担忧道:"赵总,你提出的方案不错,不过现在的营销方式层出不穷,稍有不慎就会引来风险,这个没问题吗?如果被人举报,会不会触及法律法规?"

"嗯,我同意安娜的说法。"胡安莉接着道,"赵总,营销方面一向是你擅长的,只是现在这个风口,千万注意电商的法律风险,避免生出事端。"

赵云良点了点头,明白两位老总的用心,答道:"你们放心,这一块我已经提前向律师咨询过,确保没有问题。"

"好,那今天的会议就到这里吧!我们散会。"随着胡安莉一声宣布,赵云良起身时,余光正好瞥见了站在门口被姜雪芹带来的陈筱露,"又是她?"

恰好此时的陈筱露也看到了赵云良,她突然觉得这人有几分眼熟,可一时却没回忆起来。

"胡总、安总、赵总,你们好。"姜雪芹推门而入,大方地招呼道。

"筱露,这位是我们公司的董事长兼总经理,胡总。这位是设计部的总监,安总。这位是管理公司营销部的总监,赵总。胡总,她就是我之前跟您提到过今天新入职的行政总监助理陈筱露,她是设计专业出身,毕业于东南大学,还去日本留过学。"

"筱露,欢迎你加入火车浜7号,你是东南大学毕业的?我们设计部的安总也是,这么看你们二人还是校友。"胡安莉对眼前形象气质俱佳的陈筱露十分满意,又听说她在日本留过学,凭她多年的认人经验,相信假以时日,陈筱露在火车浜7号一定会大放异彩。

"谢谢胡总,我记得安总应该是2003届的吧,您的老师是慕容英照?"事实上,在来到火车浜7号之前,陈筱露对安娜便早有耳闻,她比自己高两届,在学校的时候,已经是颇有才华的风云人物,毕业后更是在三年内就获得了"全国十佳女装设计师""青年荣誉设计师"等称号,在学校宣传栏里,安娜的作品至今仍摆放在最醒目的位置。

"嗯。"面对陈筱露准确地提及自己的学校和老师,安娜却不置可否。

"胡总、安总,我还有点事情,就先走了。对了,陈筱露,欢迎你加入火车浜7号!"赵云良刚收到信息,部门有同事找他,便做了告辞。

"好。"胡安莉和安娜皆点了点头,两人又各自对陈筱露打量了一番,脸上却是完全不同的表情。在陈筱露看来,大老板胡安莉明显亲和力更强,安娜则如外界传言般,果然是个冷美人。

末了,姜雪芹将陈筱露带出办公室,并给予了她编号为068的工作牌。回到一楼时,陈筱露站在走廊上,透过落地玻璃窗看见了室内李可唯忙碌的身影。李可唯似乎也看到了陈筱露,她抬头带着笑意朝着不远处的陈筱露挥了挥手。

见部门的人这会儿都到齐了,姜雪芹临时召集所有下属碰了个头,正式介绍陈筱露和大家认识——负责前台接待的小美女苏小曼,负责考勤等日常事务的行政专员吴颖、实习生张美凤,负责数据整理的孙红梅,还有部门唯一的男丁兼司机王朝。

苏小曼和陈筱露已经见过几次了,所以两人相对熟悉。吴颖和张美凤年龄均在二十五岁以下,两人都戴着黑框眼镜,一派学生的青涩模样,在姜雪芹的示意下,两人先后对陈筱露点了点头,异口同声地喊了声"筱露姐"。陈筱露也礼貌地回应了两人。

"陈筱露?"就在此时,一道讶异的目光从一侧投来。公司著名的"制服美女"孙红梅万万没想到今时今日竟然在这里看到陈筱露。

孙红梅,三十二岁,钱江本地人。曾与陈筱露念过同一所初中,两人初遇时情同姐妹,关系甚笃。又因气质、样貌都有几分相似,故常常被同学拿来比较。

这不比还好,一比之下,原本还算优秀的孙红梅竟显得样样不如陈筱露。要好的二人也因种种误会走向陌路。

直到高中,两人终于分开,陈筱露因为喜爱服装设计走上了艺术的道路,孙红梅那时虽沉迷画画想走艺术路线,却被父母阻止,声称女孩子搞什么艺术,找个踏实的工作才是正道。最后孙红梅读了会计专业。再之后,分道扬镳的两人又几乎同一时间嫁人、生子。

这几年孙红梅虽然与陈筱露早无联系,但从老同学的口中,多少能听到陈筱露的日子过得是如何优渥。

可她怎么会突然出现在这里?难道……

尽管孙红梅心中充满了疑惑,却并未挑明。而此时,陈筱露也没有想到她竟然会在这里遇到自己的初中同学——孙红梅。几年前,她就听说她结了婚,后来又离了婚,如今一个人带着孩子,恐怕也不容易,见孙红梅并未表明两人认识,陈筱露也假装不认识她,礼貌地与她打招呼。

孙红梅特意将陈筱露从头到脚地打量了一番,又似笑非笑地主动伸出了右手,有意扬声道:"你就是这次被破格录取的陈筱露?恭喜啊……"

众人一听这语气,知道孙红梅仍旧心有不甘,为了行政总监助理一职,她可是煞费苦心熬了整整一年,没想到,快到手的鸭子说飞就飞了。任谁能想得通?

升职、加薪,眼看着成为泡影,孙红梅心如刀割。如今再看见样貌气质依旧不输给自己的老同学陈筱露,她更是感叹流年不利。职场目标目前意外扑了空,孙红梅琢磨着情场上的两个目标可不能再被截和……为了这一切,她不惜隐瞒了自己单亲母亲的身份,甚至把五岁的儿子也对外说是姐姐的孩子……

陈筱露当然不知孙红梅此时心中所想,只是以"谢谢"二字,简单回复了对方的"恭维"。

"你好!我是王朝。欢迎你加入环境优美、人杰地灵的火车浜7号行政人事部大家庭!"一向对美女毫无免疫力的王朝对眼前气质出众的陈筱露十分有好感,原本也想殷勤地与她握手,但那手从袖子里伸出一半,才发现自己因为刚帮忙搬了一批货还没洗,又悄悄地缩了回去。

王朝,其人跟他霸气的名字完全相反。长着一张娃娃脸,个子不到一米七,微微凸起的肚腩使他看上去有种莫名的滑稽感,除了那双圆润的大眼睛,整个人倒有几分像湖南卫视的主持人杜海涛。

陈筱露细细地端详了王朝一番,此人看模样倒不觉得像个坏人,再说又只是一个司机,这样的人,应该跟欧阳旭光的案子扯不上关系……陈筱露心道。

见陈筱露知性中又带着几分软萌,王朝一时兴起,便将自己的名字拿来自嘲地说道:"王朝是我爸给我取的名字,也就听着牛气,他老人家因为酷爱历史,所以希望我的人生也能多历经些风雨。结果,风雨倒是经历了很多,风里来,雨里去,这年头除了快递,也就是司机了。"

王朝的幽默不禁让陈筱露莞尔一笑,大家则对他一副挤眉弄眼的表情,见怪不怪。此时的陈筱露大概没有想到,眼下自比快递员的王朝,其真实的背景完全不比他的名字"低调"。

介绍完后,姜雪芹又特地留出时间让陈筱露先独自熟悉下公司,但叮嘱她中午12点之前一定要记得回来跟大家一起聚餐,说着将陈筱露拉入行政人事部微信工作群里。

此时,刚闲下来的陈筱露正在犹豫要不要约下她——进公司认识的第一个人——手机一闪,李可唯的微信来了。

李可唯:有空吗?一楼茶水间见。(微笑表情)

陈筱露:好呀!(开心大笑)

真是心有灵犀啊!

"Hello,筱露姐！"李可唯这次一见面就给了陈筱露一个拥抱。寒暄过后,她说话的劲头就像她的红头发一样开始燃烧。原来她是个重庆女孩儿,在钱江念的大学,这是她的第一份工作。不知道是不是有种缘分在里面,李可唯第一次见到陈筱露就有种说不出的亲切感。陈筱露对这位妹子印象也特深特好。两个人于是欢快地聊起来。

"筱露姐,刚刚你见过神仙姐姐跟安总了吧？"

"神仙姐姐？"陈筱露一听这名字,脑海里第一时间想到的自然是《天龙八部》里王语嫣的荧幕形象。不承想,李可唯立马补充道:"就是我们的大boss胡安莉啦,也是我的第一偶像。跟我们一样都是处女座,别看她现在雷厉风行,一副时尚女魔头的派头。年轻的时候,她几乎就是一个翻版的王祖贤,以前在广州卖保险那会儿,追她的人从广州塔能排到中信广场。据说她曾经有个长得超像吴彦祖的男朋友,为了她,又是抢亲,又是自杀……这段爱情故事,可以说是充满传奇,惊心动魄……要放现在,都可以秒杀好多偶像剧了。"

"那后来呢？"陈筱露没想到,一进公司要查的人没半点线索,可老板的这么一大情感八卦,却偏偏落在了自己耳中。

"后来？后来,一夜之间就好像消失了……至于两人为啥没在一起,我觉得还是射手、处女相爱相杀呗,倒是她现在的老公Eason,一个标准的金牛座,当年跟神仙姐姐在一起不到半年就结婚了,如今两人十分幸福,儿子也刚申请到美国的常青藤大学。"

"没想到可唯你对星座这么有研究……那为什么你叫她神仙姐姐呢？"陈筱露还想继续听下去。

"'神仙姐姐'是胡总在公益圈的绰号,我是大三时去参加公益活动时认识她的。我记得那天特别热,我们一帮志愿者去给大山里的孩子送文具,她走在最前面,休息的时候一个个给大家送水,又暖又贴心,我当时只觉得这个姐姐性格好,气质也好,后来才知道她是火车浜7号的老板。

"对了,我们公司还有另一位女老板,是设计部的总监,也是设计部的首席设计师,叫安娜,她跟神仙姐姐相反,她是个有点冷又让人捉摸不透的水瓶座。她有一个台北的男友叫瑞奥,订婚戒指都戴了五年,可迟迟没有结婚的打算。"

"这是为什么？"

见陈筱露一副好奇的模样,李可唯更加来了兴致:

"听说因为父母很早就离婚,安娜一直不想结婚。她在公司可以说是神龙见首不见尾,一年大半的时间都在国外,有人说她是为公司设计寻找灵感和素材,也有人说她每年都要去四大洋和各个海岛自由潜。那些老同事都说,想要不出门全球旅行,看安娜的朋友圈就够了。不过安娜虽然经常全世界地跑,却是火车浜7号整个设计的'主心骨''定海神针',在公司里,她可以说粉丝无数……"

"原来如此啊。"陈筱露正听得认真,哪知李可唯突然神秘兮兮,话锋急转,"对了,公司有个人叫吴榛,是董事长助理兼投资部负责人,他是公司4号人物,狮子座,虽然不常来,名声可不小,这些男同事给他取了个外号叫楚留香,依我看,其实就是只公——泰——迪!"

"谁家养了泰迪啊?"李可唯口中的"迪"字刚落下,话就被人接走了。

一听就知道他来了,李可唯心一惊,一时不知所措,瞬间噤了声。

陈筱露抬头一看,只见一位身姿挺拔、眉目清秀的俊俏男子不知什么时候悄然走近,男人一身爱马仕白色休闲春装,正笑容可掬地打量着她俩。

"你刚刚在说什么泰迪?"吴榛的脸随后转向并凑近李可唯,表情带着一丝邪魅,质问的语气却十分温柔。

这就是那个富二代,火车浜股东之一,年轻有为的投资人……眼前的吴榛比照片中更高、更健硕,一看便是长年泡在健身房的体魄。一个多金又有能力的富二代,却窝在一家女装公司,难不成……那个人是他?陈筱露心中愕然。

"我们家倒是没养泰迪,只是说有些人跟个泰迪似的一天换一个女朋友。"

"嗯?在新同事面前糟蹋我,跟我有仇啊?"吴榛当然听出李可唯言下的讽刺之意。

"不是吗?上个礼拜还在Linda、Baby,前两天就跟一个富婆搂搂抱抱,还上了人家的兰博基尼。"

"拜托,李可唯,麻烦你搞清楚,你知道那个富婆是谁吗?你说的那个富婆明明是……"

"关我什么事?干吗要跟我解释?"轮到李可唯双目圆睁,瞪着吴榛大声反问。

"你……我……"这道重庆辣味级的反问把一大帅哥活活给噎住了。

李可唯对这个叫吴榛的男人一脸愤懑,凶神恶煞,但吴榛对李可唯明显虚张声势,明进暗退……这两人隐隐约约……陈筱露觉得空气里弥漫着一股别的味道。

"哎呀,小吴总,你怎么在这儿?投资部发出的这个快递需要你签字。"吴榛这边还没解释完,便被眉目含情的苏小曼硬生生地推走了。

"筱露姐,我们走,别理他。"对这样的浪子,李可唯向来没好气,拖着陈筱露往相反方向离开。见苏小曼对吴榛一副挤眉弄眼的样子,她心中更是鄙夷。

第五章 突发事件

两人分开后,李可唯回到品牌营销部继续忙碌,陈筱露开始按姜姐的指示一个人在公司参观。

火车浜7号的附楼虽然只有两层,但其中隔间较多,且空间格局和装饰大同小异,因此,若是没专人带路,极容易迷失。陈筱露小心地左右环顾着,最终停在了二楼一个半透明样衣间的旁边。门竟然没有锁?陈筱露决定进去看看。

样衣间里的衣服并不多,衣架上仅十几套的样子,前后两排错落站立的木偶模特被穿上最新季度打版的衣服,OL职业装、轻奢礼服、田园休闲系列,还有两款运动服,看着令人赏心悦目。

"果然应有尽有!"陈筱露不禁感慨万分。在来到火车浜7号之前,便听闻这里有最顶尖精干的全女性设计师团队,且出品的女装能提供不同年龄女性每天24小时的不同需求,即便是服装上的一枚纽扣,也是由精心选购的材料制成,在陈筱露看来,火车浜7号无论是在设计成本还是精力上的投入都是不容小觑的。

"安娜、林梦瑶、颜如玉……"陈筱露默默地扫视着样衣下方悬挂的设计师名片,直到一套黑白的OL职业装引起了她的注意。这套职业装设计异常简约,面料却十分独特,尽管在细节上还有些小问题,但看得出它的设计师应该是一位非常有潜力的新人。陈筱露定眼一看,这名设计师原来叫胡洁。正待她弯下腰打算去触摸这套职业装的面料时,门的方向突然有人影晃动。只见来人敲了敲门,见房间并无动静后,又无声地推门而入，再轻轻地将门掩上。

难道这大白天的有贼不成？陈筱露决定看个究竟，于是悄无声息地蹲了下去，躲在了模特后面，把手机调成静音模式，屏住了呼吸。

来人好像十分警惕，蹑手蹑脚，走到第一排第二个模特前，然后停了下来。听了一会儿，陈筱露知道来人正在环视，心都提到了嗓子眼儿。

整个屋子一片寂静。一会儿，剪刀剪布的声音响起，断断续续，就那么几下。来人好像是在那套衣服上做了点什么。然后，整个屋子又是一片寂静。来人再次蹑手蹑脚地走到门前。陈筱露感觉出古怪——从地上的影子看，来人除了手上有一把剪子，并未拿走任何东西。来人最后回头张望了一会儿，轻轻拉开门，无声地走出去，再轻轻掩上门。

陈筱露感觉对方已经走了，悬着的心放下来，便绕回模特的身旁，眼前的场景却令她大吃一惊……原本一件排在最前的田园风格的服装背后竟然被划了一道口子，而手肘上用作装饰的手工花也被剪得支离破碎。

陈筱露被眼前这一幕惊得目瞪口呆。即便阔别职场多年，但刚刚发生的一切已经十分明显，做这件事的肯定是公司内部的人。

看着眼前被毁坏的样衣，作为现场的当事人，第一天来公司的她能够置之度外吗？

"管还是不管？"陈筱露心中一沉，这一刻，她几乎是出于本能地打开了样衣间角落里摆放着的缝纫机柜子的抽屉。布料、扣子、针、线，还有一些现成的装饰品，有这些似乎已经足够……

等一口气忙完手中的活，陈筱露才仿佛想起了什么。

"不好！"看着手表上的时间，陈筱露赫然发现她已不知不觉在样衣间里待了三十多分钟，已经过12点了。而手机上，则显示有两个未接电话，微信上也多了几个鲜艳的红点。等她赶回工位时，周围已经空荡荡一片。

千岛湖野鱼馆1号包厢内，姜雪芹正尴尬地带领着行政人事部一行人员面对着一大桌丰盛的午餐。这是行政人事部里的规矩，来新员工的第一天，大家通常都会用中午的时间先聚个餐，相互交流一下。

之前姜雪芹便提前给陈筱露打了招呼，11点55分见座位上没人，姜雪芹怕她忘记，特意打了电话过去，却一直没人接，在微信群里提醒了大家去聚餐之后，陈筱露依旧毫无反应……姜雪芹难免脸色有些难看，怎么说陈筱露也是今天的主角，这人是跑哪儿去了！

好在刚刚上菜不久,陈筱露便赶了过来。

"对不起,姜姐!对不起,各位同事,不好意思,我来晚了!"陈筱露一路快步走进包厢后,愧疚地赶紧跟桌上的同事们道歉。

"没事,没事,我们也才刚刚开始。"见气氛有些尴尬,王朝堆着笑主动打起了招呼。

"筱露姐,你快来坐,菜也刚刚上来,正等着你呢!"吴颖、张美凤两位女同事也热情地招呼着。孙红梅和苏小曼则略点了点头示意。

"今天的招牌菜是千岛湖浓汤野鱼头、油爆河虾、新鲜的地衣炒蛋,欢迎陈筱露正式加入我们团队,大家以饮料代酒,一起干杯!"姜姐毕竟是公司行政人事部的老大,虽因新人迟到略有不悦,但很快调整了情绪,大大方方发了话。

大概是部门属性的原因,在场的人给陈筱露的感觉都非常亲切、友善。除了孙红梅时不时冷冷地看向自己,其余人都挺好说话。几分钟后,刚刚还有些沉闷的气氛在行政人事部几个年轻员工的玩笑中,变得越发轻松起来,陈筱露也很快融入其中。

中途因为喝了不少鱼汤,陈筱露上了一趟洗手间,谁知刚到门口便撞到了尾随而来的孙红梅。

孙红梅将洗手间的大门一关,语气生硬地道:"陈筱露,我们明人不说暗话,我目前单身,有个儿子。公司里谁也不知道。你的事情,我听到了一些,也不知道真假。念在同学一场,我希望我们各自为对方保密,就当今天才认识对方!"

"好,一言为定!我答应你的要求。"如果说之前陈筱露还幻想着,有这么一个初中女同学在,也算是有个照应,可如今孙红梅显然并不领情。也罢,就当没这个同学,只要她不提及自己的事情就好。

"我相信你,说话算话。"孙红梅见陈筱露爽快允诺,心中也大松一口气。

因为下午上班便有一场季展要观看,所以见时间差不多了,一行人便出了包厢。所谓"季展",就是在公司的大屏幕上展示新季度将要发布的样衣。

屏幕上,设计师们在纷纷介绍和展示自己所设计的新款服饰,让陈筱露吃惊的是,那件被人偷偷破坏的样衣竟然也在其中。

设计师们为了这一天的到来,早已筹备多日,季展的结果,不仅会直接影响设计师的年度评分,也间接决定了下半年公司对其设计的扶持力度,所以大家都不敢掉以轻心。

作为设计部里曾经最被看好的设计师之一,"风舞者"周南与其说是个天才,不如说是一个异类。

周南,二十九岁,摩羯座,在火车浜7号一向以"飘逸"作为主打风格,进入火车浜

7号仅一年就从普通设计师晋升成为与林梦瑶、颜如玉同一级别的主设计师，之后又用了不到两年时间，获得了火车浜7号"全能设计师"的奖杯，然而据说因为失恋的打击，最近这位众人十分看好的设计师却接连出错，情绪也变得非常不稳定，甚至与另外两位主设计师的关系也大不如前，现在更是面临着降级的危险。这不禁让设计部的设计师们纷纷暗自唏嘘起来。

看到自己的作品出现了异样，周南的脸上微微闪过一丝疑惑，但随即恢复了常色。

"南姐，你真有创意！"看到周南这次"不走寻常路"的作品，一旁设计师小艾似是无意地发出了自己的赞叹。

"谢谢。"周南抿着嘴唇回应着，表情却没有丝毫喜悦。因为只有她知道，原本连接部分的麻绳被换成了拉链，且明显中间有剪断的痕迹，而手肘部分的花样也突然变成了一个独特的蝴蝶结。尽管旁人并不知道这些细微的改变，可作为设计师，却再没有人比周南更熟悉这些外人所看不出的细节。而如果说有人要毁掉她的作品，那又是谁帮她偷偷地修复了它？

大屏幕前，周南不由得注视着眼前其他设计师们看似风平浪静的脸。这次的竞争这么激烈，又关系到自己的去留，她确定自己被人陷害了。

"究竟是谁动了手脚，又是谁在背后帮忙？"她始终想不明白。好在，虽然出现了这样的意外，但效果还算差强人意，并没有影响到排名。

整个下午，陈筱露基本上都在熟悉公司里的各种规章制度，以及了解公司创立以来行政人事部组织的各项文化活动，眼看终于到了下班时间，充满意外的一天总算结束。

"虽然前方的路途还很遥远，但只要一步一步向前走，相信一切总会豁然开朗。"陈筱露心中默念道。

晚风中，小镇里正是华灯初上，走在微湿的石阶上，陈筱露的耳畔再次响起了不远处高铁传来的"轰隆"声。这一次她停下愣了一秒钟，突然觉得它更像是时代的某种音符。

时间过得很快，陈筱露来到火车浜7号不觉间已经一周。这几天，她做的工作基本是一些日常整理、数据统计兼打杂，有时会被姜雪芹叫去递交一些资料，有时也会被支配到其他部门帮忙整理或者做些搬运工作。在他人的眼里，也许这些工作过于简单又烦琐，可比起其他的行政人员，陈筱露却不敢有丝毫的怠慢。

"筱露，你也来了一周了，给你一个任务。这是公司下个季度的运营计划，你做一个排期整理,顺便把数据整合一下。下午2点前做好交给我,这份资料下午开会我会用到。"姜雪芹从不远处走来叮嘱道。

"好的,姜姐。"陈筱露微微点头。

"对了,陈筱露,别忘了下午2点检修网络的工作人员要来,你得看着点,公司的网络是大事,这要是出了问题,可不得了。我中午要出去办事,不方便接电话,有事就给我留言。"孙红梅好心提醒道。

"好的。"

先做姜姐安排的事情,然后再等检修网络的工作人员,陈筱露心中默念。可哪知她的工作刚做了一半,等吃完饭,检修人员竟然提前来了。

此人是一名一米七左右的大汉,身体结实,两眼突出。陈筱露带他来到了检修地点,两人却几番沟通不畅,因为这个人说话带着温州南部地区的口音,别说陈筱露生在钱江,哪怕她就是土生土长的温州人,也未必会懂啊。

好不容易陈筱露搞懂了他的意思,检修眼看也快完成。在费用问题上,两人又产生了分歧,陈筱露坚持孙红梅告诉她的价位区间,这名工作人员却表示这次的检修换了一些新的线,材料的成本也有所上升。最后,陈筱露与他讨价还价半天,工作人员才同意按照原价执行。

处理完这件事,陈筱露立马赶回工位,已经1点了。孙红梅显然已经办完事从外面回来了。想到还有一小时才交排期,虽然时间不宽裕,但应该刚好可以。

"筱露,你那边完成了吗?"离规定时间还有十分钟,姜雪芹在群里问起了陈筱露的进展。

"还差一点。"陈筱露如实回答,目前还有两排数据就核对完成了。

然而大家没料到的是,就在此时,孙红梅却突然在群里发出了一份排期的文件,这份文件正是姜雪芹上午给陈筱露安排的任务。

"姜姐,这是我做好的。我看筱露今天好像有点忙,就顺手把排期做好了……筱露,希望你不要介意。"就在半小时前,孙红梅特意跑到姜雪芹办公室,说看到陈筱露中午在外面吃饭,吃了一个多小时,跟别的同事聊八卦,可畅快了,恐怕工作是做不完了。姜雪芹原本还不信,这会儿一问之下,陈筱露果然还没完成。

"好,辛苦你了,红梅。"姜雪芹回复道。

"谢谢你,红梅。"陈筱露明显有些意外,却对孙红梅的帮忙心存感激,还将此事在微信上告诉了李可唯。

"我的筱露姐姐,你也太傻了!"原以为李可唯会感叹孙红梅好心帮她,谁知道这姑娘却发来一串愤怒的表情。

"筱露姐姐,你以为孙红梅是帮你?联系检修人员的事情大家都知道,一直是王朝在负责,而且他跟那人是老乡,只有王朝懂他的方言。为什么孙红梅要突然派你去联系?孙红梅之前一直觊觎你的职位,她跟你的分工根本就不同,她在群里发了你该做的工作,又比你快,不是让姜姐意识到你能力不行,她才是最佳人选吗?你还说她帮你,我看她压根就是有心计。"

真是这样?被李可唯一说,陈筱露至此才真正看懂今天的一步步棋,原本以为是老同学顾念旧情,孙红梅嘴硬心软,显然事实是自己过于天真,被对方坑了一把。

"谢谢你,可唯。要不是你这样说,我还真以为她是真心想帮我。"

"筱露姐,对不起,也许我不该跟你揭开职场特别残忍的一面。但是你放心,有我李可唯在,我就不会让坏人得逞。"

"感恩。(表情)"

看来人心的凶险,不仅存在于大的环境,就连办公室这样的小地方,也处处藏着勾心斗角。势单力薄的自己尚有可唯的相助,而身在狱中的旭光呢?想到他的种种遭遇和那桩离奇的举报,陈筱露只觉心中一片愁云。

要弄清楚究竟谁是举报事件的幕后推手,那么有个最简单的方法,就是看谁在去年去过临海。举报的事情集中发生在10—11月,而警官说社交电商生意是在去年春节后才开始的。说明这个人不仅熟悉临海,也必定在那段时间去过临海,不然不可能找到当地群众让他们进行举报,也不会刚好卡在临海宣传打造诚信社会这个节骨眼儿上。

要知道谁跟临海关系密切,最直接的方式就是从员工资料还有考勤表入手,平时公司人员走动多,只有趁下班后,行政部正好没人,自己可以多找找线索。

这天下午,陈筱露下班后并没有马上离开公司,见行政部连同隔壁的部门人已走空,便悄悄来到吴颖的位置上打开电脑。数据显示籍贯在临海的男性员工总共有两名,可这两人都是质检部的,而且年龄仅十九岁,近半年也没有临海出差记录,不太像跟旭光的案子有瓜葛。

陈筱露怀疑的男性中……王朝没有任何临海相关记录,吴榛好巧不巧,在去年九十月份,考勤上几乎一片空白,而更可疑的则是那个人,他在过去一年里去临海出差三次,有一次恰好是在国庆后,不久后警方就收到了群众的举报。而这个人偏偏还给自己一种似曾相识的感觉——他就是营销部的总监赵云良。

难道背后的推手是他?陈筱露心中一惊,此时却听到门口有女人的声音。

"有人进来?"情急之下,陈筱露赶紧关机,并拿上包,淡定地做出加班回家的样子往外走。

可还未走到大门口,便见一性感的金发美女正在跟一个高大的帅哥调情。这个女人是吴榛的属下,投资部的Andy。

Andy似乎也注意到了陈筱露,却没有半分避讳。

只见门口的帅哥把手里的包递给了她,又闭着眼睛把脸伸了过去,似乎在索吻。Andy却只是轻描淡写地啄了一下他的脸颊,略略微笑道:"Allan,谢谢你送我回来拿东西!今天的午餐很棒,大明山的夕阳也很美。有机会下次再见咯。"

面对眼前美女的婉拒,这个Allan也十分识趣,只是笑笑,便朝她做了一个飞吻的姿势,倒是路过的陈筱露在一旁看得尴尬无比,只得埋头前进。

第六章 乒乓赌局

公司来了一个美丽又与自己情趣相投的姐姐,这几天李可唯心情大好。这天下午团建刚结束,李可唯和陈筱露一起走出来,见休闲区里有两人正在打乒乓球。从小热爱这项运动的李可唯立马拉住陈筱露,在一旁不动声色地观起战来。

正在打球的是行政人事部的王朝,他的对手是一个平头的老财务。大概因为老财务平时疏于锻炼,身手明显不够灵巧。"来,接球!"王朝咧着嘴把球拉得又长又高,他胖乎乎的大手打起球来竟无比灵活。王朝见老财务有些吃力,还特意打了个难接的对角球,众人一阵哄笑。

"王朝,今天很威风嘛,敢不敢跟我打?"

"吴总?好啊好啊!"王朝一脸堆笑。

陈、李二人闻声一看,一身白衣白裤白皮鞋的吴榛正走出来。其实,正好路过的吴榛第一时间就发现了正在观战的李可唯她们,他转念一想,毫不犹豫地决定上场,从老财务手中接过了乒乓球拍。

"哼!"李可唯显然不待见某人,拖着陈筱露掉头就想走,却反被笑吟吟的陈筱露一把拖住,示意她留下再一起看会儿。

此时的李可唯根本想不到,陈筱露之所以将她留下,其实自有用意。因为按照目前看来,吴榛仍然很可疑,此人虽然外表和善、亲切,可做起事情来决不含糊,对于犯错的员工更是毫不手软。在投资部的离职档案上,曾有员工拷走投资部私密资料,被吴榛逮到，二话不说，直接将对方交给了警方，任一个大男人哭着喊着。而且吴榛虽然不必每天来公司，但连着两个月几乎都不来的情况也太奇怪了。旭光要是跟这样的人有了什么过节，他肯定不会轻易放过，保不住，他就是那个指使人。想到这里，陈筱露脸色一下便沉了下去。

"哇，居然是吴总。"苏小曼原本在这已经看了好一会，刚要走，见自己的男神吴榛突然现身，瞬间两眼发光，就跟中了彩票般，恨不得当场大叫欢呼。

而一旁的孙红梅更不会放过与这位心仪已久的高富帅交流的机会，不动声色地回工位拿运动服，赶紧去洗手间，换下自己一身的职业装。

"准备好，开始咯。"吴榛一声大喝，看似向王朝宣战，眼睛却不由自主地瞥向了李可唯所在处。王朝使的是竖拍长球，吴榛则是短板横杀，两人都有一些基础，显然比刚刚王朝和老财务的对打更有看头。两局下来，吴榛以快速扣杀的技法，让身形肥胖的王朝完全跟不上节奏，败下阵来。

苏小曼见机会来了，赶紧拿瓶矿泉水上前递给王朝，又抢过他手里的拍子，口中嗫嚅道："王朝大哥，你辛苦了，我也想跟吴总打两局。"王朝自然心领神会，马上将拍子双手奉上，又笑嘻嘻给对方竖起了大拇指：加油！

苏小曼也将手肘一压，握紧拳头，给了自己一个打气的动作。她活泼可爱又花枝招展，但球技差强人意。吴榛不断对角放球，一会儿就累得她气喘吁吁，气焰全消。不到五分钟，便被打得落花流水，最后几局更是可怜到连球都没碰着。

"男神，太厉害了！我投降，我投降。"苏小曼一边喘气，一边双手作揖，一副傻傻可爱的神情，放下拍子撤到一旁，整理了一下凌乱的衣衫，满眼崇拜。

她这哪是打球？卖弄风骚而已。陈筱露从李可唯古怪的表情上读出来了。

这时吴榛脱下白色外套，递给王朝，并耳语了一番。王朝拼命点头，然后扬手吆喝起来："吴总今天很开心，要挑战在场各位！任何人，只要三局胜两局，吴总就请各位吃大餐！世纪海鲜哦！世纪海鲜哦！"

李可唯抬眼，见吴榛正冲她笑得一脸灿烂。陈筱露见她翻了一个白眼，好像在说：没兴趣，没兴趣。

"哇，世纪海鲜？是那个五星级酒店的旋转餐厅吗？好像人均488元一位，还要提前三天预约。"在场有人惊呼道。

"啊！"苏小曼更是一阵兴奋地尖叫起来，"吴总，你也太酷了、太豪了。爱你，比心！"

"吴总就是大方，一请就请大家吃豪华大餐呀。我这技术是不行了，在场没上的兄弟姐妹都加油！赢了大家一起去看钱江最美夜景。"王朝继续吆喝着，却突然被吴榛叫过去耳语了一番。只见听到吴榛吩咐后，王朝点了点头，接着满脸笑容地提高了音量。

"哇，今天过大节了。世纪海鲜旁边就是钱江最有名的Amazing酒吧，吴总说，今晚再加个局！谁来挑战？"王朝顺势将气氛再往上推。

"对！只要能打赢，不仅吃饭、喝酒，今天所有娱乐项目我都包了。"吴榛心想，今晚本来就要在酒吧为电竞队庆功，干脆加一场，提高奖励力度。只见他大手一挥，十分豪气地再一次看向李可唯。后者假装没听到，继续和陈筱露说说笑笑。

这会儿不仅观战者们情绪高昂，连李可唯也留在原地，有了看好戏的兴趣。

"我来！"此时走廊里突然传出一声洪亮的男声。来人一身深蓝色休闲西服，身手矫健。他一出现，便立即引起了乒乓台前不少女生的欢呼。

"是赵总，是赵总！"

"赵总好帅，好酷啊！"

"吃饭就免了，打赢你就请他们吧。"赵云良是前一刻才到的，见李可唯和陈筱露这两人也在，便突然来了兴致，也打算一试身手。

"老大也来了？"李可唯没想到，素来低调的赵云良也参与了进来，遂低声向陈筱露道："我老大帅吧，而且特别稳重，比那个姓吴的靠谱多了。"

"扑哧！"陈筱露看出李可唯这是明显在踩一捧一呢。

"赵总？"孙红梅刚换好衣服，又补了个妆，正打算找个机会上场，倒没想到半路又来了个赵云良。面对心中这两大猎物，此时孙红梅心情极佳。

在场的几位女员工见赵云良用修长的手拿起拍子，几乎是两眼放光，小声地嘀咕道："没想到赵总连打球的姿势都这么好看！"对公司这两大型男难得的较量更加期待。

赵云良跟吴榛一样都握横拍，两人打法相似，风格也十分相近，两局下来，双双竟然打了个平手，直到第三局开局，吴榛一马当先抢占了先机，后面又使出赵云良最不擅长接的长球，才取得了胜利。

"又赢了！还有人吗？现在还有新来的、没有挑战过我的吗？机会就一次，任何人打赢了，晚上我请大家吃世纪海鲜外加泡吧所有项目。"吴榛特地将今天的赌约又重复了一次，像是特意在说给什么人听。

"我怎么觉得吴总一直在看你，看来人家醉翁之意不在酒。"陈筱露貌似看出苗头，悄声说道。

"筱露姐……"李可唯娇嗔一声,嘟囔着应道。

果然吴榛扫视了众人一番,再次把目光投向了不远处的李可唯。

"那我也来试试吧。"没等来李可唯,孙红梅倒是捋了捋耳边的发丝,从人群中踏着运动鞋轻快地走了出来。眼前的孙红梅桃腮带笑,美目流盼,一套修身的运动服,展示着婀娜多姿的傲人曲线,喷薄而来的Chanel 5号更是吹得在场者心神荡漾。

自孙红梅接过拍子的那一刻,王朝的双眼便没离开过她白皙的脖子和高高挺立的胸部,随着孙红梅的每一次挥拍动作,随之运动的仿佛并非小小的乒乓球,还有女人天然的韵味,以及强烈的雌性激素,扰得他口干舌燥,耳根通红。

王朝在行政人事部这么久,从未见过孙红梅这么有女性魅力的一面,往常的她,一身职业装,走起路来趾高气扬,一副藐视众生的模样,哪有眼前这么青春、活泼、靓丽、充满风情……想到这里,王朝竟觉得即使挖空了自己脑海中最美好的词汇,也无法形容孙红梅此时在他眼中的美。

就连对打的吴榛今天也觉眼前一亮,分明感受到一阵浓郁的女人味从乒乓球的一侧扑面而来。

孙红梅虽也能接上几个球,可毕竟跟吴榛差距悬殊,三两下后,便招架不住,一路失手,最终两局落败。

"吴总,你这下手也太狠了,对女同胞也毫不手软,一点也没有君子风度啊。"孙红梅将球拍轻轻地放在桌上,虽是抱怨,听起来却有几分撒娇的味道。

吴榛只好连连拱手,笑呵呵道:"抱歉了,抱歉了,都说上阵无父子,一时手快,下手重了点。还有谁没上的,抓紧机会呀!"

众人此刻面面相觑,心中都在想着还有谁是最后的希望。谁知,吴榛却先开了口:"那边的李可唯,你敢不敢来试试……"他清了清嗓子,假装一副镇定样。

"我?"李可唯大翻白眼,浑身都是尴尬,此时那人的声音却如此理直气壮,周围人的眼光又充满了热烈的殷勤。

"打败他,我挺你!"李可唯耳边传来陈筱露温柔的鼓励声,"他今天冲着你来,那你就狠狠给他个教训!"

"李可唯!李可唯!"在王朝的带动下,在场的气氛一下子热闹起来。唯独此时的孙红梅心里略酸,倒是明白了三分。

"行,谁怕谁啊?我来!"李可唯只得爽快地答道,虽然从毕业后她便很少摸球了。

"她行吗?"

"我看她平时从来没有在这里打过一次球。"

"该不会她也跟苏小曼一样,一个球也接不了吧……"

伴随着人群里断断续续的嬉笑声,虽然大家急切地期盼着李可唯能带来一顿大餐,可对这看上去不像会打球的女孩又充满了质疑。不过,想到目前在场的多已落败,大家就全然一副死马当活马医的心态,要是出现奇迹也说不定啊。

"果然!"李可唯刚拿上拍子,众人便傻了眼,她怎么用左手?是不会打球吧,而且她好像不会拿拍子,竟然把拍子横着拿……完蛋,估计大餐没有希望了……

而此时只有吴榛聚精会神地盯着台桌对面那个全神贯注的女孩,因为他看出来了,或许她真的能打赢他。

"什么?她把球抛了起来,使出了一个弧线球……"

"不是吧,她竟然反杀得吴总无法还手,吴总已经连续输了三个球!"

"哇,好紧张,两个人又是一比一平局,就看最后一局,究竟谁更胜一筹,李可唯加油啊。"

"这一轮11:8,李可唯竟然赢了吴总!"台下众人惊讶不已,全程悉心关注比赛的陈筱露则对李可唯竖起了两个胜利的大拇指。吴榛也放下了拍子,用毛巾擦着手臂,表示愿赌服输。

"哇,吴总输了!大餐大餐!今晚真热闹,大家能去的一定要去。"王朝的肉脸上泛着红光,带头喊起来,吆喝着催众人去让大家垂涎三尺的世纪海鲜旋转餐厅。

李可唯和陈筱露站在原地一动不动,本欲婉拒,看见吴榛大大方方冲二人走过来,绅士地伸手一个"请",众人热情似火,无可奈何,在王朝的连拖带拽下一起出了门。

以往这种餐厅大多接待情侣或是三五个商务客人,突然面对这种十人的团队,李可唯能明显看到经理眼中的局促,不过她知道这些问题在吴榛看来不过是小事一桩。他一个电话不仅及时解决了预约和座位问题,又直接让全员享受到了当天限供的北海道进口帝王蟹。以至于在整个餐桌上,苏小曼都带着无比甜蜜的笑容,就差宣告全世界:看到没?我喜欢的男人就是厉害。

大餐中途,陈筱露一看时间,不知不觉已经晚上8点多了,女儿今天的听写还没有完成,如果再耽误下去,等坐车回家得10点了,到时候真真恐怕都困了。不得已,陈筱露只得抱歉地向大家请辞。

"各位同事,吴总,不好意思,我家里有点事,要提前回去了。刚刚我已经跟吴总请过假了,祝大家玩得开心!"

"好的,你有事,就先走吧。"上车前,陈筱露便跟吴榛表示还有事情,可能不会跟大家去酒吧，吴榛也表示理解。既然此刻吴榛已经发话，大家都纷纷挥手向陈筱露告别。

"筱露姐，你真的要走，那我也跟你一起！"李可唯原本就不想留下，见陈筱露都走了，更是没什么心思待在这里，想到一会儿还要跟着吴榛和大家去酒吧，她可对那种声色犬马的场合没什么兴趣。

"吴总，我也是。我想起家里好像也有点事情，我晚上就不跟大家去酒吧了。"孙红梅见势也佯装起身告辞，眼睛却有意瞥向了吴榛。

"今天难得一聚，大家高高兴兴的，怎么这么快就要走？孙红梅，你这可没提前说，不能走，不能这么扫兴！吴总，你说是吧？"见孙红梅要走，王朝连忙抢着发话留人。

吴榛此时正为李可唯要提前离开的事烦着，孙红梅走不走，他倒并不关心，只是见王朝极力挽留，便顺势点了点头。

"好吧，难得大家都在，吴总也是一番良苦用心。那我给家里人打个电话讲一下。"孙红梅立即停住脚步，一副为难的语气，仿佛以大局为重的样子。

"陈筱露家里有事，可以理解。你就别跟风了。你帮大家赢了吃大餐和泡吧的奖励，你走了，是不是太不给大家面子了？"吴榛凑到李可唯耳边低语，又猛地拉住她。被一只有力的大手紧紧地钳制着，李可唯顿觉动弹不得。

众人本来吃得好好的，见场上一个两个都要走，都坐不住了。

"啊？都要走，这怎么回事？"

"可唯，你又没事，就跟我们一起去吧！"

"可唯，别走啦，难得大家一起出来玩一次，给吴总一个面子吧。"

面对大家的你一言我一语，李可唯也不好再推辞，索性说自己要去送陈筱露，一会儿便回来。

"可唯，你跟吴总？我看他是一直在追着你，你又一直在躲着他。"两人一走出餐厅，陈筱露便忍不住问道，她早就看出今天的事情不寻常。"吴总看似是请一群人吃饭，实则，恐怕是请你一个人吧？你一说不去酒吧，我看他脸都快气紫了。"

李可唯心里一惊，她倒不是不知道吴榛对自己的特殊关照，只是被陈筱露这么一提，对今天的事情一下便感到豁然开朗，既然她已经把陈筱露当成自己的姐姐，那么她跟吴榛的事情，自然就不应该再隐瞒。

第七章　过往交集

"最初,我刚到公司,在茶水间碰到他,帅气又绅士,印象真的很好。那时正好是投资部来听品牌营销部为火车浜7号新开辟的童装品牌阿尔法做营销策划。吴榛因为临时有事来晚了,非得请大家吃火锅赔不是。结果七个人中有五个人都喝趴下了,就剩他跟我成为最后的斗战胜佛。吴榛奇怪我怎么这么能吃辣,又能喝酒。我嘚瑟地说自己是重庆人,当然不怕辣。

"听说我是重庆人,吴榛当时一副大吃一惊的表情。有什么奇怪吗?我是重庆人啊,只是在钱江念的大学,所以听不出重庆口音。

"他顿时眼睛放光,大呼:太巧了。他出生钱江,却在重庆生活了十年,因为父母一直在重庆做生意,所以他自称是半个重庆人。正是这个原因,我们的话题一下子打开。好吃街、望龙门、沙坪坝、磁器口、解放碑,重庆哪条街的火锅最好吃,哪家的串串排队的人最多……我们都很熟悉。他还学着我说话,什么我们重庆人,雄得起,从不拉稀摆带……"

"看来吴总不仅人帅、情商高,而且特别接地气。"陈筱露回应道,看着李可唯那副眉飞色舞的神情,她想,那时的李可唯显然对吴榛也非常喜欢。

"有些人仅仅相识一天,便仿佛认识了十年,有的人认识了十年,还敌不过短短的一天……我俩曾经便是这般一见如故,从山城的秀丽风光,到旅行的一路见闻,从痴迷的武侠人物,到彼此都热衷的游戏《刺客信条》。原来彼此之间有那么多的相似之处，更重要的是，不仅相似，还能相互懂得。

"那次火锅之后，我们的感情确实迅速升温，虽然最后一层窗户纸未捅破，却时常凑在一起。一旁的Andy也看出苗头，经常打趣说，两个部门都快合二为一了。

"直到有一天，他本来约了我一起去看周星星的最新电影，然而快下班的时候，他却告诉我临时有事。我本没多想，原本那天有个姐妹约着逛街，电影取消了，便正好遂了姐妹的心愿。可好巧不巧，在百货商店的一楼，我偏偏就看到他正被一个年轻时尚的女孩挽着手挑选Tiffany的手链，两人一路有说有笑，说不是情侣谁信……

"这样子啊……"陈筱露一下子也不知怎么接话了，她看见李可唯的眼睛里有了泪花。

"即便这样，我依旧不愿意相信他同时在跟别的女生交往。有句话叫：不撞南墙不回头。第二天，他先是就昨天的失约频频道歉，又不知从哪弄来两张我期盼已久的《金锁记》话剧票，连同晚餐赔罪的地点也订好。我李可唯就那么容易好哄？我不甘心，质问他：昨天跟你在一起的那个女生是谁？

"他显然猝不及防，一阵凌乱。回答说：是朋友……

"我当然不依不饶，继续质问：女朋友吧？不然为什么她会挽着你的手，你还骗我说临时有事。你的事，就是陪人家逛街，买手链吗？

"他向我辩解：可唯，你听我解释，不是你想的那样，我……

"我继续问他：她是不是你的女朋友？

"他矢口否认说：真的不是，昨天是那个女生的生日，是很多朋友一起过的。因为忘了准备生日礼物，才临时答应去商场给她买条手链作为生日礼物。

"筱露姐，你觉得我应该相信吗？吴榛这样的男人，会没女朋友？我何德何能？他这样的花心大萝卜高富帅会真心对待我？说实话，我并不相信，其实我老早就在公司里听到过他'吴公子'的花名，说他换女朋友比换衣服快，说天底下大概没有他搞不定的女生。可是，我那个时候只是听听，从来没有真的怀疑过他，直到那件事后，我才真的很失望。我怀疑，那个女生可能就是他的备胎吧。不！说错了，很可能，我才是他的备胎吧……"

李可唯说着，露出一丝无奈的苦笑。以前在网上看到那些渣男故事的时候，自己还一个劲儿地跟着唾骂，谁知真遇到个海王，自己还当成了真爱。

李可唯说，自打那次后，她便刻意与吴榛保持疏远，形同陌路。无论对方怎么约她，除了"加班、没空"，便是已经约了别人等借口。吴榛再试着逗她开心，她也不再像以往一样总是捧腹大笑，对他的表演除了一记白眼，便是完全漠然的表情。吴榛见使尽浑身解数都不管用，心中也是十分气恼，作为一个向来富于魅力的情场高手，他从未如此落败过。

送礼物被退回，邀约被拒绝，连幽默地想开个玩笑，也被李可唯一次次地怼回，最后他只能迫不得已地收手，而这次的乒乓球台相遇，对李可唯而言，实属意外……

陈筱露总算"听懂了"吴榛跟李可唯之间的纠葛。一个是初入社会正值青春大大咧咧的普通姑娘，一个是有钱有势又拥有着极好女人缘的富家子弟。面对吴榛身边的莺莺燕燕，李可唯难免会吃醋会嫉妒，而一向自负的吴榛既不愿真正地放下自己的骄傲，平等地与李可唯对话，也不愿就此放弃。所以才有了吴榛一次次的进攻，和李可唯一次次的退让。

"可唯，其实很多时候，没有任何一个男人是完美的。两个人之间，除了一开始的动情和好感，也会有争执和磨合，我看得出你是喜欢他的，他也对你有情，既然如此，为什么不好好地观察他，与他慢慢地相处？他究竟是一个怎样的人，不仅要用眼睛看，更需要用心去感受。另外，酒吧也不是什么恐怖的地方，你呀还年轻，对这个世界的认知，不要光从电视、电影和别人的口中获得，要自己亲自去体验、亲自去实践，这样才知道自己适合什么，不适合什么，当然前提是必须保护好自己。后面有什么，你都可以跟我说，毕竟筱露姐年长你几岁，也真心希望你好！"

陈筱露说的是真心话，她希望李可唯好，她也希望吴榛不是那个幕后推手，如今李可唯是最能接近吴榛的人，要弄清楚真相，就必须靠她。一旦时机成熟，她也会向这个妹妹坦陈一切。眼下，她唯一希望的是，吴榛并不是那个人。

"谢谢你，筱露姐！我明白了。"李可唯自知当局者迷，才会陷入如此混沌的状态。一直以来，她跟吴榛之间发生的事情，她从未跟第二个人说过。一来是不知道怎么开口，二来也是她有意想抹去这份回忆，直到听到陈筱露的这番言语，她才明白，自己并非完全不在乎，恰恰相反，也许正是因为在乎，她才会不敢面对，也不知道怎么面对吴榛。

"好的，那你好好跟他们去玩吧，有什么都可以在微信上跟我说，我叫的车一会儿就到。多用心去感受，筱露姐相信你，加油！"陈筱露看看自己手里刚刚取消的两个订单，摇了摇头，和这个妹妹一聊就聊了半小时。为了不打断她，她已经先后取消了两个订单。无奈之下，她只能给司机连连道歉。

"好的，筱露姐拜拜！"送完陈筱露后，李可唯仿佛豁然开朗一般，无论如何，与其逃避，不如面对，大不了兵来将挡，水来土掩，反正自己还有一个厉害的军师姐姐。

刚回到位置，李可唯便看到拿着一盘生蚝迎面走来的王朝。"你再不来，我都快被吴总派去发寻人启事了。"见李可唯脸蛋红红的，王朝打趣道。

"来来来，新鲜的湛江生蚝，这可是与招牌鹅肝、帝王蟹号称餐厅的三大'镇店之宝'！"王朝笑眯眯地端着一大盘烤生蚝分发给在场的每个人，"凭我多年的美食经验，我敢打包票，这是整个钱江最新鲜、最好吃的生蚝，我上一次吃到这么好吃的海鲜还是在临海。"

一听"镇店之宝"，众人都有了兴趣，连平日从来不吃生蚝的几个同事都跃跃欲试。"真的那么好吃？"大家对王朝的极力推荐面露质疑。"你们不相信我，还不相信吴总吗？这里的海鲜可都是空运过来的，新鲜得很，每道都可以媲美钱江任何一家海鲜大酒楼。咱们吴总钦点的地方，还有说的？"王朝三言两语，既肯定了自己的推荐，又暗抬了吴榛一把。

大家都没再说话。唯独王朝一旁挨得最近的孙红梅侧过头不屑地低声道："呵，世纪海鲜，一顿自助餐算什么，高大上？还大餐？区区几千块钱，请了公司一帮人，还把面子给做足了，这吴总呀，也太会算了。"

刚刚从乒乓球桌下来，王朝便想单独跟孙红梅说说话，只是苦于找不到机会，所以大家就座时，王朝特意选到了孙红梅的旁边，可这个冷美人从头到尾也没正眼看过他。这会儿孙红梅竟然主动跟他低声耳语，王朝当然喜不自胜，连忙说："吴总可能也是想着自助餐方便，大家都能吃。你喜欢吃什么呀？下次，我请你。"

"我喜欢吃饭的地方，可都是很贵的哦。"孙红梅扬了扬语调，分明是在暗示。

"我是没有吴总财大气粗，也没有赵总的男神气质，我家里就分了一二十套房子，请孙大美女随便吃顿饭还是可以的。"

孙红梅虽知道王朝是个拆二代，不缺钱，过来上班也不过图个舒服，可没想到他家里竟然有这么多套房，这会儿再瞧着王朝这张胖乎乎、略显油腻的脸，似乎也并不讨厌，可对比吴榛和赵云良二人，又多少有些落差感。眼下只得留个余地道："那好呀，后面看时间吧。"这个时间自然全凭她做主了。

既然开了个好头，王朝也不着急，他笑意满满地点了点头，道："那就静候孙大美女佳音。"

"你干吗？"大家只顾着自己眼前的生蚝，没人注意到，吴榛正把剔除了蒜泥和葱的生蚝放到旁边李可唯的盘子里。

"处女座好像不爱吃葱姜蒜，帮你清理了。"

李可唯想起第一次跟吴榛吃火锅的时候，加调料时自己只放了香油和小米辣，还被一旁的人吐槽说怎么不加蒜和葱，李可唯堂而皇之地解释，这是处女座的特性。如今看来，倒被那人记得十分清楚。

"吴总今天真是非常细心啊！"王朝眼尖，又是行政人事部著名的包打听，吴榛今天的用意在他看来自然十分明显，趁着吴榛过来拿饮料，王朝有意挑明道。

"看来，姜还是老的辣，我的心思确实瞒不过王朝大哥，待会有件事还需要你帮个忙。"说着，吴榛凑了过去，对王朝耳语道。

"原来如此，好的，包在我身上。"只见王朝双眼一眯，一副十分了然的模样。两人拿完饮料，又对视了一眼，形成了统一战线。

第八章　Amazing 酒吧

Amazing 酒吧位于钱江市上城区最繁华的地段，总面积近两千平方米，据说投资金额高达两亿元，其中不少股东都是娱乐圈粉丝百万以上的明星和网红，据说还有目前最火网游竞技联盟的老板。为了追求最好的声音效果，酒吧音响全为德国进口，而富有现代科技感的装修，又让人仿佛置于一个赛博朋克般的新新宇宙，其中最为人称道的则数著名灯光设计大师 M 先生设计的裸眼 3D 水景长廊以及智能石窟墙壁。其展现出的幻梦效果，对于热衷时尚和科技的年轻人来讲，Amazing 酒吧就像它的名字一样让人时刻充满了惊喜感。

"吴少好！"

"吴少好！"

"吴少好！"

此刻，吴榛的红色法拉利已停在门口，下车时已是一套酒红色便西装，严整白色的长裤和红棕色的爱马仕皮鞋。在音乐的浪潮声中，一排酒吧服务生们正恭敬地行礼迎接，口中齐声念着欢迎词。作为钱江市最著名的潮流酒吧，用业内人士的话讲，这里的服务人员都是模特级潮男潮女，随便拉一个出来都能登上《男人装》的内刊。

所有跟在他身后的来宾，连同孙红梅、李可唯、苏小曼、Andy 等人也瞬间有种地位飞升的感觉。李可唯淡定地看着吴榛被一个身穿白色短裙、身高一米七左右、笑靥如花的美女挽着胳膊领向了卡座，而他们的身后是两名身高至少一米九、戴着墨镜、皮肤白皙的外国型男。苏小曼上次受到这样的礼遇还是在以服务闻名的海底捞，可有别于海底捞那种讨好而客气的笑容，这里的俊男美女个个都像是人间的妖精般，夺目而璀璨。孙红梅知道这是个高大上的砸钱的地方，花花绿绿的，好歹身边贴着一个格外殷勤的王朝，一直八卦着公司里的男男女女，倒也有趣。

吴榛在正对T台的黄金卡座的正中央坐下，领路的美女和型男低首致意离开。众人纷纷落座，为大家赢得今天豪华福利的李可唯被王朝推到吴榛右侧落座。两位身着红色旗袍的服务员半蹲在桌前招呼大家。众人这才看清，两只盛满各种时令水果的大果盆，六瓶轩尼诗XO早就备在桌上闪着光芒。少顷，酒店的总经理———个穿着衬衫西服、脸颊瘦瘦的中年男人也闻声而来。

"吴公子，好久不见了，难得您大驾光临，今天您看有什么特别的要求吗？还是说老样子？"

这个男人明显比吴榛大十岁左右，但用语非常客气，跟吴榛说话仿佛是在跟领导汇报一样，边说边弯下腰凑到吴榛的耳边低语。吴榛似笑非笑，交代了一番，然后指了指王朝，示意二人安排。

"这不是吴公子吗？天啊，他竟然也在？"

"哎，好像真的是他。你上次不是说要谢谢他吗？还不快去。"

吴榛刚领着众人坐下，便见不远处两位高挑的长发美女朝自己走来。她们一个叫方玉，一个叫吴倩，这两人是表姐妹关系，上次在酒吧被人调戏，幸亏吴榛出手解围，因此心中一直惦记着吴榛这份恩情，趁着今天这个机会，姐妹俩说什么也得向吴榛道谢。

"谢谢吴公子上次的帮助，一直没有机会再见到你，上次要不是你……真的谢谢了。"方玉和吴倩两人一边含情脉脉地道谢，一边将杯中的酒饮尽，以示诚意。"吴公子要不介意的话，我们加个微信吧。"面对两大美女的热切请求，吴榛自然恭敬不如从命地拿出手机添加二人，只是在扫码时，他却明显感应到空气中几道冰冷的目光同时向自己袭来。

"哈哈……"吴榛自嘲地摇了摇头，然后轻嘘了一口气。要是放在平时，身边都是男伴，跟美女们加加微信自然不算什么。可今天情况特殊……女人嘛，天生都是爱吃醋的生物。他于是站了起来："兄弟姐妹们，现在时间还早，我们可以先去包厢里唱唱歌，玩一会儿。刚刚经理说，大概一小时后会有模特走秀、Ping乐队的演出和压轴的魔术表演，到时候通知我们，我们再回到这里。"吴榛指了指舞台中央，仅距离众人五六米——任谁也看得出，他们所处的是超级贵宾席。

这根本就是全场的黄金位置啊。"吴总——不，吴公子，你也太酷了，太有面子了！崇拜你，爱你。"如果不是一帮同事在场，中间又隔着李可唯，苏小曼恨不得将身子贴上去。

其他人虽然没有言明，表情中却实打实地透露出羡慕。"哇，吴公子，这可是砸钱也买不来的位置啊。看来大家非常幸运，能够见证今天绝无仅有最完美的一幕！"王朝一语双关，给了吴榛一个钦佩的眼色，并竖起了大拇指。

"要不怎么说人家是情场高手，人间楚留香？"只有李可唯心里"哼哼"了好几声。

"看到没，好像就是那个妞，听说是吴公子的新菜。"酒吧包厢门口，一个爆炸头男人有些随意地说道。

"是长得不错，不然吴公子也不会大费周折了。"另一个身材臃肿的男人赶紧附和。

"要说吴公子的魅力，在Amazing吧无出其右，毕竟人家不仅有钱有颜，情商也是超高！哪个女人不喜欢？"

"不过，吴公子好像从来没追过我们这里的美女！"

"哈哈哈，还真是！这里喜欢她的女人一大堆，他倒是一个没泡。简直不要太奇葩，都是给男人送礼物送花，难道他是Gay(同性恋)？"

"Gay你个头！他是对兄弟比对女人好。砸钱给男模，砸钱给他身边的兄弟喜欢的女人！你以为像那个欧阳什么光，哪次来不带一个靓妹回去，还老少不忌？你说都是做服装生意，差别怎么就这么大？"

"你傻呀，吴公子哪里是做服装生意，人家是股东，是投资人，行业布局，可能这家服装公司他也不会待很久……"

两个男人叽叽喳喳的议论声传入了李可唯的耳中。她心中一愣，不禁冷笑，原来刚刚所有的一切不过是一种展示，亏她还单纯地以为吴榛只是好心想带大家来酒吧玩，可尽管明知道吴榛就是要特意展现出他身上的光环，这样闪耀的人，又有几个人能够抵挡？

当然此刻，大家并没有想到，这仅仅是一个开端，因为接下来，吴榛的人脉网不仅涵盖了钱江的名门贵族、娱乐产业，大到上市公司，小到网红新贵，从妖冶的美女到浑身穿金戴银的阿姨，无论走到哪儿，吴榛都是人群中金贵又闪耀的青年才俊。那些往日里人群中最拔尖的人士，一堆一堆过来打招呼，挤得吴榛他们所在的这间大包厢水泄不通，吴榛刚敬完一行人又来一行，好不容易才找到一点休憩的时间，能跟李可唯单独说话。

"没想到你乒乓球居然打得这么好？"吴榛凑近李可唯，嬉皮笑脸地说道。

"我也没想到，你在这里居然这么受欢迎……"

"……大家都是朋友，也有生意上的往来，别看一些人看上去有些吊儿郎当，或者打扮很浮夸，其实大家心地都特别善良，就好像刚刚那个穿吊带叼着烟的姑娘，整个钱江的流浪小动物的救助，都是她在背后出力，人真的特别仗义。"

"哦，那是真有爱心。"李可唯点了点头，但随后口风一变，"吴少真是懂女人心啊，怪不得刚刚别人又是拥抱又是耳语，看来你们关系很好。这儿的女人都这么喜欢你，你又那么了解她们，我看，你还回什么火车浜7号？反正吴少也有投资Amazing，不如就待在这里好啦。"

"我这么好，大家为什么会不喜欢我？"吴榛嘚瑟地扬起了下巴，然后侧过脸，紧紧盯着李可唯的眼睛，然后偷偷凑近她说道，"但是，李可唯，我发现我喜欢的是你……"

"呲……"李可唯心中一颤，虽有些吃惊吴榛此时的大胆，但又觉得他这样的豪门公子的话不能全信，便毫无惧色地对视他，故意道，"是吗？吴少喜欢的人恐怕是有点多。小女子平平无奇，不是什么封面模特，也不是什么精英女性，更没财力救助流浪动物，哪儿能入吴少的眼？"

"哈哈哈，李可唯，你……"在吴榛的有生之年，恐怕是第一次遇到这么一个刁钻古怪的女孩。你这个磨人的小丫头！他心里不禁笑了笑，终于知道什么叫一物降一物了。

"我就是李可唯，可以的可，唯一的唯，怎么样？"这下轮到李可唯扬起下巴了。

此时，众人正被王朝和苏小曼两人声情并茂的对唱吸引，自然也就完全没去注意吴、李二人在一旁低语，除了一晚上都少言寡语但时不时打量着吴榛的孙红梅。

"吴公子，走秀马上要开始了，你们可以出来了。"恰好此时包厢外突然响起了敲门的声音。只见门缝里探出一个男人的脑袋，是刚刚那个跟吴榛交谈的经理。

"好，我知道了！"吴榛顺手将外套披上，又变回了之前那个气宇轩昂、浑身玩性的吴公子。

第九章　舞台告白

"咚哒——咚哒——咚咚哒哒——"舞台上不知什么时候已经聚集了靓眼的模特们，而台下热情高涨的青年们在冷峻美艳DJ的带动下，正宣泄着青春的荷尔蒙，当音乐切换到重金属摇滚风格时，大家像捕猎的狮子般恨不得一窝蜂地奔涌上去。

毕竟这是今年唯一的一场众星云集的现场秀，为了离舞台更近一些，这些往日里西装革履的白领、高管们完全不顾其体面的身份，他们的亢奋状态说是饿狼扑食也不为过。

与之相反，吴榛这一行人，在贵宾席上悠闲地吃着爆米花和水果，好不惬意。因为就在刚才，经理特地给他们打了招呼，说待会台上的表演者们一定会经过他们的位置，如果想要握手拥抱，只要打声招呼即可。

这就是人与人之间天差地别的待遇啊。"还是吴总有办法！亏我也自认为去过不少酒吧玩，什么叫高规格待遇，这下总算知道了……"王朝闷了一口XO，肉嘟嘟的脸颊露出几分醉意，心里却满是真心实意的羡慕。

"吴总这规格岂止是高？简直就是帝王般的享受。你没看到那些帅气的小白脸个个对他点头哈腰，还一口一个吴公子，要我说是小王子还差不多。"苏小曼赶紧补充道。

"是啊，是啊，总之，今天谢谢吴总请客，给大家开了开眼界，不然平时我们来，没有VIP身份，又没预订，只能坐最角落里，恐怕都无人问津！来来来，让我们敬吴总一杯。"众人齐齐附和着,举杯敬向吴榛。

吴榛把杯子端了起来,却突然停在了半空:"我觉得我们也得一起敬一下今天为大家赢得晚餐的美丽女孩——李可唯。大家觉得呢?"

"是是是!"大家虽然喝得有些七荤八素,却十分会意。显然有些女生却开心不起来了,比如苏小曼,不知道怎么的,苏小曼觉得今天吴榛似乎有意无意总在与李可唯发生交集,这两人明明不是一个部门,平时也没看关系多好,她一时想不通,愣是一口气把满杯的酒都灌进了肚子里。而听到吴榛发话后的李可唯,只觉脸上一阵通红。"冷静,冷静,不要被迷惑。"她的脑袋中似乎有声音在呼叫着。

不一会儿,果然如那个瘦经理所言,无论是走秀模特还是乐队主唱,总会唱着跳着来到贵宾席前,再给这里的客人一个飞吻。

"吴总,有点晚了,我可能要回去了。"李可唯趁着众人看得如痴如醉,赶紧走过去跟吴榛告退。

"别那么急。马上有神秘嘉宾到,绝对是明星哦,你一定愿意见的。"吴榛把食指轻压在嘴唇上,神秘地示意道。

话音刚落,人群分开,一个身着机车服的男子带着一溜人在一位身穿红色旗袍的迎宾员的引导下走近贵宾席,朝吴榛高声招呼道:"吴公子,是我,今晚还尽兴吧?"

吴榛抬眼一看,是R电竞队的明星队长Frank和他身后的一众年轻又帅气的鲜肉队员,以及万绿丛中的一朵花——电竞队经理,也是国内时尚杂志的兼职模特肖雅。

"开心呢,就等你们!"吴榛起身,跟每个人击掌以示招呼。

"这不是Frank?哇,你比真人还帅,我超喜欢你,还有你们整个电竞队!"刚刚那杯酒下肚,苏小曼原本已有些醉了,可看到真人版的Frank,她瞬间两眼放光,仿佛发现新大陆似的从沙发上跳了起来,半眯着眼,非要给Frank和大家敬酒,又不知从哪儿找来了一支笔,让Frank以及一众鲜肉在自己衣服上签名才肯罢休。

"可唯,这位是我的妹妹肖雅,那天我们一起陪她过的生日,你们认识一下吧!"吴榛落落大方地把美女介绍给了李可唯,希望误会消除。

"吴公子,又见面了。"肖雅显然并不接受"妹妹"的定义,修长的手若有似无地贴在吴榛脖子上,恼得他心里直痒痒。吴榛赶紧用眼神示意她不要胡闹,而李可唯虽然面色如常,但目光如剑,看得人瘆得慌。肖雅看了看吴榛,又将眼光停留在了李可唯身上半秒,见"调戏"的目的已达到,愣是逼着吴榛喝了三杯酒才撤到Frank身边。

上次也是这个女人,李可唯想起那天下午,她跟朋友逛街时看到的那一幕,她也是用那双修长的手挽着他,两人旁若无人地亲昵着,要不然她也不会后来与他渐行渐远……

李可唯正想着,这时舞台的灯光突然一换,刚刚喧闹的音乐也突然转为安静——此时已经轮到今晚的最后一个节目:魔术表演。

在依次表演完大变活人、空中飞人、凭空取物后,魔术师在聚光灯下缓步走到了贵宾席前:"祝三位女士永远青春美貌,光彩动人!"说着魔术师将两手一摊,三朵新鲜的玫瑰仿佛从指缝里长了出来,他随手递给了Andy、肖雅和孙红梅。紧接着,只见他弯下腰,做出系鞋带的样子,等他再抬头时,手中却多了一束99朵的蓝色妖姬。

"给今晚最尊贵的女士!"说罢,魔术师凭空又画出了一个心形的彩带。

这时,王朝也突然从观众席中站了起来,煞有介事道:"咳咳,大家注意了,今天吴公子可是有重要的事情宣布哦!"

众人瞩目中,吴榛从魔术师手上接过花,然后弓着腰,双手捧着蓝色妖姬,将花递到了李可唯胸前,也将他的表白带了过去:"可唯,你——愿意做我的女朋友吗?"

李可唯瞳孔微缩,心中不觉一惊。她哪里想到刚刚明明还在看表演,怎么主角一下就变成了自己?更没料到的是,吴榛居然在大庭广众下当场向她表白。

"套路,一定是套路。"今天的这一切就像是梦境一样。从乒乓球台、海鲜大餐到钱江最有名的酒吧,还有这个像天之骄子却又捉摸不透的男人的表白,这从天而降的一切对其他人来讲也许充满了惊喜,可对于处女座的李可唯来讲,越是这个时候,她也越理性和冷静——因为她并不想要一份镜花水月的爱情。"谢谢吴公子错爱,我们一直都是好朋友啊!"

"请允许我在错误的地方,用错误的方式,正确地表达对你的感觉!我是认真的!"吴榛提高了嗓门,双目炯炯,知道李可唯有意打马虎眼,今天他劳师动众辛苦了这么久,绝不甘心。

"我也是认真的,吴总,吴——公——子!"李可唯特意把吴总和吴公子这两声拖长,仿佛在暗示,无论是吴榛的哪个身份,对于她来讲,都是如此的不合时宜。

面对这次认真告白被拒,吴榛显然有些尴尬和失落,可借着醉意,也更不服输。猛然间,在谁也没注意到的时候,他将手中的花甩给了王朝,然后顺势托住了李可唯的后脑勺,头也慢慢地沉了下去。两个人的距离不知不觉,近得有些过分了……李可唯心中大骂无耻,眼睛不敢再看,嘴上更是喊着:"不许亲,不许亲。"

可吴榛哪是这么听话的人。眼看两张嘴唇就快贴到一起,一旁的众人也屏住了呼吸,李可唯更恨不得喷出口水,可就在众目睽睽之下,谁也没想到吴榛在最后一刻居然松开了手。

"怎么样？今晚的表现是不是及格了？刚才像不像电视剧里的霸道总裁？哈哈哈。"吴榛拍了拍双手，仿佛刚刚的一切不过是演戏一般，让众人一下子摸不着头脑。李可唯倒是习惯了他这说风就是雨的性格，反正今天晚上，她也算是完完全全地领教了一把狮子座的疯狂。

"完蛋，天要下雨，娘要嫁人。吴少也动了凡心，哈哈哈哈。有意思，有意思……"Frank和他的队员向二人举了举酒杯，一饮而尽，然后拖着一脸沮丧的肖雅离开了。

孙红梅丢下身边喋喋不休的王朝，不失时机地端着酒径直站到了吴榛身边："吴总、吴少，敬你！祝你早日找到更配你、更解风情的女人。冒昧地说一句，砸钱千万要砸对人，对某些人真的不必对牛弹琴，浪费时间，我先告辞了。"

"哈哈哈，好吧！"吴榛豁然一笑，领略了眼前这个女人的妩媚动人，二人一饮而尽。

"没事吧？"王朝送完孙红梅回来，轻触了一下李可唯的胳膊，低声道，"可唯，吴总怕是对你动了真情。别看他在公司女人缘这么好，可我从没见他追过公司任何一个女孩子，你是我印象中的第一个。"

一向风流的吴总、吴少，在哪儿不追女人？尽管酒吧的人，还有公司里的人，都这么说，谁信啊？李可唯在心里"呵呵"。

"你没看到，他刚才差点就欺负我了。"李可唯惊魂未定，对吴榛的花式表白仍心存戒备，"他呀，搞这么大的场面，主要是为了逗大家开心。我没当真，你们也不要当真哈。"

随后，大伙儿恢复正常娱乐，仿佛刚才什么都没发生过。

"啊，好困啊！"在一片喧嚣中，眼看已经接近十点半，苏小曼像是突然睡醒了，大叫了一声，众人这才注意到，叽叽喳喳的小麻雀今晚不是安静了，而是刚刚没电了。

"我好困哦，我醉了，我要吴总亲自送我回去。"苏小曼借着酒劲，想要抢夺先机，可众人却是一副爱莫能助的表情。苏小曼以为是自己声音不够大，刻意提高了音量，又继续吵嚷着要找吴榛。大家被她这无理取闹弄得哭笑不得。心想，这丫头没看到刚刚的那一幕，也不知道是她的幸运还是不幸。

"吴总，吴总，终于找到你了。"吴榛正为刚刚的事情不快，又被浑身酒气的苏小曼像软蛇般缠着，心中更是堵得慌。但到底是玩得起的人，吴榛见众人都有些醉了，便主动担当起照顾大家的责任。"Andy，这几个人就交给你了，车我已经安排好了。王朝喝了酒，需要请代驾，苏小曼麻烦你送她一下。至于可唯，还是我找司机来送吧……"作为最了解吴榛的助手Andy，她当然知道吴榛的心意，这个男人，即便是在心情最坏的时候，也总是能够体贴地照顾好身边的每一个人。只是每当这个时候，她也好希望自己是那个喝醉的人，哪怕一次也行。

"不用了，不用了，我有个朋友会来接我。你还是送他们吧……"李可唯拒绝道。今晚的事情已经够唐突，更别说还要一路回去，怎么也避免不了尴尬。

"你朋友接你？是刚刚你一直发信息的那个人？"吴榛的口气明显有了变化，脸也瞬间僵硬下来。刚刚大家看表演看得正嗨的时候，吴榛就注意到李可唯一直在跟一个男生聊天，好几次旁人喊她，她都明显有些分神。

"嗯，他好像已经到附近了。吴总，你去送他们吧，不用管我了。"李可唯刚说完，只见前方出现了一排刺眼的闪光灯。一辆黑色的宝马停在了路边，驾驶座上露出一个戴着眼镜、轮廓分明的面孔。

"他是我师兄，朱时雨，钱江大学博士，也是我老乡，平时对我非常照顾。"李可唯说这句话的时候，看不到吴榛的表情，只觉得迎面是一股前所未有的寒气。

"可唯！上车吧。"男子的声音低沉而浑厚，虽是催促，却并没有不耐烦。吴榛听得头大，又因为夜晚的风吹得莫名难受。

"李可唯！"吴榛咬牙切齿地喊出了对方的名字。等李可唯转身后，却见吴榛一脸可爱地突然伸出自己的右手，语气温和地说道："你刚刚借给他们的充电宝忘了拿。"

"哦。"李可唯当然没有注意到吴榛前后两副面孔，但在一旁将一切尽收眼底的Andy只差笑弯了腰。

上车后，李可唯拿出手机，点开了那个熟悉的微信头像。

"筱露姐，你睡了吗？我回家了，今天真是过得太惊心动魄了，就像坐了一趟过山车……"

"我还没睡呢，可唯你说说。"陈筱露刚哄下女儿睡觉，正想问那边的情况如何，便收到了李可唯的信息。

于是李可唯一五一十将吴榛在这里的派头、电竞成员们的出现，还有那天"误会"女孩的身份一一告知，又将吴榛如何安排雅座借魔术师献花向自己表白的事情向陈筱露道出。其实，像这样的场面，这样浪漫的告白，哪个女孩会毫不动心呢？可是李可唯知道自己要的不是对方一时的新鲜感，也不是比较之下的合适，而是那个确定以及肯定的唯一。

陈筱露一方面十分赞同李可唯的做法，同时也对这个女孩在情感上如此敏锐又坚决的态度表示惊讶。如果说一开始接触李可唯时，陈筱露只觉得这个女孩活泼开朗，又大大咧咧，非常有自己的想法，那么此时，李可唯能够拒绝诱惑，保持如此清醒的头脑，说明她实在是个有灵性的女孩。

"可唯，我支持你！不管吴总今天是否出于真心，好的感情一定是细水长流的，与其仓促答应，不如慢慢观察。"

"嗯嗯，谢谢你，筱露姐。对了，我不跟你说了，都怪那个王朝今天一直在推荐我们吃海鲜餐厅的生蚝，还说是整个钱江最好吃的，上次他吃到这么好吃的生蚝还是在临海，害得我一口气吃了十来个。现在我有点拉肚子，我先去上厕所了，拜拜，后面再聊。"

"抱抱（表情）……那你先去吧，生蚝属于生冷的海鲜，不宜多吃。你家里有肠胃药没？如果晚上一直不舒服，你给我打电话，我陪你去医院。"

"有的，筱露姐，谢谢你了。听你的，我先去洗手间，明天见，爱你！"

陈筱露回了李可唯一个"拥抱+晚安"的表情，正准备关机。而此时，仿佛脑海中突然闪过了什么，陈筱露眼睛一亮：刚刚可唯说的是……没错！临海，王朝。王朝也去过临海，难道他才是真正的幕后主使？

王朝、赵云良、吴榛，翻来覆去，一切竟然又回到了原点。陈筱露只觉头皮发麻。这三人似乎任何一个人都有可能是背后的始作俑者，可究竟是谁？这个人又为何会害旭光？一连串的疑问再次让陈筱露陷入查找幕后推手的疑难中……

第十章　打卡乌龙

早上，陈筱露刚到工位，就发现自己的桌子上放着一盒四四方方的糕点盒，花花绿绿的外包装上是醒目的品牌名——"磁器口麻花"。陈筱露正在疑惑地左右顾盼，微信发出了嘀嘀声。

"筱露姐，尝尝我带的家乡特产吧！爸妈从重庆寄来的。这是磁器口的麻花，特别出名，我从小吃到大。"

是李可唯！紧跟着微信上传来一张自拍照：她今天穿了一套白色的衬衫加短裙，领子处还打了一个朱红色的蝴蝶结，今年正流行的JK（女子高中生）制服，让她就像从漫画里走出来的少女，带着明艳的气息。

这样的一幕对陈筱露来说是如此的温馨。有别于职业性的客套，也卸下了防备与紧张，陈筱露能够感觉到李可唯对自己单纯、真诚的好，而这种好就像一个妹妹对姐姐那样。

陈筱露微笑着打开盒子，果然见里面是一个个金黄的麻花。

李可唯收到的麻花有五包，自己留了一包后，另外四包，她分别给了老大赵云良、同桌客服，又给了一包给陈筱露，最后一包她偷偷地放到了吴榛的桌上。只是那个笨蛋大概都没想到是她送的，还在那傻呵呵地问桌上怎么有包麻花。

"谢谢你，可唯妹妹！"陈筱露刚回复了李可唯，便收到了姜雪芹发来的信息："筱露，你去打印一下这份文件吧。"这是一份清单，足有十多页。陈筱露走到打印室，刚打了两张出来,却发现打印机突然没有反应了。

她连续按了面板上的几个按键,可文档的内容依旧出不来。"这是怎么回事?"毕竟远离职场好一段时间,对于这种状况,陈筱露毫无头绪。

"需要我帮忙吗?"十分熟悉的声音,陈筱露抬头一看。来人一米八的大高个,皮肤白皙,四肢修长,整张脸都透着一种俊秀,仿佛是从古装剧里走出来的美男子,腕上那只金色的劳力士手表更是毫不低调地闪着光——是品牌营销部的赵云良。

"应该是没墨了,一会儿就好。"男子磁性的声音里带着友善的笑意,他将打印机的墨盒换好,果然打印机又恢复了工作。

"谢谢你,赵总。我们是不是以前见过?"陈筱露试探地问道。

"你还记得我?"赵云良的声音里明显带着雀跃。

"对了,是我刚来火车浜7号面试的时候,撞到了你。我还记得你的手表。"

"这样啊?看来我们很有缘。"赵云良淡淡地答道,表情里却闪过一丝失望,心想:"看来她真的不记得了……"

"呀,老大,原来你在这里啊,筱露姐姐也在,刚刚孙红梅好像有事找你。"李可唯刚巧路过,没想到一下遇到了两人。

"好,我马上过去。"赵云良刚迈出两步,便见到气质尤佳的孙红梅主动走过来打招呼。

这个行政人事部的冷美人什么时候变得这么热情了?见孙红梅的身体都快要贴到赵云良的身上,李可唯暗自转头,心中却已有数。

眼看赵云良已经走远,李可唯立刻凑到陈筱露面前,小声道:"筱露姐,你觉得我老大这人如何?十二星座中最浪漫、最感性的双鱼座,也是火车浜7号里人缘最好的黄金单身汉,想追他的人在公司里就有不少。据考察,目前为止只有一位前女友,最大的优点是真诚善良,绝对的暖男,缺点嘛,就是优柔寡断,有时候比女人还细心……筱露姐,我老大可不错哦,你好好把握。"

"可唯,你瞎说什么?!"陈筱露一阵无语,敲了敲李可唯的额头,这个小八卦精,不去当娱记还真是可惜。

李可唯吐了吐舌头,便一溜烟地逃之夭夭,陈筱露也赶紧把打印好的材料交了上去。

"哎呀,今天的洗手间怎么这么脏?王姐呢,整个早上怎么都没有看到她?"姜雪芹刚从洗手间出来,一边整理着上衣的西装,一边不满道。

此时坐在办公室最左边一个矮矮的女生站起来道:"不好意思,姜姐,我忘了跟你说,昨天王姐说今天家里有事,请假了。"

"她请假了,吴颖,你怎么不提前跟我说?王姐家里有事情,可是不能耽误公司的整个清洁。下午老板还要带客人来参观,这洗手间脏得……别人看到了会怎么想?毕竟王姐还是属于行政人事部的。"姜雪芹噼里啪啦一阵念叨后,突然说,"算了,我看这样,你们下午谁有空,把洗手间逐个清理一下。另外,品牌营销部昨晚加班,需要专门打扫一下。"

姜雪芹临时"抓人"在行政人事部也不是第一次,尽管身为行政人事部的老大,在大家眼里,姜雪芹并不是一个难缠的上司,可是作为年轻人的他们却很难理解:为什么什么事情姜雪芹都想揽到自己部门?上上次是临时为发货打包,上一次是去帮忙采购,这一次是为清洁工王阿姨做清洁。

年轻的90后在勤奋上虽然并不亚于70后、80后,但显然,他们要的是价值感和认可感,而不是单纯的雷锋精神。

"你们谁去呀?下午不忙的就举个手。"姜雪芹当然知道这群小年轻的想法,可眼下话已出口,加上又是自己揽的事情,这会儿也只能担着。见底下的几个人都不开口,向来温和的她也难免烦躁。正待姜雪芹意欲发作时,一道清脆的声音却让她两眼发光:"大家都有事,我来做吧!"

这个主动请缨的不是别人,正是行政人事部没来多久的新人陈筱露。见有人主动愿意去做清洁,姜雪芹紧绷的脸瞬时也放松了,刚刚的愁容这会儿已经烟消云散。只是前一秒还假装忙碌的众人表情有些不甘……说好的团结一致呢,怎么又妥协了?

下午,午休刚醒,伴随着鼻息间若有似无的咖啡香气,在品牌营销部专心做事的李可唯隐约感到座位底下,脚的另一侧,窸窸窣窣有什么微小的动静。待她抬起头来,眼前是一双清透而明亮的眼睛。这双眼睛的主人留着一袭乌黑亮丽的长发,她动人的眼睛里,透着一种小动物似的温柔。

"筱露姐,怎么是你在扫地?这活儿不是有保洁员在做吗?"李可唯一度怀疑自己还在梦里,不然她很难将眼前这个轮廓精致的女人与她手上的扫帚联系在一起。

"没事,马上就好了!"陈筱露淡定地回复。最难的卫生间都弄妥当了。品牌营销部的卫生也快打扫好了——只要打扫完李可唯桌子底下的这最后一些碎纸屑,就全妥了。

就在陈筱露把垃圾都清理干净,准备打道回府时,却听见有人正急促地高呼着她的名字。

"陈筱露,我要找陈筱露!"

尖锐的女声响彻了整个品牌营销部，不仅是陈筱露，连其他人也都不知所措。陈筱露自然不知道来者何人，更不知道为什么会有人在公司里这样大张旗鼓地喊自己的名字。

"陈筱露，陈筱露！"等声音近在咫尺的时候，大家才发现，这不是投资部的女妖精Andy吗？Andy身高一米七左右，大眼睛高鼻梁，长相充满了异域风情，一头金色的波浪长发又柔又亮，时髦的小皮裙和性感的丝袜，让她在凉爽的春日里，就像公司里一抹独特的风景，浑身散发着撩人的气息。与Andy同行的，一个是行政人事部负责考勤的吴颖，一个则是行政人事部老大姜雪芹。Andy这余音绕梁的呼喊，可不是为了拿"脏"，反倒是为了"救命"。

事情说来也简单，投资部是公司里新设的特殊部门，这个部门平常就吴榛与Andy两人，因为吴榛的身份特殊，虽然也要打卡，但不必追究是否全勤（因此经常不在办公室），但作为助手的Andy需要负责日常办公、接待客人等一系列事项，所以必须正常上班。

而Andy的考勤记录里并没有上周三晚上的打卡记录，无论是"工作助手"还是"出差清单"里都没有相关数据，一时间"无人证""无物证"，行政人事部的工作人员只得在考勤表上留了一个早退。这下Andy急了，苦喊说自己真的是在加班，只是忘了打卡，并说当天有陈筱露为证，所以一行人便浩浩荡荡来找陈筱露这个证人。

"筱露，你记得吗？上周三的时候，我加班加到很晚才走的，你可以为我作证的。"Andy原本就长得精致，那双无害的眼睛一眨起来更像一个精美的布娃娃，她俏皮地向陈筱露眨了下眼，暗示对方一定要帮她一把。

"这个……"陈筱露回避了对方热切的眼神，陷入了短暂的沉默，似在回想。

"筱露姐，我可是真的在加班，你都看见了，大伙都在，你赶紧说呀！"Andy的眼睛仿佛比刚刚又大了一倍，但显然没有了之前的温软，更多的却是急迫。

"陈筱露，我那天走的时候，你明明就在，你快作证，说我在加班啊，你说啊。"Andy一改温和的态度，见对方还是没开口，已经有些不耐烦地催促着。

时间仿佛停滞了。

"对不起……"没想到陈筱露这一抬头一张嘴，Andy慌了，众人也愣了，她平静而诚恳地说，"Andy，对不起……不好意思啊！"

陈筱露这句不好意思，众人全明白了。

"陈筱露，你刚刚说什么？"Andy显然完全没料到会是这样，顿时显出一副难以置信的表情。

"对不起，Andy，我确实不能证明上个周三你在加班，不好意思！"

"陈筱露，你再说一遍！"愠怒下的Andy激动地摇着陈筱露的肩膀，使得她整个人都在颤抖。

"住手！"一男一女，此时两个声音几乎同时响起。女声是李可唯发出的，而男声的发出者则是刚刚回到品牌营销部的赵云良。

"Andy，闹够了没有？这里是品牌营销部。你知道自己在做什么吗？"众人见一向好脾气的赵云良这次竟然大发雷霆，顿时都愣住了，连Andy也不例外。

"好，陈筱露，有你的，我记住你了。"见事已至此，Andy只能作罢。

原以为是一次救场，瞬间却变为一场闹剧，除了公司里一旁看热闹的人，当事人个个皆是一脸奔丧的表情。陈筱露不愿抬头，Andy则一脸愤怒，行政人事部的吴颖和姜雪芹更是面色如冰，嘴唇紧闭，Andy原本以为这只是一件"走过场"的小事，却没想到陈筱露竟然矢口否认，这无疑大打了她一巴掌。

第十一章　众矢之的

　　待到第二日，公司行政人事部"铁面陈筱露"的称号已传遍各个部门，而Andy的罗生门事件也成为茶余饭后的谈资，姜雪芹倒是没私下找过陈筱露，但看她的眼神与往日有了一些区别。

　　当天下午，陈筱露把一个做好的数据表格发给姜雪芹。姜雪芹刚打开便有些窝火道："陈筱露，你这是做的什么表？我完全看不懂，你重新修改后再给我。"姜雪芹突然间的大发雷霆让陈筱露不明所以，以为自己犯了很大的错，又不敢问，只能找同事指点，搞了半天才知道，内容并没有任何问题，只是格式没有更改。

　　3点的下午茶时间，行政人事部也一改往日的嬉笑不绝，个个都跟闷头葫芦一样，不吱声不出气，谁也不敢划破这份带有危险气息的沉静。等到接近下班，细心的员工发现就在开门打卡的地方有了一个小小的摄像头。尽管这个小摄像头只覆盖了进门的区域，却仿佛一根针尖般，插进了大家的心坎里。

　　"无事生非，众矢之的。"孙红梅感叹道。

　　"这下好咯，托某人的福，进进出出都被监管在人家眼里。"前台的苏小曼高度认可孙红梅的冷评，她离摄像头最近，自此见一个人便会念叨一遍，跟个祥林嫂似的。

　　"有些人这不是搞事情吗？这下谁都没得玩了。"其他部门有人阴阳怪气道。Andy见状在一旁故意塞上耳机，就像只是一只讨厌的蚊子飞过一样。

　　更多部门的员工虽然没有在明面上讨论，但心里多少有些埋怨。

想踏踏实实地待在这里真有这么难吗？陈筱露想，仿佛她越是希望别人忘记她的存在，越是希望能够安安心心地做自己的事，越事与愿违。

如果说陈筱露的矢口否认只具有局部杀伤力，那么摄像头事件则让陈筱露的名字在一夜之间"红"遍整个火车浜7号。在一定封闭的空间里，没有比一张嘴更快的信息载体，陈筱露很快成了众矢之的。

一开始，是无意间有人提到自己的名字，再后来是发现姜姐对自己的态度有了一百八十度大转变，以往姜雪芹虽然偶尔也有严肃的时候，但大部分私聊时都是和颜悦色的。可自从发生了前面的事件后，姜姐对陈筱露却颇不耐烦，以前陈筱露若是疏忽了什么，姜姐都是细心教导，告诉陈筱露这次没关系，但下次一定要注意。如今，姜姐对陈筱露说话十次有九次都是冷着脸，仿佛陈筱露欠了她钱一样。

历来对识人脸色最利落的行政人事部的其他人也把这一风向标看在眼里，"陈筱露"这个名字渐渐地形成了一种自发的条件反射，大伙笃定外表柔弱的这个女人绝不好惹，原先还亲近她的两个姑娘，这段时间避她都跟避瘟神似的，平日经常交接的一些同事，也不再像往常般对她有说有笑。

如果此时的行政人事部还有一人待她一如既往地亲切、温和，仿佛丝毫未受到这件事的影响，那么此人正是让陈筱露一直怀疑的幕后推手——王朝。

"我说啊，女人就是敏感、多事。筱露，你也不要瞎想，这事我相信很快就过去了。再说——"大概是接下来的话不好大声宣扬，王朝特意放低了声音，又挪了几步，凑近陈筱露笑呵呵道，"再说，你这么能干又优秀，就算离开了火车浜7号，哪能找不到好的工作？你要是不介意，我托我爸……"

"咯咯咯……"王朝的话刚说到一半，便被一串银铃般的娇笑声打断，孙红梅刚刚从茶水间冲完咖啡，偏偏眼尖耳明的她把这一幕看得明明白白，心道：王朝这雪中送炭来得还真是及时，如果说像吴桢这样的男人是没机会也要创造机会，那像王朝这样的男人，显然是不放过任何一个从天而降的机会。

"王朝，你以为筱露是你这种暴发户、拆二代呀，随便在哪儿上班，上不上班都无所谓，人家来火车浜7号可不像你当个司机就满足了，人家过来是想当设计师的。你爸再厉害，能找到比火车浜7号更适合她的设计部？我看你还是管好自己吧……还有，答应过别人的事情，就要说到做到，不要只是嘴上说说，行动上又没半点表示。"

此刻孙红梅水灵的大眼睛正滴溜溜地盯着王朝，这夹杂着三分责备、三分柔情、三分醋意的话语，听得王朝瞬间心猿意马——那句"答应过别人的事情"，更是把上次"请吃饭"的允诺道出了几分娇嗔与暧昧。

王朝记得有一次在某个车展上看到一句话:"人的这一生,遇到爱,遇到性,都不稀罕,稀罕的是遇到了解。"王朝不确定自己有多了解孙红梅,但他小鸡啄米似的连忙点头,显然是想证明,孙红梅是了解自己的,而他也接收到了她发出的信号。

陈筱露不清楚两人之前的纠葛,倒是对王朝的身份更加好奇。家里有一二十套房的拆二代,父亲看起来又有些权力,种种信息叠加起来,更让她生疑!

陈筱露平复了下当下激动的情绪,先谢谢了王朝的关心,又忍不住将话题一转,道:"上次听可唯说你去过临海,对临海好像很熟悉,不知道临海大不大?云龙镇那边听说海鲜挺多的。"

王朝怔了怔,没想到一下子扯到了临海,便实话实说道:"临海我确实去过一次,不过是两年前了,而且也没到云龙镇,那边海鲜多? 我倒不清楚,不过临海最南边有个小村还不错,那里的生蚝才叫肥美,有机会还真想再去一次!要不啥时候,我们行政人事部组织一下?"

王朝一副垂涎的表情,在陈筱露看来实在不像装的,欧阳旭光的事情发生在去年,而王朝却是两年前去的,如果他说的话是真的,那么这个王朝就应该不是幕后推手,可除了他,怀疑对象只剩下吴榛了。不!陈筱露突然想起,还有那个几次偶遇的赵云良,每次相遇时,对方看她的眼神总有些怪怪的,他们两人之中究竟谁是?

绞尽脑汁也想不出答案的陈筱露此时也不愿再费头脑,毕竟眼下对她来讲,有比寻找真相更急迫的事,就是解决自己的"职场问题"。她还不想自己这么快就成为"全民公敌",尤其是不想被自己的直属上司误解。

挑了一个合适的午休时间,陈筱露见姜雪芹当天心情不错,特意来到她办公室,告诉她当天事情的真相:那天晚上她确实有看到Andy,但Andy当时是刚从外面约会回来,并非是在加班,所以她不能说谎。姜雪芹听她说完后停顿了几秒,若有所思后拍了拍她的肩膀,说:"我知道了。"

陈筱露以为自己解释后能够获得姜雪芹的理解,可事实证明,这位女上司对自己的态度依旧冷淡,完全不比刚来时的亲切、热情。

不久之后,李可唯才偷偷告诉她,Andy的做法并非一两次,而且在公司内可以说一半的员工都知道,Andy经常借着忘记打卡的借口在工作时间外出干私事或者约会,大家虽然看在眼里,却都不好明说,这次行政人事部明显是铁了心,认为Andy口说无凭。要知道行政人事部早就想在门口安装摄像头,却碍于员工口舌,一直没有找到合适机会,这事一出,反而让姜姐顺水推舟,有了安装摄像头的理由。

陈筱露不敢相信,原来事情的真实情况是这样,自己的诚实反而给人当了箭靶。

其他同事不理解就算了，可姜雪芹呢，为什么这件事情后她反而会讨厌自己？

陈筱露大概永远也不会知道的是，姜雪芹对她的态度转变，并非因为摄像头事件和 Andy 的事情，而是在那天之后，姜雪芹本欲安抚 Andy，却从对方口中得知了一个惊人秘密：陈筱露的前夫是个不折不扣的诈骗犯，因为影响恶劣，还上过临海的新闻。

一个诈骗犯的妻子，面试时说什么为了设计理想，为了重新证明自己，这不完全是笑话吗？这个突如其来的消息让姜雪芹感受到了一种前所未有的侮辱。

那么多高学历、家世清白的人，她一个没选，偏偏选中了样貌与气质最对味的陈筱露。再加上当时赵总也特意表示了对陈筱露的认可，更让她坚信了自己的眼光，甚至无视孙红梅的殷勤。人是她招进来的，要不是认为捡了个宝，也不会破例为了留下她让她做行政总监助理。

可如今，陈筱露的身家不清白，对于姜雪芹来讲，就像自己职业生涯的一个污点……一向细致的自己怎么就在这件事上疏忽了？

第十二章　食堂变革

"老板,您要的茉香奶绿来了……"前台的苏小曼领了外卖员的袋子不紧不慢地把奶茶放到投资部的老大吴榛面前。吴榛只识得奶茶的香味,大吸了一口才注意到,眼前的人竟然是前台。见吴榛两只眼睛乌溜溜地盯着自己,苏小曼有些得逞地抿着嘴,脸颊也随之红了起来。

"怎么是你？不好好在前台,你啥时候改行送外卖了？"

"哼!"见讨好不成,苏小曼刚刚绯红的脸颊立即变成难堪之色,"给你送来还不领情!"

她怎么能想到这个别人口中的多情公子,不仅不识相,还这般羞辱自己,当即恨不得找个地洞钻进去。

周一是公司的总结例会,也是全公司人难得聚集在一起的时刻,所以自然显得特别热闹。

所谓总结例会,分为大例会和小例会,大例会一般是在每个月月初的第一周,届时全公司员工在大会议室里聚齐,除了对上个月的产品生产和销售情况等做总结,大例会也会着重提出当月的计划和各部门之间的一些具体安排。而小例会则通常是各部门的部门例会,分小组进行本周任务的讨论汇报,由部门负责人主持。

"这都快九点半了,怎么还有人没来？"姜雪芹原本应该带着整个行政人事部开会,却临时被老板胡安莉叫过去开了个紧急会议。于是,她在行政人事部微信群里授权,把关于是否设置员工食堂的会议议题临时交给王朝来主持。

王朝在行政人事部里,除了是微胖界的代表,凸着小肚子,并没有别的存在感。临走前,姜雪芹特地指了指他,给了他一个"快去干活"的眼色,王朝受到任务压力,慌里慌张地,没留意到人还没到齐,就开始召开会议。

"是这样的,这个,那个……我们行政人事部,虽然不是公司里核心的技术部门,但是我们是为所有部门服务的部门……老大说,别的部门搞创新,我们行政人事部也要搞创新……老大交代说,很多同事反映吃饭不方便的问题。我们今天讨论一下:是否单独租个地方或者在公司多余的空间里弄个厨房,再请一个阿姨来给大家做饭?大家有没有更好的建议?"

"支持王朝的工作,我先说。"王朝圆溜溜的眼睛一看,是前台漂亮的小姐姐苏小曼,"怎样都行,我还是点外卖,我爱无穷无尽的新菜式。"

"不就是弄个员工食堂吗?好是好,不过,我想先问一句,这个……不用我们交伙食费吧?"紧跟着接过话头的是学生模样的张美凤,她是行政人事部年龄最小的成员,还是个实习生,听说是某个原材料供应商的亲戚,进来时间只比陈筱露早一个月。但凡有任何活动,她最关心的问题是花不花自己兜里的钱。

王朝只是听从姜雪芹的话,就要不要另开厨房讨论,但他哪里知道,要不要花大家的钱?见王朝一脸为难的样子,一向善于察言观色的吴颖则主动插话道:"交不交伙食费,这个我们先不讨论,反正羊毛出在羊身上,即便不交伙食费,也得从福利里抵,现在关键的问题还是要不要租个厨房,然后再请阿姨。我的意见是,从公司成本角度来看,实在太浪费了,完全没有必要。我们公司附近本来就有餐厅,而且大家也可以点外卖,你们觉得呢?"

"我倒觉得未必。"只见孙红梅慢悠悠地捧起咖啡,胸有成竹地说道,"既然姜姐今天提出了小厨房的问题,那我也说一下自己的看法吧。首先,小厨房的前提,是建立在公司经常有工作人员加班,外卖送餐大部分都在四十分钟以上,附近餐厅少且价格昂贵这样一个基础上,虽然我们公司人员不到一百名,但是公司一直都愿意以最大努力去保障员工的福利,所以,请一位阿姨是十分必要的。其次,公司还有空余又通风的杂物间,要改成厨房也是非常容易的。所以,我赞成请阿姨为大家做饭,相比外卖,请阿姨不仅节省成本,而且更卫生,现在新闻上你们没看到很多外卖都不干净,吃了得肠胃炎的事件更是很多。"

见孙红梅说得头头是道,大家也跟着频频点头,王朝更是满眼都是星星。毕竟整个行政人事部,且不说孙红梅一向是最时髦、最洋气的,单就在外企待过几年这一点,便让大家羡慕不已。见众人也不反对,孙红梅的嘴角更是不自觉地向上翘。

"你们商量出什么结果了吗?"

"不好意思,我来晚了。"

大家正在热议时,办公室入口方向传来前后两个人的声音:姜雪芹高声的质问和陈筱露的道歉。姜雪芹阔步走来,而陈筱露则缓慢地跟在其后。众人一头雾水,完全不知道到底是什么情况。

等老大坐下,王朝赶紧将刚刚大家讨论出来的结果汇报给姜雪芹,等待姜雪芹抉择。谁知姜雪芹微皱着眉头,似乎对这个结论并不满意。

"这就是大家的意见吗?所有人都是这么想的?"姜雪芹提高了音量,有些不满道。

"是啊……"王朝正黔驴技穷时,却见姜雪芹突然瞥了一眼陈筱露——心想,刚刚开会确实忘了陈筱露还没来——便知趣地说,"陈筱露还没表态呢。"

王朝话音刚落,所有人都把目光集中到陈筱露身上,等着陈筱露发言。

"我……"陈筱露见大家都盯着她,外加刚刚自己又迟到了,自然有些结巴。可场内越是这般压抑的气场,也令陈筱露越不愿服输,既然刚刚王朝已经讲出了这边的方案,也讲出了正反方的理由,那自己何不综合考虑?

"我的意见是,不赞同员工订购外卖——"众人见这主意与大家所想一致,便不觉有些放松,看来大家都赞成请阿姨做吃的。

众人瞥见姜雪芹漠然的脸,却不想陈筱露的下一句是:"但我也不赞同另外找厨房和请阿姨。"

"什么?"大家都瞠目结舌地看着这个两边都不同意的女人。租个厨房不就是为了让大家不吃外卖,能更健康,而且不耽误点外卖的时间吗?两边都不赞同是几个意思?

正待大家疑惑时,陈筱露解释道:"我建议,可以跟附近的几家餐厅合作做员工餐。"这么一解释,大家顿时明白了陈筱露的大意。其实,艺术小镇附近并非没有餐厅,只是偏偏离创业园最近的几家不是西餐厅便是相对高档的中餐厅,一顿吃下来至少也得五六十元,所以普通员工很少愿意去消费,而最近一家相对便宜的食堂又因为价格低廉,常常被附近的工人挤得爆满。虽然点外卖也很方便,但因为食材和配送的问题,并不能令大家满意。如果从满足大家卫生和节省成本的角度,陈筱露的建议无疑是最好的。

"可是,就我们公司几十号人,几个大餐厅愿意跟我们合作吗?"孙红梅这次反应倒是最快的，率先提出了自己的疑问。这一提问，也让大家似乎想起了什么。

见众人都露出疑惑的眼神，陈筱露再次笑着解释："不要只看我们公司的几十号人，别忘了隔壁公司，还有创业园这么多其他的公司，想必他们也会遇到类似的问题。如果其他公司也赞同员工餐，那么人数多了，餐厅自然会根据客户需要改进服务。"

话都说到这里，大家自然也就心领神会。

姜雪芹也不由得想到跟火车浜7号齐名的几家服装公司，虽然都是服装行业，但毕竟没有利益冲突，而且既然都在创业园里，借机与其他公司搞好关系岂不是两全其美？心中不禁大赞陈筱露的反应和思考能力。

但因为前段时间的事情，姜雪芹对陈筱露仍有些介怀，口中也只是说了一句"嗯"，并没有明确对陈筱露表示认可，便让大家散会。倒是张美凤和王朝等人对平日里向来沉默寡言的陈筱露另眼相看。

而一开始被大家支持的孙红梅，对陈筱露的"超常发挥"有些不屑，顺手便把刚刚手中已经凉了的咖啡迅速倒到了垃圾桶里。吴颖本想提醒她，洗手台明明就在旁边，但见她动作里明显透着几分不耐烦，便只好嘟着嘴忍了下来。

好不容易忙完了上午的工作，陈筱露觉得身体有些疲惫。可突然间，微信上弹出了李可唯哆啦A梦的头像：筱露姐，听说你早上迟到了，有件事我想要告诉你，如果你现在不忙的话，我们待会儿天台见。

第十三章　天台创意

  天台是火车浜7号最顶层的露天部分,这里原本主要用于火车浜7号服装的室外拍摄,但因钱江多雨,且大部分时候服装样品都是棚拍,所以除了拍照,大家很少主动上去。

  陈筱露把手里的事情做完,见姜雪芹也不在,就直奔天台去了。

  天台的空间原本就不大,当陈筱露推开那扇玻璃门,正准备给李可唯发消息时,却意外看到一个束着长发的女人的背影。虽然看不清楚是谁,但无疑这个人肯定在火车浜7号工作,陈筱露正犹疑着上楼还是下楼时,却见刚刚站着的女人瞬间蹲了下去,她的双手摩挲着黑亮的头发,全身都透着一种焦虑。

  这样的状态似乎让陈筱露想起了什么,眼见女人的动作迟缓,整个身体也一动不动,陈筱露不禁心中一惊,不由自主地走上前去,心想无论这人是谁,她都打定主意要尽己所能地帮助对方。

  让陈筱露意外的是,眼前并不是一张陌生的脸,而是设计师周南!

  周南穿着一件及膝的驼色外套,浅色的毛衣,胸口上是简单的四叶草吊坠,原先光彩的眼眸因为连日的失眠多了连粉底也无法遮住的黑眼圈。那张原本漂亮而充满自信的脸上,此时却布满了无奈与苦涩。

  身为火车浜7号的老员工,周南在火车浜7号已经待了四年,她对火车浜7号曾经有着虔诚如教徒般的热爱,却也明白这里从来不是理想的圣殿,而是残酷的职场。

在火车浜7号,只要你有能力,你就可以拿到最高的薪水,享受最佳的福利。这里有最好的原材料让你使用,这里有最佳的平台让你发挥……可一旦你没有相应的能力,成为团队里的蛀虫,两次机会之后,公司便会立马对你的能力做出重新评估,进行调岗安排或者直接劝退。

上一季度,因为一次失误,周南在设计衣领的时候,加了一个结扣,以至于很多买家在穿了衣服后,都觉得这个结扣按压在皮肤上,弄得脖子很不舒服,近乎一致的差评,一下子拉低了当月服装的销量。再上一次,则是在当季的流行色里,她恰恰选了"禁忌"的黑色,于是遭遇滑铁卢。真的是自己老了吗?越来越无法抓住年轻人的喜好了?好强的周南因此一度崩溃到失眠。

"大设计师,你好!"陈筱露朝着周南微微一笑,这张脸在公司的大屏幕、宣传栏、画册、网站等反复出现过,故而见到周南的陈筱露并不觉得陌生。

"你是?"听到有人叫自己"大设计师",周南有些错愕。因为常年待在设计部,熬更守夜的,很少与外人打交道,所以对眼前的女人可以说一点印象也没有。

"你好,我叫陈筱露,是行政人事部的。刚刚我路过这里的时候,看到你不太舒服,所以想来问一下有什么可以帮你的?"

"哦,你是那位——陈筱露?"周南随后想起来了,前段时间公司流传的"铁面陈筱露"的故事。

"是我,我以前做过设计,我知道这份工作的挑战性。"陈筱露回复道。

眼前这个五官精致的女人透着和善的目光,听陈筱露这么一说,周南才意识到,原以为自己掩饰得很好,恐怕内心的情绪早已外露,她下意识地擦了擦还未干的眼泪,故作坚强道:"谢谢你,我没事。只是最近工作压力有点大,所以觉得有点闷,才想来这里坐坐。"

"嗯?"陈筱露原本想再说点什么,可周南的状态让她选择了静观其变。她知道很多时候,越多的言语只会更容易陷入尴尬,不如将选择权交给她本人。

周南本以为陈筱露会继续追问,可她却只是沉默地看着自己,这让周南突然对眼前这个陌生女人萌生出一种单纯的信任感,她愿意将自己的心事在此时告诉她:

"设计部一年一度的淘汰赛开始了,可是我始终找不到灵感,她们已经陆陆续续地画出了设计,甚至连材料都已经准备好,可是我一直不知道应该怎么下笔……也许我真的不是一个好的设计师……"

听到周南无奈的叹息,陈筱露这才想起,这两天公司的电视大屏幕上一直在循环着"春之序曲"的服装主题宣传片,陈筱露当时并不明白是什么意思,后来还是李可唯跟她解释，这既是新款主题比赛，也是火车浜7号一年一度的淘汰赛，由火车浜7号的首席设计师安娜出题，大家各自根据对题目的理解，设计出家居、户外、办公、休闲、宴会五大类型中的一种服饰，而所设计出的这款服装，不仅将得到安娜亲自点评给分，也将作为设计师的年度代表作，完全交给市场检验。同时结果也会计入每位设计师的年度总分之中，一旦年度总分低于警戒线，公司将会有裁员的考虑。

陈筱露隐约记起早上屏幕里的一段视频，那是一个高挑的女人在静谧的海洋中如同精灵般畅快地舞蹈，她时而与海洋中的海龟互动，时而穿过五彩斑斓的珊瑚礁，时而像美人鱼般扭动着身姿，随着女人的身体慢慢地浮出水面，屏幕上也突然出现了四个正楷大字：海洋之星。这正是远在泰国度假的安娜给这次比赛选择的主题。

生活在南方的陈筱露虽然一直热爱大海的无边与广阔，可是因为不善游泳，是一个标准的陆地动物，所以以前即便去国外度假，很多下水的项目都与她无缘。不过海底有一样生物，却是陈筱露的最爱。陈筱露记得以前每次带真真去水族馆的时候，看得流连忘返的都是自己。想到这里，陈筱露突然有了主意。

"你喜欢大海吗？"

刚刚还陷在情绪里的周南听到陈筱露不明所以的问话，点了点头道："喜欢。"

"那海洋里你最喜欢哪种生物？"

"海洋里的生物吗？其实我不会游泳，所以每次下海近距离的观察机会都被我给错过了。不过大海之中，有一种生物是最让我难忘的，而且每次看到它，心情会变得非常好。"

"你说的是会跳舞的？"陈筱露微微一笑，知道两人想到了一起。

"水母！"

"水母！"

对方跟自己的答案竟然一样。

"我也是，记得小时候在海洋馆里看着不同形态的水母像轻纱一样一点点攒动，然后在斑斓的灯光下呈现出不同的颜色，就好像走进了一个梦幻的国度，真羡慕它们的飘逸和自由！"陈筱露不经意地说。

"是啊，那种感觉就像四处飘荡的裙摆在整个海洋的空间里自在地畅游——飘荡在大海里的裙摆？"仿佛被什么点醒，周南的眼前顿时一亮，"谢谢你，谢谢你，我知道该怎么做了！"

"好哇，你们居然偷偷在这里约会！"陈筱露和周南同时一愣，才注意到这熟悉的女声从一旁的墙边传出，这时一个青春靓丽的女孩跳到两人的眼前。

"可唯!"见来人是自己约好的李可唯,陈筱露放心地向她招了招手,问道,"你什么时候到的啊?"

"我早来了,看你们一直在聊天,就不敢打扰。不过,筱露姐,没想到你这么厉害!虽然听说你是设计专业的,还在日本留过学,但没想到你对设计这么有想法!你待在行政人事部真是太屈才了。我相信南姐这次的作品一定会惊艳整个火车浜7号的!"

"就你嘴巴最甜!"设计部和品牌营销部历来都有合作,所以对于古灵精怪的李可唯,周南一直非常喜欢,只是没想到,她跟陈筱露竟然还是朋友,这两人在她看来,不管年龄还是性格都相差甚远。而周南听到陈筱露竟然是设计专业,且曾留学日本,更加对她刮目相看。

"好了,看来我得告辞了。"见时间已经差不多,周南笑着向两人道别,赶回自己的工作室。而陈筱露则从她的眼神里看到了重新燃起的信心和希望。如果没错的话,接下来周南要选的材料,也就是……

每次一见到陈筱露,李可唯便像得到了糖果的小朋友一般,心情大好,陈筱露也如此。

两人,一个娴静端庄,一个俏皮活泼,并排而坐的时候,却像是学生时代性格各异的好姐妹一样。李可唯是典型的外冷内热,高中那会儿因为想趁着年轻多去外面看看,高考时便有意填报了钱江的传媒大学,后来在一场公益活动中认识了胡安莉,关注了她的微博。看到火车浜7号的招聘信息后,她便毫不犹豫地投递了简历,没想到竟然顺利通过。

作为一个重庆女孩,李可唯最大的性格特点便是遇到不怎么喜欢的人,通常都是一副礼貌的表情,既不疏远也不讨好,但若是遇到喜欢的人,则像个小话包子,常常金句迭出,人也尤其活泼。陈筱露的风格则完全与之相反,进入火车浜7号以来,陈筱露似乎对每个人都是温柔友好的,谈不上热情或者冷淡,更多时候她给人的感觉就像一缕初春的阳光,但这种温暖的外表,仿佛只是陈筱露身上的一层镀膜,因为没有人真正地了解这个始终面带微笑的女人。

"筱露姐,你是什么时候跟南姐熟悉起来的,我怎么不知道?"李可唯有些好奇,陈筱露跟周南并不在一个部门,而作为一个标准的摩羯座,周南一向沉溺于工作,与人交往也都是直来直往,除了设计部的颜如玉,几乎都没看她跟谁走近过,难不成她们以前认识?

"我跟她其实并不熟,只是挺巧遇到的,所以就聊起来了。摩羯座?看得出,她真的是一个非常努力的设计师……对了,你找我是想说什么事情呢?"

"筱露姐,这事儿她们太过分了,我跟你说了,你可不要生气!"李可唯有点犹豫道,一想到那帮人这种偷偷摸摸的行径便愤怒不已。

"你说吧,可唯,什么事情?跟我上午迟到的事情有关,对吗?"

"是的,其实他们私下建立了一个奶茶群,没有把你拉进去,而且在奶茶群特意提醒大家今天上午提前开会,因为你是新人,没有参加过,所以就忘了叫你,害你今天迟到。"其实这事也是李可唯后来从吴颖那无意听到的,虽然心里有些犹豫,但是李可唯还是想第一时间把这件事告诉陈筱露。

原本以为听到真相的陈筱露也会和自己一样十分愤怒,可让李可唯没想到的是,陈筱露闻言脸上虽闪过一丝不快,但只一秒的工夫,她抿了抿嘴唇后,便恢复了常色,对李可唯说:"谢谢你,可唯,我知道了,但是这件事不要跟其他人说,好吗?我也会假装不知道的。"

只见李可唯睁大了眼睛:"筱露姐……"

"好啦,别说了,可唯,我知道你是真的关心我,我们下去吧。"陈筱露摸了摸李可唯的头,仿佛什么也没听到过。

第十四章 反败为胜

一周之后,当陈筱露再次从屏幕上看到周南的时候,这个之前垂头丧气的女人眼里却透露着前所未有的自信与笃定。综观活跃于春夏之季的各种面料,除去棉麻以外,便数蕾丝和雪纺最受欢迎,然而,在这一次的作品里,周南既没有选择蕾丝,也没有选择雪纺,而是选用了比蕾丝轻透、比雪纺更高端的欧根纱。

当水母游曳于大海之中,翩然起舞的姿态不正如欧根纱般完美吗?这次周南选择的主题是户外,而用欧根纱做的裙装自然便带着一股仙气,当高挑靓丽的模特一出现,便吸引了所有人的注意力。

"好仙啊!"连一向追求庄重沉稳风格的姜雪芹在墙上的大屏幕上看到这期主题作品时,也忍不住感叹,更别提各部门其他几个年轻的女孩。大家纷纷在屏幕前大呼"哇塞",恨不得立马能拥有这样一款别具风情的"公主裙"。

看着前段时间分明表现不佳的周南竟然"反败为胜"时,设计部的其他设计师们也颇感意外。其实令她们吃惊的并非周南的超水平发挥,而是对主题的理解。

要知道,在火车浜7号,每一套衣服不仅是由针线构成,更是由设计师精心编织的故事而成,在设计出最完美服装的同时还要紧扣安娜所设下的主题,这才是春季服装最大的难点。可就在所有设计师将目光放在沙滩、海浪以及蓝色海洋时,谁又能想到周南竟然通过水母联想到欧根纱。正是这出奇的创意,才有了最终几近完美的成品呈现,也让她在这次比赛中毫无疑问地拿到了最高的排名。

"看来，这次你真的是下了狠功夫……"就在众设计师议论纷纷时，一道委婉妖娆的女声突然传入周南的耳中。不用想，周南也知道，能说出此话的人必是林梦瑶。

从周南加入火车浜7号开始，林梦瑶便是除安娜外被认为最有天赋的设计师，也是火车浜7号的首位主设计师。"妖冶、善妒、天赋极佳"——周南还记得这是她第一次从同事口中得到的关于林梦瑶的三个关键词，此后，她发现这三个词不只是精准，简直就是天蝎座林梦瑶本人最真实的写照。

在办公室里，林梦瑶的衣服几乎从未重过样，从夏天的露脐装到冬天的重金属，骨架原本瘦小的林梦瑶无论穿什么都带着一种天生的性感。天赋极佳更不用说，不论哪次作品，林梦瑶几乎都能做到又快又好，即便不是当季最佳，通常排名也不会跌落前三。至于善妒，打压新晋设计师，故意挑刺，这样的行为在周南的眼皮底下自然不是一次两次了。而两人的恩怨情仇，更是堪比一部八点档的电视剧。

"不下狠功夫，恐怕下一次便不能待在火车浜7号了。你少了我这么个竞争对手，岂不会很无聊？"周南亦不甘示弱道。

"周南，你可说笑了，我们怎么会是对手啊，大家在同一个公司，我可一直把你当姐妹啊！"林梦瑶说起这话的时候丝毫没有扭捏，仿佛这就是她真实的想法。

"好一个姐妹？是处处陷害对方的姐妹，还是不要脸卑鄙无耻抢人家男朋友的姐妹？"听到刚刚林梦瑶的"姐妹"之词，周南只觉得讽刺至极。

"你说谁不要脸卑鄙无耻？一个破男人还这么稀罕，我看有人就是眼瞎犯贱！"话音刚落，众人只听到"啪"的一声，林梦瑶被这一巴掌拍得晕头转向，头昏沉沉的，脸上也瞬间燃起一股火辣辣的疼痛。

"你这个贱人，居然打我？"林梦瑶反手便想回周南一巴掌，也让她尝尝刚才这股疼痛，可刚抬起胳膊，林梦瑶就被一道有力的手腕给按了下来，再看看那张标准的方形国字大脸，这力气、这面容，除了自己的助理朱朱，还有谁？看到自己的助理竟然胳膊肘往外拐，林梦瑶顿时气急败坏，好在其他人同样也在试图拉开周南。

"打你又怎么了？我早就想这么做了！林梦瑶，兔子急了也会咬人，何况你知道我周南从来就不是兔子，而是一只老虎！"

"你、你凭什么打我？你就是个没人要的贱女人！"林梦瑶见手不得力，只好将脚也用上。

"你！"两人一边咒骂着对方，四肢却丝毫没有停下，虽然众人已经使劲拦住双方，不料办公桌还是被两人弄得凌乱不堪，各种图纸和面料更是散落一地。

"闹够了没？住手！"就在大家眼睁睁地看着战火越演越烈时，只见人群中一位黑色长发、气质出众的女人带着肃杀之气阔步走来。跟办公室其他女设计师或时尚或经典的穿着不同，来人穿着一套枣泥色新中式大衣，黑色复古腰带使她看上去既古典又优雅，明明是十分低沉的语气，可自发话后，刚刚还一片沸腾的场景竟神奇得像突然被按下了暂停键。

能在设计部不靠权力和气势，就能让大家立刻安静的，大概也只有设计部素有"花神"之称的设计师颜如玉。

颜如玉，台湾人，人如其名，性格温润如玉，作为设计部三大主设计师之一，天秤座的颜如玉一向十分低调，设计风格也多为带"花"主题的中式风，对于年轻人来讲，这样的风格偏于保守，但要论粉丝的忠诚度，在整个火车浜7号，却是无出其右。

"你们弄成这样，还把这里当公司吗？作为两名主设计师和老员工，看看你们现在在干什么？"颜如玉有意提高的音量，无疑让刚刚还扭打在一起的两人也瞬间清醒过来，虽然对对方的怨气并没有消散，但两人也同时意识到这里是办公室。

不到一盏茶的工夫，办公室的硝烟已经散去。而设计部的微信群里，远在国外的安娜则对周南指名道姓地提出批评，并让行政人事部就此记过。周南在群里对这一处罚倒是并无异议，林梦瑶虽没有吭声，不过谁不知道，背后肯定是她在告状。

"筱露姐，筱露姐，你看电视没有？"自打周围的餐厅开始为企业提供员工餐服务后，李可唯每天都会找陈筱露一起吃饭，一来因为自己坐得老远，跟部门的人往来并不密切，二来她也知道陈筱露因为前几次的事情，想必在部门并不受欢迎。所以一到饭点，李可唯就跟猴儿一样积极。

"看电视？"

见陈筱露一脸茫然，李可唯赶紧解释："就是年度淘汰赛啊，你知道吗？我当时盯着屏幕，在满目琳琅的服装中，一道白光突然一下就闪现在我的眼前，当时我心里好像被什么化开了一样——"看到李可唯一副虚张声势的样子，陈筱露赶紧微笑地打住了她："可唯，好好说，什么情况？"见自己的那点小心思被陈筱露看穿，李可唯只好老实地说："周南设计的那条仙女裙，真的太美了，我超级喜欢。"

陈筱露嘴角隐约扬起一个满意的笑容："是吗？你觉得哪儿好看？"

"哪儿都好看！"李可唯毫不吝惜地赞美，"这次的主题本来是海洋，但对应的是春季，周南能够想到欧根纱，可以说是别出心裁。欧根纱透明的蓬蓬裙加上纯白色立体绣花布网，既时尚又清新，如果再配上一双黑色小皮鞋、一款简洁的桶包，找一个春暖花开的日子去踏青，就再适合不过了。"

陈筱露没有想到李可唯竟有如此敏锐的捕捉能力，屏幕上明明就只有一套衣服，而李可唯说出来的却是一整个春天的场景，不由得对她投来赞许的目光。不过下一秒，李可唯便有些神秘道："不过，今天设计部还发生了一件重大事情！"

"什么事情？"

李可唯向陈筱露转述了设计部里周南打林梦瑶的事情，这让陈筱露大吃一惊。

"筱露姐，有人说两人是情敌，也有人说周南早就看不惯林梦瑶。不管什么原因，你都最好小心一下林梦瑶。我不否认她是很有才华和天赋的设计师，可是她太小心眼，品行上实在不敢恭维，这话，我也就提醒你，在设计部这几年，她暗地里使过不少小动作，而且有仇必报。这些事情说大不大，说小不小，也没证据，恐怕老板都只能睁一只眼闭一只眼。俗话说：宁得罪小人，勿得罪君子。如果你以后进了设计部，一定要多加注意啊。"

听李可唯这样一说，陈筱露脑海中突然闪现出刚来公司第一天，在样衣间里看到的场景。同时也不得不感叹李可唯尽管年纪不大，心思却十分细腻，无论是对服装设计的领悟还是在人情世故上都有自己的主见。而对于李可唯热心又善意的提醒，更觉心中暖烘烘的，想着：有这样一个妹妹在公司里帮着自己，实在是一种幸运。

第十五章 周南辞职

一周后,周南的"白色恋人"很快冲到店铺首页第一,当月销售量显示的数字是1888,且在持续上升中,在春夏的高定服装中,这样的销售已经十分难得,上次上线不满一周便破千的单服还是两年前出自安娜的作品。想到周南在过去半年里,设计的衣服几度跌出排名,很多人一面继续私下猜测着林梦瑶跟周南打架的原因,一面赞叹周南,看来姜还是老的辣。只是谁也没有想到,就在这个礼拜,设计部又发生了一件众人都未曾预料的事情:周南竟然主动辞职了。

"谢谢你,筱露。这次设计能大获成功,功劳主要应该归你。你是迟早要大放异彩的天才。"周南第一句话就直接表达了感激之情。

"我只是灵光一闪,你却完美抓住了。是你了不起。"同样是明亮的天台,同样是和煦的微风。只是相较于一个月前的惆怅,再面对彼此,两人心中都舒坦了不少,惺惺相惜。陈筱露本想来天台透透风,而周南则似乎是有心在这里等什么人。直到听到那声熟悉的"大设计师",她才莞尔一笑,知道自己等的人来了。

同那天一样,陈筱露不问,只是等着周南将其中的原委向她道出。果然,两人一阵沉默后,周南如上次一般开了口:"我爸得了癌症。"陈筱露一怔,万万没想到是这个原因。

"我出生在一个三线的小城市里,以前我跟他关系很差,总是觉得他重男轻女,因为我是女儿,从小他就没有真正地爱过我。大学毕业后,因为不想在老家的小城待着,我从晋市一个人跑到了钱江。那个时候,我以为我终于脱离了这个我不想再看到的家……他身体一直不好,我从没有管过,一年过节回家只待三天,为的就是避过他们的催婚。两个礼拜前,我妈实在忍不住,跟我说了我爸的情况,说他想我,他一直觉得对不起我……

"从十天前,我每天晚上都在失眠,梦里全是我爸的影子。想到小时候,有一次晚上我发烧,病得很重,他虽然很不耐烦,但还是一个人背着我走了很远的路去县里的医院……我想,这可能还是我欠他的,虽然我们都没法真正地去爱对方,但他始终是我爸!"

眼前的周南在陈筱露看来,哪里还是什么"女神设计师"、什么"最能扛的女强人",这个时候的她,其实跟任何二十来岁的小女孩一样,面对亲情的纠葛,面对梦想的抉择,充满了困惑,也充满了无奈。她是有家却不想回……因为曾经的家容不下她的位置,也容不下她的梦想。

可自己的呢?陈筱露不由得想到了恩爱的父母,想到了曾经跟欧阳旭光相处的一点一滴,想到真真那可爱的模样,为什么好好的一个家如今却变得支离破碎,如果没有那个幕后的始作俑者,现在她又会过着怎样的生活?想到这里,陈筱露不禁感叹:果然家家都有一本难念的经啊。

"所以是这个原因,你想辞职?"

"也不完全是。"周南接着说道,"我上周就递了辞职信,只是一直在犹豫,直到那天——我想你应该也听说了。我打了林梦瑶一个耳光,大家都认为我是不是疯了,可是你知道吗? 她不仅三番五次在安娜面前诋毁我,还抢走了我的男友,然后又抛弃了他。我忍了她太久,想着既然要走了,还不如爽快地跟她有个了断……"

陈筱露自然没想到两人竟然还有这样的嫌隙,也难怪周南当时一时失控。

"那你回家打算怎么过?"出乎周南的意料,陈筱露并没有规劝她留下,也没有问她是否下定了决心,只是用最现实的问题,希望她能从内心想好自己的路。

从大学便离了家在外闯荡,县城里的生活不知周南能否适应,又会用什么方式养活自己? 周南也看出陈筱露一眼便洞悉了自己即将面临的本质问题,她只说了四个字:开家小店。虽是简洁得不能再简洁的话,但陈筱露知道,作为设计师,周南的心思仍旧在服装上,但见她心里已有主意,也不再多说。

见了想见的人,周南心中十分平静,她起身正准备返回,却突然想起了什么:"对了,有份礼物要送给你!"微风中,陈筱露见周南此时已经起身离去。

等到陈筱露回到工位上时,才发现桌上果然放着一份礼物。坐在一旁的吴颖见陈筱露的盒子拆开后竟然是一瓶祖玛珑的香水，开口便向一旁的王朝埋怨："她的怎么跟我们不一样？我这个就是一块手工香皂。你看你的，也就一盒茶叶。"

王朝毕竟是男人，更不缺钱，对于这些小礼物自然没什么计较，见吴颖一副快要发作的样子，生怕她叽叽咕咕再闹，便兀自站起，借着去洗手间的由头逃了。

陈筱露虽然十分喜欢这瓶香水，但见周围人的礼物与自己不同，也只得面带笑容又若无其事地将这份与众不同的礼物放到一旁的抽屉，便开始了例行的工作。陈筱露并不知道的是，周南说的礼物，并非指这瓶香水。

那日陈筱露给出了自己的建议后，周南从李可唯那里得知陈筱露原本便是设计专业出身，且有过日本留学经历，来火车浜7号应聘的也是设计师职位，只是阴差阳错之下成了行政总监助理。

想到自己马上就快离开公司了，出于好意，周南便写了一封信向安娜推荐陈筱露接任自己在设计部曾经的职位。可当天周南拿着信封去找安娜时，恰巧安娜不在，周南便将信封放在了桌上。谁知这封信被林梦瑶看到，林梦瑶以为周南信中一定会说自己的坏话，便想也没想，偷偷将这封信用碎纸机处理后，扔进了垃圾桶里。

于是，安娜根本就没有收到这封推荐陈筱露的信，周南也对此一无所知。

第十六章 暗中较劲

"筱露姐,在干吗呢?赶紧收拾一下,我们马上开个关于布展的小会。"这天午饭后,李可唯风风火火地赶到行政人事部,一进门就直嚷嚷。

陈筱露正在整理桌面上的文件夹,被她的咋咋呼呼弄得有些手足无措:"什么情况?开什么会?"

"我们下午要去城西布展,没通知到你吗?"这下轮到李可唯纳闷了。

"工作群里才通知的,姜姐点了你的名,赶紧看看!"自称刚从姜姐办公室过来的孙红梅抢过话头回应道,"哦,筱露,刚刚姜姐接到品牌营销部赵总那边打来的电话,说公司要举办的少儿模特大赛的活动需要增加人手。姜姐说行政人事部就数你最细心,所以让你和这次活动的执行人李可唯一起去。"

孙红梅没提是自己"极力推荐"了陈筱露,装模作样地掸了掸衣服,一副风尘仆仆的样子。比起到外面风吹日晒,傻子也知道还是待在办公室里舒服。孙红梅琢磨着往日里这种活动都是姜姐安排自己出马,难得今天第一时间踢给"能干"的新总监助理陈筱露了,心里那个莫名地爽啊。

"嗯,谢谢红梅。我会去的,希望能帮上忙。"陈筱露打开微信群,果然见姜雪芹点了自己的名,并让这次参与的人员在小会议室集合,由李可唯统一安排。陈筱露心想:又给我临时派活,还不是姜姐直接吩咐。这个孙红梅真能找机会"帮"我。

看来,设计师没做成,这段时间,估计先得被练成一个全能的行政人员了。自从上次主动提出做清洁后，好几次临时拉人的活都"顺其自然"地落到了自己身上，其间孙红梅的"贡献"是最大的，陈筱露不免露出苦笑。不过，毕竟这次可以直接帮上李可唯的忙，就懒得去计较是否有人有意无意折腾自己。于公于私，都帮的是可心的新闺密，陈筱露心中也不觉安慰了许多。

本以为尘埃落定，可这时，行政人事部的微信群却又弹出了一条消息，原来品牌营销部要去的一名员工因为拉肚子进了医院，这边赵云良委托行政人事部再增调两人前去帮忙。前台是门面，自然不可能参与，此时孙红梅扫了一眼座位，只剩张美凤跟自己，不禁轻叹，是祸果然躲不过。

谁知，还没等她发话，群聊下又弹出一条消息，王朝今天下午要去机场接一位客人，下午投资部吴总会来公司，顺便送大家去城西。

"行政人事部还需要两个人，看来我还是得上前线支援。张美凤，你就跟我一起吧。"如果说前一秒的孙红梅还愁眉苦脸，这一下，她简直跟挖到了宝一样。由于投资部相对独立，吴榛平时来公司的时间本来就不多，有时候一个礼拜也未必见得了一面，更不要说在偌大的公司制造两人单独相处的机会。自从上次在酒吧向他表白了心意后，孙红梅发现，吴榛虽说仍旧心系李可唯，但对她也没有十分强硬地拒绝。依照她孙红梅对男人的那点判断，比起毫无经验的李可唯，自己无论哪方面都有不可忽略的优势在。

"什么？小吴总去，那我也要去！"前台苏小曼《王者荣耀》正拼杀到激烈的关头，微信群里弹出的"吴总"二字，就像兴奋剂一般瞬间让她眉飞色舞，完全顾不上手机里正在厮杀的游戏小人，激动得直接喊了起来。

"啊，可是我手里还要做一个资料，下午要递交的。"张美凤此时正埋头噼里啪啦地敲着键盘，这一下午出去也不知道什么时候会回来，况且这种活动说白了跟打杂没啥区别。她还是个实习生，可不想为此耽误手里正经的工作。"红梅姐，我这边真的不行啊！"

"我可以，我可以！张美凤，我们交换，你帮我看前台，我代你去参加活动。成交？"

"成交！"苏小曼正愁没有机会，张美凤的话则如同神助令她好生欢喜。

这下使尽心机的孙红梅立即头大起来，没能抓到张美凤这个人畜无害的实习生做陪衬，反倒与苏小曼这个吴榛的狂热爱慕者、傻头傻脑的"花痴"同行。当然，还有那个吴少格外青睐的李可唯……

敲定了这次参与布展的人员，李可唯、陈筱露、孙红梅以及苏小曼四人来到了小会议室。因为这次行政人事部主要是做辅助性的工作,所以具体任务分工由品牌营销部的李可唯统一部署。这是到公司以来,李可唯作为新人第一次独自负责现场的执行,她心中虽略有紧张却并不慌乱。需要提前打印的单子和背景板已经制作好了,现场那边上午也已经联系好工人,剩下就是一些小物品,附近就能买到,只要现场不出其他乱子,基本没有大问题。

她将今天的展会目的一五一十地向另外几人解释:"今天这场活动是火车浜7号与钱江少儿超模组委会联合举办的首届少儿模特大赛。开始时间是下午3点,火车浜7号作为主办方之一,也是借此推广童装新品牌阿尔法。下午胡总以及品牌营销部的赵总都会亲自到场,所以大家的任务就是提前来布展,做一些准备工作,以及完毕后收拾好现场。"

虽然任务被李可唯形容得简单,但陈筱露心知,火车浜7号一向以女装知名,但这半年多以来似乎有意开拓其独立的童装品牌阿尔法,只是相比切入女装时的天时地利,童装阿尔法则面临着更大的市场拓展压力。从少儿模特大赛入手,加上商场的人流,显然有助于品牌的塑造与推广。

孙红梅跟苏小曼本来就是抱着打酱油的心态参与活动,两人从坐下来开始,便心不在焉地玩起了手机。孙红梅最近连轴参加了不少本地俱乐部的活动,桃花爆棚,只是挑选来挑选去,不是年龄太小就是实力不济,说到底,比起吴、赵二人终究有些差距。

再看一旁的苏小曼,只见她一改之前的游戏热,竟然专心致志地看起了美女直播,口中似乎还念念有词。孙红梅以为苏小曼这个傻白甜是迷上了直播购物,殊不知,早已不满足当一名前台的苏小曼真正关心的其实是主播的表达和销售技巧。

"搞半天真的就是打杂。"听完李可唯的叙述后,孙红梅更加确定这就是苦力活,没啥意思,唯独想到赵云良和吴榛两人都会去,心里多少有些窃喜。

"终于又可以见到吴总了,真开心,上次酒吧聚会后都快一个月没见他,他长啥样我觉得我都快忘了。"苏小曼对于活动内容,完全是听而不闻,倒是听到吴榛也会去,便没头没脑这么说了一句,众人只能一阵无语。

"这么快就把人家吴总长什么样子都忘了,想想当时是谁兴奋地一口一个吴公子,看来女人啊,都是健忘的生物啊!"宁静的会议室里,王朝爽朗的笑声突然传了进来,他的手里提着一个塑料袋,里面是特意为大家准备的奶茶。

原本王朝半小时前就要出发去机场,不过因为对方突然晚点了一小时,所以这会儿他有空过来看看在这里开会的美女们,为大家送送饮料,只是没想到一进门就听到一个这么有趣的话题，他自然便接上了，又偷偷瞅了眼一旁的孙红梅。

"哪能把他忘了？吴总要钱有钱，要地位有地位，要形象有形象，尤其那天在酒吧里，简直是呼风唤雨，一呼百应，别提有多帅有多酷，喜欢她的女孩恐怕不只是我一个，也不知道人家是怎么看我的。"苏小曼有些酸溜溜地说道。

她早就知道，今天在场三位有两个都是自己的"竞争对手"，别人都以为她憨憨傻傻蒙在鼓里。其实那天晚上吴榛对李可唯的一系列动作，她可是看得清清楚楚，而孙红梅虽然全程看似都跟王朝在有一搭没一搭地聊天，眼睛却是动不动就搁在了吴榛的身上。

"吴总自然是万人迷，美女杀手。谁让人家长得帅、有钱又大方？而且完全不像平常那些富二代，只会花家里的钱到处显摆。吴总花的钱可都是自己赚的，火车浜7号也只不过是他投资的众多项目中的一个而已。不过话说回来，像吴总这样的男人，需要的一定是能与他匹配的女人。当然以吴总现在的年纪，还喜欢追求新鲜感，想多玩玩，以后真要结婚，家世肯定不能太差，也不能太嫩。不然，只会成为笑话。"

孙红梅的一席话如同一杆激光枪，让气氛瞬间陷入了一种空前的尴尬。暴发户王朝只能噤声，李可唯和苏小曼则像挨了一记闷棍。

唯独不在此事中的陈筱露此时站了出来："吴总是有能力，也有资源。但我相信，在这两者之上，吴总必定还有过人的眼光，门当户对，从来不是指单纯的物质条件，否则的话，就不会有梁山伯与祝英台、罗密欧与朱丽叶、罗切斯特和简·爱这样史诗般的爱情存在，精神的契合和灵魂的对等，古往今来，才是人类追求的爱情真谛……"

苏小曼只知道梁山伯与祝英台，后面两对从来没有听过，但此外的每一个字她都听懂了，陈筱露的话是在反驳孙红梅，她昂着头，觉得每一句都有道理，看向孙红梅的眼神里也不自觉多了几分神气。李可唯的眼中则流露出诚恳的赞同。王朝知道这会儿三个女人的战火一下变成了四个女人的了，孙红梅这人什么都好，有时候就是太自负，有人敲打敲打她也是好的。

"我觉得……"孙红梅正欲继续反驳，却听到会议室里有人来了。

"你们都好了吗？准备走咯！"说话的人正是刚到公司不久的吴榛，在处理完手中的事情后，听说大家在小会议室开会，他便直接过来了。

"嗯嗯，吴总，我们已经说好了。可以走啦！"苏小曼一蹦一跳地走了过去，其他几人则跟随其后。

五人从办公室走到地下车库，原本并排而行，可等吴榛坐上驾驶位，孙红梅则有意向前挪动了两步。

"我要坐前排!"注意了孙红梅的小动作,苏小曼抢先一步,正打算拉开前面的车门。

"小妹妹,我看你瘦胳膊瘦腿的,还是坐后面吧,我坐前面,这样大家也方便。"

"凭什么我坐后面?你也不胖啊!我就要坐前面!"苏小曼也不甘示弱。

"你在前面这么吵,我怕影响到吴总开车。"孙红梅见苏小曼并不吃软,依旧一副"好心"的样子解释道。

"你们都别再争了。后面位置够宽敞,你,坐后面,你,也坐后面,李可唯坐我旁边!"见两人拉拉扯扯竟有些没完没了,吴榛只得硬生生摆出气势命令道。好在两人在吴榛面前都不敢造次,只能听从吩咐。

李可唯顺理成章地坐上了副驾驶位,而后排的苏小曼和孙红梅则有些闷闷不乐。

虽说苏小曼坐了后排,可路上倒是一点也没闲着,时不时便把头往前面拱,不是东扯一句就是西扯一句,孙红梅嫌苏小曼太吵,可不便直说,只得以李可唯和陈筱露都在休息为由,让苏小曼乖乖闭了嘴。李可唯是真没闲心凑这热闹,她昨天睡得太晚,一早上困得不行,在副驾驶位上很快便闭了眼睛,陷入甜甜的梦乡里,只是迷迷糊糊中,身体似乎突然变得越来越暖和,醒来时,才发现不知道什么时候身上竟然盖了一件男士的外套。

第十七章　临时补救

大约五十分钟后,一行人总算来到了目的地,钱江城西银泰城。

其实通过这几次的观察,陈筱露对吴榛已经有了一个初步的了解。吴榛这个人并非一般的富二代,他聪明,亲和力强,比很多富二代更上进,但同时也贪玩、奢靡,身上不乏富二代的一些小毛病,可这个人无论举止还是言行,都透着一股说一不二的正气。这样的人会在背后指使人举报旭光?陈筱露不敢相信,可如果不是他,那么又会是谁?陈筱露更想象不出同样正派的旭光怎么可能得罪他,也想象不出如果真得罪了他,这样的什么场面都来事的实力派青年才俊会闹出什么后果。

"那我就先走了,各位加油!"吴榛见已将大家送到,像完成了任务般,轻松与大家告别。

"吴总,拜拜!"苏小曼和孙红梅皆热情地微笑着朝吴榛挥了挥手。两人从上车时到现在的殷勤举动自然逃不过陈筱露和李可唯这两个细心的处女座,两人交换了一个眼神后,只是客气地与吴榛点头作别。

此时大家的正对面就是钱江市有名的银泰大厦。作为钱江人流量最大的购物商场之一,城西银泰城首日开业试营业,就创下了客流量突破20万人次、营业额达到近1.2亿元的纪录。

正值下午阳光普照,宏伟的银泰大厦如巨人般闪耀着金色光芒。

按照几人的分工,陈筱露拿着手中的物料单去了批发市场,而李可唯和苏小曼等人则与广告公司的人在商场里进行舞台的布置。因为购买的多是气球等临时舞台装饰品，陈筱露采购完便很快回到了会场。这时展架等已经搭好，但李可唯却着急地在台上来回踱步，似是十分焦灼的样子。

"怎么了？"陈筱露很少看到李可唯脸上表情这样难看，下车时的她还一派活泼的样子，可眼下不仅脑袋耷拉着，连脸色也白了。

今天是李可唯入职以来第一次独立负责现场活动执行，这会儿显然出了紧急状况，她需要请示赵总但电话打不通，微信留言对方也没回复，孙红梅主动提出去商场管理中心找找赵总，可好一会儿了却是一去不复返。李可唯正在为此发愁，却见陈筱露刚好回来。

"哎，筱露姐，你快帮我拿拿主意。"她起身引着陈筱露到了舞台幕布的正中央，将修长的手指放在了背景喷绘的文字上，又递了一个无奈的眼神过去，陈筱露定眼一看，这时什么都明白了，"是品牌名称搞错了！这怎么可能呢？"

"刚刚我已经追溯过了，问题出在设计稿转制作稿上。我们的设计师一时失误将阿尔法误输成艾尔法。我想把背景换了……也已经第一时间让制作公司修改好了，但他们离这边太远，重新制作晾干再送过来，时间上100%是赶不及了。"

"孙红梅刚建议说这么小的字，大家也不会在意，说就当作没看见吧！还有一个多小时，老板也快来了……"

"可我觉得不行，这涉及公司的名誉，我想及时把这件事反馈给赵总，还有就是费用方面的问题，也需要他批示，可他一直没接电话……"因为有些激动，此刻陈筱露能听出李可唯的声音有些颤抖。

"别急，可唯！"陈筱露此时跟李可唯想法一致，都赞同换掉背景喷绘，只是领导的批示没有下来，李可唯不敢乱动，再加上时间已经这么紧，如果随便找家广告公司，效果不好也很麻烦。"这样吧，可唯，因为涉及公司的荣誉，紧急事件只能紧急处理了。你去联系下我们一直合作的广告公司，问他们这附近有没有推荐的其他广告印刷公司，费用我先垫着，我们兵分两路，我跟苏小曼去重新打印，你就留在现场，赵总那边只有等后面再解释了。"

"好的，谢谢你，筱露姐，我这边马上联系。"陈筱露的话让李可唯顿时茅塞顿开。如果一开始对眼前这个女人的好感只是因为她的美貌和气质，那么眼下果敢而坚定的陈筱露则让李可唯实实在在产生了一种钦佩之情。

不一会儿，李可唯的手机上便收到对方发来的一个打印地址，距离商场不到两公里。"可唯，你再把源文件发到我邮箱，你微信开着，我们随时保持联系……"

"好的,筱露姐!"李可唯高声答道,她相信在陈筱露的帮助下,事情一定可以顺利解决。

离开李可唯后,陈筱露带着苏小曼迅速找到了那家广告印刷店,此时已经是下午1点半,临时打印一张巨幅的背景喷绘,还需要在3点前送到会场,对于老板而言简直就是极限挑战,况且店里本来还有其他的打印工作,为此陈筱露不得不忍痛出双倍的高价。

好在谈妥价格后,老板速度倒是非常快,可随着时间一秒一秒地逼近,李可唯这边的人越来越多,眼看她就要忙不过来了。"筱露姐,你们什么时候回来?一大堆小朋友和家长都来了,我这里急需人帮忙!"面对眼下一个个聒噪的小精灵鬼,李可唯实在束手无策。

陈筱露看了看正在打印的机器,只得道:"那我先回去,这里已经跟老板商量好了。小曼,我就先过去帮忙,这边弄好后,你立马打车过来,记得留发票。"

"嗯嗯,好的,筱露姐。"

随着商场内一阵动感音乐的响起,原本宁静的地下一楼瞬间变得活跃起来。也许是工作人员在台上台下地奔忙,引来了路人的关注。再看大喷绘上的"Showkids首届少儿模特海选"字样,商场里路过的行人自然也忍不住打听:怎么这么热闹,这是在搞什么活动?

"这不是火车浜7号?"

"这家公司最近两年很火啊,我跟朋友都特别喜欢,走,去看看!"

大家闻声纷纷凑到舞台边上,闹哄哄地七嘴八舌讨论着。少儿模特大赛的影响力再加上火车浜7号的优惠券和台上精美定制礼品,瞬间让舞台周围多了不少喜欢看热闹的观众。

因为要重新挂上背景喷绘,李可唯再次联系了之前的工人,而陈筱露则根据流程准备着一会儿舞台上的物料,并照顾好先后来到会场的小模特们。时间不知不觉过去,眼看已经两点半了,苏小曼那边却毫无动静,李可唯只得拿起手机催促。

"哎呀,别催,打印是好了,可是还要风干啊。现在吹风机、空调、暖气齐上阵,能想的办法我们都想了……"

"3点能不能准时到啊?"

"应该可以!"

李可唯虽然心中焦急,但也知道光是催促并没有用。眼下只得一边完成自己手里的活,一边继续与苏小曼保持联络。新来的小模特们,个个都是鬼精灵,闹得她早已一个头两个大，幸好有陈筱露分担，不然对这群小魔王，她简直没有办法。

"到哪儿？到哪儿了？"眼看已经2点50分，李可唯不得不再次询问进度。随着场面逐渐热闹起来，空旷的舞台周围渐渐聚满了各个年龄段的人群，有老有少，更多的则是一家三口。"看，这里有活动，这里！"在里圈第二层的一个长发女人正朝着不远处挥手，她看向的地方则有一个中年男子，他的肩上还坐着一个正在吃手的男孩。

女人的声音太大，引来前排好几人的注意，陈筱露和李可唯也就顺势望去。这不看还好，一眼望去，却见一头紫色挑染短发的胡安莉正英姿飒爽地朝着舞台走来。

今天的胡安莉穿了一套米色的V领针织衫和一条黑色简约风格的长裙，脚上搭配的则是一双浅色的鱼嘴高跟鞋，这身打扮不仅将她衬托得优雅精致，且浑身充满了女人味。远远看上去，眉眼里依旧有几分"王祖贤"的影子。

而胡安莉左边，则是穿着一套深红西装、身材修长的赵云良，一双忧郁的眼睛和微抿着的嘴角，展现着一种独特的俊美和阳刚。虽然之前也见过赵云良好几次，但陈筱露完全没想到，一身正装的赵云良竟然比平时更为帅气。

"赵总，总算找到你了！"此时孙红梅不知道从哪个角落里突然冒了出来，嘴上虽说得急切，步伐却一副姗姗来迟的样子，她有意无意地将手指搁在了赵云良的手肘上，柔声道，"赵总，刚刚我正好有事情找你呢，我以为你在商场管理中心还特意跑过去，脚都差点崴了，结果你在这儿……"

"嗯，不好意思。刚刚正好在接一个电话……"赵云良看向孙红梅，却发现她今天有种别样的神采，白色的蕾丝裙外加一双同样浅色的高跟鞋，平时绾起的头发，今天竟也破天荒地放了下来，比起平时的职业范，今天的孙红梅更多了一份女人的妩媚与温婉。

赵云良哪里知道刚刚在洗手间里，孙红梅特意将自己从头到脚倒腾了一番，跟吴榛喜欢的活泼阳光的类型相反，谁都知道赵云良最爱清纯淡雅型，尤其是刘诗诗那种人淡如菊的气质，最让赵云良欣赏，据说他的前女友便是此款。正是为了悉心打扮，孙红梅才耽误了这么多时间。

此时场上原本带有强烈节奏的音乐，在一轮一轮的切换中，不知什么时候竟然变得舒缓起来，见胡安莉与赵云良以及现场的几位评委已经就座，可新的背景喷绘还没到，李可唯更是接连催促了苏小曼几遍，得到的都是"快了，快了"的回答。背景喷绘上"艾尔法"三个字此时如同针刺般，让李可唯每看一眼便觉得眼睛生疼，再看最前面一排的胡安莉，似乎正往自己的方向看，李可唯更是越加慌乱。

"别急，先把眼前的事情做好……"陈筱露拍了拍她的肩膀，示意李可唯不要自乱阵脚。

"嘟嘟——"正当李可唯念叨着未归的苏小曼,哪知舞台的角落,却陡然出现了一个熟悉的人影,来人正是苏小曼。

"我的亲,你终于回来了!"李可唯不禁双手合十,露出一副谢天谢地的表情。

"可唯,赶紧,我们让师傅把喷绘换上去。"陈筱露有条不紊地说道。

"好的,那我们先让师傅把旧喷绘撤下来,再换新的上去。"

"不行,还有不到五分钟,换旧的已经来不及,直接上新的吧。"

"好!"李可唯与陈筱露彼此对视了一眼,便一同辅助着工人叠加新的喷绘。

"这是在干什么?"眼看距离开场的时间不到四分钟了,见舞台原先的喷绘竟然被覆盖了一层,台下的胡安莉一边看向舞台上的两人,一边有些不解地问赵云良。

"是喷绘出了点问题。"此时赵云良刚看到了李可唯给他发的信息。

李可唯见一切已就绪,向主持人点头示意,比赛终于可以正式开始。

第十八章　粉墨登场

　　此时场上的灯光骤然加强，音乐也从舒缓的钢琴曲变成了急切的走秀音乐，小模特们个个精神饱满地穿着阿尔法最新一季的时装大步走向T台，眼神里充满坚毅和自信。

　　而想到这一路的波折，李可唯和陈筱露则不由大松一口气，这是李可唯第一次与陈筱露一起共事，她的心中又是激动又是惊喜，激动的是两个人齐心协力办了一件"大事"，欣喜的则是她的筱露姐竟然这样心细如丝，智慧果敢。

　　活动整整举办了两个半小时，才在一片欢呼声中落下帷幕，而随着音乐的停止，台上穿着精致的小模特们也一改之前或沉着宁静或犀利霸气的台风，个个喜笑盈盈地钻进家长的怀里。

　　"筱露、可唯、小曼还有红梅，你们今天辛苦了！"走秀结束后，胡安莉和赵云良特意走到后台，向今天的工作人员致谢，"尤其是你这个小鬼头，我看你一直神色紧张，还心不在焉，搞得像个特务似的……"

　　"呃……"被胡安莉当场点中，李可唯挠了挠头，脸都有些红了。"其实……"她刚打算解释，却见一旁匆匆赶来一个保安。"胡总，您好，是这样的，您的司机好像已经在外面等您很久了。我们今天商场人流特别大，车位比较拥挤，您看……"

　　"司机？"胡安莉诧异，笑着道，"我已经快一年没有用司机了，这一年都是我老公亲自来接我的……你说的应该是他吧？"

保安一脸窘态，这才反应过来："我就说哪有穿着一身燕尾服，这么文质彬彬的司机，他呀，就说是您的专属司机！"

胡安莉面含笑意，知道Eason又在调皮了，心道：再让这个老头子久等，估计待会得说是她的保镖了，便匆匆与众人道了别。临走时，她似乎别有深意地看了李可唯和陈筱露一眼。

胡安莉昂首阔步往正大门赶，却突然发现一道熟悉的目光正落在自己身上。"似曾相识的眼神。"恍惚之下，胡安莉仿佛想起了多年前的那个人，那双深情似水的眼睛，难道是他？胡安莉循着这道目光望去，只见一个脸颊丰盈、轮廓清晰、鼻梁高挺的男子正被一个女人挽着。不是他……他很瘦，鼻子也绝对没有这么挺……

"对不起，借过一下！"男子用有些低沉的声音对胡安莉说道。这下胡安莉更确定不是那人，虽然身形和眼睛都很像，但他的五官和声音与那人差异很大。即便两人已经多年未见，但胡安莉认定自己不会记错。

胡安莉想不到的是，出现在自己面前的人，正是十年之后的严峰——她的前男友，他回来了。这十年里，他抛下了过往的身份，远赴韩国，不仅拥有了新的名字，更在车祸后改头换面。这些年，他从未有过一丝一毫的松懈，为的正是终有一天能够与她再次相见……他发誓永远不会忘记过去所承受的痛苦和耻辱！迟早，他会让她付出双倍甚至十倍的代价！

"胡总好！"胡安莉正要侧身让路，一个身穿Gucci外套、戴着墨镜的漂亮女人正冲着她打招呼。原来是自己公司的设计师林梦瑶，此刻正悠闲地挽着那个英俊男人的胳膊。

"朴正俊，我的男友……这是我老板胡安莉，胡总！"

胡安莉早在公司便听闻林梦瑶甩了上一个男友后，新交了一个大她十岁的男友，第一次见到对方，心想果然气质不凡，不然也不会让一向心高气傲的林梦瑶如此满意。因为赶时间，胡安莉只是淡淡地给了两人一个礼貌的微笑，便匆匆离开。

而朴正俊则一脸冰冷地问林梦瑶："这就是你们老板？"林梦瑶点了点头，巴不得把公司的所有新闻都八卦给自己的好奇男友。

"呵……"朴正俊轻哼一声，嘴角突然露出了一丝狡黠的微笑。

待胡安莉走后，赵云良来到了李可唯等人身边，刚刚台上的事情，他全都看在眼里，此时，正打算跟李可唯问个清楚，背景板的喷绘究竟是什么情况。哪知孙红梅一见赵云良，便抢先接过了话头："现在的年轻人，可真是不靠谱，这么大个活动，字出了差错，竟然要临时去打印。有人也是，明明知道不符合流程，领导都没批示，就把事情给办了。这以后大家都来效仿，行政人事部也不用制定规章制度了。"

"孙红梅，请你不要拐弯抹角地在这里造谣，我之前说要汇报赵总，不是电话没打通吗？而且因为事情紧急，筱露姐才说先去印刷的。"李可唯听出了孙红梅的阴阳怪气，脾气一下便上来了，她和陈筱露原本是为公司的名誉着想，也跟赵总打了电话，可那会儿他没接，怎么就成了擅自做主？

"我是觉得一开始就存在工作失误！你俩这样折腾，又没走完审批流程，完全不符合公司制度。我是对事不对人。老员工不是更该为公司着想吗？"孙红梅振振有词，语气里还有几分委屈。

"好了，好了！你们都不要再争了。事情办妥才最要紧，其他的回去再说吧……"赵云良最不喜欢见到别人争执，尤其是女人一闹起来，他简直头疼。

"那我也要回去了。赵总，搭你的顺风车没问题吧？"孙红梅见赵云良赶着要走，就赶紧迈着小步快速跟了上去，一张脸顿时变得笑容灿烂。刚刚在吴榛车上，李可唯受宠，吴榛那边她显然又失了一局，何不趁着这个机会抓住另一位男神？她可不想错过单独与赵云良同车共行的绝佳交流机会。

因为还有些物料要处理，李可唯等人便留在了现场，只是一眼望去，很显然，孙红梅在跟赵云良嘀嘀咕咕地说着什么。

陈筱露看着他俩消失的背影，疑心病又犯了，心里直嘀咕：这个赵总与旭光究竟有什么渊源？幕后推手会是他吗？

见孙红梅都提前"翘"了，苏小曼原本也想跟着溜之大吉，可碍于自己向来提在口中的"义气"，觉得这样丢下李可唯和陈筱露跑了又实在不好，于是有些心不在焉地跟着撤现场的物料。好在刚才的布置还算简单，不到四十分钟，刚刚还闪亮非凡的舞台，此刻又重新回到了布展前的模样。今天这一番折腾，终于完事了。李可唯开始感觉到身体上的劳累，更有心理上的疲惫。可是一想这次的突发事件也算圆满解决，李可唯的心中还是有些许的成就感。像是憋了好久一般，在与陈筱露四目相对时，两人眼中更多了一丝默契。

"今天谢谢你了，筱露姐！你一会儿去哪儿呀？"李可唯问。

"当然回家呀，我的妹妹。真真在等我。"陈筱露自然地回答。

"你家远吗？等会儿让我送送你吧？"

"不远，就地铁三个站吧！"想到平日从公司回家通常要坐十个地铁站，陈筱露顿时觉得轻松不少，"不用送我。你今天也累了，忙完你就早点回家休息吧！"

"没事，就三站路。你今天这么帮我，等会儿就让我送送你吧。"李可唯诚恳地说道。此时包里的手机却突然响了起来。

又是他,真不嫌麻烦啊!李可唯漫不经心地把手机拿出来一看,又随手放了回去。可手机仍旧没有停下来的意思。

"你干吗不接电话?"陈筱露笑吟吟的,显然已经猜出来了。

李可唯表示无奈,呵呵一笑,包里手机终于安静下来。

两人继续埋头扫尾,手机却又响了。这次李可唯看到陈筱露眼中的鼓励,就慢吞吞地接起了电话:"吴总,吴少,干吗一直打我电话,有急事吗?"

"你们还在那边吗?都顺利完事了吧?我马上会路过,顺便请你们一起吃个饭庆祝一下!赏光不?"

十分钟以前,吴榛看到苏小曼在微信朋友圈里发卖萌的照片,宣告"展会终于结束",便算好时间来到了楼下,耐心地给李可唯打起了电话。

"谢谢吴总,展会圆满结束了。马上就忙完。你今天也辛苦了,就别安排了。我有点累,想回家!"李可唯嘴上拒绝着。

"哦,明白。那你等我一下。等我!"电话那头的人却十分坚决。

李可唯朝陈筱露耸了耸肩,摊了摊手,陈筱露轻轻地拧了拧李可唯的脸,会意地笑了笑。

两分钟后,会场里多了一个俊朗的身影,来人东张西望,一路寻来,正是——吴榛。

"吴总!"苏小曼的眼睛像装了雷达一样,老远便看到吴榛笑容满面地穿着一身休闲装朝展台这边走来。

"你怎么来了?"苏小曼的眼睛明显闪动了一下,这情节,让她想起电视剧经常出现的"男主从天而降,给女主一个惊喜"的桥段。随即,脸上却变得十分难看。

因为吴榛冲着她礼貌地笑了笑后,就径直走向了半蹲在地上低头撕胶带的李可唯。他伸出一根指头,在她头上如小鸡啄米般轻点了一下。

李可唯察觉到了头上的异样,正欲动手挠头发,却感觉到肩膀也被人拍了一下,转身便见到一脸笑意的吴榛。"晚上一起去吃饭吧?"明明刚刚已经拒绝了他,这人不仅不退,倒是直接找上门来。

"我今天真的不想去了。"李可唯说的是实话,一来她觉得有点累,二来她跟吴榛之间的情感她也没想好,不知道该如何处理。更怕对方再进攻。面对一个温柔又体贴的高富帅,她也不过是个抵御能力普通的女生罢了。

"走吧,别想了,筱露也一起去吧,到时候吃完,我再送你们回去。看我来都来了,要不给个面子?"吴榛说着竟然卖起萌来。"对了,苏小曼,今天你期待已久的《新英雄》正好上线,赶紧回去抢装备,我再送你两个限量款的套装和特权,保证你全场最靓哦!"吴榛的声线延续着刚刚的调皮,却又是一道再明显不过的逐客令。

"哇!好啊,好啊,那就谢谢吴总,我先回去了。"苏小曼跟往常一样,脸上依旧挂着笑容,只是这一次没有人知道,一脸天真的苏小曼心中早已沉浸在一片酸楚之中,眼角更是不知不觉湿润了,可她硬生生将心中的难过和委屈吞了回去,换上了平日最熟悉、最标准的微笑。

她可以争,可以抢,可以装傻,却没办法实实在在无视一个男人的偏爱。她可以在酒吧装醉,可以毫无顾忌地表明自己想坐副驾驶位,却不能假装看不到吴榛真正喜欢的是谁。苏小曼不知道自己究竟会不会因此而放弃,而这一刻,她确实没有理由再吵着要待在这里。

第十九章 一探究竟

吴榛驱车带李可唯和陈筱露来到了一家叫"李白宴"的川菜馆,说是附近,其实已经临近西湖区。车子沿山路而上,九拐十八弯,灯火掩映在茂林修竹之间,却有一精致的阁楼建筑赫然立于山腰。

餐厅以原木和琉璃瓦为主要材料,室内的摆设用的是竹、棉、麻、藤等原生态材料,具有现代感的同时,亦呈现着一种古色古香。

陈筱露注意到,院中停放的几乎全是豪车。这里的食客从穿衣举止上看,不是政商要人,至少也非富即贵。等服务员拿上菜单后,吴榛只过眼了几秒,便念出一串熟悉的菜名,显然他不是第一次来这家店,上次是请大家吃人均四百多的自助餐,今天看这情景只怕不止于此。

"怎么样?感觉还行吧?"吴榛知道李可唯不喜欢那些装饰得太花哨的店,所以特地选了这家奢华却有内涵的餐厅。这家餐厅的风格结合了当地的建筑和景观,既有浓烈的文化气息,又十分具有现代感,这样精心的安排,对于李可唯而言自然是惊喜的。

"嗯,谢谢你啊。"往日里大大咧咧的李可唯此时竟有些语塞。她心里十分矛盾,吴榛对她的真心她都看在眼里,可两人巨大的差距,还有吴榛招蜂引蝶的性格都摆在那儿,穿拖鞋吃烤串的吴榛,她尚能亲近,可眼下这个名牌加身、豪气奢靡的吴榛,自己真的可以拥有吗?要知道处女座可是天底下最实在,也最缺乏安全感的星座,比起如梦幻泡影的爱情，她更想要的是一份实实在在的坚定。

陈筱露则又一次地打量起吴榛来。吴榛的身上似乎有许多面，一个富二代，一个头脑灵活的投资人，一个女人缘十足的男人，他身上既有浪子的豪迈，也有绅士的儒雅，如果真的是他，即便略有意外却又在情理之中，可真的会是他吗？又是怎样的事情会触怒到他？

与此同时，吴榛也注意到了陈筱露的异常，其实应该是不止一次，吴榛总觉得陈筱露对自己是好奇的，虽然两人平时除了同事间礼貌的问候，几乎没有正面交谈过，但他发现每次遇到陈筱露的时候，她总会用一种奇怪的眼光看着自己，不同于李可唯的矛盾、苏小曼的欣喜、孙红梅的欲擒故纵，陈筱露的眼里更多的是一种全方位的打量……

三人临窗坐下。窗外清风吹拂，假山碧池，垂柳石凳，好一派江南景致。

片刻之后，一位身穿青花瓷旗袍的俊俏江南女子翩翩而来，款款而立，开始介绍菜品："今天的定制菜单已经在三位手上了。主菜是本色原味鲍鱼、虾糕冻鱼子酱、东坡钱江团、脆皮鹅肝、脆瓜爽燕、白灼花螺、玉环虾球、太极天麻羹、蒜泥白肉、川味煲仔饭等十二道菜品。开胃菜则是熊猫攒盒和蛏子皇怪味五彩面。其中重点是蛏子皇怪味五彩面，功夫在于面之细和怪味酱，地道川菜的味道来自清甜微凉的肥美蛏子与口感丰富的面条酱汁之间的融合。你们慢用。"

吴榛向女子交代了几句，然后三人低声说说笑笑，就着窗外大好美景一路开吃。其间，吴榛还主动点评了主菜。什么鱼子酱的咸鲜炸开，虾膏因之悠长，要打底足，脆度刚好，才堪称一绝……而本色原味鲍鱼，以粤菜为高。这家餐厅整体酱汁微甜略咸，咸味能将干鲍的风味悠悠引出，而迁就江浙沪人口味的甜酱汁却多少损了干鲍的风味，亦不属川菜所长……倒是大赞东坡钱江团集聚了钱江鱼鲜特有的美味并绝配川菜的手艺，敢称东坡云云。

"你呀，吴大公子，就一副吃遍天下的大吃货内行嘴脸好不啦？这哪是李白宴，这是唐宫宴！"李可唯看他口若悬河，于是接过话打趣道，"依我看，还是小面和蒜泥白肉更接地气，最美味。"

"呵呵，好你个李可唯。不管吴总多么用心，多么破费，永远伶牙俐齿。"陈筱露被李可唯的古灵精怪逗笑了。

"筱露姐，我当然感谢吴公子的用心良苦。可人家实话实说嘛。"李可唯一副童言无忌的可爱表情朝向东道主，"吴公子大人大量，该不会扫兴了吧！"

"哈哈，怎么会？不要老是吴公子吴公子的，我就说米其林级的新派川菜，必有一款适合可唯。"吴榛显然被李可唯逗乐了。

"吴公子可是花名远扬,名副其实。那不然我怎么叫?"李可唯故意使坏,继续刺激对方。

"我叫你可唯,你当然叫我吴榛啰,你要虐我到几时?场面上的事,应酬上的事,是要让客人开心,兄弟开心,花名才是虚的。"吴榛忍不住为自己辩护。

"知道了,吴公子!"李可唯的一声吴公子,没把后者呛晕,于是心里舒坦了,开始改口,"好啦好啦,吴公子吴榛!……筱露姐,你喜欢哪道菜呢?"

"玉环虾球。口感丰腴,鲜香满口。"陈筱露赶紧接过话题,很得体地点评了一道。

愉快的时间过得很快,不知不觉,菜已上齐。陈筱露觉得是时候了:"吴总,我有个问题不知当问不当问?"

吴榛似乎等她开问已久,微笑着点点头。

"像你这样的实力派青年才俊,如果有人得罪了你,你会怎么处理?"陈筱露犹豫再三,不管是否突兀,决定直奔主题。

"得罪我?那要看事情的大小了。如果是小事情,对方也是无心的,可能道个歉就算了。"

"那如果是比较严重的伤害呢?"

"比较严重的,那就按照法律的程序来。赔偿也好,弥补也好,该怎么着怎么着。当然如果仅仅是道义上的,估计就打一架吧,哈哈哈。"

"什么情况下,你会以眼还眼,以牙还牙,或者背后指使他人去打击报复对方呢?"

李可唯惊呆了,不知此时陈筱露怎么会问出这样的问题。吴榛顿时也蒙了:陈筱露是为了感情上的事帮李可唯问,还是有其他原因?

"这个倒不至于。我吴榛素来正大光明,背后放冷枪的事从没干过。这几年做生意也好,投资也好,虽然有不少对手,倒真没和谁结过仇。毕竟给对方留一个台阶,以后相逢也有余地。"

"有胸怀,有气度,难得啊!"陈筱露了然一笑,似乎已有答案,"吴总的胸襟气量真是让人佩服,筱露失言,不要见怪。"

"客气了。这是我吴榛的肺腑之言,信不信由你。"

李可唯此时倒是困惑稍减:接触这么些日子来,难道我误会了他?吴榛这人看上去真的靠谱呢。

时间已经不早,三个人也吃得差不多了。考虑到自己在这儿形同灯泡,陈筱露给李可唯使了一个眼色后,便提出要先离开,随后挥手作别。

待陈筱露走后,李可唯见桌上虾仁和鲍鱼还剩不少,便忍不住对吴榛吐槽道:"浪费!太浪费了!不行,这两个我要打包回家。"

"别……我的李大侠。"吴榛连忙用手制止,"这个打包回去就不好吃了,刚才看你吃得挺欢的,要不你就吃完吧,打包回去干什么呢?"

"我就是吃不下了,才想打包回去明天吃,这个这么贵,不打包多浪费!怎么?你是瞧不起我们这样的贫民,嫌弃我给你吴公子丢脸了?"

"胡说!怎么会呢?有人在钱江房子都买了,怎么能说是贫民?虽说是找父母借钱付的首付,自己还房贷,也算是新时代的独立女性,我吴榛哪儿敢瞧不起你!"

"女孩子追求独立不应该吗?偌大的一个钱江市,买一套小户型自己蜗居怎么啦?女孩子经济上不独立,人格上也难独立……"

"对了,你怎么知道我买了房子?你听谁说的?你一个大男人居然偷听女孩子讲话,不害臊?"想到吴榛连自己找父母借钱付首付买房的事情都知道,看来他真是没少打听自己。

"哎呀,可唯,我知道你因为要还房贷,所以一直在省钱,但今天咱真别打包了行吗?为了弥补,我送你一样东西——"转身吴榛从背后拿出一款经典的Chanel中古包递给李可唯。

李可唯望了一眼上面金色的logo,并没有抬手,脸上却是一番戏谑的表情道:"怎么?吴公子,这就是你泡妞的手段……这个呀,我可不要。"

"怎么不要了?送你就拿着,你这个年纪的女孩也该有点奢侈品在身上,上次我看苏小曼还背了一个新款的LV。"

"苏小曼是苏小曼,我是我。我平时穿的就是Kara、优品这些平价的品牌,要我背个这么贵的包包也不像那回事,你呀还是拿回去。我喜欢会自己买,另外,我即便要,也只要我男朋友送的。"

"你这重庆姑娘,就是倔……只要男朋友送的,那我说不定以后就是你男朋友呢?"吴榛见李可唯拒绝倒也不恼,反而心中有一丝小小的窃喜,李可唯果然跟自己想的一样——不虚荣、不物质。他知道这样的女孩已经非常少见。

两人继续你一言我一语地嬉闹着。此时一个打扮妖冶的女人蹬着高跟鞋,正径直朝着他们走来。显然她是冲着吴榛去的。

"哟,没想到在这里见到你,看来最近是换口味了?"吴榛的座位旁突然坐下来一位戴着墨镜、高挑性感的长发美女。女人长着一张瓜子脸,大眼睛,皮肤白皙,身材更是十分火辣,微笑时脸上挂着两个甜甜的酒窝。她的手里提着宝格丽蛇头包,碎花的长裙搭配着绿色的针织毛衣,尽显时尚却又不乏个性。纵然是自幼生长在美女之都,李可唯也不禁被眼前这位成熟性感的女人吸引住目光。

"是你?"

"怎么,这才想起你的前女友……吴公子,最近可好?现在还在那家服装公司吗?我这两年也开了家服装公司,虽然没火车浜7号那么大,不过我们直播项目目前开展得还不错,而且个个都是肤白貌美的氧气美女。有兴趣来投资吗?"

"这个,就不了。不过恭喜你,终于完成了自己的梦想,记得当时你一直说想要开家自己的服装店,没想到这么快就梦想成真了,而且比预想的做得更好。"

"那不还多亏你吗?要不是你跟我分手,我想也没有我的今天。话说,这位小美女是谁呀?看这打扮跟个学生似的,小美女是第一次来这里吧,刚刚看你跟她有说有笑,别真是你的新女朋友,我眼睛应该没出问题吧?"说着,美女夸张地上下打量了李可唯一番,露出一丝讥讽的笑容。

第一次被人用这种眼光看着,若是按照李可唯的性格,此时恨不得上前跟这人理论,管他什么大美女,什么前任,可眼下这赤裸裸瞧不起的眼光,却也让她感觉到一种前所未有的心虚感。

尽管李可唯不知道两人之间具体发生了什么,但凭对话中的内容,大致能猜出又是一出狗血的爱情戏。李可唯觉得自己实在搞不懂吴榛,更搞不懂他的生活里为什么好像总是有两个世界:一个世界光鲜亮丽,堆满了名牌、豪车、奢侈的消费和靓丽的美女;另一个世界则跟普通人一样,打乒乓球,喝奶茶,吃食堂最普通的小笼包,穿十几块的拖鞋。

对于他来讲,哪个世界是真的,哪个世界是假的?李可唯觉得眼前的吴榛让她再一次感到陌生。

"不好意思,我还有事,先走一步。"李可唯顾不上吴榛,也顾不上美女脸上惊讶的表情。将嘴擦干净后,她拖着自己的小帆布包半跑着离开了餐厅。这是二十四年的岁月中,她第一次体会到一种自尊上的羞辱,一种无地自容的落败。

"不想回复吴榛发来的信息,也不想再接那个人的任何电话。"这一晚,李可唯躺在床上辗转反侧,她的脑海里总是会时不时回想起这段时间与吴榛的相处。想到跟他嘻嘻哈哈疯玩打闹的样子,想到他跟别的女生一起吃饭还送人家回家的场景,想到他在酒吧用心地向自己表白,也想到他身边总是那么多莺莺燕燕。

在床上翻来覆去后,胡思乱想的她,终究还是忍不住给陈筱露打了一个电话。此时的陈筱露刚刚哄完女儿,一见是李可唯的来电,便猜到一定是自己走后她跟吴榛之间又发生了什么。

而李可唯则将吴榛前女友的到来和她对自己的羞辱一一讲给陈筱露听。

"筱露姐,你说这样的人,是不是根本就跟我不是一个世界的?我们之间,真的有可能吗?还是说我对他来讲就只是一种新鲜感,等过一段时间,如果他把我追到手,就不会珍惜了。"

"可唯,其实今天我问他问题的时候,能够感觉到他是一个有责任感、有担当的男人。我知道你很介意你们之间的这种差距,也担心自己比不上他的前女友,但是你要知道,你善良、优秀、上进,还很独立,你可是唯一的可唯,一定不要小看自己,要努力争取属于自己的幸福!"

"哇!筱露姐,谢谢你鼓励我!我知道该怎么做了。要不怎么说你是我的女神军师,有你太幸福了!不过,筱露姐……我可以问你一件事吗?"

"嗯?"

"为什么吃饭的时候,你会问吴榛那样的问题?你是不是怀疑他什么,或者是有什么事情想向他求证呢?"

陈筱露没想到李可唯竟这样敏感,还是说自己当时的态度太急迫,连可唯也看出了其中的端倪。

可当下,这件事她还无法跟她言明,便只能道:"可唯,这件事现在不便跟你说,等到合适的时间,我会一一向你说明的。"

"好的。"既然筱露姐有难言之隐,自己也不必勉强,李可唯相信迟早有一天自己会知道真相,只要这件事跟吴榛没有关系就行。

第二十章　报销风波

因为天气渐冷，陈筱露这几天都有些起不来。7点过5分的闹钟连着被按停了两次，陈筱露才窸窸窣窣半眯着眼从被窝里钻出来。到底是多年没有上过班，对于白领们来讲早已习惯的作息时间，陈筱露仍旧有点不适应。冰冷的牙刷在口腔里来回地攒动，陈筱露的意识却仍旧处于半模糊状态，直到手机上的闹铃响起，她才惊觉过来，这是提醒出门的铃声。见时间已有些来不及，陈筱露只能加快速度，赶紧换衣服梳头。眼见去地铁站还有一公里多的距离，虽然有些不舍得，但到底还是决定打一个车。

一到公司，陈筱露想的第一件事就是填好之前垫付的展会背景喷绘款的报销单，然后去找行政人事部总监姜雪芹签字。谁知等她填好报销单，却大半天没见着姜雪芹的人影，直到下午上班时，才见这个平日里几乎从不迟到的主管提着包有些匆匆地从大门口进来。

姜雪芹是从医院赶过来的，上午因为父亲突发疾病，她跟母亲将父亲送到医院，后面弟弟赶了过来，本来一家人好好地在父亲病床前照看着。说着说着，突然说到弟弟离婚要借钱，当惯了"伏弟魔"的姜雪芹决定不再妥协，就此跟家人吵了起来，心情甚是不好。

这个月的工资还没发下来，垫付的钱虽然不到三千块，可对陈筱露来讲却也是一笔不小的款项。上周才交了真真一学期周末兴趣班的费用，昨天把喷绘款付了后，望着自己支付宝上日渐减少的数字，她也真正有了"柴米油盐"的概念。从小到大，自己又几时是为钱操心过的人？

见姜雪芹好不容易来了，陈筱露第一时间便把填好的报销单拿去找姜雪芹签字，因为过于心急，竟对姜雪芹今天失神的状态浑然不觉。

"姜姐，这里有三笔报账，两笔是周一购买办公用品，还有一个是去布展那天，喷绘出现了问题，临时更换新喷绘产生的费用。"

"这个两千多的喷绘怎么回事，怎么会这么贵？为什么之前没有预审？"其实早在前一天，姜雪芹便听到孙红梅提起过这事，孙红梅倒是没有直说这事，只是问了句：总监助理是不是都不用走流程，大部分事情都可以自己做主？姜雪芹当然不解其意，便问了究竟，由此从孙红梅口中得知，陈筱露竟然在布展的那天如此擅作主张，还扬言，这点事她说了算，肯定没问题，撺掇李可唯私自换了个高价的喷绘。也不知道究竟是谁给她的权力！

陈筱露很少见到姜雪芹发脾气，而此时，姜雪芹显然满肚子都是火。

"姜姐，是这样，喷绘费用是因为布展那天，我跟李可唯临时发现喷绘出现了错字，所以我们加钱重新打印了一张……"

陈筱露还没说完，却被姜雪芹突然打断："那么这个是怎么回事？这笔钱都没有提前做好审批，而且这是品牌营销部的物料。要报销，也应该去找品牌营销部。"

重新打印喷绘的事情，原本是有理有据，被姜雪芹突如其来一吼，陈筱露三五句话反而有些说不清。

这边姜雪芹拿起闪烁的手机，看到"幸福一家"的群名，心中却是无限唏嘘。

"怎么会有这么偏心的父母？"从大学开始，家里的钱就像水一样哗哗地流向弟弟，自己结婚买房买车，家里父母几乎一分钱都没出，可到了弟弟这儿，她这个做姐姐的就好像付出什么都是应该的。今天去爸妈那跟家人碰了钉子，姜雪芹现在眼角都是红红的，连着一声不吭，把气也顺带撒到了陈筱露这里。

陈筱露对这些前因后果自然不清楚，但刚刚姜雪芹已经说得很清楚，她再不情愿，也只能生生地把报销单拿回去。

成天混在陈筱露身边，李可唯算是早已摸清楚这个人的脾气。她发现平时陈筱露的眼睛就像蓄满了一汪潭水，一旦心情极好，就像春日里的湖面铺着一层金粼粼的阳光，要是心中有什么事情，那道阳光就像被乌云盖住了一样。今天路过行政人事部时，李可唯一度见陈筱露有些无精打采，便忍不住在微信上问："筱露姐，怎么啦？你是不是心情不好？"

"我去报销那天喷绘的费用时，遇到了问题，姜姐说这笔资金没有经过审批，让我直接找品牌营销部报销。"

"哎，都怪我，筱露姐，本来这就是我们部门的事情，怎么能让你贴钱？是我太大意，这笔钱要报销也该我去报销。"说着，李可唯抢去了陈筱露手里的报销单。

"我跟你一起吧，把情况说清楚，毕竟当时也是我做主去重新打印的。"说着，两人来到了赵云良的办公室。

"老大……我来报销……"李可唯将报销单递上，还未开口，赵云良便像提前知道了一样："怎么，这会儿想起来了？喷绘上的错别字，虽说是调整后设计师的问题，但是你也该多看一遍。"

李可唯吐了吐舌头，这才意识到，说到底自己也有一些责任。

"单子放这里，你们先回去吧。"眼看赵云良既没有说报销，也没说不报，却是下了逐客令。两人心里都不明情况，李可唯更是悔恨交加。"我们去天台坐坐吧。"说着，李可唯便拉着陈筱露走上了天台。

"可唯，你不要多想，如果真的不给报销，那就算了。我们至少做对了一件事，没让公司蒙羞。"见李可唯一阵闷闷不乐，陈筱露只能这样安慰道。

"那怎么行，这本来就不关你的事！哎，我是自作自受，只是连累了你，筱露姐，让你受这么大的委屈，早知道还不如不换，就像孙红梅说的，反正大家也未必知道！哪像现在贴了钱还不讨好。"

"傻瓜，别说这样的话。即便今天被别人误解，钱也无法报销，但是站在公司的利益角度，我还是会这么做。可唯，有时候重要的不是外界对我们的影响，而是我们必须对得起自己的本心，对得起自己身上的责任！"

"筱露姐，谢谢你跟我说这些……其实，我也不光是在乎钱，而是明明我们是为了公司，却被误解，我受不了。我刚刚说的也是气话，这件事多多少少有我的责任，毕竟这是我们品牌营销部的活动，如果真的无法报销，我愿意去承担责任！"

"好啦，可唯，我知道你是一个有责任感的女孩。不管结果是什么，让筱露姐跟你一起承担！"

"筱露姐，你真好！"看着陈筱露真诚的目光，李可唯轻轻地将头依靠在陈筱露的肩上，为自己能认识这样一个优秀正直的姐姐感到十分庆幸。而直到很多年后，连陈筱露也将此事忘得一干二净时，这一幕却依旧被李可唯牢牢地记在了心里。当她身着一身帅气的职业风衣，在讲台上为所有营销新人做培训时，她总会提到在营销人的成长路上，让她受益最大的一堂课：比高超的职业技能更难得的，永远是一颗勇于为公司着想的心！

这个周一又是大会,人潮涌动的会议室除了拥挤一点,对于公司的人来讲,几乎没有其他的坏处。每次大会上,大家总能了解到公司最新的业绩和战略情况。胡安莉的做事风格向来是爽快而果断的,所以会议不仅不无聊,反而有着凝聚人心的意义。

　　上个月因为周南的爆款,业绩提升了20%,也就意味着大家上个月工资的绩效会随之上浮,这是火车浜7号一贯的作风,一荣俱荣,也是老板有心借此提醒大家:只有公司好,每一位员工才能真正好。随着常规月度新品、销售数据和当月目标的公布,正当大家以为即将散会时,站在台前的胡安莉却没有像往常般大喊散会,而是语重心长地说道:"今天在这里,我要表扬两个人。"

　　台下的员工们纷纷回忆起最近这段时间公司发生的大事小事,除了那些陈芝麻烂谷子的八卦,实在猜不到这个风头花落谁家,强烈的好奇心让大家忍不住纷纷竖起耳朵,生怕错过了什么紧要消息。

　　"上周,我们在做Showkids少儿模特大赛活动时,出现了一个小小的意外,喷绘上的品牌名出现了错误。公司有两位员工,行政人事部的陈筱露和品牌营销部的李可唯第一时间注意到了喷绘上的错误字样,并主动争取时间做出了修改。虽然这在很多人看来是一件小事,但是对于品牌来讲是一件重要的大事。对于公司来讲,我想不仅需要聪明的、有能力的员工,更需要这样把公司利益放在第一位,能够第一时间意识到公司价值的员工。"说着,她把目光分别看向了台下的陈筱露和李可唯。

　　"另外,这个事情呢,我先要点名表扬一下品牌营销部的赵云良,表扬赵总能够勇于起用新人,放权负责这次的活动现场,但同时也要批评赵总,在新人做事情的时候,应该多去提醒,盯得更仔细一些。新人比较缺少经验,所以才会出现喷绘上的字调整了之后,有错误没有及时更正的情况。这次呢,希望新人能够有所成长,同时赵总也要为这个事情承担领导责任。"

　　陈筱露和李可唯自然没想到胡安莉会知道这件事,更没想过,她会在公开场合提及,两人心里又是惊喜又是感激。前两天心中的委屈也慢慢散尽,这并非一个简单的赞赏,对于她们来讲,更是一种强心针一样的肯定。

　　会后,姜雪芹想起胡安莉在走下台时看她的那一眼,不免有些心虚。虽然报账一事,当时陈筱露是正撞到枪口上,而且自己也没有想过真的不给她报,但大会上,胡安莉如此大张旗鼓地表扬,显然是在刻意暗示什么。

　　尤其是刚刚一段话,胡安莉在提到"利益"和"价值"两个词时,她总觉得老板有意加重了语气。自己管行政人事部这么多年,不该犯这样的糊涂。想到这里,姜雪芹一面责怪自己意气用事,一面想到自己那天的失控都是因为家里那个不争气的弟弟和孙红梅此前的一些话语,心中更是不禁懊恼。

"筱露,你把上次的报账单重新拿到我座位上来吧!"思忖了一会儿,姜雪芹决定还是发微信跟陈筱露说,"筱露,那天的事情确实抱歉,我当时情绪上也有些问题,希望你谅解。你能顾全大局,时刻以公司的利益为重,这一点非常好,也是行政人事部乃至全公司的所有人员应该学习的。"

陈筱露没想到姜雪芹会主动道歉。对方语气中充满歉意又诚恳万分,跟这段时间针对自己的那个领导判若两人。陈筱露自是受宠若惊。出会议室时,姜雪芹更是起身相送,这让陈筱露怀疑,胡安莉早会上的一番话也太有魔力了,让自己破天荒享受到了从未有过的待遇。

第二十一章　化解矛盾

今天两人的午餐换了一个地方，原因是李可唯觉得今天算是沉冤得雪，自然要庆祝一番，陈筱露倒是一门心思都在工作上，所以吃什么都没多大的感觉。听到李可唯提议要换家餐厅，陈筱露也没多大意见。

这家餐厅离两人常去的那家餐厅并不远，走路原本只需五百多米，但因为这段时间正好前面有处在施工，所以从桥上绕行，路程就增加了一倍。两人一坐下来，陈筱露便把上午的蹊跷又告诉了李可唯一遍，同时心中纳闷，李可唯则全身心投入眼前的美食之中。倒是言谈间，李可唯的眸子突然闪了一下，见陈筱露座位后面一侧，竟然是一个万分熟悉的面孔——吴榛。

吴榛一见李可唯和陈筱露二人，就拿着餐盘，主动调换到李可唯旁边，说道："这么巧？"

李可唯头也不抬，一言不发，起身就要走。

"拜托，你听我解释一下，好吗？"吴榛一把抓住李可唯的胳膊。

"不想听，不想听。放手！你把我弄疼了？"李可唯怒目圆睁，眼泪快掉下来了，不知是胳膊疼还是心疼。

吴榛却不敢松手，眼神里满是诚恳，百口莫辩，怕这一松手就再也抓不住眼前人。

"可唯，不要急，坐下慢慢说。"陈筱露轻声劝道。

"筱露姐，你说这个人老来打扰我干吗？有完没完啊？"吴榛此刻不是吴少，不是吴总,也不是吴榛了,而是李可唯口中的"这个人"。

李可唯满腹委屈:"那天你一走,这个人的前女友就冒出来羞辱我……再上次……不说了!这个人永远不断有情况。"

陈筱露早已知道这二人都动了情,看到了吴榛的锲而不舍,也感受到了李可唯那种欲罢不能的纠结。

"你先不要生气。我们坐下来,先吃完饭再说,好吗?"吴榛表现得格外冷静。

"吴榛,你怎么又惹我们家可唯妹妹生气了?姐要代妹罚你哦!"陈筱露佯怒,吴榛连连说了几声对不起,态度十分好。

看到李可唯气消下来,陈筱露安抚道:"可唯,我们不理那些,先吃完饭再说吧!"

"对,对,吃完饭再说。我在这里先道歉。"吴榛眼巴巴地望着李可唯,李可唯却死也不跟他对视,"先吃饭,后面不说也行。"

"放手啊!"李可唯感觉到对方手一松,端着盘子想转身离开,陈筱露起身按住了她的肩膀。

"好了好了,乖,姐站你这边。可唯,我们先吃饭吧!"陈筱露终于把她拉回座位。

场面安静了下来,三个人于是低头吃饭,一时间只听到餐具碰到餐具的声音。

"难得平时吃惯了山珍海味的吴大公子今天屈尊降贵跟我们吃一个餐厅,我们真是三生有幸啊!"陈筱露突然故意模仿起李可唯对吴榛说话的样子。她发现不管面对任何人,李可唯都是活泼但十分懂礼的,唯独遇到吴榛,不说上几分挑衅的话便浑身不适。

李可唯没忍住,扑哧地笑了。

"最荣幸的是我,可以跟火车浜7号最有气质的两位美女共同用餐。"吴榛见冰山融化,心领神会,立即回应道,"这里有只充电宝,代表这个人的致歉,不知那个人接受不?"

只见吴榛从兜里摸出一支印有"KW"字样大理石条纹的口红,打开盖子后奇迹出现了,这哪是一支口红,膏体部分有两个明显的方形小口,这是一个外形酷似口红的不折不扣的充电宝。

"可唯,这个人真的好有心哦,你看看。"慧心的陈筱露开启了这个人、那个人的说话模式。

"可唯,看你经常借别人的充电宝。我今天跑了几个地方,给你选了一个。别生气了。那天不巧,让你难堪了,都是我的错!"

李可唯仍失神地低着头,久久不语。

"谁没有过去呀？那天只是个巧合。原谅这个人因为在乎那个人，才花了那么多心思，砸了那么多银子。好不？"陈筱露见状，娓娓劝道。

李可唯一听，心里一动。这段时间对他电话不接，微信不回，真是气到了。但自己气什么呀？想想自己连他的过去都那么在乎，难道自己……喜欢上了这个人？她心里恼火，一抬头就对吴榛恢复了火力："八字没一撇！我是你什么人啊？豪门恶少以后可不要再欺负我们贫家小女！我才懒得生你的气。"

吴榛顿觉乌云散去，天空大晴，笑容绽放。

陈筱露也觉欣慰。这世上，真情不易，真是一物降一物啊！

"好可爱的充电宝，这么小，随身携带一定非常方便！"陈筱露第一次见到如此迷你而且有创意的充电宝，上面印的"KW"字样更是让送礼人的心思一览无余。

"对了，这个还有加热的功能，等到冬天，拿在手里不仅不冷，还会觉得特别暖和！"吴榛补充道。

李可唯想起自己经常不带充电宝，每次找别人借的理由都是"太大了，懒得带"，加上自己冬天最怕冷，吴榛一定是都注意到了，才花不少心思送自己这样一份礼物，心里也有些微微的动容，但嘴上只是说："那本姑娘就收着，谢谢你了！"

几人起身时，无意看到坐在前排的一位金色波浪长发的美女，吴榛看那背影竟有几分眼熟，便走近了些。

"Andy？"

"赵大侠？"

"没想到这么巧，你们也在这里。"李可唯心想今天真是撞上了，一路遇到的都是熟人。因为之前的事情，陈筱露一直不太敢直面Andy，倒是Andy一副坦然的模样，像是完全忘记了先前的不快。

"嗯，我们在谈点事情。"赵云良看了Andy一眼，明显有些尴尬地应声。这家餐厅照理说平日里根本见不到同公司的员工，所以千挑万选，才选了这里，今天倒好，不仅遇到了，还一次遇到三个。

"那我们先走了。"几人与赵云良和Andy打完招呼，便回到了办公室。因为收到吴榛这份特别的礼物，李可唯整个下午的心情都十分美好，跟陈筱露聊天时，隔着屏幕陈筱露也能感觉到她那内心的雀跃。

"一次声势浩大的酒吧表白，一次竹林中的高端私宴，也没见你这么开心，倒是今天的这个小礼物把你收买了？"陈筱露在微信上对这个妹妹揶揄道。以她这几次对吴榛的观察，虽然这个人红粉知己确实不少，但总的来说，人品倒还值得信赖。

"筱露姐,其实不是什么收买。不管是酒吧大张旗鼓的表白,还是去那么高档雅致的餐厅吃饭,总让我有种不那么踏实,也不那么自然的感觉。可能是处女座比较在意细节,今天他打动我的不是这份礼物,而是这份礼物背后他对我的心、对我的注意。在我看来,这不是任何鲜花、浪漫的表白或者一顿大餐可以比拟的。"

"那倒也是。易求无价宝,难得有心郎。看得出吴总是真的非常在意你……为你也算挖空了心思。至于什么能让你开心,什么能让你难过,什么你最在意,什么你最不在意,我想经过这次,你也明白了很多。相信自己的心吧,它一定会给你最好的指引。"

"谢谢筱露姐,我也在学着去爱,去接受,去更好地改善我们的关系。其实,我知道很多时候,都是自己太在意,太小心眼,也太敏感,才会有这些小情绪。我会像你说的,去相信自己的心,明白自己想要的是什么,哪怕面对的人不是他,对于我来讲,这些也许都是必经的。"

"嗯,傻妹妹,别多想了,珍惜当下,做好你该做的。"

"好。爱你,筱露姐姐!"李可唯真心感谢生命中有陈筱露这样一位亦师亦友的姐姐存在,也在心里默默地希望这位姐姐有一天能拥有自己的幸福!

第二十二章　520礼物

　　此时陈筱露正跟李可唯在电脑上愉快地聊着微信,忽觉行政人事部的气氛不知道从什么时候一下热络了起来,她转头看见苏小曼正捧着一大束玫瑰花跟同样手捧玫瑰的吴颖两人嘻嘻哈哈地玩笑着,这不看还没注意,不只是苏小曼和吴颖,其他女同事的手里都拿着玫瑰,不过不是一捧,只有一枝。

　　"来,筱露姐,给你一枝。"吴颖两眼带笑地从一大束花中抽出了一枝递给陈筱露,玫瑰被黑亮的包装纸精心地装扮着,正中央有一个方块白色区域写着:520祝火车浜7号所有女性都能更爱生活,更爱自己!近尾部则是用缎带绑的蝴蝶结。陈筱露这才意识到,今天好像正是5月20日,所谓的网络情人节。想起最初几年跟欧阳旭光在一起时,他每年都会在这些稀奇古怪的节日里变相地给她送惊喜送礼物,那时虽然也没什么钱,但欧阳旭光好像有用不完的心思,每次都让她心里觉得特别快乐满足。只是两人结婚,生了小孩后,虽然物质条件越来越好,欧阳旭光却很少注重这些了,唯独她的生日和结婚纪念日,还算没有落下。

　　如今看到公司发给女员工的这枝小小的玫瑰,关于前夫的记忆再次涌上心来。

　　"请问,陈筱露女士是在这里吗?"大门口一个穿戴整洁、面容清秀的男子,手里提着一个扎着丝带的长方形盒子走了进来。那盒子上盖着一层红色丝绒的遮光布,男子的双手则戴着厚实的白色手套。单凭这架势,任谁都看得出,男人手里的礼物自然是送给陈筱露的。

"在,我就是。"陈筱露微抬起头,看着眼前的陌生男人,想不出会是谁送东西给自己。她来到火车浜7号的事情,除了闺密,几乎没人知道,更别提在今天这个特殊的日子给她送礼物。心想:该不是弄错了?

"你是陈筱露女士?那麻烦签收一下。"男人递过一张薄薄的单子,见陈筱露签完字后,才用戴着白手套的右手,将那丝绒的遮光布从盒子上缓缓地拿下。这一拿,不仅陈筱露惊了,连众人也一同呆掉了下巴:遮光布底下是一个漂亮而精致的透明礼盒,礼盒里堆砌着像小山一样的各色花簇。因为太过艳丽,这些花乍一看不是高级的仿真花,便是这两年最流行的进口仿真花,而只有陈筱露知道这些看上去栩栩如生的灿烂花朵,实际上却是人工雕刻的奶油。这是来自PM品牌定制的鲜花蛋糕——也是六年前,欧阳旭光在她二十七岁生日时特地在宴会中为她定制的礼物。

为什么它会在这里出现?陈筱露满腹疑惑。她实在想不通,送这份礼物给她的人是谁?对方真实的目的究竟又是什么?

可还未等她回过神来,一位头戴鸭舌帽、拿着巨型熊玩偶和鲜花的男子也闯了进来。"请问,李可唯女士在吗?李可唯女士?"

"哇!要我说,今天筱露姐跟李可唯都太幸福了。"苏小曼嫉妒得把嘴翘得老高,心想,自己好歹也是火车浜7号的门面,一个青春靓丽的大美女,除了公司安排送的花,她的粉丝们最多给她发了几个520的情人节微信红包。吴颖和张美凤则对这种浪漫偶像剧里的情节充满了期待,心想,等交了男朋友,以后一定也得享受如此待遇。

除了不知是哪两个人送来的一套名贵化妆品和一条爱马仕丝巾,孙红梅还收到了公司某男转账的一个1314元和一个5200元的微信大红包,情人节当然从不踩空。她倒是没有多话,只是将陈筱露和李可唯收到的两份礼物各自打量了一下,确定不算便宜货,但也远谈不上多贵重。心想:这种雷声大,雨点小,哄小女生的把戏不适合她,若真有人想要追她,她倒情愿对方送个Gucci或者Chanel的包包。

"这是什么情况?"李可唯拿到一米高的大熊和鲜花,跟陈筱露是同样惊讶的反应,两人都没想到送她们礼物的人究竟是谁。

"难不成是?"李可唯看了看手里那个印着"KW"字样的充电宝,是吴榛吗?她摇了摇头,像又不像?不过没到十分钟,她手机里便传来了微信的声音。

"喜欢吗?祝大美女节日快乐!"闪烁的头像和名字正是师兄——朱时雨!

"可唯,晚上有空吗?想约你吃个饭。"朱时雨不失时机地发出了晚餐的邀请。

此时也不知怎么的,李可唯眼前第一时间浮现的却是吴榛的笑脸——他特地在微信里发了个5200元的节日红包,但她未点收。她想了想,在微信上以今晚加班为由婉拒了朱时雨。朱时雨也没再纠缠，只是道了几句"别太辛苦""记得吃饭"之类的话，两人便结束了聊天。

另一边，下班前的陈筱露也接到了一封陌生的邮件："节日快乐，下班天台见！"

"天台是自己与李可唯的'秘密基地'，这个人怎么会知道？他究竟是谁？难道他就是送自己鲜花蛋糕的人？"望着这封神秘的邮件，陈筱露顿时愣住了。

下班的铃声刚一响起，陈筱露又检查了一遍邮箱，确定没有信件后，便独自上了天台。尽管已经快到入夏的季节，可一到傍晚，风仍然是凉的，带着一点寒气。陈筱露左顾右盼，寻找着邮箱里的神秘人，果然，那人早已来了。

"陈筱露！"他的声音是磁性细腻的，一如陈筱露第一次听到的那样，精致的面容、挺拔的身姿，举手投足里都带着绅士感，虽被誉为火车浜7号的两大男神之一，赵云良跟吴榛给人的感觉却是完全不同的。

"是他？"陈筱露完全没有想到约自己的人竟然是品牌营销部的总监赵云良，转念间想到具有特殊意义的鲜花蛋糕，陈筱露不由得猜测：难道此人真的跟旭光的案件有关？还是说今天他约自己在天台谈话，有什么特殊的目的？

其实赵云良并没有陈筱露想的那么复杂，他今天约陈筱露，不过是为了告诉她一件事。六年前在陈筱露二十七岁生日的那天，作为被欧阳旭光邀请的客人，他曾经见过她一面，那天因为现场太热闹，鲜花蛋糕还被他不小心碰掉了一块。当年他才毕业不到一年，没有听家人的安排，而选择了独自创业，可因为年轻又没有经验，栽了不少跟头，最后还差点被骗。那个时候，多亏欧阳旭光好心帮忙，才让他不至于负债，直到半年前听说了欧阳旭光诈骗的事情，又见陈筱露进了火车浜7号。一直以来，他都想单独与陈筱露谈谈，可哪知——人家竟然对他没有一点印象。所以借着今天的日子，也算补了六年前，把陈筱露生日蛋糕弄坏一块的过失。

赵云良将事情的原委一五一十地向陈筱露道出。陈筱露怎么也没想到，眼前英俊洒脱的品牌营销总监竟然就是六年前在她看来冒失又有点青涩的男孩。如今真是斗转星移，不过短短几年的光景，一切已经物是人非。就在前一秒，她还怀疑赵云良会不会是那个幕后推手，现在看来，如果赵云良说的是真的，那么他一定不可能是找人举报旭光的那个人。

"赵总，谢谢你还记得旭光，但是在公司里，你千万不要提及他的名字，也不要提及关于他的任何事情。赵总，这点希望你可以理解。"陈筱露恳请道。

赵云良以为陈筱露担心的是欧阳旭光坐牢的事情会引起别人的想法，因此点头承诺了陈筱露，自己不会跟其他人说两人相识，更不会提及欧阳旭光的名字。

第二十三章　暗中吃醋

　　早上，李可唯一进品牌营销部，便被人从后背拍了一下。"谁呀？"她扭头一看，是一身正装却喝着奶茶的吴榛。此刻吴榛也正目不转睛地看着她，今天李可唯穿了一件港式花格衬衫加一条浅色的阔腿牛仔裤，往日里飘逸热烈的红发也染成了今年正流行的棕咖色，她的头上还别了一枚精致的压发卡。看惯了李可唯往日时尚休闲的打扮，今天复古风着装的李可唯，让吴榛不觉眼前一亮，脸也有些红了。

　　消失了几天，今天来上班，吴榛当然要去李可唯那边晃一下，并带杯奶茶给她。在李可唯看来，吴榛今天一身昂贵的行头和一杯廉价奶茶在手的姿势，此刻正形成巨大的反差萌。

　　明明一个高大又帅气的富家公子，偏偏却爱不失时机地降落在寻常百姓中，穿拖鞋，喝奶茶，吃烤串。或许对于李可唯来讲，他质朴而接地气的一面，无疑才是让她备感亲切，更让她能够靠近的。

　　"奶茶？吴总，一个人喝多无趣啊！"苏小曼原本是来给品牌营销部的一个同事送东西，碰见了自己的男神，自然就走不动了。

　　"顶好喝，临江银泰店外卖，十二块起送，想喝手机上随时下单，三十分钟必达！"吴榛吮着吸管，漫不经心地做起广告。李可唯顿时觉得他特无聊。

　　"吴总，你都多久没请人家喝奶茶了？"苏小曼抓住他的衣袖轻轻摇着，噘嘴娇嗔道。吴榛原本打算刻意与她保持距离。苏小曼手里却不知道从哪儿摸出一个精致的小方盒,对吴榛悄声道:"昨天你走后,我在前台收到一份礼物,据说是个叫方倩的女孩子送你的哦……吴总感兴趣吗?"

"嗯?"吴榛愣了愣,随后想起昨天在微信上方倩确实有提到给自己礼物的事情,不过那个时候自己提前走了,便忘了这事,如今知道苏小曼替自己收着了,吴榛神色复杂地将苏小曼递给自己的礼物,又还到了她手上,并示意她:"算了,我没啥用,还是给你吧,这事就不要声张了。"

苏小曼知道吴榛是怕李可唯知道吃醋,心中会意,却难免有些落寞。手中拿起礼物,更是不自觉想要张扬。

这一幕,在李可唯看来,只能说极其暧昧,无论是苏小曼的贴身耳语,还是吴榛脸上讪讪的笑容。显然,苏小曼心里还是没放下他,那份情愫似乎随时可以死灰复燃。

"吴总,这奶茶请还是不请呢?"苏小曼看了看不远处的李可唯,有意无意地说道。

而吴榛也见李可唯脸色不善,可为了不再将方倩送礼物的事情节外生枝,只好道:"行,今天我请你喝奶茶,也请行政人事部所有同事吧!"

"喔?"原本只是旁听两人抬杠的几名员工,一听自己竟然有份,纷纷忍不住起哄,"吴总,真大方!""谢谢吴总!""吴总最帅!"

"唉,这个人就是钱多耳根子软,只要是女人就难以拒绝,难怪桃花不断。"李可唯看到苏小曼一脸得意的表情,突然觉得口中的奶茶似乎变了味,心底一酸,祈祷今天不要再见到他,一转身把手中的奶茶扔进了垃圾桶。

"总算是扳回一局!"苏小曼见吴榛难得顺从了自己一回,顿时心情舒畅。显然激怒李可唯的目的已经达到,这让苏小曼心中平复了不少。女人的嫉妒心真是可怕,苏小曼想起刚刚自己的所作所为,不禁有些后怕。"算了,以后还是别做这样的事情。"她暗自想。

站在角落里的孙红梅表面不动声色,心里却笑开了花——男人随手一杯奶茶就让你乐不可支,天下真有这么傻的丫头?陈筱露呢?今天怎么没露脸?对了,好像是被姜姐支到外面采购东西去了吧?我呸,难道我还喜欢惦记她、时刻想看到她?

"奶茶好喝吗?"李可唯怀疑自己今天撞了邪,要不然不会在今天下班的时候,在电梯口第三次遇到吴榛。眼前的人依旧是一副嬉皮笑脸的模样,但在李可唯眼里,这张脸似乎对谁都一样友好,尤其是女人。据说现在流行一种三不男人:不主动,不拒绝,不负责。这样的男人纵然再优秀,在李可唯的字典里也只有雷打不动的三个字:不适合!

见吴榛上了电梯后,她既没有回答,也没有跟上,而是假装把手伸到包里做出找

第二十三章　暗中吃醋

东西的样子,好趁机等下一班电梯。吴榛虽将她的心思全看在眼里,此时也只能由着她"作"。

不过下一班电梯却不太宽敞。不过多等了三分钟的时间,上一班还只有四个人,这一班竟然增至八个。李可唯身形娇小,站在人挤人的狭小空间里,像一株小草长在了一丛丛的蒜苗中央。等好不容易到了一楼,她才出了一口闷气,心中更对吴榛有了埋怨。要不是不想看到他,自己也不会再等一班。

仿佛越怕什么就越来什么,令李可唯想不到的是连今天下班的地铁也格外拥挤。有一个挨着一个的上班族,抱着孩子的老人,挑着水果的小贩,还有一群群的大学生,今天都跟赶集似的与她搭上了同一班车。此时她左边站着一个七十多岁眼神涣散半佝偻着的老人,右边则是一个抱着孩子身单力薄的短发妇女,往哪边偏一点都怕挤着碰着人家,这过程可谓苦不堪言。好不容易等到右边抱着孩子的妇女下车,李可唯才有那么一点空间可以拿出手机看看今天的工作信息。

哪知道刚点开群聊页面,还没看清楚大家的对话,便被一横冲直撞的青年男子撞了一个满怀。"对不起,不好意思。"青年男子也意识到自己的莽撞,忙连着赔不是。而李可唯的手机就在刚刚那一瞬间顺势被撞得飞了出去,等好心人从脚下摸到这方块的硬物递给李可唯时,屏幕倒是没摔坏,就是给摔得死机了。好在对着右边的小长键按了几秒后,清晰的镜面里再次浮现出熟悉的logo图案。这一趟下来,李可唯只能在心里感叹:难不成今天水逆(水星逆行而导致运势不佳)?

有没有水逆,李可唯已经来不及去扒星盘,因为眼下还有更重要的事情。刚刚手机被摔了一下,加上今天的地铁格外拥挤,整个途中李可唯都没有再玩手机,更无从获知当她在路上颠簸时,品牌营销部的小群里已经沸沸扬扬掀起了一团战火。

再过一周,李可唯到火车浜7号便满半年了。按照火车浜7号的惯例,李可唯以及另外两名员工要开始接手写产品文案。了解火车浜7号的人都知道,除了服装,最打动火车浜7号最初的那一批粉丝的就是火车浜7号优美又不失创意的文案。这次的文案写作,分为三个部分,一部分是商品网页面的标题和详情,另一部分是新媒体公众号上每件新款的说明介绍,还有一部分是直播间的解释文案。虽然活儿不多,但因为直接涉及公司产品和销售,所以大家都不敢大意。

等李可唯在家附近的小餐馆里吃完黄焖鸡米饭后,回到家中,惊愕群里怎么会一下子涌出几十条留言,再翻看聊天记录,李可唯才意识到原来上周五老大赵云良吩咐的写新产品文案的事,就在明天。

将大家的消息简单浏览了一遍,李可唯脸上不由得显露出既兴奋又有些许紧张的表情。从进公司的第一天，她几乎就在为明天而准备着。对于一个营销人员来讲，做活动是基础，做内容是进阶，做战略则是最上层的。而在这三大板块中，她目前最有兴趣的就是做内容。

其实从进入公司的第一天，她就一直在研究公司的每一件产品文案，不仅是文案内容风格，还有消费者的偏好和反应热度，也为此翻阅了不少书籍，从《文案训练手册》《超文案》《一个广告人的自白》到老牌奥美人推荐的《文案圣经》，林林总总，但凡被老大推荐过的书籍，短短三个月她看了不下十本。如今她觉得自己已经像训练有成的战士般，只等着摩拳擦掌后进入真正的战场。从普通运营到内容主笔，这是李可唯来到火车浜7号的第一个目标。

憋着这股劲，今天李可唯连每周四必守的《恋爱达人》综艺节目都没有看。她先是拿起过往几个月里做好的笔记一遍又一遍地翻阅，就像高考前，她无数次对着那些早已翻烂的笔记视如初恋。生怕光看笔记还不够，她又浏览了网页店铺上当月热销的几款服装的标题、介绍，一一把亮点和自认为可以拓展的地方写下来。末了，她还顺便把网上与火车浜7号服装齐名的几个服装品牌介绍给看了一遍，总归想要让自己准备充分，面面俱到。

直到凌晨，盯着屏幕的两只眼睛跟核桃般，有些睁不开来，已有些迷糊的李可唯才顺手将床边的台灯一关，盖上被子，安然入睡。

第二十四章　同学聚会

一向拖拖沓沓不到最后一刻不进公司大门的李可唯，今天难得赶了一个大早，连车厢也比平时空了很多，尽管嘴里的哈欠不断，但想到一会儿就真刀真枪动手了，便觉得脑子格外清醒。等走到公司大门口，看着墙上的指针，发现居然还不到9点。

"妈呀！"她在心里感叹，今天可不只勤快了一点点。这个时间，公司里只零星坐了两三个品牌营销部的老员工，这种清幽安宁的感觉使李可唯大感舒适。她忍不住东瞧瞧西转转，把平日里极少涉足的部门和区域都走了一遍，见时间才过了五分钟，便心满意足地回到自己的位置上将电脑打开。

如果说正式上班前的半个小时，就像蜗牛在散步一般，那么正式开工后，李可唯便觉自己的脚底像抹了油一般。在构思文案之前，每位参与人都需要到火车浜7号的多媒体小房间观看设计师从选料到制作的一系列过程以及灵感的创意来源和设计制作心得，然后从被分配到手的每件产品的资料里分析出其中最有价值的亮点和特色，当然还需要注意的是，对服装的介绍需要与当季最新的时尚杂志结合，避免常识性的错漏。

最后将梳理好的文案交由美工，连同产品依次上架，在发布后，每位产出者都要再次确认一遍。把所有流程走完，已经到了中午。不过，往日里一向候着饭点的李可唯今天却完全没有吃饭的心情。她拿着手机将火车浜7号的电商平台刷了又刷，生怕错过了自己作品的第一次上线。这种感觉实在有些奇妙，虽然衣服并不是自己设计的，也不是自己制作的，可是单单想到人们打开页面后会第一时间看到她书写的文案，甚至会因为她独特的比喻而买单，心中便充满了自豪感。

吃完午餐，见页面里终于出现了自己书写的三款产品，分别是：火车浜7号橙鲜透气衬衫、火车浜7号超薄轻熟款OL衬衫、火车浜7号柔软内搭名媛内衣，李可唯心中甚是满意。标题的发挥空间毕竟有限，再把页面下方的介绍也连着看了一遍，确定文字流畅，辨识度高，三句不离亮点，才慢慢地关上页面着手其他事情，口中忍不住哼起了毛不易的《如果有一天我变得很有钱》。哪知道才哼了三句，便听到耳后有意无意的一声轻咳，意识到自己这情绪也太溢于言表了一些，李可唯立马收住了喉咙，继续打开手里的表格。可不一会儿，那轻咳的声音又来了，还一副没完没了的样子。做数据工作最需要的便是静心，突如其来的咳嗽自然让李可唯心浮气躁，忍不住要去寻找那个罪魁祸首。

李可唯便端起手中的水杯故意起身向背后的饮水机走，果然此时一个再熟悉不过的身影正半弯腰站在屏幕一侧，手中还不时点击着鼠标，身体一颤一颤地发出"咳咳"的声响，这不是吴榛？

这段时间，李可唯觉得自己老遇到吴榛，就跟撞了邪似的。好像隔三岔五就能看到这个人。当然这本质上是李可唯的心理作用。吴榛虽然不与她一个部门，但到底是公司里的同事，遇到原本是很正常的事，李可唯潜意识对他尤其关注，所以自然对他的出现格外敏感。

吴榛刚跟一个同事交流完，见李可唯正在饮水机前接水。

李可唯见他靠近，故意捂着嘴也"咳咳"地轻咳了几声，暗示她有感冒病毒，左手一张，示意吴榛别过来。

吴榛只好驻足，贴心地关心道："感冒了？要不要我去车上拿点药？朋友从国外带回来的，效果很好的……"

"别……谢谢了，只是喉咙有点难受，一会儿就好了。"李可唯说罢转身就走了，不冷不热的样子。

"怎么又耍小性子？我又做错什么了？"吴榛目送她的背影，喃喃自语道，"这丫头这两天古怪得很。什么毛病犯了？"

李可唯心里有事，去找陈筱露没见着，一问，原来这几天她都要跟着姜姐在外面办事，据说变杂物采购员了。

"筱露姐，你方便了，我给你打个电话，有急事要请教你。"李可唯在微信里留言。

约莫半小时，陈筱露在回公司的路上打来了电话。李可唯见她方便了，就把晚上

第二十四章　同学聚会

大学同学要聚会的烦恼给她讲了。陈筱露听明白后,给她开导了一番,最后叮嘱她:"可唯妹妹,知道草船借箭吗?让吴榛陪你去,压压那个不知天高地厚的猖狂妹子。"

李可唯思来想去,觉得陈筱露这招有点绝。虽然这两天心里别扭,不想理吴榛,可今晚的事儿,只有他出面才压得住场子。

"谢谢姐,你真是女诸葛!我知道怎么做了。"李可唯挂了电话,精神立马好起来了。

原来今天正好是周五,李可唯有一场大学同学聚会,地点是在嘉里中心的一家杭帮菜馆。提议者是班级里原来的副班长廖婧文。这个廖婧文跟李可唯渊源非同一般。李可唯来自重庆,廖婧文来自四川,两人学业相当,容貌相近,老家又隔得不远,自然被不少人拿来比较。可无论做什么,李可唯总是恰好压了廖婧文一头。两人同时竞选团支书,李可唯被选上,廖婧文却只落了个干事;两人一起竞选班长,李可唯得了个正的,廖婧文却得了个副的;两人一起参加学校英语比赛,李可唯拿了第一,廖婧文偏偏只差两分得了第二。可就在毕业时,谁也不清楚廖婧文怎么突然跟系里一个让无数女生仰慕的校园男神陈子轩在一起了,而这个男神恰恰是李可唯大学时唯一心动过的男生。

廖婧文今天可是指明了要带着自己的男友过来,不用说自然是那位在校时曾经的风云人物陈子轩。接下来饭桌上会发生怎样的剧情不用想也知道,李可唯自然要拿出应对的招数。经过陈筱露一番提点,吴榛便是最好的"挡箭牌"了。

微信上。

李可唯:你今天有空吗?我晚上有个同学会,想让你跟我去。

吴榛:好啊。看来,我今天是去充当家属角色,哈哈。

李可唯:少胡说,待会如果他们问你是不是我的男朋友,你不能承认说是,也不能否认说不,反正要见机行事,懂了吗?

吴榛:是,可唯大小姐,我呀,到时候一定好好表现!

李可唯:乖……哈哈哈。

敲定了吴榛这边,李可唯心下十分惬意,于是第一时间把"草船"借到"箭"的喜讯回给了陈筱露。

"什么?拍了十五件?"李可唯的旁边正好是客服区,往日里客服老杨在李可唯眼里可是淡定得跟个石头人似的,除了噼里啪啦地打字,基本上不怎么说话,可今天的老杨一反常态,脸上露出有些惊诧又有些喜悦的表情。李可唯不自觉便凑了上去,问:"怎么回事?"热衷于业绩的老杨立马喜声道:"今天才上的新款,竟然有人一次性拍了十五件。"

"真的吗？我看看是哪款？"李可唯嘴角微微一动，心里有些期待，莫不是自己的作品？待老杨打开页面一看，果真是：火车浜7号超薄轻熟款OL衬衫！

"我就知道。"李可唯心中窃喜，早在多媒体室第一次看到这款衬衫时，她便觉得其大方的剪裁和前卫的设计以及纯色的搭配，是当季服装中最出彩的，没想到今天才上架便有人采购了十五件。难道是公司活动？李可唯暗自想，这种一次性买这么多的多半是集体需要。还未等她继续细想下去，却听到老杨一声诡异的叹息："呃，怎么又给退了？难道是拍错了？"付款后又退款的情况，在店里并不少见，不过这动作也太快了，前后不到两分钟，而且是一次全退。"女人心果然是海底针。"李可唯见网上的页面确实出现了"退货"字样，心里也不禁大失所望。再听闻一阵悦耳的铃声响起，抬头看时钟，心道：今天怎么这么早就下班了？火车浜7号每天都是6点准时下班，所以李可唯的"早"只是她的心理感受。

聚会的时间是晚上7点，吴榛开车载李可唯过去原本刚刚准时。无奈，在钱江这座著名的"堵城"，最后两公里的路程，活活给开了快半个小时，好在聚会群里没到的不只是李可唯。倒是一向在学校里就习惯姗姗来迟的廖婧文今天带着男友陈子轩来得特别早，还把两人甜蜜的合照直接发到了群里，惹得今晚出席的同学们在底下一阵起哄。有人说，陈子轩还是那么斯文帅气，风度翩翩。有人说，被两人这甜蜜劲活生生又给灌了一口狗粮。还有人直呼两人还是那么甜蜜般配。廖婧文故作谦虚地回复了众人后，又特意在群里跟李可唯说快点来，表示两人已很久没见面了，实在非常期待。李可唯在群里也做出了礼貌的回复。

眼看已经7点30分，包厢里陆陆续续走进了十来个年轻男女，且个个时尚靓丽，气质不凡。这些人在校时，不是学生会的干部，便是社团的理事，要么就是系里的文艺委员，说到底个个都是校园里一时无两的风云人物，所以大家你来我往间，难免又延续了在校时那刀光剑影的一套。起初比的是就业单位，有人一毕业便进了大厂，嘴上说996的生活过得不如民工，谈起薪酬和福利，脸倒是乐得跟花儿似的；然后攀比的则是目前交往的对象，好看与否，家境如何，职业前景又怎样。几番"打斗"下来，焦点的重心不出所料地落在了今晚的组织者廖婧文身上，人家一毕业就进了国企的体制内，男朋友陈子轩则拿着家人赞助的一笔资金搞了个创业公司，据说这公司不到一年时间便累积了近5万的用户量，目前陈子轩正积极地在找融资。

第二十五章　出其不意

"咦，这不是我们的大团支书、英语俱乐部部长、15班班长李可唯吗？欢迎啊！欢迎！"包厢里，众人正在闲聊时，突然响起了一个洪亮的男声，带头拍手的正是李可唯班里的学习委员——钱昊。钱昊人如其名，钱多人好，一口纯正的播音腔，再加上一米八五的大高个，在学校时可是迷倒了不少女孩。众人只知钱昊连续四年与李可唯一同组织过本班不计其数的活动，两人关系铁得跟兄弟一样，却不知道钱昊私下里不止一次跟李可唯表白过，却被对方以"学习为重，毕业前不考虑恋爱"给一再拒绝了。

其实毕业后，钱昊没事依旧会跟李可唯发条信息，逢年过节彼此也会道个祝福，只是看出李可唯对他并没有其他意思，钱昊也不再勉强。而其他人见到李可唯来了，也纷纷起身欢迎。如果说整个系里，男生中陈子轩是众多女孩们心中的白马王子，那么女生中李可唯便是一众男生心里的校园女神。在那段青涩的时光中，班里大多数男孩都曾多少对李可唯有些爱慕，私底下，哥们几个更是会经常聊到这个性格豪爽又直率的重庆女孩。但奇怪的是，李可唯虽跟男同学们关系都不错，却从未见过大大咧咧的她跟谁暧昧过，唯一有好感的，便是大家所知的家境优越且人缘极佳的陈子轩了。在校时两人似乎也都对彼此有点意思，还有一次说是一个女同学看到陈子轩曾经送李可唯到了宿舍门口，可流言也仅止于此。因此看到一旁的吴榛时，大家都十分好奇，这个身材结实，看上去又十分英俊的男人究竟是不是李可唯的男朋友？

"人来齐了吗？肚子都饿得咕咕叫了！我可是连单子都没做完就赶了来——"此

时一道戏谑的男声突然从角落里传来。只见一个穿着休闲服的大男孩有些慵懒地靠在椅子上,倒丝毫不像很饿的样子。

此人正是当年校园里的"销售小王子"范征。只是毕业后他既没有继续做销售,也没有从事专业相关的职业,反而做了私家侦探。还是专门调查小三的那种。

"销售王子,听说你现在在做私家侦探啊?"廖婧文对范征这人可没什么好感,毕竟当年他也是李可唯的忠实拥护者之一。这会儿戳戳他的脊梁骨,也算是报复一下吧。

"对呀!你别说,私家侦探的业务还真不错,这年头劈腿、出轨的事情真是太多了……男人光鲜亮丽的背后呀,也不知道藏着多少秘密。对了,你以后要是有需要也可以找我,老同学了,咱就收个跑腿费。"说着,范征还特意瞥了陈子轩一眼,气得一旁原本得意的廖婧文说不出话来。

"来来来,大家先坐下吧,菜已经点了。除了学生会主席王毅临时加班晚点到,人目前都到齐了。可唯,好久没见你了,今天真是难得!"陈子轩热络地起身招呼众人,眼光却不自觉地瞥向了李可唯和吴榛两人,尤其是李可唯,跟大学时一样,她的身上总是带着一种青春又活泼的气息,走到哪儿都像一道光束一样,总是把人不自觉地吸引住。而且不管对谁她都热情相助,从来不会仗势欺人,也从不会嫌贫爱富。正因如此,她才成为众男生心中最特别的那个"白月光"。

而吴榛此刻也在打量着眼前的陈子轩,他跟自己差不多高,脸要消瘦些,样貌倒是不错,只是从刚刚李可唯进来的那一刻,他的眼里便闪着异样的光,每次看向李可唯的眼神更是多少跟其他人有些不同。

"各位同学,让我们先举个杯,庆祝一下今天的相聚。"眼见菜已经上得差不多了,钱昊再次带头,把晚宴气氛给推了起来。都是熟悉的同学,几杯酒水下肚之后,大家自然敞开了话题,聊起了很多大学时候的往事……

有八卦辅导员离婚再娶的,有谈论某某同学虽在校时一副傻样,如今却混出名堂的,也有回忆起当年翘课通宵玩游戏以及如何在寝室里瞒天过海的。说到寝室,大家便不得不八卦起当年在传媒大学各大寝室间都流传着的一件极富戏剧性的事。

在任何学校里,大概都有一个学业不精、生性顽劣,却打得一手好篮球,身姿矫健又有些痞里痞气的人气王。这样的男生,他们的主场从来不是课堂,而是挥汗如雨的操场。其中最著名的要数体育系的风流公子哥颜放。如果说李可唯和陈子轩是学校里标准的"优质偶像",那么颜放显然是那种口碑不好、魅力不小,女孩们总会偷偷在背后议论的男生。

颜放有段时间也追过李可唯，然而失败后，转头就追了与李可唯同宿舍的另外一个女生。那女孩心思单纯，又是第一次恋爱，很快便被颜放迷住，两人开始了正式的交往。哪知交往才不到一个月，颜放劈腿不说，还对那个女生直接施暴，一开始是胳膊、背，后来变成了脸和手。那天晚上，颜放将女孩送到宿舍门口，两人不知道因为什么起了争执，颜放直接当众给了女孩一巴掌。四周的女生看到这一幕基本都惊呆了，大概也是第一次看到这场面，除了惊讶，一时间大家竟说不出一句话，连动作都停顿了。只有李可唯反应最机敏，她也不管三七二十一，从宿管老师那里借了一把晾衣架，劈头盖脸地对着男生就是一顿打："这世上哪有欺负女孩子的男生，对女人施暴的男人还是个男人吗？"李可唯一边说一边高声大骂，这一骂那颜放大概也自知理亏，加上一旁的围观者们也开始纷纷谴责、当帮手，最后颜放只得灰溜溜地逃之夭夭。

也正是那一役，不仅是所有男生，连平日里对她还有些意见甚至嫉妒她的女生们也开始纷纷对李可唯肃然起敬，把她当作大姐大，大家都钦佩她的果敢和正义，甚至有人在背后称她是"李女侠"。

这件事对于当时的李可唯来讲，只是举手之劳，而如今被同学们这般津津乐道，她突然有些脸红。吴榛向来知道这姑娘耿直仗义，但听到她一个人拿着晾衣架跟个体育生打架时，心中也不免震惊，连连称奇。

"可唯，这位是你的男朋友？"原本众人还沉浸在李可唯仗义打架的那段故事里，廖婧文突然话锋一转，笑嘻嘻地用一副人畜无害的表情挑起了这个她蓄谋已久的话题。任谁也看得出，廖婧文今天带着精心打扮的陈子轩，又特地设了这场晚宴，才不是为了听大家对李可唯说那些恭维的话语。

"目前是好朋友，不过未来应该就是男朋友了。今天都来了，也算是让大家把把关，看看我究竟合不合格，对吧？"吴榛调侃一笑，抢先一步将话头接了过去，眼睛却是郑重地看向李可唯，而这时，大家的目光一瞬间全都集中到了吴榛身上。

如果说在李可唯眼里，今天的吴榛跟以往有什么不一样，那只有两个字——低调。大家聊天的时候，他几乎全程都在倾听，偶尔跟着笑笑，除了别人问他问题，大部分时候，他都很少发言。仅有的几次就是主动帮忙拿纸巾、搬凳子，显得脾气超好，完全没有往日吴少的风范。而在其他人眼里，这个高大帅气的男人，若说他身上有什么特别之处，便是全身上下都是价格不菲的名牌，从爱马仕的套装，到欧米茄的手表，连打火机也是Zippo限量的。

"吴先生这一身爱马仕真的是跟人非常搭啊，非常帅气啊，不过现在中国制造业这么发达，假货实在也很多，谁知道这些logo是真是假。哎呀，吴先生，不好意思，我不是说你的衣服……"发话的是钱昊左边的一个矮个子男人钟鸣,此人在学校时就是个娘娘腔,最爱阴阳怪气地损人,偏偏还跟廖婧文的关系不错。对于吴榛这一身的名牌,大家虽各有猜想,可毕竟碍于李可唯的情面,即便有嘲讽的意思也不会放在嘴上,钟鸣的话是在影射吴榛的满身名牌都是假的,指不定就是爱慕虚荣,为了打肿脸充胖子,才买的仿货。

钟鸣挑衅完,还得意扬扬地环视四周,随即收到了廖婧文赞许的眼神。

"哈哈哈,好,好。这位同学见多识广,看来是买到过A货,深受其害了!"什么场面没见过的吴榛笑得坦坦荡荡,明白了李可唯今晚让他来的苦心,"我只去他们家的旗舰店,应该还没人敢卖A货给我吧?"

"……"钟鸣显然被震慑住,顿时语塞,气焰立消。

同学聚会搞得像鸿门宴似的,这么多年了,那个女人还在作妖。李可唯心中腹诽,脸也气绿了,只是她自己并未察觉。可是在其他人的眼里,李可唯如此愤怒的眼神只在痛击渣男时出现过一次,就像冰冷的刀光一般。她正要开口说话,可这时,包厢的门却突然被一双大手推开了……

一身浅灰色的衬衫加休闲裤,手上是标志性的鸭舌帽,挺拔的身姿外加几分不怒自威的神态,这人的到来,不仅一下吸引了在场所有人的注意力,连刚刚有些肆无忌惮的钟鸣也立刻两眼放光地站了起来——他正是今天迟到的学生会主席——王毅。且不说王毅在校时向来雷厉风行,有多风光,除了担任学生会主席,其人更是拿了校内外大大小小的奖项,而毕业这一年,名企offer明明任他挑选,他却偏偏挑了家才成立不久的科技公司,且很快成为其中的COO(首席运营官)。当所有人都在替他惋惜之时,哪知这家科技公司竟然一跃成为钱江的准独角兽企业,一时间他的身价也水涨船高,令不少同龄人羡慕嫉妒。大家对王毅的格局、眼光更是佩服得五体投地。

令大家没想到的是,一向在学校里派头十足的主席,进门后,打招呼的第一个人竟然是吴榛。

"吴总,真没想到在这里见到你。"如果要用两个字形容此时的王毅,那便是:热络。这种热络并非讨好,而是带着某种熟悉的尊敬,作为王毅所在公司的最大股东,当时的王毅正是被这位贵人发现提拔才有了今日,见了他自然无比亲切。而吴榛只是拍了拍王毅的背,耳语了一番,表示不想喧宾夺主,别隆重介绍自己,并示意他赶紧坐下。

这下大家直接惊呆了。王毅是什么人?居然毕恭毕敬地称呼这位第一次露脸且气宇轩昂的陌生人为"吴总"。哪怕是此时再没眼力见的人,都不敢小看吴榛,尤其是刚刚还讽刺吴榛一身假货的钟鸣,更是懊悔得不敢抬头。

第二十五章 出其不意

接下来的整个饭局,仿佛变换了风向,对于吴榛这个"外来人",大家不仅有了兴趣,也开始了旁敲侧击的各种打探。这不打探还好,一打探,吴榛股东、投资人,以及富二代的三重身份简直让大家瞬间咋舌。相比之下,陈子轩的那家还在融资的创业公司在众人眼里甚至变得有些窘迫,更有好事者调侃道:"反正都在找投资,吴总不正是投资人?不如加个吴总的微信,让人家帮帮忙……"

廖婧文此刻更觉颜面扫地,恨不得找个地缝钻进去,一开始精神抖擞的陈子轩脸色也不怎么好看。倒是李可唯十分大度,并没有计较廖婧文的那点小心思,她适时地插入几句调侃的话,让话题就此过去,大家八卦的话题又回到了昔日朝气蓬勃的校园里。

"喂?师兄……"一群人聊得正欢时,李可唯的电话却突然响了起来,来电人是朱时雨。

"可唯,你在哪儿?晚上有空吗?我正好在嘉里中心附近……"朱时雨刚好从朋友圈里看到了他们聚会的照片,心里一动,便立刻给李可唯打了一个电话。

"今晚吗?我在跟大学的同学聚会。钱昊、王毅他们都在。"

"是吗?那我正好可以过来,我也想见见他们。待会儿吃完,我顺便送你回家,哈哈!"朱时雨兴致勃勃道。

"那倒不用了,可唯这边有我在,就不劳您老人家费心过来,待会儿我送她回家。"朱时雨怎么也没想到,电话里会传出吴榛的声音,原本还想再说点什么,却硬生生被对方干脆地挂了电话。李可唯对他有些埋怨地翻起了白眼,怎么说也是自己的师兄,这人倒好,也没经过自己的同意便抢了电话过去。

吃完饭,几个爱热闹的人提议再去KTV唱歌,李可唯以公司还有事为由便拉着吴榛走了。廖婧文这个组织者刚刚已败下阵来,心里十分丧气,自然也找个理由推托了过去。

"怎么样,今天我这个男朋友还合格吧?"车上吴榛略有得意地问李可唯,弄得李可唯扑哧一笑道:"什么男朋友,我可没说,别自以为是,我只是请你来冒充一下的。"

"是吗?那怎么不请你朱师兄冒充,他不是跟这些人更熟悉?"吴榛依旧笑呵呵的,这次换成了反问的语气。

"就是因为熟,所以才要找个没见过的。总之,你不要多想,今天谢谢了,但之后我们各走各的。"

"我们当然是各走各的,难不成你想要跟我回家?"吴榛说着眯起眼,特意歪头看了下李可唯。

"你……"李可唯心中暗骂无耻,这个人刚刚明明还斯斯文文的,一走出餐厅又变回了那个成天嘻嘻哈哈齐天大圣的模样，她懒得跟他计较。

李可唯这时想起陈筱露最后交代的不要忘了问吴榛一件事。

"对了，我问你，如果有人得罪了你，你会怎么办？"

"哇，烦不烦？又来了，上次在李白宴我不是回复过了吗？"

"那我问你，最近三年，你有没有安排人实名投诉过一家企业？"

"安排人实名投诉？干吗这么做？当然没有。这么无聊。"

"你发誓！"

"我发誓。我吴榛要干了这么无聊的事，李可唯一辈子都可以不理我了。"

"……你是想我不理你？"

"怎么会呢？你这啥逻辑？"

…………

回去的路上，两个人就这样你一句我一句，俨然一对斗嘴的小情侣。

第二十六章 遭遇勒索

回到家,李可唯一坐下来就给陈筱露打了通电话,说吴榛发誓没干过安排人实名投诉这种无聊的事。

"筱露姐,他就这么个人,但真不是小人、坏人!"李可唯最后给吴榛同志盖棺论定。

"我相信。谢谢你,可唯!"

看来幕后推手真的不是他。那又究竟是谁?说是个男人,怎么火车浜7号几个嫌疑人一个个都不像是那个人?想到这里,心神不定的陈筱露将此事进展转告给了闺密颜静和范思琪,希望大家能够集思广益,早日找出那个令她神伤已久的人。

其实这段时间,在火车浜7号,除了工作,陈筱露旁敲侧击向很多人打听过这个行事缜密又十分神秘的幕后推手,从行政人事部的吴颖、张美凤,到客服部的老杨、设计部的小艾,甚至连非主要部门的男性,陈筱露都有暗中打听过。而原本重点怀疑的三个对象吴榛、赵云良还有王朝,却都不怎么像。

吴榛,别看平日他总是气概不凡地发号施令,加上身份的关系,好像所有人都对他有所忌惮,巴结他的人更是络绎不绝,可这个人除了在私人生活上确实招蜂引蝶,本人倒是个翩翩君子,而且对各个部门的人基本一视同仁,从来不会以权压人。再加上在欧阳旭光事件上,自己也与他当面对质过,以他坦荡的性格来讲,就算真的是他做的,他也必定会承认,没必要隐瞒和躲闪。

至于赵云良，不管是李可唯还是其他人对他的评价都是典型的"暖男"。在公司多年，基本上没跟任何人发生过争执，前女友父亲手术住院，他二话不说守了三天，在路上遇到流浪猫，从来不会袖手旁观。哪怕是离职的员工，对他也十分尊重。旭光曾经有恩于他，他也一直感念在心，直到现在，从他的语气里都能听出他对旭光的敬重和佩服。且不说旭光有没有跟他发生过冲突，这样一个心存善念的男人，断不可能对自己的恩人以怨报德，所以，做这件事的人，肯定不是他。

剩下就是王朝。虽然王朝承认确实去过临海，可他也说是两年前，时间上明显不吻合。且如果真的是他，那他跟欧阳旭光究竟存在什么交集，又为何要骗自己？还是说，王朝说的也许就是真的，这一切都是巧合？究竟是谁在背后推动着一切？

陈筱露发现一切似乎又回到了原点，最可疑的两个人目前已经全部排除了嫌疑，而最后那个人，又似乎完全没有理由和动机。

在闺密微信群里，陈筱露用语音讲述了这段时间找寻真相的经历和努力，感觉有些徒劳。

"难道说这个人根本不在火车浜7号？"听完陈筱露的各种分析后，颜静实在找不出头绪，便大胆地提出了这个假设。

"还是说，这个人也许根本就不是一个男人，是目击者弄错了？"范思琪补充道。

"不在火车浜7号？不是男人？"陈筱露一瞬间迷茫了，对于两者的假设，她都不敢再进一步推敲。如果这样的假设真的成立，那自己所有的辛苦岂不是白费了？而天大地大，那个真正的幕后推手究竟是谁？在哪儿？是男是女？旭光迄今为止，一个字也未曾透露过，自己既非侦探，又不是警方，又如何能够找到？为今之计，陈筱露想，唯一可以依靠求助的人，或许只有他了——能将钱江各种资源掌握在手，并有能力帮助自己的吴榛。

李可唯知道陈筱露心里有什么事一直没跟自己讲，或许是时间没到吧。她打完电话，只觉浑身劳累，便先去洗了一个澡，谁知出来的时候，竟看到电话上有六个未接来电。打电话的人正是李可唯同桌的客服老杨。"可唯，不好了。你写的文案出了问题，顾客说是违法的，现在要找我们赔款，你说怎么办？"

"违法？"李可唯根本没意识到自己的文案有可能触碰到法律，"老杨，到底怎么回事，你说清楚？"

"我……你……你还记得吗？下午，我们遇到一个客户，买了很多套衣服，后来又退了，他说我们涉嫌虚假宣传，还说要去市场监管局告我们，我……我待会儿把截图给你看！"客服老杨说得紧张，李可唯同样听得也紧张。老杨的话虽然没有说清楚，但

第二十六章 遭遇勒索

有两点她十分确定：一是这事跟她脱不了关系；二是这事情都闹到市场监管局了，绝对不是小事。

一会儿工夫，老杨噼里啪啦又给她发了十几条信息，包括与客户的聊天对话。情况简直比自己想象的更加严重。自己对服装的描述因为涉及"极限词"，不仅直接触犯了《广告法》，连旗舰店也可能会受到影响，甚至会被勒令关闭。

"怎么会这样呢？"李可唯头脑里此时一团糨糊，在公司里一向不温不火的老杨更是逮着李可唯一阵怒骂，怪她为什么不提前查查《广告法》禁用词的相关规定，明明之前群里特意提醒了，为什么会犯这样低级的错误，而且警告她最好自己解决，不然会连累到一帮人的绩效。

李可唯第一次见到老杨这么火爆的一面，她当然知道是自己的错。至于老杨提到的"相关规定"，李可唯这才意识到坐地铁的时候因为手机出了问题，错过了这个重要信息，没注意到文案上的有关禁忌。所有的事都凑到了一起，也难怪自己出了这么大的纰漏！

自责、懊悔还有愧疚，同时压在李可唯的心里，可如今比难过和自责更重要的是如何有效地解决当下的问题，毕竟这次的祸是她一个人闯的，说什么她也得承担下来，不能让公司受损。

"私了也行，赔四万就撤诉，当什么事情都没发生，我这边可以尽快安排撤销，过期不候，否则法庭上见。"紧接着老杨那边又发来了一张与客户聊天界面的截图，看到对方由一开始的咒骂、诋毁到渐渐松口，李可唯仿佛看到了一丝希望，说到底错都确实在她身上。自打上次和陈筱露经历了喷绘事件后，李可唯认定了一个成熟的职场人必须学会自己承担更多的责任，而不是一犯错就依赖他人或者选择推卸，火车浜7号这几年的业内口碑一向不错，她不敢想象这种事情万一上新闻、上头条，会对公司带来什么影响。想到这里，她只能一口先答应对方的要求。

四万？她的薪水虽然还行，但是因为要还房贷，再除去日常的开销，每个月根本所剩无几，连衣服和化妆品最近都是省了又省。父母已经将存了多年的养老金都借给自己付了首付，若是再伸手要钱，连自己都觉得不好意思……如今之际，李可唯想到的只能是向其他人借，毕竟无论如何也不能让这件事闹上法庭，更不能因为自己让火车浜7号的品牌蒙羞。

可找谁借呢？找同事肯定不行，毕竟这事还得保密。找吴榛那更不行！虽然吴榛乐意帮忙，这钱对他来说也是九牛一毛，可对她李可唯来说，这个动作却十分关键，她知道自己一直跟吴榛有差距，倘若现在找他借钱，自己不就矮了一截？这种伤害自尊的事情,到时就会像一根刺扎进她的胸口,想到都会让她隐隐作痛。她可以在他面前没有淑女风范,没有普通的规矩,却断不能在他面前失了体面和尊严,这是李可唯心中所在意的,也是她给自己定下的底线。

找同学呢?这些同学跟她一样都毕业没多久,要一下子拿出四万肯定困难,比自己年长,有经济实力,又愿意帮助自己的,李可唯思来想去也只有师兄了。

朱时雨此时正在一家小酒吧里百无聊赖,原本想着今晚找个机会将李可唯约出来,也好进行下一步的行事安排,哪知却遭遇吴榛的捷足先登。这会儿他一个人喝着闷酒,打量着来来去去的各色美女,心里委实不痛快。这时,惊喜来了!李可唯居然打来了电话!

李可唯在电话中急急切切地将事情原委告知,不过这番话在朱时雨的耳中其实就两个字:要钱。四万块对他这个家境不错的博士而言,拿也是可以拿出来的。可他多年与女生打交道的经验提醒自己,这钱借出去了,应该就收不回来了。

她可是自己心仪的美女李可唯,不借不行,全借就是傻。女人的路数,他比谁都清楚,一开始是一两万,后面则是三四万,再后来,就是你情我愿的无底洞,就看你能拿出多少。他琢磨着估计没过多久还会有第二次和第三次,到时候既有你来也有我往,绝不能让自己白白吃亏。

朱时雨心里盘算完,才故作大方地给李可唯的账户上打了两万,让她先用,说自己最近手头紧,一下子拿不出四万,语气里还带着一丝对李可唯的愧疚,并约她下次有时间出来见面。

李可唯哪里能想到这个热心的师兄其实道貌岸然,肚子里有坏水。她心想师兄已经如此仗义,自然不能再麻烦人家,便一再诚恳道谢。她还特别承诺了会算上借款利息,与银行同息。朱时雨则在电话另一头连道不用,假装非常客气。

眼看已经敲定了一半,还有一半,李可唯几番纠结后,决定把这件事告诉陈筱露,这个她在公司最信任也最要好的姐姐,让她支个招儿……说不好还得去面对吴榛……

第二十七章 揭开面纱

  难得早上还没到 8 点,李可唯便自动醒来,这比平日上班还早。最主要的原因当然是她睡不着,钱还没凑齐,她哪里还能像平常周末般安稳地呼呼大睡。拿起枕头边上的手机,李可唯几乎想都没想便翻到了昨晚的通话记录。这短短的十几个小时,对她来讲无疑是从天堂到地狱,回想从聚餐时的欢天喜地,到回到家里被老杨惨骂,跟顾客赔礼,最后想办法筹钱的这一经过,只觉得度日如年。

  李可唯拿着手机,却很不情愿给陈筱露打过去。她的内心很忐忑,不是怕陈筱露怪自己,更多的是怕自己让她失望。人的心态往往就是这样,越是在乎的人,越不愿让对方看到自己的脆弱,不想让对方为自己感到担心,可眼下,能帮自己也让自己信任的人,也就只有陈筱露了。

  最终,李可唯将这个电话拨了出去。"嘀……嘀嘀……"电话那头传来的却是连续的忙音,原本最期盼的人竟然没接电话,李可唯心里难掩一丝失落,慌乱之下更是不知怎么一脚踢翻了床边的垃圾桶,惹得前两天凌乱的零食包装袋像是商量好了般一股脑地倾泻出来。李可唯烦躁地搁下手机,只得用手将地上肮脏的秽物一一捡起来,再朝厨房的垃圾桶走去。哪知刚捡起垃圾,床上的手机铃声便响了——来电人正是陈筱露。

  哪怕已经做好了充分的心理准备,接到陈筱露的电话时,李可唯仍旧不知道应该如何开口。"筱露姐,能不能借我一点钱?"李可唯本想把话说得更委婉些,可一开口,她还是本能地说出了自己想要借钱的想法。

　　陈筱露并没有想到李可唯这个电话是打来问自己借钱，一听李可唯语气里的低落和尴尬，心里便想这姑娘准是遇到什么事了。"借多少呢？"她试探着问，却不由得想到自己那张存款所剩无几的银行卡。

　　"两万。"李可唯将自己还缺的钱如数报出。可刚把话说完，心里又有些后悔。虽然她一直觉得自己跟陈筱露关系好，可是两人到底认识时间不长，再想起自己认识陈筱露的这段时间，她似乎总是很节约，在食堂里买最基础的套餐，公司做活动再晚，她也坚持坐地铁。找陈筱露借钱的心，便瞬时打消了一半。

　　而另一头的陈筱露却并未明言借还是不借，只是问她是否遇到了困难。李可唯犹豫之下，把事情的起因和经过和盘托出，这下却轮到陈筱露傻了。随着电话里一声幼稚的尖叫声，陈筱露匆匆给李可唯留了一个地址，让李可唯到这里去等她。李可唯不明其意，脑子却有些蒙了，去还是不去？

　　陈筱露并不是存心搪塞李可唯，而是刚刚与李可唯才说两句话，真真就从一旁跳了出来，大声地叫喊，原来昨天的美术课学习了人像画，真真说自己最想画的人就是妈妈。"妈妈有一个圆圆的头，长长的黑黑的头发，妈妈的眼睛里有星星……"每画一个部位，真真便离开桌子，一边瞅着妈妈，一边让她点评像不像，小孩子精力旺盛，一认真起来又没完没了。

　　"筱露姐——"李可唯匆匆赶到约定地点，看到陈筱露在市区十字路口的一家咖啡店门口等她，一下车就挥手叫起来。

　　两人相向而行。明明才间隔一天时间，可走到陈筱露跟前时，李可唯的心中却是五味杂陈，她没如往常一般扑上去挽着她的手，而是不自觉地带着羞愧感站在她面前，慢慢低下了头，有些手足无措。

　　"来，跟我走，到我家里再说。"陈筱露显然看到了李可唯的窘迫，主动握住了对方的手。

　　见陈筱露似乎胸有成竹的态度，李可唯也不愿在人前顾影自怜。自从见到陈筱露之后，她心中原本的阴霾竟一扫而空，仿佛是直觉在告诉她，筱露姐一定会有办法。

　　陈筱露的家与两人约定的地方相距不远，走几分钟便到了。沿途多是漂亮的市区豪宅，大理石干挂的品质墙面和闪着神秘光泽的玻璃幕墙，显然价值不菲。

　　"可唯，感谢你让吴榛说出那个誓言。其实，我一直在寻找一个在临海收买消费者实名举报的男人。我曾以为可能是他……现在可以肯定应该不是他，太好了。"陈筱露边走边与李可唯搭话，见对方满脸疑惑，陈筱露停下脚步盯着李可唯的眼睛说道,"我知道你肯定有问题要问我。等下你的事情处理完,我就会告诉你来龙去脉的。"

"嗯嗯。"李可唯瞬间感觉到这里有复杂的渊源。两人转身走进一个很大的社区——二十世纪八九十年代建的多层住宅为主的小区,密密麻麻的楼宇一幢接着一幢,墙面和屋顶都已有些老旧了。陈筱露家住在33栋403室,没有电梯,要爬三层楼梯才能到达。

陈筱露打开了一楼的防盗门,二人沿着并不宽敞的水泥楼梯拾级而上,沿途的石灰抹墙已然泛黄、起皮,有些地方已经脱落了。

李可唯很难想象平日里穿戴体面并透着贵气的陈筱露会住在这么老旧的小区里。

二人喘着气终于走到了四楼,一扇重新油漆过的干净的老门前,陈筱露拿出钥匙打开家门。

一个穿着花裙子的小女孩出现在二人面前,只见她身高还不足一米,扎着小马尾辫,皮肤白皙,大眼睛一闪一闪的,手里拿着一张小画扑过来,嘴里直喊着:"妈妈,妈妈。"

"真真,这就是妈妈跟你说过的可唯阿姨!"陈筱露弯下腰,摸了摸女孩的头,指了指身旁已然百感交集的李可唯。

"阿姨好!"真真甜甜地叫了一声。

"真真,乖宝贝!"李可唯顿感心甜似蜜,蹲下身来,双手轻轻地搭在真真的肩膀上,一个大人一个小孩终于相见,两双眼睛在互相辨认着对方,"你可比你妈妈给我看过的照片上的你更可爱、更漂亮。"

"阿姨也很可爱、很漂亮啊!"真真以童声响亮地回应了李可唯。

三人相拥。

随后,陈筱露吩咐道:"真真,妈妈要先跟可唯阿姨谈点事再陪你玩,你现在去房间里乖乖地画画好吗?"

真真一听,低下头,瘪着嘴,再看向手里的Hello Kitty,慢吞吞地答道:"好吧,要不然呢?"

"真真乖!"二人于是把她哄回房间安顿好,回到客厅。

趁着陈筱露倒开水泡茶的当儿,李可唯这时才开始环视并打量起这套房子。这是一套六七十平方米、两房一厅一卫的房子。显然两间卧室都不宽敞。小小的厨房是由北面密封阳台改造而成的,客厅很局促,三人座的实木沙发前配了一个实木茶几，茶几上加了层玻璃表面，两步之外是一张四人座的正方形小餐桌，紧挨着厨房。除了一台大容量海尔冰箱是新的，目之所见几乎所有的家具都有些陈旧了，只是都被打扫得一尘不染。

冰箱上放着的相框里是一家四口2015年的照片，一位抱着真真的老妇坐在一张金丝楠木的长沙发上，身后站着身着旗袍的陈筱露和……真真的爸爸？一位穿着浅蓝色西服、身姿挺拔、面颊干净的男人……

李可唯的猜测很快被陈筱露证实了。略大些的卧室住着陈筱露母女，里面有一个大大的衣橱……那个男人就是已和陈筱露离婚的真真的爸爸，而老妇是她的婆婆，就住那间小些的卧室。

这曾经是多么幸福的一家人！筱露姐究竟发生了什么呢？李可唯心里有很多疑问，于是噼里啪啦地问起来。

"是的，以前的住房条件是比较好。现在住的房子是婆婆原来单位分的房子……真真的爸爸……唉，你先别问了，回头再跟你说吧！"陈筱露把茶水递给李可唯，让后者在实木沙发上坐下，"先处理你电话里说的事。"

陈筱露也跟着坐下来，让李可唯将事情的经过又复述了一遍。见李可唯说的与自己曾经遭遇的差不多，陈筱露起身离开了一会儿，然后走进卧室，从抽屉里取出一部前两年用过的手机，打开相册，将它展示给李可唯。

李可唯被手机里的截图画面惊呆了。同样的语气，同样的说辞，甚至以同样的理由相威胁……这？

"这个人是淘宝职业打假人，专门去网上找广告中含有违规极限词的店铺，然后用假的截图，威胁店铺老板，说已经告到工商局，想私了的话必须赔钱。因为知道火车浜7号是大公司，又看你没有经验，所以警告你最好不要告诉老板……那张有问题的页面，我看你们已经改正了，他拍下货品后马上退款又勒索你，这已经说明了问题，你们可以向淘宝的店小二说明情况。你不仅不用赔款给他，还可以告他敲诈！"

"真的吗？太好了，筱露姐。"李可唯惊喜得简直不可置信，让她昨天一直头疼到现在的问题，就这样被陈筱露轻易化解，不用花一分钱，公司也没有被告，对方竟然是骗子。想来想去，她怪自己经验太少也太不成熟，被对方一恐吓，就什么都妥协了。

"筱露姐，谢谢你，谢谢你，你真是我的救命恩人！"李可唯心中的大石头总算落下，"可是你是怎么知道的呢？这个手机又是怎么回事？"李可唯好奇道。

"因为我前夫就曾遇到过这样的事情。"

又是真真的爸爸。从踏进这个家以来，她有太多太多的好奇，也有太多太多的感触。从见到陈筱露的第一眼,她便觉得这是一个不同寻常的女人,她气质端庄,一看便有良好的修养,而墙上的照片也显示着这曾经是多么幸福的一家人。可是她为什么会跟她的丈夫离婚?那个男人现在在哪儿?最不可思议的是,她既然离婚了,怎么会跟婆婆住一起?一切的一切就像一个谜团,让李可唯疑惑,也让她迫切地想要知道答案。

而此时陈筱露似乎也看出了李可唯的心思,她将李可唯带进屋与真真说了会儿话,并肯定了她的画作。

"宝贝,今天画得特别好,妈妈奖励你可以戴耳机多看一集《一休的故事》。"

确认真真听不见大人在客厅里说话后,她没有让李可唯再久等,带来了一个属于她的故事。只是这个故事,她无法确定眼前的女孩,能够接受和理解吗?

第二十八章 回首过往

"可唯,你还记得那次你、我、吴榛,我们吃完晚餐后,你很疑惑为什么我要问吴榛有人得罪他会怎么办吗?我对你说到了合适的时间,一定会跟你说的。你是我在火车浜7号最信任的人,今天我想把事情的一切都原原本本地告诉你,也希望你为我保密。"

"嗯嗯,当然。筱露姐,放心,我李可唯一定不会跟任何人说的!所以……到底是怎么回事?"

"这件事说起来,其实跟我前夫,也就是真真爸爸入狱有关。我来到火车浜7号的其中一个原因,是为了寻找举报他的幕后推手……"

"真真爸爸入狱,幕后推手?"听到这里李可唯瞬间傻了,"这么说,你当时一直追问吴榛,是怀疑他就是那件事的幕后推手?"

见陈筱露默认地点了点头,李可唯情绪更加激动地道:"我不信,我觉得吴榛不是那样的人,而且他们之间能有什么过节呢?他们也没有交集啊!吴榛这个人除了花心,前女朋友众多,也没什么问题,硬要说过节,莫非他们曾经爱上了同一个女人,因为争风吃醋,所以才结了恩怨?"

李可唯心直口快地胡乱猜测着,等噼里啪啦一通说完后,才发现对面的陈筱露满脸尴尬,心知自己的猜测太离谱,李可唯只得不好意思道:"哎呀,筱露姐,我都是乱说的,你不要介意……那究竟是不是他呢?"

李可唯这下紧张了,她生怕这件事真的跟吴榛有关,又怕陈筱露因为她而犹豫,便紧接着补充道:"放心,筱露姐,如果真的是他,我李可唯保证再也不会跟他有任何瓜葛!"

听到李可唯这般坚定地站在自己身边,陈筱露感动地拍了拍李可唯的手,安抚道:"知道啦,我的好妹妹。吴榛看似放荡不羁,实则心地磊落,我认为倒不像是他。这件事太复杂,可唯,我还是从头跟你说起吧……"

李可唯点了点头,听到陈筱露排除了吴榛的嫌疑,她心中也大松一口气,眼下,她更好奇这究竟是一个怎样的故事,陈筱露又是如何来到火车浜7号的?

"可唯,你听过银城十里桃花吗?……"陈筱露静静地看着李可唯的眼睛,脑海里不自觉地浮现出那片璀璨繁茂的桃林。

"银城十里桃花?传说中钱江最豪华的别墅区之一?"李可唯对这片别墅区很有印象,她打开手机百度,果然很快就跳出了关于这里的简介:

钱江市银城十里桃花别墅区坐落于之江国家旅游度假区内,背枕五云山,面眺钱江水,周邻云栖竹径、九溪烟树等西湖风景名胜区。此地拥有造价近三亿的香榭名苑五星级私享会所。武林双语国际学校的办学质量更是位居各区学校之首,走俏的名额一度让无数家长和学生竞相争抢……因此,也有人称想要目睹钱江市里最年轻的创业新贵,只要走到十里桃花的别墅区的楼底下,从这里走出来的每一户年轻家庭,非富即贵。据说,住在此别墅区里足不出户便可一览春夏秋冬四季最美的风景,而其中最惹人瞩目的当数每到三四月份,园中桃花璀璨如炬,悉数成林,如同一片浪漫的人间仙境。

"这里……你?"

见眼前李可唯露出疑问的表情,陈筱露道:"是的,我曾经就住在这里。"

这个回答让李可唯不禁深吸一口气,吃惊道:"筱露姐,原来以前你竟然住在这么豪华的地方。这么说你们家以前一定很富裕,这样的房子普通人可是几辈子都住不起的!"

"不不不!"陈筱露知道李可唯误会了,便解释道,"我们家虽然住在银城十里桃花,但是我们住的不是动辄几千万上亿的别墅,而是整个片区里最实惠的花园洋房。我们家在整个别墅区里真的算是穷人了。"

"当年旭光说喜欢这里的环境,更喜欢这里代表的身份,毕竟这里出入的都非富即贵,想着这对他事业应该也有帮助,所以才买了房子。他还信誓旦旦地说,迟早有一天,我们会住上这里最豪华的别墅。"

"可还没等住上别墅……我们家就突然出事了……我至今记得那天所发生的一切……"说罢，陈筱露开始陷入回忆之中。

"那个下午，我和两位闺密——范思琪和颜静约了在别墅附近的香榭名苑会所里相聚——转眼间毕业快十年，我们聚在一起，既有对过去美好的追忆，也有对当下得失的感慨……

"'筱露，我真羡慕你，一毕业就在大公司里实习，想提升便不顾一切去日本留学，怀孕了便在家里安心地相夫教子，这么多年，事业、爱情哪个都没落下，老公还这么优秀，几年时间就住进了千万级的豪华别墅区，女儿更像个迷人的小天使，真的太幸福了！'我记得这是我见到范思琪后，她对我说的第一句话。"

李可唯认真地听着，仿佛也跟着陈筱露回到了银城十里桃花的那个下午。

"'对呀，我们俩一心埋头将青春的时光献给了爱情和工作，结果呢，却一无所获。想想还真怀念以前的时光……'颜静端起高脚杯，在一旁附和着。

"以前大学的时候真美好。你们记得吗？当时佟老师为了追我们纳兰如风教授，特意开了一辆粉色的大奔，在宿舍底下穿了一套特别正式的西装，拉着小提琴唱了一首齐秦的《爱情宣言》，引起了全校师生的围观，最后终于打动了纳兰如风教授……

"还未等我说完，范思琪便抢过话头说：'我当然记得呀，谁不知道咱们的传奇女神，素有时装界"新古典风格掌门人"称号的纳兰如风教授最喜欢和最重视的学生就是你了。别人上课迟到，她是从不轻罚，就连班里的超级大美女，人见人爱的韩野迟到了，她对着人家也是板了一整天的脸，搞得男生们紧张了一天。可你迟到的那次，纳兰如风教授可是假装没看见哦。'

"'你到现在还为这事吃醋？'我知道范思琪是故意这样说的。在学校里大家都知道我是纳兰如风教授最偏爱的学生，为此可没少让大家羡慕。

"'你们说的是班花韩野？'颜静当即凑过来，'你们不知道她去了娱乐圈发展吗？好像还成了网红，名字也改了，最近大火的《画骨》这部电影就有她参演。'

"我和范思琪同时摇了摇头。一个常年在国外，一个在家也很少看影视，对于互联网的这些事情，自然也就关注不多……

"我记得那天的气氛温馨又欢乐，我们几人絮絮叨叨，像没完似的，直到夜色已深，微醺中的我们在拥抱后，才依依不舍地分别。当时我以为我的下半生，一直会在这样平静安逸的日子里一天天度过，可万万没想到，一个巨大的噩耗突然从天而降……"

"是发生了一件重大的事情？"见陈筱露的表情从一开始的平静、欣喜突然变得凝重,李可唯知道,一定就是这件事改变了她的人生。

陈筱露点点头,接着说道:"当时我接到了一通派出所打来的电话,他们说,旭光因涉嫌诈骗罪于当天下午在临海被逮捕。我听完完全不相信,问他们是不是搞错了,旭光绝对不会涉嫌欺诈,而且他一直在钱江做服装生意,怎么又会在临海被抓?可对方坚定地告诉我,他们并没有弄错,过两天逮捕的通知书也会送到家里。

"当天晚上我多处核实,又联系到了临海的熟人,最终确认旭光因为临海那边的社交电商项目被当地多人实名举报,所以他与公司的几名相关人员都被抓进了当地派出所。这个时候,我完全慌了……我已经当了多年的家庭主妇,肚子里还怀着一个宝宝,家里上有老下有小,想到万一旭光真有个什么,我们一家大小该怎么办?"

李可唯见陈筱露说到这里,眼角已泛起泪光,她的心也被紧紧地揪着。她无法想象,陈筱露当时是如何面对这一切的,若是自己又会怎么做?

"可是,我真的没有时间感伤。当时有知情的人给我出主意说,虽然人被关了进去,但并不代表没救了,只要在七天内能找到证据,他又没有认罪,那么就可以先把人'捞'出来,只要人'捞'出来,后面可能就什么事情都没有了。

"一想到旭光有可能会平安回来,我的心里一下就有了希望。对我而言,旭光不仅是我的丈夫,更是我女儿的爸爸,无论如何,为了这个家,为了女儿,为了婆婆,我也要尽最大的力量去救我的丈夫。

"接下来的几天,我顾不得身孕四处托关系,找朋友,利用任何可以搭上的人脉。我不敢有丝毫懈怠,然而即便使出浑身解数,得到的却是对方一次次礼貌的回拒……

"他们要么说目前临海正在构建诚信县城,旭光的事情确实无能为力,要么称因为多人实名举报,这件事已经是板上钉钉,十分难办。当时为了能够早日捞出旭光,在有心人的提点下,我居然拿出家里的银行卡中仅剩的十来万现金购买了一幅所谓的名家字画,赠予这位'通关人物',没想到,这根本就是一个骗局,旭光没救成,钱也没了……"

李可唯见陈筱露有些疲惫的样子,似乎嘴唇都说干了,她默默地起身倒了一杯水端给她。陈筱露想起了卧室的真真。走进卧室,发现女儿已经躺在床上睡着了。陈筱露将女儿的被子盖好后,又返回客厅,接着对李可唯说道:"最后还是多亏了我的闺密颜静,通过她的亲戚,联系到当地公安局的一个处长。这个处长是她亲戚的女婿,听了我们的情况也很同情。可一听我要'捞人',处长当即态度一变,立马把我们臭骂了一顿,说哪里来的'捞人'的说法,让我们不要张口乱说。事情的真相他已经了解得十分清楚，旭光的案情基本属实，他做的事情也确实触犯了法律。

"听到处长这样一说，我心都凉了，心想好不容易才找到一点希望，不能就这样放弃。我恳求着处长，问他还有没有什么办法，旭光又是为什么被人举报。也许是看我可怜，又怀着身孕，处长的态度也软下来，道：'这事主要还是被人实名举报，尤其是两个带头的，投诉不算，还天天赖在派出所门口要求警方给交代。后来一深入调查，牵扯得越来越多，就有了后来的事情……按理说这样的事情在钱江也不算大罪，但是在临海就……'说到这里，处长没有再往下说……"

"那后来呢？"李可唯见陈筱露突然停了下来，抢话问道。

"听到处长这么一说，我跟闺密都非常着急。'那两名举报人是谁？能找到他们吗？'我们赶紧询问，心想说不定他们会成为旭光案子的关键人物。

"可任由我一再请求，关于这两人的信息，处长却半个字也不愿再透露。临别时，他还特意对我们说，不管两人是有心还是无意，都改变不了旭光涉嫌欺诈的事实。他劝我们还是耐心回家等待最终的结果吧。

"我怎么会那么轻易地放弃？好不容易找到一点关于这个案子的线索，说不定另有隐情，说不定我可以救出他呢？当时我天真地这样想。之后我跟闺密又去了派出所好几次，都徒劳无功……那位处长大概也看出了我们的不甘心，最后他告诉了我一个怎么也想不到的事情：那两名举报人事实上也是受人之托，此人据说在火车浜7号里工作，是一名男性。他估摸着这个人可能跟欧阳旭光有事业或者其他方面的纠葛，所以才做了这样一件事。"

"果然跟火车浜7号有关？"听到这里，李可唯总算知道了陈筱露来到火车浜7号的缘由。

"可是当时我还没来得及打听，却接到消息……旭光已经在里面伏首认罪了！就在当天，深受刺激的我也流产了。

"孩子流产和旭光的认罪，让我真的近乎崩溃。那个时候，我哪还管什么举报人，管什么火车浜7号。在开庭前的两个月，我完全不知道自己是怎么过来的，我觉得自己像个木头人，不会动，不会说话，也不知道要吃饭，连闺密我也不见，我整天把自己关到屋子里，拉上窗帘，活着就像是死了一样。

"有一天，我甚至爬上了窗台。那天，我坐在凳子上，总觉得有个人就在窗边喊我的名字：筱露，筱露。我觉得这个人的声音很熟悉，很动听，似乎是一种召唤……我开始慢慢地翻上去，把脚也伸了出去。这时，我突然看到有一双眼睛在看着自己，于是扭头一看，真真的脸上已经挂满了泪痕。那一瞬间，我知道自己不能再这么下去。我还有孩子,还有家庭,我要努力振作起来,我还要等着旭光最后的判决结果……"

陈筱露的语气十分平静,李可唯却看出了她心里的难受。这份回忆对于任何一位母亲来讲都非常沉重,想必她此刻应该心如芒刺。她轻轻地用手拍了拍她的背,希望借此安抚她的内心。

陈筱露从李可唯的举动中,感受到了她的贴心。她缓和了情绪,继续说道:"之后就是庭审了,庭审的结果是旭光公司的所有财产被判为非法收入,账户上的钱全被罚没了。他个人也被判了三年有期徒刑和五百万罚金。因此,我们不得不搬到婆婆以前分配的老房子,真真转了学,我们的车也卖了。我知道刚刚你一定在好奇,我为什么来到火车浜7号,是不是为了调查那件案子的幕后推手。"

见筱露姐姐完全洞悉了自己内心的想法,李可唯点了点头,同时也有些疑惑地问道:"你为什么这么确定那件事跟火车浜7号的一个男人有关,万一弄错了呢?"

陈筱露此时却无比认真地摇了摇头道:"不会弄错,那个人一定跟火车浜7号有关,因为我向旭光证实过!"

"证实过?"

"没错,就在判决下来之后。"陈筱露叹气道,接着说。

"判刑之后,终于轮到了可以探监的日子。那天一早,我便带着大包小包独自来到了临海监狱。"

"眼前的人明显瘦了,黑了,原来饱满的脸颊干瘪了下去。目光黯淡,两只眼窝也往下凹,看上去老了十岁。看来跟其他服刑人员一样,监狱里的日子定是难熬的,那个原本自信且充满激情的男人,变得沉默寡言,满腹心事。"

"'旭光,这到底怎么回事?'即便法庭已经做出了裁决,我也从多处了解了事情的来龙去脉,可此时我还是忍不住要亲口问问他。"

"'筱露,对不起。这件事都是我的错。是我一时疏忽,酿成大错!我对不起你,对不起孩子,也对不起我的母亲!'他的眼里也充满了自责与悔恨。"

"对了,筱露姐,那他知道你们的孩子没有了吗?他当时……"李可唯突然想到陈筱露之前所遭遇的,这个男人究竟知道吗?

"他知道。我跟他见面的时候,他就知道了……当时他很难过,也很自责,甚至说一切都是他的报应,说着说着,他又苦笑起来,说什么如果有任何罪孽,都让他一人来承担,为什么要惩罚我们的孩子,惩罚他的家人……

"我想起上一次看到他这个样子,还是几年前他父亲去世那会儿。那时我们的事业才刚刚起步,旭光的父亲却被检查出得了肝癌晚期,不到一个月就走了。当时的他哭得撕心裂肺，一直说对不起父亲的养育之恩，没能好好尽孝，他十分后悔……

"等他平静之后，我们又聊了许多，他问候了我、真真还有婆婆，又跟我们说了他在里面的情况，还让我们不要担心。他一直说自己对不起我，再也配不上我，还说了要我以后找个好人……最终他说为了女儿着想，一定要让我赶紧在离婚协议书上签字，我也只好答应了。"

"那关于幕后推手的事情，你有问他吗？"李可唯问。

"当然有！我问他：'旭光……我打听到，举报这件事其实是有人指使，最先实名投诉的两个举报人，也是被人特意安排的？听说这个人跟火车浜7号有关……'为此我特意提到了火车浜7号，想看看他的反应。"

谁知得到的却是对方的一阵沉默。

"'旭光，你是不是得罪了什么人？是不是有人故意陷害你？你回答我啊……'我当时已经有些生气了。

"'旭光，这件事到底是怎么回事？到现在你还要瞒着我吗？'想到自己受了这么多的苦，他却始终保持沉默，这真的不是我所认识的他，也不是我所理解的他，我已经彻底愤怒了。

"'火车浜7号跟我有什么关系……筱露，你不要再管了，你已经答应和我离婚了。这些你真的别再管了……是我变了，变得让你不认识，也变得让我自己都不认识了。我的人生走岔了道，我也得到了报应！以后你和真真好好过日子。我以后怎么过，我会慢慢想好。'说完，欧阳旭光再一次陷入了沉默之中。

"'我们之间就这样了，我现在这个样子，也不敢去想未来。筱露，我真的做了太多不该做的事情，也许我的报应还没有完全来。'

"'你到底还做了什么事情？究竟还有什么报应？'望着喃喃自语的旭光，我真想知道他究竟还瞒了我什么。然而得到的却是他说，曾经的欧阳旭光已经死了……而我应该拥有更好的生活。

"'究竟为什么？我们以前多么相爱，你怎么会说这样的话？'

"之后，不管我怎么问，他都一直躲闪回避问题，让我不要管，也不要再来，还让我把真真的姓也换了，让我好好代替他照顾母亲……

"我已经忘记那天我是怎样从监狱里走出来的，也忘了是怎么回到家里。一方面我无法接受我跟旭光离婚的事情，另一方面好奇心又在驱使我了解整个事情的真相。那个潜藏在火车浜7号的幕后推手是谁？他这样做是不是出于报复？旭光的入狱是否有他的推动？这些我都想了解。"

"所以，你才来到了火车浜7号。"李可唯恍然大悟道。

"调查是其中的一个原因，还有一个原因也是为了生计。火车浜7号是知名的女装电商公司，在这里工作，对我来说，也是找回自己价值的途径。所以，我才来了这里。"

"筱露姐，你太不容易了！"李可唯伸手轻轻地抱住了陈筱露。她从未想过，陈筱露的故事居然会是这样。她曾以为，她仅仅比她大几岁，也许是曾经经历过什么，她的眼神里总是藏着一丝哀愁，却未料到她的人生如此充满戏剧性。她曾经有一个体贴优秀的丈夫，一个富足完整的家庭，住在人人羡慕的高档住宅区。

而现在丈夫入狱，家也搬到了破旧的小区，多年未上班的她不得不每天挤着地铁早出晚归……丈夫、女儿、未出生的孩子，尽管这些离李可唯太远，可是她能够想象两种生活的天差地别，也终于明白为什么其他人口中的陈筱露总是神神秘秘的。

"筱露姐，你放心，有我李可唯在，我一定会帮你找到那个幕后的男人，弄清楚事情的真相。"李可唯知道自己可能永远也无法真正理解陈筱露此前的人生经历，可是她愿意去信任她，帮助她，把她当作亲人一样去保护她。

第二十九章　姐妹情深

这天晚上,陈筱露将李可唯留在家里吃晚餐。她做了番茄蛋汤、鱼香炒肉丝、酸菜鱼,还弄了一个清炒时蔬。陈筱露毫不介意地表示,自己曾经当了快七年的家庭主妇,也没学会做几个菜,反倒是上班的这段时间,跟着手机上的APP学会了弄点吃的。说这句话时,李可唯看到陈筱露的眼神里是带着笑意的。这样的笑让她突然觉得十分安心。

晚饭后,陈筱露领着李可唯细细地感受了一下现在的家。虽居住在老旧的小区里,但房屋被重新粉刷和布置过,除了崭新的冰箱、衣柜和书桌,从沙发、柜子到灶台,这些老家具都被陈筱露很用心地打理过。所以,小是小了点,目前勉强能住。李可唯惊奇地发现,陈筱露的卧室里挂着好多与真真一起拍的照片,两人还穿着各式各样设计精美、款式独特的亲子装。

"这些亲子装?"李可唯的话还未问完,便被陈筱露微笑着打断了:"我做的。"这个答案竟是李可唯想都没有想过的。"筱露姐,你竟然会自己做亲子装,还做得这样好?"李可唯再次瞪大了双眼,看着眼前这个熟悉又陌生的女人。她究竟还有多少秘密,自己全然不知。

在两人的交谈中不知不觉夜幕降临,窗外是万家灯火。陈筱露自嘲自己家就住在这个日新月异的城市的盆地里。李可唯经历的内心风暴尚未平息,却已是该告别的时候了。

第二十九章 姐妹情深

陈筱露将李可唯送到来时的那家咖啡店门口。就在两人快要分别时，李可唯突然停下脚步，她似乎想起了什么："对了，筱露姐，怎么没见你婆婆呢？"

从走进陈筱露的家开始到离开，李可唯看到陈筱露婆婆的房间一直紧闭着，始终不见其人。照理说，婆婆的年纪大了，不太会出门，可这都半天时间了，也没见开过门、露过脸。晚饭也没出来吃，也没送饭进去。再说，天色也晚了，怎么什么动静都没有？如果婆婆是在房间里，那怎么说自己走的时候也该去给老人打个招呼，这是对长辈基本的礼貌啊。

"……"谁知李可唯还没说出自己心中的想法，陈筱露已是泪流满面。因为她的婆婆，也就是欧阳旭光的母亲，已经去世了，就在两个月前。

"老人……走了。"

陈筱露随后向李可唯道出，那几天自己几乎没在公司露脸，看上去总是很忙，声称被姜姐外派做事去了。实际上，是姜姐体谅自己婆婆过世，家中无人照应，特意给自己行的一个方便。

"婆婆的过世纯属意外。那天她在洗澡时滑倒，瞳孔放大，吓坏我了。"第一时间发现情况严重，陈筱露赶紧打120，将老人送到了附近的医院急诊。紧赶慢赶，没能追赶过死神的步伐——老人已走了，医院诊断是猝死。

"出殡那天，监狱方面批准旭光外出奔丧一天，到殡仪馆最后看自己的母亲一眼。婆婆走时才六十八岁。旭光刚到时噙着泪，一句话都不肯说，全身一直在发抖。直到遗体告别仪式开始，他再也撑不住，开始捶胸顿足、撕心裂肺地哭，哭到声音沙哑，瘫坐地上，还拼命用最脏的话咒骂自己……他一夜白头，老了好几岁，比送他父亲离世时伤心十倍……再回监狱前，旭光的眼眶似空洞无物，已了无生趣……呜呜呜……直到现在，这件事我都没有跟真真说过。记得那两天真真一直问我：奶奶去哪儿了？奶奶去哪儿了？我只能说奶奶去外地看爸爸了，可能要好长一段时间才回来……"

陈筱露的哽咽和落泪让李可唯的眼泪顿时夺眶而出。

"婆婆待我一直像亲生女儿一样，可怎么也没想到她就这么走了……"先是丈夫坐牢，然后孩子流产，再到婆婆去世，陈筱露开始感到生命的无常、命运的不公，可这一切究竟是因为什么？如果不是这一切的发生，也许这辈子也无法看到自己会有如此"坚强"的一面。

李可唯终于知道了这个看上去如此高贵、如此体面的女人所经历的接二连三的打击。她帮对方擦拭着眼泪，随后给出一个温暖的拥抱："筱露姐，你是把我李可唯当亲人,才会告诉我所有发生的一切。如果你不嫌弃,今天,此刻起,你就当我是你的亲妹妹……

"任何时候,只要你招呼一声,我都会来;任何事情,只要你吩咐一声,我都会去做。好吗?只要你不嫌弃我这个妹妹笨手笨脚……"

懂事的李可唯以她独有的"李大侠"式的肺腑之言给了陈筱露莫大的安慰。二人紧紧拥抱在一起,路灯拉长了她们的身影。

第三十章　初露锋芒

"哎,你听说没有,好像安娜回来了?"一大早苏小曼便从设计部探听到了最新的小道消息。

"是吗? 她这次在外国待的时间可真长! 看她朋友圈,好像又跟男朋友闹矛盾了吧?"吴颖本来是一大早拿着加班名单过来找苏小曼核对,却无意中听到这么一个新闻。

"我看呀,她是真不想结婚,订婚戒指都戴了好几年,愣是没听她说要举办婚礼。可你说那个瑞奥有什么不好? 人长得帅,学历高,家世好,还对她百依百顺,我要是找个男朋友能有他十分之一的优点,就谢天谢地啦!"苏小曼道。

"怎么? 你不爱小吴总了?"见苏小曼谈起瑞奥竟然两眼放光,吴颖打趣着说。

"那也要人家爱我,现在的小吴总连个玩笑也开不得了。算啦,我还是努力工作,多赚点钱,女孩子要先谋生,后谋爱。"苏小曼摸了摸已经好久没有去做的指甲。想起上周,为了能更快实现自己的主播梦,她竟然破天荒花了半个月的工资去报了一个网上直播课。虽说课程的费用让作为月光族的她实在肉疼,不过好在真学到了不少干货。

"咦?"正待苏小曼与吴颖闲聊之时,却见火车浜7号的大门口一道亮丽的身影穿过。

一米七二的高挑个子,一头柔软而靓丽的黑发,清秀的面庞中带着几分高冷的神色,原本普通的深灰色男士西装穿在她身上不仅不显得突兀,反而多了几分飒爽和帅气。即便在公司现身的次数不多,可每一次归来,安娜必能引起公司上下的一阵骚动。

安娜,火车浜7号首席设计师,公司中的另一位冷面女老板。师从世界派的代表人物,当代华人设计大师,业界具有"白发魔女"之称的慕容英照。二十二岁时,安娜曾以一袭"cool girl"巴洛克式长裙,在近百名海内外选手中脱颖而出,斩获中国国际青年时装设计师大奖,并在第二年,获得 Vogue 认可,被评为亚洲最有潜力的女装设计师。近五年来,安娜几乎横扫各大时尚服装专业类设计奖项,被业界认为是中国最有影响力的新锐服装设计师。

才从巴厘岛回来的安娜,因为没有带初春的衣服,所以打算在机场买两件对应天气的外套,无奈逛了好几个女装店都没有挑到合适的衣服,灵机一动,她干脆从隔壁的男士专柜里选了衬衫,又改良了一下西装的衣袖。这下连专柜店里一向身经百战的女店员见了雌雄莫辨的安娜也不由大吃一惊,更不用说火车浜7号里的小女粉们。

一身帅气西服的安娜无疑是格子间里的一道不容忽视的风景线,其深邃的轮廓和潮流的打扮,怎么看都有几分时下当红男星张一博的风范,安静的火车浜7号也因为安娜的回归变得一下子生机盎然。当然其中最兴奋的要数设计部,尽管安娜跟大家见面的时间不多,但每一次安娜的回归,都仿佛一剂强心针,为团队注入一股蓬勃的力量。

"这次安总去外国,听说还带回了一篇《蜕变2018中国互联网服装行业设计潮流》的三万字论文。"

"那当然,你以为安总真是在国外玩?公司设计部的进度,她可是每周都要审核的,什么衣服销量多少,完全一清二楚!"

"对了,她这次还特意从国外带了两箱蜂蜜分给大家,一人一瓶,剩下的放茶水间,招待客人。这个蜂蜜她刚刚还说保管是大家喝过的最甜最香的。"

几个员工叽叽喳喳地在走廊议论着,谈起安娜,大家的脸上都是一副兴奋又激动的表情。

跟往常一样,安娜一到办公室便通知大家准备开会,只是这一次,向来面色平静的安娜脸上出现了几分严肃的表情。这便要归咎于上个星期由设计部林梦瑶带领的新一季职业服装设计出现了纰漏。虽然这只是一个小小的失误,可是对于将设计视为灵魂的安娜而言,无论是多么微小的瑕疵,都是不可小觑的。

自从周南离开后,林梦瑶又请了一周的假,这段时间新款销售量大不如前,而这次安娜也是专程从巴厘岛赶回来开这个总结会的。对于公司来讲,比品牌营销更重要的是每一个扭转进程的关键时刻，对于服装的设计来讲也是一样。

会议室里，安娜正拿出笔记本电脑，调出为这次会议准备的PPT。

"这套衬衫，大家看到问题在哪儿了吗？"安娜指了指幻灯片上的本月新上春装的图片，向与会的设计师们发问。

"扣子？"有设计师小声地在底下回复道。

"颜色？"另一位设计师咬着笔头沉思着。

"好像是领子。"

"应该是整体线条。"

设计师们纷纷低声地讨论道，安娜却不置可否，事实上她更希望听到这位设计者本人的回答。

"小艾，你说呢？"安娜点名指了一个坐在最角落里，留着棕色短发不怎么说话的设计师，她也正是这件衬衫的设计者。

看到自己设计的衣服居然出现在了投影的屏幕上，小艾早就如坐针毡。小艾是设计部的新人，这是她来到火车浜7号转为正式设计师后第二次独立设计，在她眼里，这已经是目前为止自己设计得最好的作品。在会议上当场被老板点名，起身的小艾只觉得不知所措，盯着屏幕竟一时间半个字也说不出来……

对于小艾的反应，安娜不免有些失望，这款服装虽然销量不错，但显然还有改进的空间，而这么久一个设计师连自己衣服的问题都回答不出来。要知道在火车浜7号，如果设计师在会议上超过三次回答不出问题，是有降级考察规定的，待会儿一定要让行政人事部的员工给大家再次强调一下。

"你——"安娜刚打算说什么，此时，会议室的大门却突然被人推开，来人正是送茶歇的陈筱露。

一分钟之前，座位上的孙红梅原本要给设计部送开会的茶歇，却临时被姜雪芹叫到了办公室，于是她便拜托一旁的陈筱露将茶歇送到会议室，还说设计部的会议一向非常轻松，直接推门进去把茶歇放好就行了。

此刻，被屋里一双双犀利的眼睛盯着，陈筱露也从严肃的场景中感受到了气氛的微妙，偏偏这个时候，想做隐形人的她非但没能愿望得逞，还被安娜盯上了。

"你真的完全不知道这件衬衫有什么问题？其他人呢？看来我不在的这段时间，一些重要的规定大家都忘了。你过来告诉大家！"安娜看了一眼垂着头的小艾，又指了指陈筱露。此时众人的目光都无一例外地集中到了陈筱露身上，脸上同时流露出同情的表情。

陈筱露哪里能想到会突然被安娜亲自点名，心中自然又紧张又惊讶，将屏幕上的衬衫在脑海里过一遍后，她不假思索地说出了自己心中的答案："这件衣服的问题应该是V领处的设计以及颜色。"

"嗯？"安娜不敢相信自己的耳朵。"你再重复一遍？"安娜不禁饶有兴趣地看着这个行政人事部的新人。

陈筱露以为是安娜嫌她说得太小声，便又加大了音量，并解释道："这件衣服的问题应该是V领处的设计和颜色。通过图片可以看到，这件衣服的V领非常性感，但由于整个设计属于职业风，如果女员工在公司里穿，大家知道这样性感的设计，难免会引起不必要的误会，所以这里可以加一个透明的内扣，既看不出来，又防止走光。然后在选择的颜色上，这件衬衫应该是标准的亮白色，不仅容易弄脏，而且时间久了，光泽度也会下降。如果换成亚麻白或乳白这两种颜色，说不定更适合职场的白领。"

这下不仅是安娜，连设计部的一众员工也一并惊讶起来。原先，安娜只是希望借此让陈筱露提醒大家，如果在会议上三次无法准确回答问题，将会面临被降级考察的规定。可她完全没想到这个人的回答竟然是针对问题本身，要知道她分明只是一个普通的行政人员，怎么可能回答得出这么难的设计问题！

"很好，你叫什么名字？"看到安娜竟微笑着对这个回答表示了认可，还询问陈筱露的名字，众人都不敢相信眼前所发生的一幕。在挑剔的设计部里，能得到向来严厉的安娜的认可简直难如登天，更何况，一向淡漠的安娜根本不会主动问一个员工的名字。

"我是行政人事部的陈筱露。"

"原来是你！"安娜总觉得在哪里似乎不止一次听到过这个名字，可一时间又想不起来了。倒是会议室的设计师们诧异于这个不久前才在早会上大出风头的陈筱露，居然连设计也懂。

第三十一章 无力绯闻

这天下午做表格的时候,陈筱露总觉得有些心神不宁,核对的时候,果真发现有两个数据小数点后的数字给弄错了,她怀疑是因为自己昨天没有睡好,赶紧揉了揉头上的太阳穴。行政工作虽然简单却琐碎,最需要的便是细心,好在陈筱露向来有检查的习惯,才能保证在上交时不挨批。

只是这会儿,刚休息下来,她的心里却始终像堵了一件什么事情,又仿佛是有什么事情没有做完一般。

"嘀——嘀——"手机突然响起,是真真班主任老师的电话。这让陈筱露心中一颤,一种熟悉的感觉再次袭来,难道真真在新学校里又惹事了?

其实自从女儿转学之后,陈筱露便没有一天不操心的。原以为离开了国际学校,她父亲的事情自然不再被提及,可没想到真真却反倒没有从前快乐了。一开始陈筱露以为是真真想念过去的朋友和老师,后来才知道说到底女儿还是不适应。有段时间真真甚至动不动就说不想去上学,产生了很强的厌学情绪,直到她每天花时间陪伴,又配合老师一天天做工作,才把小朋友安抚下来。

"你好,是真真妈妈吗?我是真真班主任。真真在第四节体育课的时候,从吊杆上摔了下来,刚刚看了校医,现在情况有点严重,我们正在去钱江市第五儿童医院的路上,麻烦你赶快过来一趟!"

"老师,真真怎么会从吊杆上摔下来?我马上去!"

"怎么会这样？真真在学校里好好的,怎么会出事?"陈筱露的脑子一边飞快地转动着,一边立马想找姜雪芹请假。然而走到姜雪芹办公室却见座位上空无一人,一旁的张美凤见陈筱露神色匆忙,则好心道:"姜姐还在开会,估计还得半小时吧。"陈筱露只得匆匆在微信上给姜雪芹留言——眼下她已顾不上太多,只想以最快的速度离开公司,赶去医院。而就在她快步走到电梯口时,也许是因为太过心急,脚上的高跟鞋突然一滑,陈筱露觉得全身失重,眼看下一秒就要跌坐在地。此时却是一双宽厚的大手扶住了她的手臂。

"谢谢!"陈筱露一抬头方才注意到刚刚那一刻从电梯里对自己施以援手的,竟然是品牌营销部的赵云良。

"出了什么事情吗？看你这样子有点魂不守舍?"眼前的赵云良还是第一次看到陈筱露一脸愁眉不展的模样,"你很赶时间?"

"是的,我要马上去一趟第五儿童医院!"

如今陈筱露的家里已经没有能代步的车,现在中午又正是打车高峰期,这里的出租车本就很少,赵云良说道:"不介意的话,我送你过去吧,我中午反正没什么事情,多一个人说不定还能帮点忙!"

"那谢谢你了,赵总!"

"不客气,每个人都有遇到困难的时候。"

315病房,幼小的真真如同一只小小的毛毛虫般蜷缩在白色的被子里。原本白皙的脸蛋此时却多了几分蜡黄。就在刚刚陈筱露赶来的路上,真真总算醒了过来,可身体却十分虚弱,原本又圆又亮的大眼睛,此刻眯成了一条窄窄的缝隙。"真真,妈妈来了!"看着病床上才几天不见的女儿竟然瘦了一圈,陈筱露恨不得扑上去把小小的女儿抱在怀里,可女儿的样子还太虚弱,她不敢喊得太大声,却又忍不住哽咽。"妈妈。"躺在床上的真真嗫嚅着,好不容易才从嘴巴里咬出两个字"不哭"。

陈筱露的心更痛了……她怪自己,怨自己,更恨自己……如果家里不出那样的事情,也许自己就能亲自照顾女儿,也许女儿就不会发生意外。

痛苦的思绪搅动着她的脑海,女儿稚嫩的脸庞、柔软的双手、含混的音调,却是如此鲜活明亮。也不知道过了多久,真真的眼皮在昏暗的日光灯下又耷拉了下来,回到了熟睡状态。这会儿陈筱露的心也渐渐平息下来。跟老师和医生分别沟通后,确定真真摔下晕倒跟这几天正好感冒免疫力下降有关,身体并没有大碍,再留院检查一天便可出院,陈筱露总算松了口气,又请了下午两小时的假。如今,她唯一在乎的也只有这个宝贝女儿了。

第三十一章 无力绯闻

下午一点半,正是午休结束之际,茶水间里挤满了刚刚小憩后,过来泡茶泡咖啡的年轻人。不知是谁,在人群中问了一句:"大家中午看论坛那个帖子了没?"

"看了,不知道是真是假,恶心死了。"一个清脆悦耳的声音道。

"是啊,我们公司居然还有这种事。我看到两人在一起的照片时都惊呆了!"另一个明显还有些没睡醒的女人则插嘴道。

"我看啊,天下之大,无奇不有。赵总这么帅,遇到这样的事情,也是必然。不过帖子里写那个女人的丈夫好像还在坐牢,她还有个在读小学的孩子,两个人这样真的合适吗?"

七嘴八舌之间,原本还有些懵懂的众人这才清楚,原来就在午休的时候,公司的内部论坛里不知什么时候多了篇名为《水性杨花勾搭公司单身总监——这才是此女来公司的真正目的!》的匿名帖,此帖先是扒出了陈筱露单亲母亲的身份,又上传了几张陈筱露与营销部总监颇为暧昧的同坐一辆车的照片,更指出当年陈筱露的丈夫因为犯罪而坐牢,两人随后离婚,陈筱露来公司根本就是为了勾引男人!

这件重大丑闻瞬间在火车浜7号炸开了锅。要知道在这个不到一百人的公司里,绯闻传得可能比文件还快!而更令人头疼的则是,这样的狗血八卦,不仅传遍了公司上下,连艺术小镇上的其他几家服装公司亦有所耳闻,有的甚至特意发来"慰问"信息,这不禁让公司的管理层们简直是一个头两个大。

"陈筱露平时看着这么禁欲,这么高冷,竟然跟赵总有一腿。实在没想到,这个女人这么不简单。"

"可不是!她前夫竟然是个罪犯,现在不仅是我们公司,隔壁公司也都知道了,丢脸都丢大了!我说陈筱露吧,平时看着挺细致、干练,没想到私底下这么放荡。还有赵总,哎,长这么帅,一看就是个多桃花的主……"

"啪!"李可唯对前面两人的话实在听不下去,一时间气得颤抖着,直接拍向了办公桌,"你们说够了没有!"

"事情的真相根本不是大家想的那样,你们不知道就不要胡说!"李可唯本想向大家解释清楚,可想到陈筱露之前特意打过招呼,在那件事查清楚之前,不要透露她的任何信息,便只能硬咬着牙,忍住没说。

大家知道李可唯向来性格耿直,平日又大大咧咧,可是对同事从来都是和颜悦色的。大家第一次看她突然发这么大的火,心里知道此刻的她是在为两人鸣不平,也便不再吱声。

而此时,办公室门口,原本打算来找李可唯的吴榛正好也看到了这个重庆女孩当场发飙的一幕,心中又是惊叹又是佩服。在场的谁不是在火车浜7号待了两三年的老员工?李可唯为了朋友,不计利弊,这般仗义执言,对于吴榛而言,这样的行为怎能不让人感动?而就在转头之时,吴榛才发现,原来背后不知道什么时候已经悄悄站了一个人,这个人正是一脸欣慰的赵云良。

事情同样惊动了总裁胡安莉。

下午,一进办公室,胡安莉就打电话叫来了安娜,又让姜雪芹十五分钟后到她的办公室来。

两人默契地互相对视了一会儿,胡安莉开口道:"听说那个人是因为被人实名投诉电商欺诈,怎么后来还被判了刑,进了监狱……"

"是啊,这家伙有点倒霉,对他的处罚比别人的案子严重多了。这种事情,在钱江也许只是被罚款,可偏偏在临海就出大事了。只能算他不走运吧。"安娜看上去有些心事重重。

"不走运?就凭他做的那些烂事,免不了遭报应。"

"是啊,是啊。人在做,天在看,因果报应,谁都躲不过去……"安娜低声回应道。

胡安莉摇了摇头,站起身来,来回踱步。

"也不知道该怎么说,更没想到他的妻子会出现在火车浜7号。安娜,你怎么看她到我们这里上班?"

"这个……"安娜没有马上回复胡安莉。作为创业伙伴,她知道胡安莉在担心什么。

"你担心她来这里上班的动机不只是求一份工作?"

胡安莉先点了点头,又摇了摇头,道:"安娜,这还真不好说啊。等会儿我们问问姜总的意见吧。"

两人正在交谈时,突然敲门声响起。来人正是姜雪芹。

"雪芹,陈筱露丈夫入狱的事情,你之前知道吗?我们将怎么面对这样一位员工?"姜雪芹一进门,胡安莉便直接问道。

"胡总……我……"姜雪芹顿了顿,说道,"陈筱露丈夫入狱的事情,我也是前阵子才知道。一开始我也很介意她这个情况,但是这段时间从她的工作表现和她的为人来看,平心而论,我认为都是没有问题的。"

"那这么说,你是很认可她的?认为她还能继续待在公司?"

"是的,胡总。实话说,在行政人事部这个位置上做了这么多年,我认为陈筱露是个难得的人才,而且她对设计也很有想法。即便她丈夫犯了事,也不应该累及她。你说对吗？"

胡安莉回避了姜雪芹恳切的目光，转头看向安娜。

安娜见胡安莉正在征求她的意见，她略略迟疑了一下，点了点头。

胡安莉随后目光炯炯地盯着姜雪芹，她的内心重新变得平静。最终她做出决定："既然两位都这么看，那我们就给陈筱露一个机会吧，希望她在火车浜7号好好干。"

姜雪芹会意地点了点头，便离去了。

另一边，陈筱露一回公司便感受到周围人一阵灼热的目光，连一些平日里不熟的同事也特意将她打量一番，仿佛要看出个所以然。

刚坐到位置上不一会儿，手机里更是突然接到行政人事部总监姜雪芹的信息："筱露，你有空的话，来我办公室一下。"

面对这样一个"烫手山芋"，其实姜雪芹也不知道该从何下手。就在半小时前，她生生地被胡安莉叫到了办公室。谁能想到，一传十十传百的八卦，竟然直接惊动了大老板。在胡安莉面前，姜雪芹虽然表示并不计较她丈夫入狱的事情，但陈筱露跟赵总的情况，作为上司，她还是得了解清楚的。

"筱露，你跟赵总今天一起出去的事被人拍了下来，大家都在传你们的关系。本来这是你的私事，我不该过问，只是如今对公司内外都造成了不好的影响。这里，我比你年长一些，你叫我一声姜姐，也跟我说说实话，到底是怎么回事，你跟赵总究竟是什么关系？"

陈筱露哪里想到今天不过是在电梯口差点摔了一跤被赵总扶住，又因为真真的事情对方好心送自己去医院，却被不知道哪个"有心人"弄出这样一件滑稽的事情。她摇着头，向姜雪芹解释："姜姐，我跟赵总就是普通的同事，完全没有任何关系。是我女儿在学校发生意外，赵总好心送了我，仅此而已。"

姜雪芹见陈筱露言辞真切地为两人的事情做了说明，也不再多言，便让她回了办公室。

可刚一出办公室，陈筱露便在门口听到大家叽叽喳喳的议论声。

"这陈筱露也不知道什么时候竟然勾搭上了赵总！"孙红梅简直气得牙痒痒，从小处比不过她就算了，如今先是把自己心仪的岗位抢了，现在又把自己看上的男人给抢了，怎么什么样的好事都给她占尽了？况且，陈筱露离婚了，她也是离婚的，陈筱露有小孩，她也有小孩。这陈筱露难道就是金子做的，在哪儿都不得了？

吴颖则愤懑道："现在这个社会怎么了？看到这些照片，我晚饭都吃不下了！"

"公司里有这种事也确实不太好，况且她老公还在坐牢。"张美凤见两人都言辞激烈,也弱弱地跟在后面补充道。

苏小曼本来过来找张美凤拿材料,正要回前台时,碰巧听到大家各抒己见,也忍不住插话道:"我说呀,要不是我心属小吴总,赵总就该被我拿下了。陈筱露这把年纪的老女人,哪里有我青春活泼可爱靓丽?早知道,要是我出马,说不定就没她啥事了,今天也算为公司解决了一个麻烦。"

吴颖和张美凤被苏小曼逗得差点哈哈大笑,而一旁的孙红梅则在心里彻底翻了一个白眼。

"咳咳!"随着门外传来的脚步声,苏小曼有意给大家使了一个眼色,众人这才注意到,事件的女主人公陈筱露正朝着这边走来。

第三十二章 激烈对质

  陈筱露失魂落魄地回到座位上,见几人脸色有异,又纷纷故意躲着她,心中越加难受,脸上更难掩一丝落寞的苦笑。"恐怕还没进设计部,现在是连行政人事部都待不下去了!"想到自己来到火车浜7号的初衷,陈筱露不禁五味杂陈,心中更是多了几许凄凉。

  可就在这时,一杯冒着热气的开水,却通过一双胖乎乎的大手,递到了她的面前。眼前这双大手的主人,竟然是办公室里一直没怎么说话的王朝。

  "我相信你,别多想。"王朝浑厚的声音突然在耳边响起,让人感到无比踏实,对于陈筱露而言,这大概是整个办公室让她感觉到的仅有的温暖。

  无比烦躁的赵云良,在吸烟室也收到了胡安莉的信息。"究竟是谁干的? 完全是无中生有的事情!"赵云良实在想不出得罪了谁,才有此横祸,而此时只能寄希望于自己能把一切解释清楚。

  一进胡安莉办公室,赵云良便立马喊冤道:"胡总,郑重声明,我跟陈筱露完全不是大家想的那种关系。我帮陈筱露,是因为在我当年刚工作的时候,受到过她家人的一些恩惠。俗话说:滴水之恩,当涌泉相报。我赵云良怎么也不能当个忘恩负义的人吧……

  "那天就是陈筱露女儿病了,她赶着去医院,在电梯那儿差点摔倒,我扶了她一下。然后因为大中午也不好打车,我看她很急,就开车送她去了医院。别的什么事情都没有！我赵云良敢向你保证！"

见赵云良神态严肃，说的又跟刚刚姜雪芹的解释完全相同，胡安莉对此事更有了八九分把握。

"那意思是，你对陈筱露一点意思也没有，你完全不喜欢她？"胡安莉饶有兴致地问道。

"这个……呃……"这完全哪儿跟哪儿？赵云良吞吞吐吐，怎么感觉有理都说不清了。

"好啦，我明白了！你下去吧。"胡安莉笑着道。作为一个过来人，赵云良的心思，她此刻哪能不懂？虽然在技术上，赵云良可谓是个天才，可感情上却扭捏得像个姑娘，对陈筱露有好感，可两人实际什么也没发生。这件事完全可以断定是有人蓄意挑事，不管是针对赵云良、陈筱露，还是整个火车浜7号，必须及时遏制住。

随着天气渐渐变冷，两旁的树枝上竟结了不少寒霜，在这白墙黛瓦之中，伴随着淅淅沥沥的小雨，走在艺术小镇的青石路上，竟有种梦回千年的错觉。

因为临近公司每月初的总结大会，大家纷纷忙碌着递交各种报表，而经过一夜的洗礼后，望着办公室里来来往往的同事们，陈筱露却有种身在其外的疏离感。她想了想，终于从包里摸出了那封昨天下班前准备好的辞职信，悄悄地从姜雪芹办公室的门缝处塞了进去。

哪知不一会儿，姜雪芹却将她叫到了办公室。"这个先存我这里，不收你利息！等开完大例会之后，你再做决定吧。"姜雪芹并没有明确劝她留下，也没有放她走，而是将信随手放在了抽屉里，并暗示公司会给她一份真相和公道！

"筱露姐，你真的要走吗？我舍不得你，你不要走好不好？才不要管他们说什么！"陈筱露想起昨晚把这个决定告诉李可唯时，这个小姑娘死活不同意，拼命劝自己留下来。甚至说，以后谁敢乱说，自己就怼谁，就算与全公司为敌也在所不惜。

可是陈筱露哪里能忍？且不说从小到大她都极好面子，从不愿做争抢的事情，这种指控，无疑更是对她人格的污蔑！只要她待在这里一天，便无法止住流言，这不仅对她，对公司，也对好心帮她的赵云良没有任何好处，自己又何必让大家为难呢！即便心中再不情愿，陈筱露仍旧做出了这个心痛的决定。

"依我看，这件事，肯定是有人故意陷害。在火车浜7号，谁最希望你离开？有谁最见不得你跟老大在一起？我知道了！一定是平常最爱作妖的孙红梅，一定是她。她别以为我不知道她的那些小动作，在行政人事部里动不动就给你找麻烦，上次展会的事情也是她添油加醋、落井下石，不行，我一定要去找她算账！"

第三十二章 激烈对质

"可唯,别冲动。事情还没弄清楚,你先不要轻举妄动……"

"筱露姐,我咽不下这口气。怎么着,我也要先给她点教训。"

李可唯哪里顾得上陈筱露的劝阻,更确切地说,李可唯几乎认定了孙红梅就是始作俑者。联想到她之前对吴榛、对赵云良表露出的种种心机,再到明里暗里针对自己与陈筱露,要不是她搞鬼,也没别人了。

李可唯瞬间想到了一个人——范征,这小子之前还欠她一个人情,说要帮他调查吴榛,她死活不肯,现在不正派上用场了吗?她不信孙红梅这人身上就没点把柄,尤其是好几次下班后碰到她时都见她一副鬼鬼祟祟的样子,必须给她一点警告。

次日,孙红梅刚到工位上,便被眼前的一幕吓得惊慌失措。往日干净整洁的工作台上,竟然放了一大堆的照片,这些照片是她昨天接儿子的时候被拍下来的,有一张还是儿子因为调皮被她骂哭的窘态。照片旁边放了一张纸条,上面写着:以其人之道,还治其人之身。孙红梅,别以为没人知道你的底细,劝你为人善良,好自为之。

"谁?究竟是谁在搞鬼,这究竟是谁做的?"见了照片的孙红梅,如惊弓之鸟,立即从座位上弹跳了起来,脸色惨白,表情更是十分难看。周围的吴颖、王朝等人,从未见过一向端庄的孙红梅这般失措,纷纷围过来想关心一下她。

可大家的靠近,越发让孙红梅心虚,她一面躲避着众人好奇的目光,一面想到了今天这事的主导者——除了陈筱露,也没别人了!

"陈筱露,你什么意思?当初我们说好的,你怎么能言而无信?你自己遭了殃,就要拉个垫背的人,你老实说,你是不是希望我跟你一样被所有人瞧不起,你就见不得别人比你好,是吧?陈筱露,我真没有想到你是这样恶毒的女人……"孙红梅不管三七二十一,怒火冲天的她来到陈筱露面前便是一阵劈头盖脸的辱骂。

陈筱露虽不知具体是什么事情,但想到李可唯说要给孙红梅教训,心想可能是她暗自所为,当下只能耐心解释。可气头上的孙红梅哪里听得进去,又是谩骂又是讽刺,恨不得把陈筱露撕成碎片。

就在孙红梅闹得沸沸扬扬时,却不知来找陈筱露的李可唯也刚好清楚看到了这一幕。前一秒才提醒了这个女人,没想到她竟然还变本加厉了!

李可唯气急败坏之下直接冲到了孙红梅的面前,问道:"孙红梅,网上筱露姐的帖子就是你发的吧?"

孙红梅一愣,压根没想到李可唯怀疑自己跟陈筱露的事情有关。

见孙红梅一言不发,以为她是心虚了,李可唯顿时怒火攻心。

"孙红梅,你说,筱露姐跟老大的那篇帖子是不是你搞出来的?"李可唯三步并作两步走到孙红梅面前,用一种带有压迫性的声音质问道,"你一直对老大还有吴榛都有意思,你平日里那些眉来眼去的所有小动作,我李可唯可是一点也没瞎,全都看在眼里。你有什么可以冲我来呀,为什么你要污蔑筱露姐?为什么你要牵扯到无辜的人?"

孙红梅心下一惊,十分气恼,挥起手就要直接给李可唯脸上一巴掌,却被李可唯一把抓住。只见李可唯睁大了眼睛,满脸的怒火,大学时代的李女侠瞬间上身了。

"你……"孙红梅竟无法挣脱。

别看李可唯个头没对方大,力量上却毫不逊色,见孙红梅并不服软,李可唯干脆厉声呵斥:"你少给我耍泼!你别以为我不知道,你有个儿子,对外一直说是姐姐的小孩,还在各种社交场合声称自己单身。你这些龌龊的动作,瞒得了别人,却瞒不了我!"

"什么,红梅姐有个儿子?"张美凤就坐在陈筱露的斜对面,刚刚便注意到孙红梅怒气冲冲地来问罪。只是自己毕竟是个实习生,这种事自然轮不到自己插手,这会儿听到李可唯和孙红梅在争执间,竟然抖出这样一个大秘密,不禁大吃一惊,毕竟孙红梅一向对外打造的是"单身白骨精"人设,只有那些人类高质量男性,才入得了红梅姐法眼。

刚巧到行政人事部拿资料的苏小曼听到这个消息同样震惊不已。孙红梅有个儿子,居然还跟自己抢吴榛,还这么一副天然娇贵的样子,看来医美的效果真是不容小觑。

"李可唯,原来是你……"孙红梅这时瞬间清醒过来,见周围人齐刷刷地看向自己,孙红梅顿时感受到了一种前所未有的羞辱,自己从踏入火车浜7号开始就一直隐藏的秘密,如今却闹得尽人皆知。现在的自己就像被当场扒光了衣服,所有的脸面都丢尽了。

想到这里,孙红梅又是恼怒又是委屈。"我告诉你,陈筱露的事情跟我半点关系都没有,李可唯,我可以对天发誓,要是我发的帖子,我孙红梅天打雷劈,不得好死!"说完,孙红梅不顾众人的目光,憋着眼泪,径直跑了出去。

李可唯原以为在自己的威逼之下,孙红梅会坦白自己的手段,可谁知,此时人前一向庄重又高傲的孙红梅竟然发誓赌咒了自己,或许对筱露姐下手的人真的不是她?

刚刚李可唯的话深深地戳中了孙红梅内心的痛处,一想到同事们知道了她的过去,知道她有儿子却伪装成单身,自尊心受伤的她就像泄了气的皮球,孤独地瘫坐在空旷的天台上。

仿佛丢了魂一般，眼前是一片蒙蒙的雾气，孙红梅呆坐着想："我是处心积虑地想做总监助理，在职场上想谋一个好位子，这有错吗？我费尽心思想得到赵云良还有吴榛的垂青，难道这又有错吗？现在这个社会，谁不想过体面的生活？这世间的女人，谁不想有一个帅气又有能耐的丈夫？我一个单身女人追他们都那么力不从心，难道还要带个儿子去追？那么多漂亮有气质的女人喜欢他们，我这样子不就更没戏了吗？"

孙红梅越想越伤心，一个人在天台上歇斯底里地放声大哭。这时，一张洁白的纸巾突然递到了她的面前。

"跟小姑娘怄什么气，多大的事嘛。"那是一双肥硕又粗糙的手，这双手的主人，她平日里见过无数次，此刻再看时，她的心里却突然有了一丝不一样的悸动。尤其是王朝宽厚的笑容，更使她在这一刻感受到了一种久违的温暖。

"以前我爸跟我说过一句话，很多人都觉得这世上得不到的才是最好的，其实只有少数聪明人才知道，人生啊，只有能得到的才是最好的。"王朝坦诚地对孙红梅说道，一双圆圆的眼中不禁有了深意。

孙红梅早就知道王朝对自己有意思，而自己的背景包括有孩子的事情，身为公司包打听的王朝恐怕更是早就清楚。如今王朝语气中的暗示，再明显不过，他不介意她有孩子，也不介意她离过婚，孙红梅再硬气，到底是个孤独的女人，她犹疑了，心思也在这一刻开始动摇……

见孙红梅脸颊微红，却并未言语，王朝低着头似在手机上比画些什么。

不过两秒，孙红梅的手机里突然传来了"嘀嘀"的振动声。王朝又朝着孙红梅使了一个"快看"的眼色。原来，刚刚王朝给孙红梅发了一个520元的转账，紧接着没到一秒，孙红梅的手机又传来了"嘀嘀"的声响，这次是一个5200元的转账。

"有什么事情是一个红包不能解决的，一个不够就两个呗！"孙红梅欣喜地点开了王朝发的转账消息确定接收，也同时被对方逗乐了，瞬间破涕为笑。心道："是呀，没有什么男人是必须得到的，失去了这两个，还有下一个嘛。"

"嗯，王朝……有你，真好！"孙红梅说着主动挪动身体偏向王朝，两人心照不宣地靠近彼此，趁王朝贴心地扶起她时，孙红梅又趁机顺势靠到对方身上去，如同在暗夜里抓住了最后一根救命稻草。

第三十三章　意外反转

　　周一早上九点半,正是全公司月初总结大会。在胡安莉的发言后,各部门负责人分别就上一月部门运作情况进行了总结,同时制订本月的工作目标。所有内容讲完后原本该散会,而胡安莉立马给了姜雪芹一个眼神,姜雪芹也及时意会到"是时候了",顿时清了清嗓子说道:"麻烦大家稍等一下,有件小事情今天要在这里跟大家特别说明一下。"

　　众人一愣,都坐回到了原来的位置上。

　　"是这样的,前几天不知道谁在公司论坛上发了一个赵总和陈筱露两人……呃……貌似存在暧昧关系的帖子,我相信很多人都看到了。这件事情经过公司调查后,发现完全是子虚乌有。当天赵总是出于好心送陈筱露去医院,却被人拍下,造成了其中的误会。这件事严重影响到了我们公司品牌营销部赵云良赵总和行政人事部陈筱露的名誉,所以希望大家不要相信,也不要传播这种有损员工形象、有损公司形象的谣言!"

　　姜雪芹做出说明之后,安静的会议室瞬间充斥着各种叽叽喳喳的声音。有的员工敷衍地点着头说"哦"。有的员工则小声地议论着,认为公司这样做不过是为了保住面子,两人说不定私底下有各种权钱关系。"赵总毕竟是高管,又一向得胡总器重,这种丑事,公司当然要掩盖了……"

　　姜雪芹眼看刚刚的解释非但没有起到灭火的作用,反而让大家更加确信两人有鬼,心中可谓焦急万分,却又无计可施。

而坐在前排的赵云良面色阴郁,被后面几十双眼睛看得好不自在。角落里的陈筱露在看到大家的反应后,更是眉头紧蹙,神色不宁。

此时眼前混乱的场景更被胡安莉看在了眼里。若是再不拿出声威,恐怕此事今后一定会成为一大笑柄。想到这里,胡安莉打算亲自出马,哪怕杀鸡儆猴也在所不惜。

"大家请安静一下!"胡安莉刚拿过姜雪芹手里的话筒宣布,却见人群中,穿着一袭红衣的女郎突然举手站了起来。

"这人不正是投资部的Andy?"不仅是胡安莉,其他人也认出了眼前这个性感靓丽的女郎。

为了让自己被更多人看到,Andy特意走到了会议室的最中心位置:"对不起,胡总,各位领导和同事,其实我想跟大家解释一下。"Andy顿了顿,余光特地看了下一旁的赵云良。

"那天的情况确实是赵云良赵总送陈筱露去医院看女儿,他们两人并没有任何私情,因为当时我也在车上,只是拍摄者并没有注意到我也在……至于为什么当天我会在赵总的车上,真实的原因是——我才是赵总赵云良真正的女友!"

"什么?"

"天啊,这……"

"太劲爆了,赵总的地下女友竟然是Andy,怪不得好几次在餐厅里都看到他俩一前一后,我还以为是巧合。"

Andy说完后,会场顿时陷入一片沸沸扬扬的喧闹中。此时赵云良也完全一副目瞪口呆的样子,他把Andy从头到脚仔仔细细看了个遍,又掐了掐自己的大腿,确信并不是自己在做梦。陈筱露同样十分惊讶,万万没想到这个时候,Andy竟然会主动伸出援手,救她于如今的水深火热之中。

底下的员工虽然也无比震惊,可比起刚刚姜雪芹那番欲盖弥彰的言论,显然此时Andy的说辞更有说服力。毕竟这场事件中,除了那些捕风捉影的照片,Andy是这件事的唯一人证!更何况,在火车浜7号谁不知道Andy跟陈筱露的过节,之前陈筱露让Andy不仅丢尽了脸,更是连着几天向周围的同事撒气,如果不是真的,以Andy一向嚣张跋扈的性格,完全恨不得落井下石,又怎么可能会帮眼前的"仇人"?

事件到这里,总算圆满落幕。

"我就说肯定是场误会,有人故意陷害陈筱露,陷害行政人事部!"事情真相大白,吴颖把怨气对准了那个该死的使坏人。

"没事就好,没事就好!"张美凤轻轻地自言自语,相比电视剧里的宫斗戏,她这是实打实看了一出"大反转"。

"筱露姐,这帮人太坏了,居然冤枉你跟赵总。谁不知道在行政人事部,你正义、体贴,又善良,连你都要害,作恶的人简直太没良心了。"苏小曼见大家都在,也赶紧凑过来,帮着陈筱露。

此一时,彼一时,想到之前各位同事还对自己无比鄙夷,不到一个上午,却因为Andy的这番证词,有了一百八十度的大转变,一时间,陈筱露真不知道是否应该高兴。

而就在刚刚,一直没有说话的王朝,则走过去带着善意的笑容给了陈筱露一块玛莎的黑巧克力。从始至终,他一直相信陈筱露,也相信自己的判断。

就在陈筱露"沉冤得雪"的这一刻,李可唯先是手舞足蹈地在办公室蹦蹦跳跳,而后更是破天荒慷慨地要请部门的所有人喝奶茶,只是她还没来得及请客,在一旁看到她喜不自胜的吴榛已心情大悦地在公司群里通知大家今天全公司的下午茶都由他包了! 一来庆祝赵总和陈筱露的绯闻事件"真相大白",同时作为Andy领导,恭喜赵云良和Andy "喜结良缘"。

"看来,领导要请的不是大家的奶茶而是我的'喜'茶!"前一秒获得官方认可身份的Andy看到吴榛宣布的消息,立马在群里秒回。

见当事人都发话了,大家也纷纷以"百年好合!""恭喜恭喜……""祝福"等字样在群里凶猛地刷屏。

赵云良虽百般无奈,但好在事情了结。纠结了半天,他在手机上删了打,打了又删,终于写了"谢谢"二字。大家都以为他是在感谢众人的祝福,却不知,他其实真正想表达的是多亏这次Andy的好心帮忙。

而姜雪芹在回到办公室后第一时间当着陈筱露的面,撕掉了陈筱露的那封辞职信,并郑重地对陈筱露说:"火车浜7号需要你!"

"谢谢你,姜姐!"陈筱露感激地回复道。

"这次真的非常感谢你帮了我跟陈筱露!"赵云良向来有恩报恩,有仇报仇。虽然因为之前对Andy的拒绝,闹得两人一度不太愉快,可这次他却实实在在感谢她出面帮了自己大忙,所以思量一番后,临近下班时,赵云良还是决定亲自找Andy道谢。

"别误会! 我一点也不想帮陈筱露,甚至巴不得她马上离开公司。我不过是不想你受连累。别以为我没看到,一向很少抽烟的你,那天下午起码抽了半包烟,走到哪都是一股烟味。我可不希望你蒙受不白之冤,更不希望因为这件事,你的事业受到影响!"

望着眼前这个一向刁蛮任性,此刻却又如此体贴的女孩,赵云良不禁心中一动:"真的,谢谢了,Andy!"跟刚刚的感谢相比,这次赵云良的言辞里有了更多的情感和诚意。

"既然那么想谢我,不如就答应我的要求,真的做我男朋友吧!我绝对会好好对你,不会三心二意!"说着Andy勾了勾小指头,向赵云良调皮地眨了下眼。

"……"

"怎么了,又不愿意了?男人都是口是心非的动物。你真要感谢我,就当我男朋友。我Andy要身材有身材,要样貌有样貌,要脑子有脑子。反正你好好考虑,我就先走了,拜拜!"

说着,Andy潇洒地甩了甩头发,踩着红色的高跟鞋,消失在了流光溢彩的艺术小镇中。而就在离开大门的前一刻,她突然想起了什么,迅速拿出手机,删掉了那天她偷拍下的关于两人的所有图片。

第三十四章 迎难而上

"筱露姐,你听说了吗?设计部要招人了!"李可唯才从设计部回来,便直奔行政人事部。原来,刚刚她去设计部沟通新品推广方案的时候,正好听到了小艾的抱怨。自从周南离开后,之前她所在的工作室的内容有一大半便落到了小艾的头上,紧接着是三天前林梦瑶手下的设计师朱朱又辞职了,现在设计部严重缺人。周南这一块安娜倒是能暂且顶上,而没有助理的林梦瑶,天天在设计部抓狂,搞得她们下面这帮人上班的心情像上坟一样。

"是真的吗?可唯,你听谁说的?"陈筱露听完不禁眼前一亮!自己来火车浜7号的目的之一,就是希望能够在这里完成自己的设计师之梦。经历了前前后后这么多事,如今总算等到了这个机会。

"我是今天早上……"李可唯正打算将来龙去脉与陈筱露细说,这时却听到王朝"筱露,筱露"地喊了好几声。原来方才她只顾着同李可唯讲话,没注意到刚刚走过的姜雪芹正在叫她。

"姜姐!"陈筱露发现自己每次进姜雪芹办公室似乎都没有好事情,眼下又见姜雪芹一脸神色严肃,更是担心自己又做错了什么。

被姜雪芹紧张地盯着,陈筱露心中十分忐忑。哪知姜雪芹此时不由扑哧一笑,说道:"别担心,我今天找你可不是什么坏事,相反有一个大好消息要告诉你!设计部要招新人,你之前应聘的时候不就想当设计师吗?设计部原本有一个不成文的规定,除非老板亲自挖人,否则任何想要入职火车浜7号的设计师都必须从助理开始做起,而只有通过一年春、夏的两次考核,助理才可以升为火车浜7号的持刀设计师。不过因为你情况比较特殊,安总监给了你一个特批,所以你是以设计部助理身份入职,两个月后,如无意外情况,就可以转为正式设计师!"

"意思是我可以直接进入设计部!"陈筱露万万没想到,机会竟来得这样突然。

"是的,不过还是需要你在规定的时间内完成设计作品,这也将作为你的入职成绩。"

"好的,谢谢姜姐,我一定会尽全力!"

"太好了!"陈筱露走出办公室,心花怒放,没想到在经历了前面的一切后,自己终于迎来了人生中的幸运时刻。面对这来之不易的机会,陈筱露连嘴角也不觉挂上了一丝微笑。

"筱露姐,筱露姐,快过来。"

"可唯,正好,我想跟你说……"陈筱露见李可唯还没离开,也正想把这个好消息告诉她。可谁知等陈筱露说完后,李可唯的脸上却没有半分喜悦,相反还愁眉紧锁,叹起气来。

"怎么了,可唯?"陈筱露不解,自己进设计部不是好事吗?而且只要两个月就能成为真正的设计师,这是自己的梦想,可唯也应该支持的呀。

仿佛看穿了陈筱露在想什么,李可唯无奈道:"筱露姐,本来你这次能有机会进设计部,我应该为你开心。可你是去林梦瑶那边,我刚刚打听到,林梦瑶下面的朱朱之所以会走,对外原因是:已经结婚三年,却没有生育,婆婆一直在催,而目前的工作强度让她实在无心家事,所以不得不回去生娃。可明眼人都能看出,朱朱对林梦瑶可谓不满已久,这一年多来,光背后抱怨林梦瑶的次数便数不胜数,整个设计部尽人皆知。

"当初进入设计部之后,朱朱一直非常欣赏林梦瑶的作品,认为她每次都能别出心裁。后来才知道,林梦瑶虽然自己有本事,但在教授上一点也不用心,反倒是其他两位设计师周南和颜如玉经常提点和帮助她。上次周南与林梦瑶两个人打架,就因为林梦瑶想反击的时候,被朱朱拉住了,她一直怀恨在心,私下屡次给朱朱穿小鞋。朱朱不想把事情闹大,也彻底对林梦瑶死了心。她之前跟姜姐说过,但凡林梦瑶在这里一天,恐怕到死也没有她的出头之日,索性不如走掉。依我看,林梦瑶这样的人,真不好应付,离她越远越好才是。筱露姐,我可真不希望你去当她的助理,到时候,只怕神仙都救不了你。"

李可唯这番苦口婆心的话,让陈筱露心中多少有些触动。林梦瑶在公司的风评确实不好,哪怕是在行政人事部,她也经常听到吴颖在整理考勤表时埋怨,林梦瑶总是爱让助理加班,脏活杂活都给对方干。之前还有一位助理跟了林梦瑶快三年,也没升上去。虽说在火车浜7号,大家都无法否认林梦瑶是一位优秀的设计师,却同时也认为她实在不是一位好领导。

可对于陈筱露来讲,如果真的放弃眼前这个机会,下一次不知道又要等到什么时候。与其被动等待,不如主动把握,这一直是陈筱露心中坚守的信条。"可唯,不管林梦瑶会不会为难我,我都想要好好地珍惜这次机会!相信筱露姐,我可没这么容易被打倒!"

见陈筱露一副信心满满的样子,李可唯也不再劝阻,只得给她一个大大的熊抱,叮嘱道:"那你小心!以后我们就设计部再见了,嘻嘻!"

等陈筱露的资料被交到林梦瑶的手里时,林梦瑶完全没有了之前每天对着吴颖呼天抢地、求贤若渴的姿态,反而有些质疑是不是行政人事部特地给自己人"放水"。

"呵,你瞧瞧小艾,现在是什么人都敢来当设计师了?"看着手中的档案资料,林梦瑶心想:一个三十多岁的行政人事部人员竟然也跑来做设计师,要知道即便是助理这样的职位,在火车浜7号也有起码的门槛。她向来对公司内部牵扯毫不关心,可陈筱露的名字却不止一次传入她的耳朵里。先是没进来几天就得罪了投资部的Andy,就因为她,公司莫名其妙给安了一个摄像头,然后又是和公司品牌营销部的赵总公然调情,反正基本都不是好事……还有人说她就是有背景,所以才怎么赶也赶不走。现在行政人事部突然把她支到自己的部门来,很难说不是想趁机丢一个麻烦过来。"要砸向我们设计部,也得看我同不同意!"林梦瑶心下一狠,决定亲自把个关,毕竟陈筱露进来后可是她的助理,不好用的话,麻烦的还是她。

打定了主意,林梦瑶便去跟行政人事部沟通,打算另外再出考题。同样是实践题,不过这次却是"命题作文":夏装、中式风格、颜色任选。为了避免受个人主观因素影响,这次作品将专门由考核团成员亲自打分!

此消息一出,不仅设计部,就连行政人事部也是一片哗然。考核团向来只针对已经晋升的设计师和主设计师,陈筱露毕竟是以助理身份进来的,且按照惯例只需递交入职作品,根本不必接受这样特殊的考核。眼看陈筱露还没去当助理,林梦瑶就给了一个标准的下马威。

"筱露姐,要不,还是别去了……我们行政人事部虽然没那么光鲜,但到底大家也不会为难你!"吴颖看林梦瑶这么欺负人,心里也有些不爽,小声对陈筱露说道。

"就是,还不如等下一次!据说林梦瑶的助理都是被她气走的!"张美凤一边附和

第三十四章 迎难而上

一边想,还是学校的生活单纯,没有这么多复杂的人际关系和钩心斗角。

"你们啊,怕是燕雀安知鸿鹄之志哉。人家筱露来我们这就是想进设计部,你们说不去就不去,人家的一番努力不就白费了。不过呢,在火车浜7号,哪儿都不是好进的,能不能站住脚跟就要看本事了!"孙红梅说不出个愁喜,但谁都听得出她这话有些阴阳怪气。说穿了她是不服加嫉妒,凭什么陈筱露一来就抢了她的位置,现在想去设计部就去设计部,什么好事都让她占齐了。

王朝则给了陈筱露一个充满信心的眼神,意在告诉她:我相信你的选择!

姜雪芹在一旁听着众人的发言,这会的她早已没有了因为之前的绯闻事件而对大家产生的怨气。不愿看到林梦瑶这么欺负人,姜雪芹便将此事直接捅到了安娜那里,哪知林梦瑶早就跟安娜通好了气。要知道去行政人事部之前,她可是苦苦求了安娜大半个小时,一面说自己对助理多么重视,对设计部又付出了多少心血,一面又说跟安娜两人这么多年交情,自己也希望设计部能人才辈出!安娜拗不过林梦瑶这番热切的说辞,只得答应对方的要求,只说了不许为难陈筱露。林梦瑶立马好言道:"绝对不会。"

经过一番考虑后,陈筱露决定接受这个挑战!

林梦瑶给的时间很有限,而且从给出的材料看,明显比之前招设计师助理时的条件苛刻。一开始陈筱露想走常规路线,既然是夏装,看到真丝面料,便免不了想做成裙子,可刚要剪开手上的布时,她突然想到,结合火车浜7号女装客户的定位——年轻、热爱时尚的女性白领,把手里的布料做成普通的裙装,颜色花纹未免老气。

酝酿一会儿后,陈筱露突然想到以前夏天的时候,妈妈经常会在干活时把裤脚挽起,这样不仅干练,而且十分方便。于是陈筱露果断换了思路,把带着传统花样的真丝面料,做成了真丝衬衫与九分裤,裤脚两边她则用一套在日本学习到的手法打了两个特制的蝴蝶结。这样的设计不仅让穿着者又酷又飒,还有几分欧式风情的味道。

等全部完成后,陈筱露又将桌上的碎布、尺子和不再用的图纸进行了清理,再将针线分门别类挨个放回原位,连刚刚移动过的垃圾桶和座椅,陈筱露在使用完后都立马将它们放回到了进门时的位置。纵然是在火车浜7号的几年里,考察过近百人的考核团,也第一次被陈筱露对细节的认真震撼。

等众人再看到作品时,全都傻眼了。不是"太好",也不是"太差",而是"太像了"。这部作品跟前段时间安娜未公开的设计几乎一模一样,除了服装上的花纹,当然还有一些细节的地方,安娜确实比陈筱露的这套来得更精致。可要知道,这是在限时、限料的情况下,陈筱露一个人赶出来的。在打下高分的同时,众人也不得不惋惜嫉妒:这么好的一个人才,怎么偏偏就给了林梦瑶!

"筱露姐通过了!"按原来林梦瑶的规定60分为及格,陈筱露则得了90分的高分,令大家又是惊又是喜,纷纷表示了祝贺。

林梦瑶当天因为要赶一个聚会,并没有亲自旁观,但对同事小艾发来的考核结果表示十分满意,既然考核团都能给出这么高的分数,证明陈筱露的确有其实力在,而不是行政人事部"放水",那她自然便没有什么好担心的。

"怎么样?今天的结果?"今天安娜一回公司,便听到大家对这次设计师助理入职考核作品的议论。得知陈筱露取得高分后,安娜的心中五味杂陈,不知应该如何取舍,以至于迟迟没有批复陈筱露的调职申请书。

纠结再三的安娜将这份申请书递到了胡安莉面前,谁知胡安莉却说:"她是欧阳旭光的爱人又怎样呢?仅仅因为这个身份,我们就要放弃一个可造之才?"

胡安莉的话点醒了安娜,也让她明白过去的事情早已过去,无论陈筱露跟那个人曾经有过怎样的关系,她现在只是火车浜7号的一名员工。想通了这一点后,安娜终是在申请书上签了自己的名字,并由衷希望陈筱露能够好好地在设计部发挥自己的天赋。

早上一到工位上,林梦瑶便见一套陌生的真丝套装,挂在一旁的衣架上,她心道:"这衣服是谁的,也没见谁穿过呀?"但见这结构又隐隐觉得有些熟悉,好像在哪里看过这种风格?她仔细一想,还真有了印象,是安娜上次设计的服装,跟这套版式几乎一样。但不对,不是这个颜色。还有这蝴蝶结看着似乎有些特别……林梦瑶突然觉得这个蝴蝶结的折叠方法竟然有些眼熟。在林梦瑶的印象中,似乎只看到过一次,有人叠出这种样式。

那是去年的一次季展中,周南的设计明明被自己破坏掉,却在拍摄时,不知道被什么人完美地修复了,而从周南当时震惊的表情来看,做这件事的人肯定不是她——难道?林梦瑶一通电话不管不顾地便打到了行政人事部,在确认陈筱露的入职时间和她当天的诡异行踪后,林梦瑶后悔自己竟没有把陈筱露淘汰掉。这岂不是引虎入室?林梦瑶瞬间气得直跺脚,明明好不容易赶走了周南,这会却把她的亲信送到了自己的眼皮底下……

上周因为加班的缘故,陈筱露几乎没怎么好好看女儿,这才十几天不见,小小的女儿在她眼里看着似乎又大了一圈。"小孩子长得真快呀!"她心里这样想着。见刚写完作业的女儿蹦蹦跳跳地向她扑过来,便张开了怀抱,恨不得还像小时候那样把她捧在胸前摇啊摇。可真真此时已经是一个大姑娘了,她想把她整个人抱起来,发现自己根本就举不动，想紧紧地圈住她，女儿又跟个猴子似的不安分地乱动。

才一会儿，真真便绕了屋子一圈，不知道怎么跑到了卧室的照片墙下，又拖着陈筱露也来到照片下面，委屈道："妈妈好久没有给我做衣服了！"

真真指的照片正是两年前一家三口在三亚度假时拍的合照，阳光俊朗的欧阳旭光对着镜头还比了一个幼稚的"耶"。那个时候，陈筱露一有空就网购布料或者直接开车去市场里淘，再对比着当年杂志上的流行风向，做一套又时尚又靓丽的亲子装。

可自从欧阳旭光的事情发生，婆婆又意外过世后，她早已没有了这份心思。这会儿听到女儿的撒娇，想起自己总算要重新成为一名设计师，心中竟是百感交集。

转头真真又从柜子里拿了动漫拼图，好不容易回家见妈妈一次，她当然得逮着陈筱露一起玩。可陈筱露却不是这方面的高手，连续几块都没拼到位置上。真真见万能的妈妈竟然也可以笨成这样，便嫌弃地声明要自己拼。不过拼完之后，小家伙又觉得没有什么挑战性，便又缠着陈筱露，要听福尔摩斯的故事。好在这倒不难，于是母女俩很快便陶醉在惊险刺激的侦探故事中……

第三十五章 针锋相对

投资部办公室里，吴榛跟赵云良正在谈话，恰好看到李可唯活蹦乱跳地经过，就停下来隔空喊话："嗨，前面那姑娘，捡到宝了？今天这么高兴干吗？"

李可唯想着陈筱露终于进了设计部的事情，心中大快，不想跟这个没话找话的"讨厌鬼"计较，便回答道："我今天就是心情好，你管得着吗？"想都没想，还做了个鬼脸，结果发现自己部门的老大在。

吴榛见李可唯一副沾沾自喜的样子，其实心里有些憋屈。今天一大早来公司，就听Andy说周末跟朋友在餐厅吃饭的时候，见到李可唯好像正在跟一个男生相亲。为了证明自己并非空穴来风，Andy还专门绕到旁边，趁两人不注意拍了一个侧面照。尽管手机上的照片把李可唯拍得实在有些扭曲，但光是那动作和姿势，吴榛便知道肯定就是这个女人了。

"背着我去相亲，竟然还这么开心？"吴榛心里醋意大发，但在赵云良面前又不好发作，只能硬生生地把气吞下，心想找个机会必定要宣示"主权"，让李可唯知道自己的心意。李可唯心道，那人其实就是自己的一个普通朋友，跟哥们一般，不过难得让吴榛吃醋，她也懒得解释了。

赵云良东张西望，似乎是在找人，但在吴榛出口询问时，赵云良却矢口否认。吴榛没有在意，见已经到了午饭时间，便拉着赵云良去了一家他最近非常爱去的餐厅。两人刚走到一半，谁知刚刚还艳阳高照的天空却突然下起了大雨，赵云良本想淋着雨跑过去,却被吴榛一把拖了回来——随身带伞是他早年在国外读书时便养成的习惯。

"好巧啊。"吴榛眼睛一亮,没想到一进餐厅,便见到了一张再熟悉不过的脸。此人正是才见过的李可唯。李可唯刚放下挽着陈筱露的手,两人显然也经历了刚刚那场大雨,正在整理着有些凌乱的衣服。

"你的肩膀?"赵云良和吴榛异口同声道。两人一进门就注意到陈筱露的肩头湿了一片。再看她手里那把只够一人遮雨的小花伞,不用想也能猜到,一路上,陈筱露定是把伞的大部分都给遮到了李可唯身上,所以自己的肩膀才会淋湿。

李可唯看到陈筱露如此呵护自己,心中不禁一暖。这时却见吴榛两只圆溜溜的眼睛恰恰落在陈筱露被水渍浸湿的肩上,她佯装生气:"那个谁谁谁,瞎看啥呢?"吴榛见她没事找事,狠狠瞪了她一眼。

"要不待会你去库房里第一排靠门的柜子里拿一件衬衫将就穿着,免得着凉。那里的衣服都是要处理的,一般人不会过问!"赵云良见陈筱露除了肩头,身上也有几处被雨淋湿,便为她想了个主意。虽然他办公室也有备用的衬衫,但如果直接给陈筱露,反而容易引起误会,不如让她在废弃的衣服里拿一件简单干净的,至少好过一个下午都穿湿衣服。

"好的,谢谢你,赵总!"

"不客气。"

"对了,你拿这把伞吧,好像要大一些,免得路上又给淋到了。"赵云良转念一想,伸手便夺过陈筱露的伞,打算将吴榛手里的大伞递上。谁知此刻吴榛却将那把男士伞握得死死的,并不打算松开。

"你这什么意思?"赵云良一个眼色,心中腹诽道。

"我什么意思?这把我要留给可唯的!"吴榛亦不甘示弱,回了赵云良一个眼色。

"那不是有把小伞吗?"赵云良一副鄙视的表情。

"小伞不够,你没看到可唯袖口也淋湿了?"

"那是两个人打才不够,一个人肯定够。你一会儿送她,把伞全往她身上遮,不就够了?而且你这么护着她,这个细节绝对会打动处女座,笨。"

"我靠,还真有道理!不对——你为什么这么关心陈筱露,难道你?"

"嘘!"

两人用眼神"神交"后,吴榛总算松了手,将自己的伞递给了陈筱露。不一会儿,陈筱露便回到公司,从库房的柜子里找了件无论版型还是大小,都与自己身材相称的衬衫。"这么好的衣服,居然丢在了废料区,实在太可惜了!"历数着柜子里一件件雪白的衬衫,陈筱露认为无论是做工还是设计,这些衣服都直接可以秒杀商场专柜的衬衫,可为什么会放在废料区里,陈筱露百思不得其解。

"好吧,这次,我们也算有缘,就让我来试试!"陈筱露选择的那件衬衫,左胸处正好有一排边框的印记。似乎是原先什么东西被拆掉后留下的痕迹。见旁边的桌上正好有修剪工具和缝纫机,陈筱露又从旁边的抽屉找了一些辅料,便在衬衫袖口稍显宽敞的部分加了荷叶边,又在胸口处用卡其色的布料制作了一个略有反差感的口袋,将之前的痕迹正好盖住。原本样式单一的衬衫,经过陈筱露的精心改造,完全变成了另一件时装,让人顿时眼前一亮!

路过前台时,眼见陈筱露突然换了件比上午更有气质的衬衣,一向对穿着打扮最是敏感的苏小曼忍不住夸赞道:"哇,筱露姐,你真有才,也太好看了吧!"哪承想苏小曼这一喊,瞬间引起了其他人的关注,行政人事部的几个人都凑了过去,说陈筱露果然是天生的设计师。而王朝也竖起大拇指说:"不错。"等陈筱露再走进设计部时,这件衣服同样让设计师们眼前一亮,然而不一会儿她们的关注点几乎都落在那个她特别缝制的卡其色小口袋上。

"陈筱露,你到底在搞什么——"刚刚走进办公室脸上还挂着热情笑容的林梦瑶,见到陈筱露后立马脸色一变,将手里刚拿到的资料狠狠地摔在了桌上。陈筱露见林梦瑶一脸冰霜,以为是自己哪里没做好,正要询问,却听到林梦瑶指着自己身上的衬衫吼道:"请把衣服脱下来。"

林梦瑶虽然在设计部脾气不佳,可大家却从未见过她这般气势汹汹地吼人,心里只能替陈筱露默哀:今天估计是撞枪口上了。"陈筱露,不管你是怎么拿到这件衣服的,我让你脱下来!公司的所有衣服,作为助理,请你不要乱动!"

"这件衣服其实是——"

"不用解释,你马上脱下来!"陈筱露刚想开口说清楚事情经过,却被林梦瑶断然喝住。面对林梦瑶突然的羞辱,陈筱露顿时感到鼻酸,眼眶也红了,好在清洁工王琳刚好看到这一幕。陈筱露曾经在她请假的时候主动帮她做过清洁,平日里对她也十分不错,此时为了让陈筱露有台阶下,又不得罪林梦瑶,王琳立马跑过来打圆场,主动拿出自己背包里一件干净的衣服,借给了陈筱露。

在众目睽睽之下,陈筱露无语地走进了换衣间。再从换衣间出来时,刚刚那件由自己亲手改进的光面衬衣已被换下,取而代之的是一件2XL一看便洗过多次的白色T恤。

虽然心中早已料到在林梦瑶手底下做事,必须更加仔细谨慎,可陈筱露实在没想到,才进设计部三天,林梦瑶便莫名其妙给了自己一个下马威!如果是以前的自己,一定会跟林梦瑶据理力争,可现在身为助理的她,为了以后日子更好过,只能暂时隐忍下来。

"大不了明天又是新的一天!一切都会好起来的。"陈筱露在心中对自己说道。"明天又是新的一天",这曾是《乱世佳人》中,郝思嘉在白瑞德离开时鼓励自己的话语,而自从进入火车浜7号,这也成为陈筱露一次次安慰自己的座右铭。

换下衬衫后,见林梦瑶不再刁难,陈筱露只身去样衣间继续干活。而刚走到样衣间的门口,陈筱露便听到一抹清冷的声音:"你这次得罪她——问题不在你身上,而在它身上!"说着,颜如玉指了指衣架上的一件白色衬衫。

原来,陈筱露今天身上穿的那件衬衫,是林梦瑶之前打算作为主打服饰设计的,可是因为整体太朴素,即便加了点缀,始终差点什么。当时安娜正好设计出了一件同类型、质感却不同的小香风衬衫。业内人都知道,同一批推出的服装里自然不能容忍两款太相似的。林梦瑶认为安娜有意偏袒她自己的设计,一气之下,便把这件衣服丢到了废料柜里。今天这件衣服却被陈筱露穿了出来,还在原有基础上做出了精心的调整,说到底这不是打她的脸吗?林梦瑶最在意的就是面子,加上她原本对陈筱露便有敌意,此刻更毫不顾忌地冲着她发脾气。

"林梦瑶这件衬衫因为不符合当季的审美元素,所以被安娜pass掉,她一气之下就把衣服扔到了废料区。此人一向心高气傲,又对设计精益求精,但凡有丝毫不满意的作品,她都会毫不手软地遗弃,所以你在废料区恐怕不止看到这一件。你今天不走运,确实拿到了她最不想看到的作品,还做出了自己的修改,让整件衬衫重新焕发出光彩,她看着这样的衣服自然来气。而其他设计师碍于她主设计师的身份和脾气,当然会先顺着她,不敢给你好脸色看!"

陈筱露听着颜如玉用不咸不淡的语气缓缓地叙述着,她根本没有想到自己的一个无心之举却造成了这样的误会,也感谢眼下这个看似冷漠的设计师给了她如此重要的信息。

"谢谢你!颜如玉。"陈筱露知道在设计部颜如玉一向低调寡言,平日更不愿参与任何是非,这次她特意过来向自己解释,实在出乎她的意料。

"不客气。周南是我的好朋友,之前也几次向我提过你。她很欣赏你,也认为你很有潜力。真怀念她还在公司的日子。"

"是吗?她跟你提到过我?真希望她能回来……"

第三十六章 明星驾到

"早上好,筱露姐!"今天陈筱露一进公司,便见打扮得清新靓丽的苏小曼在前台涂脂抹粉。见陈筱露打完卡,苏小曼悄悄地把陈筱露拉到一旁道:"筱露姐,据说今天有位近期超火的网红要来公司洽谈合作,可胡总口风太紧,到现在我一点也没探出。你在设计部,安总有没有告诉你,这个人是男是女,长得如何,是不是最近老上热搜的那个什么佳琦啊?"

"这个……我还真不清楚。"陈筱露想起昨天开会的时候,安娜确实有跟大家提到,今天公司会来一位网红明星,因为对方有保密要求,所以暂时不能将此人的具体信息告诉大家,只是说他很可能成为火车浜7号下一季代言人,这次的签约也将直接关系到火车浜7号下一季度的销量。

"哦,那好吧!"苏小曼的表情略有不甘。但转头,仿佛想起了什么似的,苏小曼紧挨着陈筱露,语气一下变得十分恭敬道:"筱露姐,你觉得我今天的搭配怎么样?裙子、妆容看上去有没有更精致、更好看?你是专业的设计师,我相信你的眼光哟。"

陈筱露自然看出今天的苏小曼做了一番精心的装扮。一改往日活泼可爱的造型,今天苏小曼穿了一身浅黄色绣花的连衣裙外加棕色流苏的高跟鞋,锁骨处则戴了一条水晶的环形项链,平日扎起的丸子头,也破例地披散了下来,Coco的香水更让她整个人都散发着一种女性的轻熟感。这打扮显然是为了约会准备的。

果然,陈筱露肯定了一番后,苏小曼表情大悦,对陈筱露连连道谢,那样子简直好不热情。"这姑娘,前段时间不还追吴榛追得热切,这会儿难道是有了新的对象?"陈筱露暗想。她哪里知道,如今苏小曼的心仪对象,正是吴榛介绍的。

自从上次的"奶茶"事件后,吴榛便琢磨着苏小曼的问题迟早要处理掉。不然这姑娘三天两头,有事没事便在公司"作一下",搞得李可唯醋意翻涌,自己也满是尴尬。

所以,吴榛找了个打游戏的机会,趁机将苏小曼认作干妹妹,又将自己圈子里一个搞技术的青年才俊介绍给了苏小曼,两人在网上一拍即合,没多久就以"宝宝""乖乖"相称,腻歪得吴榛都傻眼了。今天正好是两人第一次线下见面,苏小曼必然要精心打扮一番。

陈筱露和苏小曼在前台愉快地交谈着。此时一个眼神傲然的女子推开前门走了进来,见两人有说有笑,一副相谈甚欢的样子,林梦瑶一个冷眼,道:"陈筱露,跟我来一趟办公室吧。"

"好的。"随即陈筱露便跟随林梦瑶进了二楼的设计部。

林梦瑶的设计工作室在二楼最左侧的一个房间里,约二十平方米。除了一张办公桌和一棵近两米的绿植,墙上还有两幅十二寸左右的艺术写真,一幅是纯黑色背景下,身穿烟灰色纱裙的林梦瑶以舞者的婀娜姿态被拍下的典型艺术照,另一幅则是林梦瑶穿了一套黑色西装,正襟危坐,被各种奖状簇拥着的照片。

陈筱露小小地纠结了一番,还是决定将那日的因由向林梦瑶解释清楚:"梦瑶姐,之前的事情,我真的很抱歉。我并不知道那件衣服是你设计的,也不知道会造成这样的结果,我向你道歉。当时我只是因为衣服被雨淋湿了,赵总告诉我仓库里有一些不要的衣服,所以我才拿来穿的,希望你不要误会。"尽管陈筱露的年龄比跋扈的林梦瑶略大,但当陈筱露一开口叫林梦瑶为"姐"时,这样的称呼让林梦瑶非常享受。

"你不必……"林梦瑶并不想听陈筱露的解释。其实从知道陈筱露帮周南改衣服的时候,林梦瑶便认定陈筱露必跟周南脱不了干系,这样一个奸细在自己身边,林梦瑶可并不打算让她好过。但突然想到自己把陈筱露叫过来的目的,她立马眉眼弯弯露出笑容,改口道,"你不必在意,上次我也有责任,我太鲁莽了。筱露,我这个人吧,有时候就是太冲动,可真的没有什么坏心。你是我的助理,我怎么可能真的去针对你,对不对?我们俩就当这件事没有发生过吧,我相信它只是一个误会。"

陈筱露一愣,破天荒见林梦瑶如此耐心好说话,以为是自己的诚心感动了对方,心里的大石头总算落下,又诚恳道:"梦瑶姐,既然是一场误会,我自然不会放在心里,只要你不在意就行了。"

"我当然不会在意。"林梦瑶见陈筱露似乎已经完全相信自己,心里非常满意,接下来,她便顺理成章地将话题转到了今天的安排上,"对了,下午我们公司会来一个最近很火的女明星,到时候可能需要你帮忙。如果能让她顺利与火车浜7号签约,成为我们公司的代言人,那么我们也算为公司立了一个大功。你要好好表现!"

"好的!"陈筱露点了点头。

此时,一身卡其色风衣的Alyssa刚下飞机,正往机场VIP通道走去。只见她身材修长,皮肤紧致,头上戴着一顶黑色的鸭舌帽,脸被茶色墨镜遮住了大半边,在一头短发高个子助理文雨的护送下,正步履匆忙地离开机场。即便今天已经做足了保密工作,可两人依旧小心翼翼,生怕意外暴露这次的行程,毕竟她们老早就领教过媒体和粉丝的疯狂。

两人一出机场,便坐上了王朝等候多时的宾利豪华商务轿车。为了迎接这个大明星,胡安莉特地向吴榛征用了这台车。因为这几天连日赶通告,加上最近一周两次国际航班的飞行,坐在车上的Alyssa脸色难掩疲惫。尽管如此,她还是第一时间从随身的包里拿出了手机,将一条一模一样的信息分别发给了微信上的两个人。

不一会儿,其中一人便迅速回复了Alyssa,两人又交谈了一会儿,Alyssa才带着笑意将手机放回包里,静静地闭上眼睛。

"我的天!这不是Alyssa吗?真高挑,皮肤也太好了,五官就像洋娃娃一样,眼睛也真好看,听说她最近也开始参演电影了……"原本在电脑前打字的苏小曼突然听到门口一阵脚步声,转眼便看见胡安莉与安娜正陪同Alyssa一路有说有笑。

胡安莉今天穿了一身英伦风白色西装,时尚中不乏商务范,而安娜则是身穿一套雏菊花纹黑色蕾丝镂空长裙,其完美的身材因为这套紧身裙的设计简直一览无余。而在一黑一白之间,Alyssa则以一袭深红色V领过膝裙走在两人中间,头上搭配的同色系贝雷帽,将其衬托得既高贵又神秘,仿佛是从晚宴中走来的女王一样。

"也太美了吧……"苏小曼禁不住看呆了,幸好自己也是女人,不然无论哪个男人看到这三美同台的一幕估计都会流口水。

"Alyssa可是今年娱乐圈最受关注的顶流女王。"

"虽说火车浜7号之前也会跟一些模特合作,可是大部分模特只能算是业界内的网红,如果Alyssa真的跟我们合作,那我们不就火了!"

"Alyssa真的好温柔,虽然看着特别瘦弱,可是气场十足!"

不一会儿,关于Alyssa到来的新闻,几乎传遍了公司的每个角落。虽然大家都想看看这个大明星的真容,但除了苏小曼和当时正好在前台的两名员工,Alyssa一进门便被胡安莉与安娜带到了公司的VIP会议室,纵然再好奇心十足,谁也不敢贸然造次。

第三十六章 明星驾到

"筱露姐,我听说最近很火的网红Alyssa来公司了。苏小曼说,Alyssa真人好瘦,而且皮肤也特别好,特别有气质呢!据说Alyssa今天很可能会跟公司签约,这样一来,我们今年的新品看来会人气大涨,她的粉丝60%都是女性,我得好好想想后面怎么策划!"见大家都在讨论Alyssa,李可唯也在微信上跟陈筱露八卦着。

"Alyssa?"原来安娜和林梦瑶口中的网红明星就是这个人。因为陈筱露平时很少关注娱乐新闻,所以对网红并不了解。其实刚刚路过行政人事部的时候,她已经听好几个人提到了Alyssa的名字,大家对Alyssa的样貌和绯闻似乎都格外感兴趣,而陈筱露注意到只有李可唯所在意的不仅仅是这个女明星本人,而是第一时间便想到,倘若这个Alyssa与公司签约,会如何带动公司的业绩和提高产品的影响力。

"不愧是可唯妹妹,人家都只关注八卦,你第一时间就想到了公司的运营,真是成长了很多,为你点赞!今天Alyssa来确实会考虑跟火车浜7号签约,下午我也会去帮忙,并参与服装解说。"

听了陈筱露的夸赞,李可唯不好意思地挠了挠头,连忙自谦。想到陈筱露待会儿就要去见传说中的Alyssa,李可唯好心提醒道:"对了,我看资料写Alyssa是个天秤座,可比处女座更洁癖、更龟毛,而且十分注重个人形象。筱露姐,如果你下午跟她见面,一定记得做好细节呢。"

"好的,那我一定注意!谢谢可唯妹妹提醒。"陈筱露刚想在百度上搜索一下Alyssa的真容,哪知此时却听到不远处林梦瑶叫喊自己的声音,陈筱露立马走了过去。见林梦瑶一脸慌张的表情,这才知道,Alyssa正带着助理跟两位老板在聊火车浜7号的一些理念和过往的销售战绩,结束后林梦瑶和陈筱露会陪同Alyssa一起参观加工室和样衣间。

"筱露,老板们在安娜办公室跟Alyssa聊了好一会了,我们去给他们送点喝的吧。我记得胡总上次出差带了一些花茶回来,不过花茶的味道偏淡了些,蜂蜜正好可以增添风味,安总还特别强调这蜂蜜味道非常纯正,我们赶紧去办吧。"

听林梦瑶这么一讲,又想到李可唯刚刚才提到Alyssa十分在意细节,陈筱露便跟着林梦瑶一起到了二楼的茶水室。两人刚从消毒柜里取出杯子,林梦瑶的脸色突然变得十分难看,说自己闹肚子了,于是将冲饮的事直接丢给陈筱露就跑开了。

等陈筱露将花茶和蜂蜜水调好后,刚一敲门,声称去洗手间的林梦瑶竟从会议室里走了出来,接过了陈筱露手中的托盘。陈筱露还没弄清情况,会议室的门便再次被关上了,一瞥之下,陈筱露只是隐隐觉得Alyssa的背影似乎很像某个人。

第三十七章　蜂蜜过敏

"Alyssa,这位是我们火车浜7号两位主设计师之一的林梦瑶,也是设计部的老员工了,待会她会详细跟你介绍我们本季洽谈合作的所有服装。"安娜一边说着,一边看向座位一旁的林梦瑶。

林梦瑶则起身露出殷勤的笑容,说道:"Alyssa,你好!我们都是你忠实的粉丝,听说这次你是专程推掉一个颁奖典礼过来的,实在是我们的荣幸!"

"你好,林梦瑶。之前看过贵公司的资料,对于火车浜7号的风格,我也十分喜欢。只是这一次不仅是火车浜7号,还有其他公司向我抛出橄榄枝,所以我可能会更加慎重考虑……"Alyssa并没有把话说得那么明确,毕竟艺术小镇的其他几家服装公司同样实力不凡。

"Alyssa……喝点水吧。"Alyssa的助理文雨将杯子递到了Alyssa的手边。

Alyssa双手接过杯子,将它放在了唇边。尽管Alyssa在业内素以"高冷"和"严谨"著称,但那只限于面对媒体和外人时,这是出于明星"人设"的需要。而对于自己身边的亲人和朋友,Alyssa则毫无架子,甚至可以说是一个很好的贴心姐姐。

清爽的花茶似乎让Alyssa觉得十分甘甜,因为口感很好,加上飞机上一直没怎么喝水,便又喝了两口。此时,Alyssa的注意力完全放在与胡安莉和安娜的交流上。

只是杯中的温水下肚不到一分钟,Alyssa便觉得身体有些发痒,再一看胳膊,竟然起了不少疹子,腹部也开始疼痛起来。这个症状难道是……

"Alyssa,你怎么了?"文雨注意到Alyssa的脸突然泛白,表情也有些扭曲。

"蜂蜜,为什么会有它?不行,我现在头有点晕!"

文雨一听,立马意识到了问题的严重性。

"怎么了,这是?"胡安莉和安娜也察觉到了Alyssa的变化。胡安莉更是心想,这下糟了。她赶紧从手机的通讯录里找出自己熟悉的皮肤科医生的电话,打完后,胡安莉立马联系行政人事部的王朝,让他备车第一时间将Alyssa送到市区医院。

"不好意思,今天的谈话就到这里吧,Alyssa对蜂蜜严重过敏!"文雨当机立断。

Alyssa虽保持着礼貌与风度,心中却早已翻江倒海。从小到大,她最怕的就是这个,但凡沾了一点蜂蜜,自己就非常容易过敏。发病的痛苦对她来讲还是小事,对一名知名的艺人来讲,真正重要的是因此耽误的时间和影响到的行程安排。

见事已至此,胡安莉和安娜也不好多言,只能搀扶着虚弱的Alyssa下楼。然而,几人刚走到一楼大门,便看见火车浜7号的门口早已被拥堵的人群围得水泄不通,不知道的还以为是有什么盛大的活动要在这里举行。

"Alyssa!Alyssa!Alyssa!"这是一群穿着光鲜亮丽、活力十足的年轻人,男男女女都有。领头的是一个身宽体胖的黄毛小子,也是他们野粉口中所谓的会长。这个会长在三十分钟前,不知道从哪里得来一个小道消息,说Alyssa目前身在火车浜7号。一开始黄毛小子还不太相信,直到对方发来了一张Alyssa与助理进入大门时的照片,对比了周边的建筑和环境后,黄毛认定Alyssa来到了火车浜7号,在向忠粉们收取了一定的"赞助费"后,便迅速组织了这次应援活动。

年轻人有的拿着横幅,有的手持海报和灯牌,纷纷大喊着Alyssa的名字。其中一两个人还会时不时带领大家喊上几句"Alyssa,我爱你""Alyssa,永远支持你""永不离弃,做你唯一"之类的口号。

"Alyssa,她怎么了?"人群中,一位眼尖的红发女孩突然看到Alyssa被助理搀扶着走了出来,一副病态的样子,瞬间便在人群中高喊起来。其他粉丝也注意到Alyssa的状态似乎非常不好,整个人完全不似平常精神奕奕。

"今天早上Alyssa还开开心心地发了自拍,现在是怎么回事?"

"这个该死的烂公司!要是Alyssa出了什么事情,我跟你们没完!"

"我靠,岂止没完?Alyssa要是身体出了差错,我们就联合抵制这家公司!"

门口粉丝们的情绪越来越激动,口中的话语也越来越偏激。仿佛只要Alyssa少了一根毫毛,火车浜7号便必须以死谢罪。

在互联网时代,媒介的发达程度使得信息的传播速度早已不是按天数,而是以小时、分钟，甚至秒计算。从Alyssa走出火车浜7号开始，下一秒Alyssa的照片便出现在了一个粉丝不过200人的微博小号上，紧接着不到五分钟，Alyssa突然被送到医院的消息立马在微博上炸开了。

"当红女艺人Alyssa于火车浜7号意外中毒！"

"Alyssa因不明病因意外入院，真相究竟如何？"

"Alyssa与电商公司发生纠纷，憔悴走出大门！"

从新浪娱乐、腾讯娱乐、搜狐娱乐，到爱奇艺、芒果TV等主流娱乐媒体，皆对此重磅消息第一时间做出了网上报道。网友们更是一边吃瓜，一边发挥丰富的想象力。

有人猜测Alyssa进医院是与该服装公司产生了冲突。有人觉得事情背后也许另有原因。还有人认为Alyssa压根就不是网传最多的中毒，而是怀孕了，毕竟前段时间的电影周Alyssa看上去实在胖了不少，而且最近这段时间她不是正在跟那个张一博传绯闻吗？

扑面而来的各种报道和猜测，让Alyssa以及整个团队恼怒不已，除了蜂蜜水事件，还有这次行程的暴露，两件事都直接迁怒到了火车浜7号的头上。胡安莉的压力更是可想而知。

除了社交媒体上粉丝们对火车浜7号的抨击，钱江市临江区文创办领导也直接打来电话，声称这次对火车浜7号实在太失望！

电话里领导十分生气道："都快谈妥的合作，竟然出现了这样的事情？这次必须要有人承担责任，给出说法。这个机会，火车浜7号不要，整个艺术小镇多的是服装公司！"

为此，胡安莉只得诚惶诚恐地道歉，更是下了决心，这件事必须在火车浜7号彻查。

"究竟是谁在水里加了蜂蜜？这件事太蹊跷，Alyssa所有食品中只对蜂蜜过敏，可偏偏今天的水里就出现了蜂蜜。而且我们这边对Alyssa行程是完全保密的，可是为什么事发之后，火车浜7号大楼底下竟然有一大批粉丝第一时间就得到了消息？这个人无论是谁，都必须立马做出处理！"

会议室里，几位总监沉默不语。吴榛欲言又止，赵云良默不表态，而安娜和姜雪芹则面面相觑，两人似乎都在等对方发言。

率先说话的是姜雪芹。作为行政人事部的头子，事件发生后她第一时间便了解了这次意外的过程和具体情况：放风给粉丝的是个用虚拟号打电话的神秘人，此人完全没有任何信息，而且单从拍摄的进门照片来看，很难判断是否是火车浜7号的内部

第三十七章 蜂蜜过敏

人员。

而在水里加蜂蜜的人，则是设计部的新设计师助理、前行政人事部总监助理陈筱露。至于为什么要在水里加蜂蜜，陈筱露解释了半天，也没说出个所以然来。

"出了这么个事情，总得给人一个交代。"胡安莉端起手中的杯子，皱了皱眉头道。从行政人事部人员转岗到设计部，从海报事件到在会议上第一时间就看出新款衬衫出了什么问题，不得不说陈筱露正是火车浜7号需要的人才，无论是姜雪芹还是安娜，都对她多有赞许，可如今正是需要给所有人一个交代的时候，为今之计，胡安莉也只能按照公司规定来做出处罚了。

"胡总的意思是？"姜雪芹已经明白了胡安莉的意思，只是没料到这个决定会来得这么突然，陈筱露毕竟是她部门出来的人，虽然曾经她一度想过要将她赶走，可真到这个时候，姜雪芹反而有些犹豫不舍。

"那先停薪留职，胡总意下如何？"胡安莉还没发话，角落中一直默不作声的赵云良突然起身抢先说出了自己的想法。

吴榛在一旁起初有些纳闷，按理说，他以为赵云良会第一时间为陈筱露求情，可没想到，赵云良却是第一个给她处分的人。但不一会儿，吴榛便想明白了。胡总既然已经决定彻查此事，自然得有人承担责任，不管有心还是无心，这样的事情，哪能说算就算？赵云良率先说出"停薪留职"这样一个决定，反而对陈筱露是最好的保护。

"好。就这么决定！"胡安莉一口答应下来，众人也对此无异议。

第三十八章　停薪留职

"可唯，这次我闯祸了……"从王朝突然接到胡安莉的电话开始，Alyssa因对蜂蜜过敏被送去医院的消息，便在火车浜7号不胫而走。尤其是各大新闻网站和社交平台的报道，更是引起火车浜7号员工们的七嘴八舌，原本是一个好好的机会，可谁也没料到事情竟然会发展成这样……而一想到自己就是那个罪魁祸首，陈筱露的心里更是五味杂陈。

"筱露姐，为什么你会突然想到加蜂蜜呢？"李可唯不傻，这么多食物里，Alyssa偏偏对蜂蜜过敏，而公司向来招待客人用的都是咖啡或者茶叶等常规饮品，好端端的，筱露姐为什么偏偏就选中了Alyssa过敏的蜂蜜。

"其实当时是林梦瑶提议的……她说上次胡总带了花茶，但是味道偏淡，如果用蜂蜜调制，味道会更好。但事后，她却将此事撇得一干二净。所有茶水也确实是我过手的。所以我……"

"好一个林梦瑶。虽然不知道这个人是不是有意的，但这件事说什么也跟她脱不了干系。筱露姐，走，我们去跟她理论，我才不怕她。你要有个什么，她也脱不了干系。"

"算了，可唯妹妹，如果真的处罚下来，一个人承担还不够吗？我想她也是无意的。如果真是一场意外，何必非要再拖一个人下水。"

"筱露姐，你就是太善良了。但人的善良必须有锋芒啊，没有锋芒的善良就变成任人可欺的软弱啦。我咽不下这口气！"

"可唯，我明白你说的意思。不是我软弱，而是就在刚刚我去姜姐办公室之前，林梦瑶特地来找过我，她求我不要把这件事牵连到她身上，她说当时也是看桌台上正好有花茶和蜂蜜，是为了好好招待Alyssa才提出的建议。她还告诉我，即使我说出她，也不能扭转结局，反而会连累到她。我也不忍心……"

"唉，筱露姐。算了，我也不知道该怎么说……"对于陈筱露这个性，李可唯想，恐怕自己无论怎样劝也不行，还不如尊重她的决定吧。

"筱露，你到我办公室来一下！"陈筱露转过头，见站在自己背后的人，正是安娜。

安娜跟往常一样，脸色凛然，只是眉目并不像平时那般舒展。对于眼前这名天赋甚佳的员工，安娜的心情是复杂的，虽然陈筱露进入设计部没多久，还没拿出真正的实力，可想起上一次她在会议室一针见血地指出那件衬衫的问题所在，对她是期待的。

只是这样一个特殊事件的发生，让安娜不得不站在公司角度，站在胡安莉的角度，对她做出这个处罚。尽管安娜的内心十分纠结，却依旧对陈筱露做出了这个残忍的宣判。

也许是早有心理准备，当听到"停薪留职"时，陈筱露并没有太过惊讶，只是微微一怔，想不到这个结果还是来了。面对这个处分究竟会持续到什么时候，她的心中却并没有底。旭光的事情，查了这么久也没半点着落，如今连好不容易才得到的岗位也失去了。陈筱露摇了摇头，叹了口气。没想到平时自己已经如此谨慎，却还是算不到这次祸从天降。

当天下午，陈筱露将自己在公司里的所有物品都打了包，又清理了电脑桌面，才依依不舍地离开。临走的时候，她经过行政人事部，看到大家似乎都有意没有准时下班，以姜雪芹为首的员工们皆是一副如鲠在喉的模样，大家不舍地看着陈筱露，心中十分难受。

"这也是公司不得不做出的决定，希望你理解。"姜雪芹拍了拍陈筱露的肩膀，将那份还留着打印机温度的停薪留职协议书交到了陈筱露的手里。此时，姜雪芹的脑海里浮现的却是陈筱露第一次来面试时紧张又兴奋的样子，是陈筱露在会议室听到高铁的声音时，差点被吓一大跳的样子，是陈筱露第一时间站出来主动说要去做清洁时的样子，也是陈筱露终于进入设计部时满脸欢欣的样子。短短几个月，陈筱露从行政人事部，一步步走到了设计部，眼看终于快要成为她想要成为的设计师，却从未想到，有一天她会以这样的方式离开这里。

"Alyssa，实在很抱歉……"医院私人病房内，胡安莉和安娜同时就这次的意外事件做出了诚恳的道歉。

"……"Alyssa毕竟是艺人,脸上依旧勉强挂着笑容,但她的助手文雨却已怒形于色。

胡安莉万万没想到,在这关键的时候,竟会出这样的乱子。她也意识到这次的突发事件以及几大平台热搜上纷纷扰扰的谣言,会对Alyssa的形象和工作带来负面影响。所以她只能小心翼翼地来探望和道歉,并借此希望探探口风,看合作是否还有机会。

目前看来,Alyssa情绪不高,显然对合作没表现出什么兴趣。想来也是,不仅身体、工作受到影响,原本还想保密的行踪眼下被"全国人民"都知道了。发生这诸多事故,恐怕是个人都不会有好的心情。

"Alyssa,这次纯粹是我们考虑不周才造成这样的意外。希望你能给我们一个机会,让我们对此进行补偿。"胡安莉带着歉意,再次诚恳地说道。

安娜想起下午在跟陈筱露沟通的时候,没想到陈筱露提出的最后的请求竟然是希望当面向Alyssa道歉。可眼下这样,又怎么可能安排出来?

"不必了。不管是不是无意,我想都没有必要。文雨,你送一下两位吧。"Alyssa的声音尽管虚弱,语气却异常坚定。

"胡总,安总,不好意思,Alyssa现在身体很虚弱,后续的事情,还是以后再说吧。"助理文雨在Alyssa的眼色下立马下了逐客令,胡安莉和安娜见状十分无奈,只能告辞,心里很是惋惜。

待到两人走后,Alyssa抚摸着脸上正在消退的红疹,胸口仍然有些喘不过气来。因为这次的突发事故,原本明天就要赶赴的行程,只能往后推迟一天,至于原本今晚约好与友人的见面,看来也只能搁到明天中午。想来也是有些年没见面了。想起过去的同学,Alyssa心中生出一丝温暖和对美好的学生时代的怀念……

这个夜晚对于陈筱露来讲注定是难忘的。明明已经离梦想那么近了,明明自己好不容易从行政人事部终于走到了设计部,在经历了欧阳旭光入狱、孩子小产和婆婆去世后,眼看自己已经慢慢在职场里找到生活的坐标,也一步步在火车浜7号调查着那件事的真相。可为什么会出现这样的事情?为什么会犯这样的错误?这突如其来的一切让她的心中充满了委屈与不甘。

只是事到如今,怪罪任何人已经没有意义,那一刻,她想起了欧阳旭光。在人生最辉煌最得意的时候,他突然从云端跌落谷底,上一刻还在宽敞的办公室里与公司高层们商讨营销活动,下一秒就被几名便衣警官,当着所有人的面生生架走,从此一去不回。人在面对命运的号令时,往往是无能为力的。

陈筱露想哭,想歇斯底里地大声尖叫。如果有可能,她真心希望用这样的方式减轻自己的痛苦,可因为女儿还在隔壁的小房间里睡觉,她只能以最无声的方式发泄着,这就是成年人的眼泪,它更多时候只能流在心里。

不知道过了多久,陈筱露的手机突然振动了几下,是闺密群里颜静发来的消息:"明天中午聚会,十里桃花的香榭名苑,神秘嘉宾宴请,筱露你可一定要来!"

"是啊,筱露,中午12点,我们在香榭名苑见面,不见不散!有惊喜哦!"范思琪补充道。

若是平时,两人这般神秘的举动一定会引来陈筱露强烈的好奇。然而今天发生的一切,让她实在没心情关注明天的聚会,和她们口中的这个神秘嘉宾。

"我有点不舒服,明天可能……"陈筱露本想将自己的遭遇一一道出,可字刚打了一半,看到群里两人兴奋的表情包,她知道这段时间两位闺密都在为自己劳心劳力,也不想让大家扫兴,便以一个简单的"好"字,应了正在兴头上的二人。

而此时,陈筱露更关心的是得到"停薪留职"这个处分后,自己是否还有复职的可能,究竟是要继续等待还是主动争取,未来的路,又要如何才能顺利走下去。

第三十九章 故人重逢

十里桃花的香榭名苑内,流光溢彩,灯火辉煌。时隔近一年,再进到这家私享级的会所,陈筱露仿佛形同隔世。没有华丽奢靡的珠宝,也没有最新一季的品牌服装,她只穿了一套简单的裙装,略施粉黛,比起那时,更多了一些人间的烟火气。

"今天,我们这儿可是有稀客到来。"陈筱露一进包厢,便被热情的范思琪双手拥住,颜静则在一旁露出神秘的微笑。不一会儿,果然见一个身穿浅粉色外套、皮肤白皙、戴着墨镜的高挑女子走了进来。女人摘下墨镜后,陈筱露才发现这立体的五官、清丽的面容和温润的眼神,她——简直就跟大学时候一模一样。

"韩野,你终于来啦——哦,不对,现在你的名字已经改成韩晓霏,或者应该叫你大明星Alyssa!"范思琪热情地牵过Alyssa的手,尽管两人已多年没见,却丝毫不显生疏。

"是啊,大明星,好久不见。听说这两年你不仅粉丝超过千万,还参演了张导的电影,要不是这次的合作,恐怕八百年也不会回一次临江了……"颜静也走过去给了Alyssa一个亲切的拥抱。尽管话语中不乏调侃之意,可两人的脸上却是一副默契十足的表情。

唯独站在一旁的陈筱露顿时怔住了,眼前这人明明就是大学时候的班花,怎么会变成Alyssa?虽然之前颜静提到过她进入演艺圈换了名字,可当时也就只是简单地提了一下,自己完全没有留意。

第三十九章 故人重逢

她怀疑自己是不是耳朵出了问题，Alyssa？是那个Alyssa吗？让自己牵肠挂肚，甚至在这二十几个小时里魂不守舍的那个当红女星？她竟然是来到火车浜7号的那个Alyssa，还是说是自己产生的错觉？

"筱露，你愣着干吗？该不是我们没有提前告诉你Alyssa要来，所以你被吓着了吧？"颜静见陈筱露一副呆住的表情，立马迎了过去，拍了拍陈筱露的手，以为她是太久没见到对方，所以惊住了。

"你是准备跟火车浜7号合作的Alyssa？对蜂蜜过敏？"陈筱露一下子脱口而出。

"是呀。"Alyssa无奈地点点头，以为自己被送医院的事情，已经尽人皆知。可转念一想，不对，所有的媒体只写了她进医院，却只字未提蜂蜜过敏。"筱露，你怎么知道我在火车浜7号是因为蜂蜜过敏才进的医院？"

原来自己的大学同学真的就是Alyssa，只是平日自己很少关注娱乐新闻，所以竟然连老同学成了知名网红，拍了电影，改了名字也不知道。在火车浜7号的会议室，虽然看到的背影让她觉得十分熟悉，可终究没有朝老同学方面去想，而今几人的话语，完全证实Alyssa就是韩野，这次回到临江正是为了与火车浜7号达成合作，可偏偏让她喝蜂蜜水过敏的竟然是自己。

"我就是那个不小心给你倒蜂蜜水的人！"陈筱露一边说一边耸了耸肩，深吸一口气，实在想不到这究竟是怎样的巧合。

"什么？"这会儿轮到Alyssa震惊了，"你在火车浜7号？"

与姐妹聚完会后，心情复杂的陈筱露正在回家的地铁上，此时却突然接到姜雪芹打来的电话，电话中这位老到的行政人事部主任语带欢喜地告诉了她一个做梦也没想到的好消息：公司决定让她立即复工。然而却并没有告诉她原因。

另一边，在工作人员的多重掩护之下，没有人料到Alyssa竟然又回到了火车浜7号。所有人都不知道这究竟是怎么回事，明明已经十分生气的Alyssa为何会愿意再给火车浜7号一个机会，胡总和安总又是以怎样的条件说动了这位一向谨慎且苛刻的美人。总之，这次Alyssa可谓相当低调地出现在了火车浜7号，且到来后便直入主题。

为了节约时间，安娜迅速将Alyssa带到这次新一季服装的展示间。当季的主打产品总共有五款，分别是毛绒面料的连衣裙、标准职业装、精致的舞会裙装、冬季的休闲保暖服，以及一套少女风格的棉麻家居服。

Alyssa迅速扫过之后，心中大抵有了一些判断。"Alyssa，你觉得怎么样？"安娜很是期待Alyssa接下来的回复。作为今年最火的女星，在业界Alyssa不仅是流量大咖，更有带货一姐的说法。安娜早就听说Alyssa大学的专业可是服装设计，所以对服饰的要求比普通女性更高，见她一路看下来，皱了好几次眉头，安娜直觉似乎并不太乐观。

"我想只有三套半！"真正能够达到Alyssa心中标准的只有三套半，也就是其中有一套半，在她看来是并不满意的。

"请问是哪三套半呢？"虽然安娜的眉毛已经扭成一团，但是事实上，她对结果已经有了初步预估，只是想再次跟Alyssa确定一下。

"我对职业装、棉麻家居服和保暖服非常满意。"Alyssa直接说道。

竟然与自己的判断完全一样！听到Alyssa的回答，安娜不禁对Alyssa的判断力刮目相看。如果只是普通的网红，从视觉上其实会更喜欢那套毛绒面料的连衣裙和精致的舞会裙装，对简单的保暖服以及职业装可能并不会太喜欢，但Alyssa不仅对服装的造型设计非常在意，对服装的用料和品质，看上去也深有研究。

"那半套呢？"安娜想起Alyssa刚刚还提到了半套，不由自主朝着那套鲜艳的连衣裙旁边的小包看了一眼。

"还有那套连衣裙的包，这个包很精美，让我想起了一个很好的朋友！"安娜刚刚就猜想过会不会是那个包。那套连衣裙表面上看是走宫廷风的路线，非常精致，但从实用角度来讲过于夸张，反而是配在一旁的小包既简洁又有设计感，即便单独拎出来也十分精美好看。

而这五套里，Alyssa喜欢的有两套其实都是自己的作品，另外一套则是颜如玉设计的，至于剩下两套让Alyssa并不满意的则是林梦瑶的作品。可那个包，安娜看不出来，总觉得不像林梦瑶的风格，也不像颜如玉的风格……

实际上，在安娜与Alyssa的对话时，林梦瑶就在一旁。当听到Alyssa否定自己的作品时，一开始林梦瑶并不相信，甚至怀疑是安娜和Alyssa故意串通的结果，因为她一直认为安娜害怕她的能力越来越强，所以时不时总是想用各种方式打压自己。

而在对方说明原因后，林梦瑶才清醒地意识到，因为最近跟男友产生了一些矛盾，自己确实心浮气躁，没有好好地去为穿着的人着想，只是流于服装表面的奢华。

"Alyssa，所以你的答案是……"尽管安娜已经猜到八九分，可是她仍旧想抓住最后一分的希望。

"对不起安娜，辜负了火车浜7号的美意，我希望以后还有机会再合作。"说着，Alyssa主动伸出了右手。

安娜自知这次的作品并不能让Alyssa满意，加上之前的蜂蜜水事件，也不好强做

第三十九章 故人重逢

挽留。而两人刚出样衣间门口，便遇到了下午赶回来上班的陈筱露。

其实陈筱露之所以能够回来，自然多亏了Alyssa。只是当时Alyssa并没有明言跟陈筱露是同学，而是委婉地说自己愿意再给火车浜7号一个机会，希望不要牵连因为这事情受罚的人。胡安莉也深知当时在情急之下自己对陈筱露的处罚过重，所以在听到Alyssa愿意过来时，便决定让陈筱露继续回来上班。

"果然你在这里！"Alyssa见陈筱露已返回公司上班，也算安心了。

"这位是知名影星Alyssa，Alyssa——这位就是上次不小心让你喝了蜂蜜水过敏的设计师助理陈筱露。"安娜见两人相遇，本想解释之前蜂蜜水的事件，却见Alyssa和陈筱露不由自主地朝着对方露出了灿烂的笑容。

让安娜和林梦瑶同时感到不可思议的是，前一秒还让人感到凛凛不可侵犯的Alyssa，竟然主动地给了对方一个厚实有力的拥抱，并牵起陈筱露的手。

"哈哈，对了，让我来介绍下，这是我的大学同学，也是我特别好的朋友陈筱露。"Alyssa见到陈筱露立马开心得像个孩子，完全没有了之前女王的气场，反倒反客为主地为另外两人介绍起陈筱露的身份。

"你的手怎么还是这么冷？"如今钱江已经是春天，摸到陈筱露的手还是冰凉的，Alyssa更是不管不顾像学生时代一样用自己的双手去搓陈筱露的手，责怪她"还是跟以前一样不会照顾自己"，弄得陈筱露脸都红了。

Alyssa和陈筱露的相处在另外两人眼里则是别有深意。从进公司到现在，Alyssa尽管一直都非常温和，但内心的防卫感对于林梦瑶来讲却挥之不去，看到Alyssa对陈筱露完全像换了一个人，她不仅感到心塞，还后悔自己实在用了一个最蠢的方法，一旦陈筱露把真相告诉Alyssa，自己必然遭殃。

而安娜则惊讶于两人如此亲密的关系，联想到那个包包的风格，便有意问了陈筱露："筱露，连衣裙旁边的那个包是你做的吗？"

陈筱露利落地点了点头，这一幕让三个人脸上的表情都有了变化。Alyssa更是兴奋道："果然你还是跟以前一样，我的设计女王！"

Alyssa用"设计女王"这个称呼来叫陈筱露，不仅林梦瑶没有想到，连安娜也大吃一惊。经过今天的一番接触，安娜很清楚Alyssa对设计的要求到底有多高。

而她用"设计女王"来称呼陈筱露，显然除了对好友的恭维，更是对其实力的一种肯定。可是陈筱露说到底不过是一个还没正式升为设计师的助理，虽然她有一些天赋，难道她比自己想象的还要厉害？安娜不敢相信。得知那条裙子所配的包竟然是陈筱露做的，安娜更是有几分意外，这绝不可能是一个新手能做出来的。

"Alyssa,如果还有时间的话,不妨去我们的作品间参观一下吧!"安娜抱着试一试的态度邀请Alyssa。因为陈筱露的存在,Alyssa则少了之前的拘谨,多了一些活泼和好奇。安娜把能够开放的空间几乎都介绍给了Alyssa,而让Alyssa没有想到的是,火车浜7号的许多作品其实都非常超前,也非常有个性,不只是刚刚自己匆忙看到的那些。

"这条裙子我太喜欢了,还有这一件衣服。"这间办公室里的服装几乎都是为了这次上新大家精心准备的。Alyssa指的那条裙子,是安娜在意大利时突然灵感乍现设计出的衬衫裙。安娜本人其实对这件衬衫裙非常满意,也希望它能成为这次广告的主打产品,但是她一向不希望火车浜7号里只有自己的作品,所以才没拿出来。

而Alyssa指的另一件衣服,安娜却从未见过。虽然安娜将最终的选择权交给了设计部的两位主设计师,可是在初选中,她似乎从没看到过这件衣服。尽管是基础款的衬衫,但设计者选择了今年最流行的棕色金丝绒面料以及铜质的铆钉扣,在一排具有鲜明的女性风格的作品中,它别具一格,仿佛回到了中世纪的时尚潮流之中。

"这款衣服没道理会落下的。"安娜想不明白。

而就在此时,Alyssa却说了一句令所有人都想不到的话:"如果这两件衣服也是本季的主推新品,那么或许我会重新考虑与火车浜7号合作。"一开始安娜就确定Alyssa会是一个识货者,没想到她竟然可以与自己的想法不谋而合。如果说当初她下放权力,是为了让新人有更多机会,如今的结局却显然适得其反。否则,也不会出现有的作品连阳光都见不到。

"好,Alyssa,既然你都明言了,那就依你的意思!"

"依我的意思?"Alyssa没想到自己本是随口一说,安娜却二话不说地答应了下来。另一方面,Alyssa也突然想到,明明有更优秀的作品却被埋没,看来这也并非安娜的本意。

"小艾,麻烦你帮我查下第5号,这件金丝绒衬衫是谁的作品?"安娜从设计室里拨出内部电话,不一会儿电话里却传来一个让安娜震惊的答案:陈筱露。

Alyssa似乎也没有想到会这么凑巧。但看到陈筱露一脸淡定的表情时,她又不免感慨了下自己的粗心,这样的剪裁手法,这样的创新设计,刚刚不还夸她是"设计女王"吗?而这件作品多么像她的风格——总是保持百变,却又向往着一种个人的自由与纯粹。

"我决定了——今年我的合作方就选火车浜7号!"当Alyssa做出这个决定时,在场的三个人几乎都惊呆了。随后安娜的脸上再次舒展出一份从容而自信的笑容,她不由得在内心大呼一口气：这次——赌对了。

陈筱露则从不可置信到会心一笑，一开始她本能地怀疑是Alyssa在偏袒她，可了解Alyssa的她从来便知道，这个女人向来只会遵从自己的内心，要不然也不会在大二时突然决定去考上海戏剧学院，而且是九头牛也拉不回来的那种。只是大家当年都不看好的那个小女孩，经过十几年的成长，已成为万众瞩目的新星。

而林梦瑶是最失落的那个人，整个过程从嘲讽到不甘，到最后看着Alyssa做出决定而无能为力。她不清楚安娜究竟是有意还是无意，或者说安娜已经知道她在有心打压陈筱露。她总觉得打从陈筱露来到公司的那一刻起，就像魔鬼一般一点点吸走了她的好运，让她的计划一次次失败，一次次落空。

"我林梦瑶从来就没有输过的一天，未来也不会，陈筱露，我们走着瞧！"林梦瑶在心中发誓道。

第四十章　庆功party

安娜没有想到，胡安莉自然也没想到。先是突如其来的Alyssa蜂蜜过敏事件，原本已经做好了合作失败的准备，没想到第二天Alyssa却瞒着所有人杀了一个回马枪。而且她跟陈筱露竟然是大学时代的好友，促成这次合作，也有陈筱露的一份功劳。

这一连串的巧合实在太让人惊讶，好在这次能顺利地签约。不仅对临江区的领导们有了交代，对未来火车浜7号品牌的推广和市场营销，也产生了重大的影响。毕竟能请到一个口碑与品行俱佳的网红明星，绝不是只靠钱就能解决的问题。

借此机会，胡安莉想着不如趁Alyssa当天还未离开，再约上几位领导，开个私人的庆功party。一来，Alyssa签约的事情经过这一遭也算是尘埃落定；二来，这于公司也算大喜事，大家就当好好热闹放松一下。

Party的地点是在钱江新城商业大厦背后的一条老街，一个叫"昨日重现"的清吧，此名取自20世纪70年代欧美最经典的英文歌曲之一 *Yesterday Once More*。虽是老街，但晚上的人气丝毫不减。从话剧院、糖水铺、深夜食堂到溜冰场，形形色色的光影下，全是年轻人一派兴头十足的模样。而昨日重现这个老牌的清吧就隐匿在一排白墙黑瓦之间，绿色的藤蔓像一双大手托起这座"与世隔绝"的建筑，灯光下它更有了几分古堡般的怀旧味道。

在浓郁的夜色里，它似一位风华绝代的美人，以一种靓丽却不妖艳、低调而不张扬的姿态，倔强地等待着那些终会回来的故人。

别看这幢古老的建筑看上去略显破旧,可真踏进去,却又是一番人间声色。琉璃瓷砖、煤油灯、留声机、老式电话机,随处可见的怀旧之物让人应接不暇,而从世界各地收罗的稀奇古怪的古董则增添了清吧的历史感,加上全员民国风的装扮,不禁让人感怀仿佛穿越到了20世纪30年代的上海滩。

今晚显然是一个包场的party,除了乐队和服务生,整个清吧只有胡安莉邀请来的客人以及火车浜7号的管理层和参与接待的员工。

吴榛在清吧的洗手间的镜子前看了又看,唯一有点后悔的是出门太急,本该去打理下头发,但实在没有时间。对于他来讲,今晚不仅是庆功聚会,还有一件更重要的事情,今晚他还会再次向自己心爱的女孩表白,无论她接不接受自己,吴榛确信的是,自己绝对不会轻言放弃。

本以为是个小庆功宴,李可唯一到清吧才发现,这里十分特别,全复古式的精致装潢、典藏版黑胶音乐,连服务人员的气质都可谓百里挑一。

放眼望去,发现吴榛就在不远处。再一细看,李可唯顿时愣住了。今天的吴榛不只是帅,还带着一种翩翩公子的气质,身上的西装不像平时穿的正装或者休闲装,仿佛是特意为此氛围而准备的,让李可唯感觉到一种不一样的神秘风采。见正在走来的李可唯似乎注意到了自己,吴榛随手不知道从哪里摘了一个帽子过来,这一戴才让李可唯瞬间意识到,这西装分明是按照民国版改良的。

"怎么样?帅呆了?看傻了吧?"吴榛似笑非笑地看着李可唯,然后,被她今天的打扮彻底惊艳了。一身藕粉色带蓝花纹样的旗袍,比平时略浓郁的妆容,原本披散的头发因被盘了起来露出了白皙修长的脖子,耳朵上是一对指甲盖大小圆润的珍珠耳环,脚上则是一双玉白色的中跟玛丽珍鞋。

如果说往日的李可唯像火热的小太阳,让吴榛感觉到的是一种女孩的活泼,一种女侠的仗义,那么今天的李可唯便呈现出一种轻熟女性的优雅和大方。

"今天的这套西装不错,很衬你。这里的风格这么复古,怪不得你一直强调让我穿得民国风一点,我就只好穿这身旗袍了。"

"这套衣服也很配你……"不知道是因为难得李可唯并没有回怼自己,还是因为看对方太过专注,吴榛第一次觉得自己有些词穷,好像这个时候,突然不知道自己可以说什么了。

"可唯妹妹,你们在干吗呢?"恍惚间,李可唯听到了熟悉的声音。沿着声源的方向定眼一看,李可唯注意到此时的陈筱露正与三位同样高挑且气质出众的女人亲密地并排而行。

最左边的那位穿着一身淡紫色亮片长裙、五官精致的女人，自不用说是Alyssa，李可唯在电视上看过她很多次，真人果然比电视上的更美。而右边两位，李可唯虽是第一次见，却也能猜到她们就是颜静和范思琪。

一行人入座后，公司里的其他同事也相继到达，个个光彩夺目，从头到脚皆精心打扮过。兴许是胡安莉打过招呼，今天的成员还几乎都是成对出现的，胡安莉和老公Eason就不说了，安娜也破天荒带了自己的未婚夫瑞奥，林梦瑶巴不得所有人都知道自己有个英俊的霸道总裁韩国男友，所以时不时便在朴正俊面前撒娇，完全一副被宠溺的小女人模样。

王朝则头一次在公开场合牵起了孙红梅的手。而他不久之后将不再是火车浜7号的司机。准确地说这个月过后，他会离开火车浜7号，加入一家新的投资公司，成为里面的投资人之一。

能得到这差事全得益于吴榛的帮助。自从上次被孙红梅当面嘲讽后，王朝便想过，为了拿下美人的心，一定要换个"高大上"的工作，而他王朝，一没能力，二没技术，唯一的优势就是钱多。

思来想去后，王朝把自己的心思告诉了吴榛，没想到这个吴公子不到三天，便将他工作的事情给搞定了。得到消息的孙红梅简直乐开了花，王朝乘势追击，也就顺理成章抱得美人归了。

此时的苏小曼已经不再是当初叽叽喳喳哪儿热闹往哪儿凑的小前台，而是火车浜7号的首席主播。从第一次开播不到两百个粉丝，到现在已经有了近万粉丝，每天晚上8点，粉丝们总会准时守在直播间看她试穿各种美服。这是她大半年不懈努力和一次又一次主动争取来的成绩。

今天她一身蕾丝长裙，将其美好的腰线衬托得恰到好处，还戴了一对水晶耳环。如果再凑近一点仔细看，会发现苏小曼的鼻梁比以前更挺拔，鼻翼也微微往里收了一点。这自然是高科技医美的效果。

因为吴榛的牵线，苏小曼如今身边也有了高大帅气的小男友，不过，经历了当初对吴榛的狂热，苏小曼早已清楚，爱的前提是优秀和独立，只有成为闪闪发光的自己，才会有人真正地爱你、珍惜你。所以，无论如何，哪怕男友再许诺，苏小曼也不会轻易放弃自己的事业和梦想。

不一会儿，临江区区长、招商局主任和其他一些领导也陆陆续续到来。这场私人party在一曲悠扬的萨克斯中拉开了帷幕。

"感谢今晚的到场嘉宾和领导！"只见一身华服的胡安莉此时正站在炫目的舞台

中央，面带微笑地注视着众人，"今天是我们火车浜7号的大喜日子，这次能够与国内的当红明星Alyssa签约，多亏了临江区领导们牵线，也感谢火车浜7号每一位同事的付出，更谢谢Alyssa对我们的喜爱与信任。下面，我们就邀请今天的主角，也是今晚最重要的客人Alyssa上台发表一下自己的感言吧。"

在众人的纷纷瞩目下，Alyssa大方地走向舞台，用诚恳的语气说道："谢谢胡总、安总、临江区区长以及各位领导的到来，作为一个临江人，我十分自豪能够出生在这片土地上，也特别荣幸这一次能够回归家乡，与火车浜7号这样一家有实力、有梦想的新兴女装企业达成战略合作。

"同时，我也要感谢我的闺密也是现在火车浜7号的设计师陈筱露，谢谢她让我没有错过一家如此有品质、有情怀的公司，谢谢她让我看到十几年前，我放弃的梦想，如今在一群人身上发热发光。火车浜7号是迄今为止我所接触过的最特别的公司，无论是公司的理念、服装的品质还是设计的细节，都让我觉得特别人性化，是真正在为每一位女性客户着想。

"在此我祝愿火车浜7号能够发展得越来越好，也祝福我的家乡繁荣昌盛！希望有一天，当这一代的年轻人谈到国潮时尚，谈到中国女装的时候，第一个就能想到我们临江，想到火车浜7号！"

"好！"Alyssa这番声情并茂的演讲，引得台下的众人纷纷拍手鼓掌。紧接着临江几位领导对这别具一格的庆祝晚宴进行了致辞。领导们表示，除了祝贺Alyssa与火车浜7号的签约，更希望这次合作，能够带动整个临江乃至钱江的女装电商产业发展，让更多人意识到临江是块女装宝地。

在一阵热烈的气氛中，领导们讲完话后，大家又拍了一张大合照。随后，领导们因公务繁忙，提前离去，胡安莉等人也将其送到了清吧门口。

此时属于火车浜7号真正的庆功宴即将正式开始。

清吧的音乐停了下来，大家突然感觉眼前一暗，头顶的灯光瞬时被熄灭。正待大家不知所措时，音乐再次响起，只是跟刚刚唱片里传出的老歌不同，这次变成了温柔而舒缓的钢琴曲。原本暗黑空旷的台上，出现了一束宝蓝色的圆光，随着光源的移动，舞台上赫然出现了一架钢琴和一位穿着礼服、留着一头飘逸银发、眉目深邃的中年男人。

男人优雅地坐在钢琴前连弹了三首曲子，从齐秦的《往事随风》到张学友的《吻别》，再到刘德华的《爱你一万年》，一首比一首经典，一首比一首动听。尽管年过五十岁，Eason的臂力和体魄并不逊于年轻人，除了微微发福的小腹，他的体态堪称完美。

三首曲子之后，见他从座椅上起立又退下，众人以为他已经演奏完毕，却见他带着萨克斯又重返舞台，且一改之前柔情缠绵风格，将一首爵士乐吹出了不一样的欢快，引得大家也跟着尽情摇摆。而这一曲后，男人径直从舞台走到台下，然后牵起一个娇小女人的手再次返回舞台中央。

一开始大家还没注意到女人的模样，等灯光再次聚拢时，所有人都惊呆了：一身性感的小黑裙衬托着丰满的体态，细密的睫毛与涂着Chanel最新的炫光口红的嘴唇。见惯了往日里正襟危坐、发号施令的董事长胡安莉，所有人都没想到女王竟有这般妩媚娇羞的一面。

如果说刚刚胡安莉和Eason如同一对神仙下凡，那么此刻在舞池中大秀身材的安娜则如同女神一般性感夺目，而在她身边与她共舞的儒雅男子便是传说中安娜的台北男友，百亿基金操盘手瑞奥。

大家都知道安娜并不喜欢太过引人注目，如今穿得这么隆重，还是因为设计部这次能与Alyssa合作。只见此刻她握着瑞奥的手，两人在一曲完毕后缓缓地走向座位，"才子佳人"这样的形容对两人来讲再适合不过。

第四十一章 神仙打架

随着上一支舞曲完毕,老式留声机里突然响起了一曲悠扬的老歌——《九月的高跟鞋》。

这是一首由中国台湾著名诗人、作家陈克华先生填词,知名女歌星齐豫所演唱的作品。在20世纪80年代,这首歌曾经红极一时,被当时的无数年轻人奉为经典。几十年过去了,在那一代人心中,这首歌不仅是悸动,是回忆,也是青春的最好旁白与见证。

在柔美的前奏声中,只见Eason牵着胡安莉的手,两人缓缓地走向舞台中央。

> 脱下寂寞的高跟鞋
> 赤足踏上地球花园的小台阶
> 这里不是巴黎 东京或纽约
> 我和我的孤独
> 约在悄悄的 悄悄的午夜
> ……

一个音色沉稳,浑然天成,一个轻音曼妙,婉转多情。这对结婚已经超过十年的夫妻在台上的演绎却是如此的激情飞扬、深情动人。他们的眼眸里闪烁着明亮的光,顾盼生辉的脸上流露出的神情就像回到了他们最初充满柔情蜜意的岁月……

一曲完毕，胡安莉与Eason对大家的欢呼鼓掌做出了热情的回应，同时胡安莉宣布道："接下来的舞台完全属于大家。台下的每个人都可以选择独自或者携伴侣为大家演唱、舞蹈。"而为了表示对今晚最尊贵嘉宾的尊重，胡安莉率先邀请Alyssa上台。

"我？"Alyssa吃惊地环顾四周，又无奈地看了看几位闺密，在这样一个浪漫的氛围里，她可不想一个人在台上尴尬地演唱。"这样吧，我一个人也不好意思，我想邀请台下我的三位闺密。刚刚胡总演唱的是一首《九月高跟鞋》。下面，我也想与闺密们演唱一首台湾的老歌。这首歌虽然并不属于我们这个年代，可是它却藏着一个与我们学生时代有关的故事。

"那个时候，我们设计系里有两位在中国时装界已经非常有名的女神教授，因为这首歌她们同时爱上了学校的一个男人，这个男人最终与其中一位女教授在一起了。求爱那天，他就是站在女神教授的宿舍底下，弹起了这首歌。当时可谓全校师生出动，上千人见证了这份激情与感动，而这也成为我们这群学子青春里非常独特的一个回忆。所以接下来，我想与范思琪、颜静、陈筱露把这首《爱情宣言》送给大家……"

在一曲嘹亮的歌声里，四个女人仿佛回到了过去的日子，回到了那些无忧无虑的岁月里。台下所有人久久沉醉在歌声中，直到音乐停息，然后是掌声雷动。

在台下热情的面孔和雷动般的掌声里，陈筱露神色恍惚，陷入了沉思之中。从昨天到今天，对于她来讲可谓是一波三折。望着台下一双双明亮而友善的眼睛，她无法想象，那个找人举报欧阳旭光，致使他入狱的幕后推手就在其中。

眼前的火车浜7号，对于她而言，不再是当初那个抱着调查目的前来的服装企业。在这里，她拥有了自己的朋友，拥有了信任的同事，更拥有了提拔和看好自己的上司。无论是王朝、吴榛还是赵云良，这里的每一位男性都如此优秀，如此宽厚，他们断没有理由去害欧阳旭光，在背后筹谋一切。

曾经的陈筱露每每想到火车浜7号的那个幕后推手时，总是无比纠结和痛苦。今晚，她决心放下过往的阴霾。那个神秘人究竟是谁，是否在火车浜7号，对她来讲，或许已经不再重要。

"我要在这里好好地工作，发挥我的天赋和优势，在火车浜7号完成当年的梦想——像老师纳兰如风一样，成为国内最具代表性的时装设计师。"这一刻，陈筱露立下决心。她决定放弃自己一直以来偷偷摸摸进行的调查，真正融入火车浜7号这个大家庭里，也决定把这个消息告诉大家，好让所有人安心。

"我能邀请你一起唱首歌吗？"就在思索时，陈筱露突然听到身后传来的邀请声。

英俊的面庞,幽深的黑眸,还有修长而挺拔的身材,原来是赵云良。

"我……"陈筱露显然有些局促,表情似乎有些犹疑。赵云良用恳切的眼神看着她,他纯净的眼神里有对她的欣赏,更仿佛是在渴求些什么。还未等陈筱露动作,哪知赵云良突然发力,一把拉过陈筱露的手,将她带到了舞池中央。

因力道太大,陈筱露与赵云良不自觉地差点靠在了一起,台上的众人见到这一幕,皆起了八卦之心,又见两人的步伐十分默契,倒像是一对真的情侣。在这样温馨而浪漫的氛围中,陈筱露竟有些失神了。在这个高大温柔的男人怀里,她感受到了一份久违的温暖和依靠。

但一想起自己的处境,陈筱露瞬间回到现实。目前,她仍忙于工作,照顾家人,心里谜团未消,有事未了,所以并不允许自己陷入一段新的感情中。就在舞曲即将进入尾声时,陈筱露眼眸微闪,眼光却看向了前方对角座位上的另一个女人。此时的Andy正独自一人坐在角落里喝着闷酒,她时不时地关注着舞台上的一切,眼中写满了沮丧。

突然间,陈筱露面颊贴近,对赵云良附耳道:"那里有一个真正值得的人在等你,你今晚应该邀请的人是她。"

顺着陈筱露的目光,赵云良看到的是一脸落寞的Andy。其实刚刚Andy已经多次看向赵云良,就等他开口。因为心系陈筱露,赵云良一度对此视而不见。如今再看着不远处这个明艳又失落的女人,赵云良的心也不免有些恍惚起来。

终于,片刻后,在陈筱露目光的鼓励下,赵云良移步来到Andy的座位前,邀请她演唱了一首《美丽的神话》。这是赵云良仅会的几首流行歌曲之一,唱得磕磕巴巴的,而Andy更是对整首歌都不太熟悉。尽管两人的演唱并不太流利,可Andy却十分开心,眼睛里是藏不住的笑意,只是赵云良略带尴尬,两人也不像前面几对情侣那样亲密。

"靠近点,靠近点!"

"快牵人家的手啊,赵总。"

台下的人似乎不满两人的生疏,一直在下面起哄。赵云良尽全力架住大家的热情,微笑着一动不动,倒是Andy颇为主动地抓牢了他的手,将现场的气氛一下子带动了起来。

"正俊,下一首我点了《屋顶》,我们上去唱吧……"林梦瑶靠在朴正俊的怀里像一只安静的小猫般低吟着。在忽明忽暗的灯光下,她的睫毛微微地闪动着,看不出喜忧。但朴正俊是懂她的,没有人比他更清楚林梦瑶感性外表下无比好强的个性。

陈筱露的回归,是她根本没有想到的。还有Alyssa跟陈筱露居然是同学。这种比中彩票概率还低的事情,偏偏让她给遇到了。这个"眼中钉"目前看来是无法除掉了,事业上的打击更让林梦瑶内心非常不平,但好在她还有爱情,有一个事业有成、又帅又大方的外籍恋人。这让她适时地转移了注意力。没有了西瓜,至少还有芝麻,没有了城堡,至少还拥有一座花园。想到这里,不甘寂寞的林梦瑶,说什么也得带着朴正俊演唱一曲,炫耀一下自己近乎完美的情人。

林梦瑶与朴正俊唱罢,苏小曼见场面如此热闹,也带着西装革履的新男友一起唱了一首林俊杰和金沙的《被风吹过的夏天》。只是对方略显内向,大概平时不怎么唱歌,虽然兴致勃勃,但十句有八句都走调了。不过见两人唱得如此投入,底下的众人仍旧以最热情的掌声表示了鼓励。

"王朝,你说一会儿我们也去唱一首什么歌呢?"孙红梅悠悠地挽着王朝嗲嗲地说道,心中甚是欢喜。哪知最近已变得唯孙红梅"马首是瞻"的王朝却沉思了几秒,转而道:"乖乖,不是任何时候我们都要跟别人去争风头。如果你真想唱,待会party结束后,我们开个包厢慢慢唱吧……"

孙红梅点了点头,明白王朝意有所指,也不再执意。也是,反正想要的自己都得到了,王朝说等正式入职后就会跟自己结婚,而婚后工作与否也听凭自己。有多少离婚女人,能像她这样找到一个不傻不笨又宠着自己的拆二代?来火车浜7号这一趟,孙红梅也觉得自己值了。

就在这片欢腾的海洋之中,在清吧里一个不起眼的角落,吴榛正深情款款地注视着李可唯。而此刻的李可唯心跳加速,血液翻涌,她从未离吴榛这样近,近到他的每一根毛发她都能看得清清楚楚。眼看他的唇就要贴上自己的嘴巴,李可唯害羞地闭上了眼睛,只觉嘴上传来一阵酥软。他的唇,原来这么软、这么暖……

"可唯,我们家老太太要我送给她未来的儿媳妇一样东西!"下一秒,在见证了对方的心意后,吴榛郑重地从包里摸出了一个早已准备好的红色方形盒子,拿出一条纯色的黄金手链,上面是古老的龙凤花纹。手链看着已经有些变色,可吴榛一直视若珍宝,因为这是用钱也买不到的礼物——这是吴榛母亲结婚时戴的,是她给他将要携手一生的伴侣准备的。

"谁是你家未来的儿媳妇啊?赶紧送去呀!"李可唯心里乐开花,却一脸正经地反问道。

"不好说啊!"吴榛开起了玩笑,然后贴着李可唯的耳朵故作深沉道,"不过啊,我倒认定,这条唯一的手链适合送给一个名字里有唯字的女生。"

"那你是逼我帮你家未来的儿媳妇先戴上了?"李可唯刁蛮劲儿还在。

"哈哈哈,那就委屈李大侠、李可唯一直戴下去吧,这样大家都安全。"吴榛这句俏皮话让李可唯终于忍俊不禁。

见李可唯接受了自己的礼物，吴榛满心欢喜，顿觉今晚的庆功party更加喜气洋洋。两人心照不宣地交换了眼神。看着李可唯光滑细腻的手腕，吴榛专心致志地将这条手链为她戴上。

第四十二章　暗中挑拨

此时谁也没有注意到,就在清吧门口,一个戴着眼镜的男人正满脸怒气地看着这一幕。中午时,朱时雨以今天是自己的生日为由,特意邀请李可唯与自己庆生,原本李可唯也答应了,可到了下午,李可唯却突然说公司有个临时的庆功宴要举行,要晚一点过去。

朱时雨打听到了庆功宴的举行时间和地址,在吃完饭后,又特地准备了玫瑰花,就是为了给一会儿出来的李可唯一个惊喜。哪知在后门的玻璃上,朱时雨竟然看到正在接吻的两人,还有吴榛向李可唯求爱的场面。

"可恶!"朱时雨感觉肺都气炸了。自己精心筹划了这么久的事情,竟然被人捷足先登,还是这个令人讨厌的富二代。"我绝对不会让你得逞,等着吧……"朱时雨暗道。

此刻,若不是受场地的限制,吴榛真恨不得把李可唯抱起来转圈。借着这热闹的场面,吴榛再也忍不住内心的喜悦,拉起李可唯的手道:"走,我们也上去唱歌吧。"李可唯看着吴榛点了点头,两人手拉着手无比甜蜜地走向舞台中央,俨然一副小情侣的模样。对唱时,已互证真心的两人更是深情款款地看向对方,仿佛全世界都已经消失,他们眼中、心中只剩下了彼此。

"这对小情侣也太甜了,在台上简直忍不住眉来眼去……"

"是啊,就像当年的我们一样。"

"难得两人有情人终成眷属,看着他们在一起了,真好。"

"希望可唯跟吴榛两人能够一辈子幸福。"

目睹两人一路走来的众人纷纷发出感慨,陈筱露的眼中更是闪烁着幸福、感动的泪花。自打来到火车浜的第一天,这个妹妹就一直那么呵护自己,那么支持自己,如今看到她收获自己的幸福,陈筱露是真的打心眼里为她感到高兴。

"糟了,我该回去了。不然文雨又得催了。"就在李可唯与吴榛演唱完时,Alyssa看着手机上又一个未接来电,突然起身道。

今晚对于Alyssa来讲,不仅仅是与闺密相聚,也让她认识了火车浜7号这群有爱的领导和有趣的年轻人,他们的纯粹、浪漫、坦率,让她更加确定这是一个有理想、有精神的团队。

"好,那Alyssa你今晚早点休息!"胡安莉以及安娜与Alyssa又简单地聊了几句后,两人将Alyssa送到了门口。陈筱露和范思琪等人则一起坐上了王朝的车,负责将Alyssa安全地送至酒店。

"我们也差不多了。"见一旁的Eason和安娜他们也有些疲惫,胡安莉便宣布让大家继续玩,他们先退了。

随着众人的纷纷离场,李可唯与吴榛也有了离去之意。此时李可唯才突然发现,原来就在刚刚自己演唱时,师兄朱时雨给自己发了好几条信息。想到这里,李可唯觉得自己实在有点对不住师兄。这段时间很多事情都是师兄在帮忙,包括借钱的事情,师兄也尽了全力,后来还死活不肯让她还,还是她执拗地将钱直接转账到与他的手机号绑定的支付宝账户上,他才勉强收下了。眼看已经快到10点,师兄那边不能失约,她急忙点开了信息。却没想到,接下来的一幕彻底让她心碎了。

"可唯,你到哪儿了?有件事,我想跟你说。"紧接着,微信上,朱时雨又发来了一张照片,照片里是两个成年人和一个小男孩正凑在一个圆形的奶油蛋糕前,满脸笑容。蛋糕上写着:祝吴小童三岁生日快乐!三人亲密无比地对着镜头喜气盈盈地比着"耶",氛围十分和谐、有爱。

不用说,照片上最右边的男人正是吴榛,而最左边的女人,李可唯怎么可能忘记,正是那天有意羞辱自己的吴榛的前女友。

"这个小孩是吴榛的儿子。"朱时雨的话如雪上加霜,让李可唯瞬间感到大脑炸裂。

见李可唯脸色大变,朱时雨不禁暗自得意。说来也巧,这事还是李可唯的同学范征无意间透露给他的,那小子以前也喜欢过李可唯,自然对吴榛这个富二代很感兴趣,可真查到这些后,又不知道该怎么与李可唯坦白,倒是一次与他聊天时,才不小心说漏了嘴。

　　这是吴榛的孩子？对于李可唯来讲，这无异于晴天霹雳。而且这个孩子还是他跟前女友的。他们结婚了吗？还是离婚了？他们因为什么原因分开？除了自己，吴榛到底还有多少情人？又有多少瞒着自己的事情？

　　一个有钱有势还无比受人欢迎的富二代怎么会发自真心地一次次苦苦地追求自己！李可唯感到一种椎心之痛，果然之前担忧的一切都变成了现实，他不可能那么完美，也不能对自己那么专一，所有的一切都是谎言，他根本就是在玩弄自己。

　　李可唯觉得自己的头脑十分混乱，她一面胡思乱想着，一面又拼命让自己否定那些乱七八糟的想法。而此时，吴榛正笑脸盈盈地看着李可唯，正欲将她的手握住。

　　李可唯的脸瞬间变得煞白，她用恶狠狠的眼神盯着吴榛，顷刻间眼泪便唰唰地掉了下来。吴榛不明所以，心想刚刚还好好的，这是怎么回事？正当他欲用手抹去李可唯的眼泪时，却被对方用力地一把推了回来。

　　"不要你管！"说着，李可唯提着手中的包快速从清吧跑了出去。

　　"可唯，等等我。"吴榛虽然不清楚情况，却本能地追了出去。直到跑进一个小巷子里，李可唯有些喘不过气了，才停下来。

　　"吴榛，我问你，吴小童是你什么人？"李可唯生气地质问道。

　　突然听到"吴小童"这个名字，吴榛一时间愣住了。

　　"吴榛，吴少，吴公子！那个叫吴小童的男孩跟你是什么关系？请你，告诉我！"李可唯早已失去理智，大声地咆哮着。

　　"你的魅力真大啊，吴公子，电竞队的美女对你青睐有加，酒吧里又到处是你的仰慕者，如今你跟前女友还有个孩子。我李可唯究竟算你的什么人？是不是你的众多情人之一？你为什么要骗我？"

　　"可唯，不是这样的。具体的情况你真的不清楚，我没有骗你，不是你想的……你听我说好吗？"

　　"我不听，我不听。拜托你不要再总是假装一副很深情、很认真的样子了，好吗？

　　"是，你青年才俊，你身世显赫，你有钱有势！我工薪家庭，平民百姓，所以你就可以欺负我？你煞费心机，处心积虑，吃不到的都是最香的，是吗？所以你就可以欺骗我？

　　"吴少，你听着。我，李可唯，工薪阶层，一个外地来的小女子，刚毕业不久的读书妹，那又怎么了？我父母打小就教我要自尊自爱，我可以不要锦衣玉食，我可以不嫁豪门世家！打工再辛苦，我可以靠自己生活！我看的是你的人，不是你那堆豪车，不是你那挥金如土的享乐生活。没有互相尊重,没有彼此信任,没有精神平等,我们是绝对不可能走到一起的!

"今天,这事……你让我感到恶心!"李可唯边说,边将手上戴着的黄金手链摘了下来,抓起吴榛的手,啪地放到了他的手掌心。

看着李可唯气疯的样子,还特意嫌恶地拉开了两人的距离,吴榛盯着对方的双眼,垂手听着,努力保持着平静,却满心都是委屈和难过。李可唯声嘶力竭说的话,反证了这是个有真性情、好品质的女孩。

他默默听着,耐心听着,知道他没及时告诉她是他的不对,可是事情并非她想的那样……为什么她连自己的解释都不肯听,却要相信外人的几句话!当李可唯说起"恶心"这个词时,他再也忍不住:"恶心?好,那你就恶心吧!我就是恶心的吴少,你满意了吧?"

"你……"李可唯气得浑身颤抖,眼泪也不争气地再次往下掉。望着吴榛远去的背影,李可唯再也忍不住了,在街边半蹲着抱着双臂,号啕大哭起来。为什么?为什么事情会变成这样……

第四十三章　引狼入室

事实上，吴榛并没有离开，而是坐在了自己的车上。那件事直到现在也是他的伤痛，可为什么李可唯仅仅凭借一张照片就认为自己是一个玩弄女人的渣男，她真的那么不相信自己？还是说两人的感情敌不过一个编造的故事。

他坐在车上一根接一根地抽着烟，表情凝重。"该死！怎么会这样？"吴榛想不通为什么好好的一个晚上，会变成这个样子。就算李可唯再怎么冤枉他，恢复理智后，他也清楚自己不该意气用事。想通了之后，吴榛还是决定发一条微信将这件事的原委与李可唯讲清楚。

另一边，不知道哭了多久，李可唯的手机突然响了起来，是朱时雨打来的电话："可唯，你还好吗？你跟那个吴榛在一起吗？我看你一直没有回复我消息。"李可唯这才想起，刚刚看到朱时雨发来的消息后就与吴榛大吵了一架，还没来得及回复他。

"师兄，我……"李可唯不禁将心中的委屈和盘托出，也感谢朱时雨对自己的好意。

"可唯，你别说了，我去接你……"

"师兄，真的不好意思，我总是那么麻烦你……"李可唯擦了擦眼泪，想到这个温文尔雅的男人，她的心顿时感到一阵愧疚。

也不知道是从什么时候开始，她慢慢地信任这个比自己大十岁的男人，他总是体贴地出现在自己的身边，总是在她最难过的时候给予她安慰和鼓励，总是用最温柔的

第四十三章 引狼入室

语言告诉她:可唯,没关系,相信自己。纵然,她心里知道,她给不了他想要的爱,可是她却希望一直把他当兄长,甚至当成最信任的朋友。

不到三分钟,朱时雨便将黑色的宝马停在了李可唯跟前,金丝眼镜之下仍旧是熟悉的浓眉黑眸,只是在看向李可唯时,眼中有了不一样的深意。朱时雨将车停好后,将心神恍惚的李可唯带进了一家自助的KTV。

"今天我陪你唱唱歌,放松一下,不要再去想那些不开心的事了!"朱时雨温柔的声音,在李可唯耳边回响着。果然不一会儿,李可唯便被朱时雨拉到了一个小型的包厢,随后服务员又上了几瓶洋酒,朱时雨二话没说便将酒给倒上了。

"来,可唯,我们干一杯。今天是我的生日,谢谢你过来陪我。我刚刚发给你的照片都是千真万确的,你一定要相信我。"

朱时雨一脸诚恳的样子,看向李可唯的眼神更是温柔无限。李可唯不想主动提吴榛的话题,也有意回避着朱时雨热辣的眼神,心里却是无比难受。

"我才不稀罕,你多了不起?告诉你,你休想糊弄我,没有你,我一样过得好好的。"她一杯接着一杯地喝酒,越喝越多,声音也越来越大。起初朱时雨还假意劝她,到最后,也不再多说什么,只在一旁默默倒酒。事实上,他巴不得她立马醉倒才好。

"你当我李可唯是什么人,你以为你了不起吗?"也许是真应了那句酒后吐真言,几杯酒后,昏昏沉沉的李可唯反而说出了今晚一直无人倾诉的心里话。

"你这个笨蛋!为什么要欺骗我?为什么不跟我说实话?你知不知道我喜欢你,从我见到你的第一眼就喜欢上你了,吴榛大笨蛋!吴榛大坏蛋!"仿佛是宣泄般,李可唯终于喊出了那个人的名字,而朱时雨却脸色一僵,倒酒的手上因太过激动而青筋毕露。

"我要去上洗手间……我要去上洗手间……"李可唯晃荡着找不到方向,一时不慎把头给撞了,朱时雨干愣着也不帮她。出来后,朱时雨倒是主动又把酒递了过去,李可唯想也没想,拿来便喝,而半杯下肚后,却感到头有些发昏。

见李可唯已瘫软在沙发上不再动弹,朱时雨一改刚刚的绅士模样,脸上露出得意的神色:"可唯,你可让我花费了好一阵心思,好在今天也快大功告成了……"

吴榛有些烦闷地正驱车回家,路上却突然接到了R电竞队的明星队长Frank的电话。

原来刚刚李可唯被朱时雨带到KTV时,带着队友们来唱歌的Frank第一时间便认出了李可唯。

"这不是那天吴少表白的那个女生?"Frank还记得,那天吴榛看向她时含情脉脉的眼神,被委婉拒绝时失望失落的神态。可为什么她会被一个男人带着出现在这里?

思来想去后,Frank有些不放心,便偷偷打听了两人所在的包厢,从外面的玻璃门上看了进去。这一看,才发现刚刚还十分清醒的李可唯已经喝得半醉。而看着一表人才的朱时雨趁着李可唯上洗手间时,竟偷偷将一包白色粉末撒进了酒杯中。意识到事态严重的Frank赶紧录下这一幕,并给吴榛打了电话。吴榛听后,情绪激动地立马在下一个路口掉转了车头,赶往他们所在的KTV。

见李可唯已经半倒在沙发上,眼睛也眯了起来,就像一只恬静的小兔子,朱时雨难掩内心的澎湃。这一刻,他已经等了太久,看着李可唯红彤彤的小脸,又见她似乎已经睡去,他忍不住贴近她的胸口,正要吻上去。

"你干什么!"吴榛几乎是用十万火急的速度赶到了KTV的包厢门口,在朱时雨正情不自禁地亲吻李可唯时,破门而入,一把擒住朱时雨的脖子,痛得他叫苦连天,拼命挣扎。

这一叫,李可唯也从半睡半梦中清醒过来,见到突然出现的吴榛和一旁狼狈不堪的朱时雨,正有些茫然,此时朱时雨身上又噼里啪啦掉落了好几样东西。

"你怎么会在这儿?谁让你来的?"李可唯的头依旧有些昏沉,以为是酒精的作用。又见吴榛一脸凶相地抓着朱时雨的脖子,一手反扣着对方的手,李可唯心中又急又气地喊道:"你在干什么?放开师兄,你这个混蛋!"

"我混蛋?你知道……"吴榛正欲解释,一旁的Frank早就看不惯了,见李可唯还蒙在鼓里,忍不住插话进来:"你这个女人是不识好歹吗?你难道不知道如果不是吴少,你今天就被这个男人糟蹋了。你还以为他是好人,我让你看看这是什么?"

说着,Frank迅速捡起朱时雨掉在地上的东西:房卡、安眠药、安全套。又给了朱时雨一个鄙夷的眼神,对李可唯说道:"他想把你弄晕,然后带你上床,这些就是物证。"

"我没有!安眠药是我自己吃的,我睡眠不好……另外,房卡……是我担心可唯喝多了,需要一个地方住……可唯,你要相信我啊,我不是那样的人!"朱时雨装作满腹委屈地解释道,仿佛自己才是那个受害者。

"你还真能狡辩,那这盒安全套怎么说?还有这些照片你怎么解释?"吴榛松开了手,滑动自己的手机,把朱时雨和不同女生的亲热照片展示给大家。

原来在赶来之前,吴榛听说朱时雨将李可唯带到KTV欲行不轨,便第一时间打电话调查了朱时雨的背景。没想到,打听到此人衣冠楚楚的外表下实际却风流无耻,不仅有老婆、孩子,还常年以单身痴情人设欺骗了不少在校女大学生。早就有人在网

第四十三章 引狼入室

上爆料,直呼其为衣冠禽兽。

如果说刚刚李可唯还有些昏昏欲睡,此时眼前的证据,和朱时雨杀猪般的"冤枉"叫声,加上Frank递上的醒酒茶的功效,已经让她几乎完全清醒了。

"你……师兄?"李可唯睁大了眼睛,仍旧不敢相信自己刚刚看到的一切,半晌才抛出一句,"朱时雨,你这个变态!"

"我没有,我真不是……这个真的是误会。"朱时雨被逼到包厢的墙角,还想狡辩。吴榛提起他的领子,把剩下半杯放了安眠药的酒往他嘴里灌。

"来,我帮你治治睡眠!"

"咕咚——咕咚——"朱时雨无奈喝下了吴榛手里的酒。他垂下头说:"对不起……可唯……你知道师兄一直是怎么对你的。不管你有什么事情,师兄从来都是站在你这一边。认识到现在,我从没做过伤害你的事情,我今天实在是情不自禁。你要原谅师兄啊!"

朱时雨此时已经声泪俱下,一副痛心疾首的表情,哪怕是刚刚差点受到侵犯的李可唯也忍不住心软,不想再与这个无耻之徒纠缠。

"你少在这儿假忏悔!"吴榛恨极了他那扭捏作态的伪君子面孔,一气之下再次将朱时雨狠推到了墙角,"今天的这一切根本就是预谋,你这个人渣,到这个时候还想狡辩!"

吴榛高举拳头,摆出要揍对方的架势,朱时雨赶紧用双手招架,哪知下一秒拳头却并没有落下。

"我人渣?你就是个好人了,有钱了不起啊?你是大英雄,吴榛,吴少,你要真是个正人君子,你也不会搞大人家的肚子不负责,也不会隐瞒自己结过婚有小孩,你追可唯,不就仗着有钱有势让女人们为你白白献身吗?依我看,你比我还渣。"此时朱时雨一改先前的懦弱,口气里全是不屑与讽刺。

"朱——时——雨——,你还胡说!你真是欠揍!"面对这个表里不一的禽兽,吴榛终于忍无可忍,狠狠地往对方屁股上踹了两脚,踢得对方哇哇大叫。

可唯这次的事情显然是他精心策划,没想到连同自己也被算计在其中,尽管吴榛涉入商场已有几年,也算是有所历练的人,可面对这个衣冠楚楚的博士的卑劣手段,仍旧感到心中发寒。

眼看朱时雨已经被打"趴"在地,眼神也似有涣散,吴榛此时亦不再纠缠,自然放松了姿态。可就在下一刻,谁也没有想到,刚刚还形如烂泥的朱时雨突然暴起,抓起桌上的酒瓶朝吴榛的左脸砸了过去。

在突如其来的撞击下，只见吴榛身子微微晃动，人被打蒙了，太阳穴下，鲜血漫出，顺着脸颊到脖子，染红了衬衫。房间一下子安静下来，仿佛时光停滞，所有人都惊呆了。

"吴榛！"

"吴少！"

包厢里同时响起了李可唯和Frank的两声大叫。

第四十四章 病房诉情

"怎么回事?"门外的人听到尖叫后立马破门而入,朱时雨见吴榛此刻已是满头鲜血,又见人群拥入,意识到事态不妙。他三步并作两步赶紧夺门而出,疯狂地跑了。

看到被酒瓶砸得晕头转向的吴榛,李可唯担心地冲上前立马抱住了对方,又赶紧让服务员同时打了110、120的电话,同Frank一起将吴榛送到了附近的医院。

就在吴榛被送进手术室时,李可唯才注意到,原来自己在KTV半醉不醒时,吴榛曾给自己发过一条微信,这条信息解释了那个孩子与他的关系。

三年前,争强好胜的吴榛正陷于一场三角恋,吴榛自以为以自己的魅力赢得了那个女人。不久,女方告诉他怀上了他的孩子。吴榛想了一夜,决定为了孩子和对方结婚。

可就在孩子两岁,一次验血的时候,吴榛发现孩子的血型与他们夫妻都对不上,然后去做了亲子鉴定。这时才知道,这个孩子的亲生父亲并不是他。两人也因此离婚了。只是那个孩子一生下来就很喜欢吴榛,吴榛也有些舍不得他,所以就让孩子一直叫他爸爸,并交给吴榛的姐姐带。

这件事以后,吴榛幡然醒悟,发下毒誓,再也不做一个花花公子,他要一心一意等待值得他爱的人出现。所以,尽管吴榛身边从来不乏莺莺燕燕,可这一年多以来,除了李可唯,他从未主动追求过任何女生。

读完这条微信,李可唯热泪盈眶,这时她什么都明白了。

"筱露姐,我好担心,好怕他有事情,都怪我,是我不好……"就在医护人员将吴榛送进手术室后,李可唯忍不住给陈筱露打了电话。如今陈筱露是最了解两人故事的人,也是现在她唯一可以倾诉的人。电话里,李可唯将今晚的经历一五一十地告诉了陈筱露。而陈筱露见女儿已经睡着,便随便披了一件衣服,立马打车赶来医院。

看到身形单薄,在医院走廊上来回踱步的李可唯,陈筱露心疼地给了对方一个拥抱。见李可唯仍旧一脸焦灼的表情,陈筱露轻抚着对方的手,安慰道:

"别多想,可唯妹妹,吉人自有天相。只是那个朱时雨,还记得当时你还钱他不收的时候,我就有提醒过你,要多了解对方的背景。可当时看你一直在夸他,又说你们是同乡,我就没好多言……"

"对不起,筱露姐,他是我师兄,又是老乡,对我一直很好,我自然就放松了对他的防备。你的好意,我完全没有听进去。至于吴榛,突然冒出一个儿子,他是不是个已婚男人,我都不知道。而且外面还有电竞队的各种美女,我真的气昏头了。"

"可唯,吴榛不是刻意隐瞒你的,还记得下雨没带伞那次吗?他有偷偷地问过我,他有一个秘密很想对你说,可是不知道你是否接受。他还问我,你最不能接受男人的哪一点。我说是不忠诚。他当时想了一会儿,告诉我,他是真心爱你,可不确定你能否接受一个真实的他,也不确定能否真正带给你幸福,等时机成熟的时候,'那件事'他一定会跟你坦白。我没想到竟然是这个……"

"他……他……真的这么说吗?这么说,他并不是有意瞒着我。筱露姐,我现在该怎么办?"

"这种时候,我们只能跟随我们的内心。可唯,我们的心是不会骗我们的,你要相信它,倾听它,自然会有答案。"

正在两人低声交谈时,双眼紧闭、头上缠着纱布的吴榛被推到了病房。

"啊!"吴榛一睁开双眼,便见到两张充满关切的美丽脸庞映入眼帘。

李可唯上前两步,握住他的手,轻声问道:"还疼吗?"

"疼!疼得要命!这里可是缝了八针。"吴榛指了指被打到的太阳穴的地方,道,"医生说轻微脑震荡,还要留院观察。哎,这下破相了,再也没人要了!"

"傻子!"李可唯见他这会儿还能开玩笑,又是心疼又是宽慰,"看来是真给一瓶子敲傻了!"

"是呀,这男人醋劲一上来,就跟金刚一样。都脑震荡了,还能不傻吗?不仅傻,脸也破相了,哈哈哈,就看谁来负责了。"

"你……"李可唯看着吴榛装出一副委屈巴巴的样子,完全没有平时威风凛凛的劲,不禁破涕一笑,又有些微微心疼。

陈筱露见这对冤家你一句我一句地打趣,心中很为两人高兴。突然觉得这个时候,自己做电灯泡不合适,便找了个理由向二人辞别。临走前,又拉过李可唯小声嘱咐了一番。

"你的微信我看了,老实交代,真的是你说的那样吗?"李可唯似乎想起了什么,突然一本正经地问起话来。

"千真万确,那个孩子不是我的亲生骨肉,但我会视他为我的亲生骨肉!我要是说谎,李大侠就再找个瓶子,往我这边脸上砸,让它再缝八针!"

"好啦,知道了。本大侠姑且先信了你,饶你一命!"

李可唯见四旁无人,眨巴着眼睛,又继续发问:"亲爱的吴少,你身边那么多女生,为什么你会喜欢我?我想知道。"

李可唯问话的语气十分轻松,表情却是认真的,她想知道吴榛能否面对这个终极的问题,也想知道自己听到他的回答后,会有怎样的想法。

"我也不想啊,都怪你咯,你要不出现,我也许会喜欢别的人,可你就是出现了……"吴榛不自觉又开启了"乾坤大挪移"。

"哦,你的意思,我是撞上来的咯?是我李可唯命好。不是我李可唯的话,兴许是哪个张可唯、王可唯了?"

"是啊,只有你李可唯才这么凶悍,不仅撞得我身负重伤,还撞到我心里去了……"说罢,吴榛将李可唯的双手贴近自己的胸膛,让她感受自己此刻的心跳。

李可唯眼圈红红的,今天的吴榛给了她太多的惊讶,也给了她太多的感动,就像现在,当她感受着吴榛的心跳和专注的目光时,心里满满都是爱。

这时,一名年轻护士进来巡房,为吴榛换了一个挂瓶,轻声叮嘱了一下,又关掉了其他多余的灯,便离开了。

二人相视一笑,开启了病房夜谈。

温暖的灯光映照着两人的脸颊,整个房间里很安静,只听得到两人轻盈的呼吸声。

此时,吴榛第一次谈起了自己的初恋。16岁时,他喜欢上了班里最漂亮的女生,她不仅人美,而且性格很活泼。当时班里不只是他,一大半的男生都喜欢她。高中后两人因为念了不同的学校而分手。女生的身边不乏追求者,而吴榛的身边也不乏向他表示好感的女生。

尽管收到过很多女孩的表白,但吴榛直言从未玩弄过任何一个女人。只是很多时候,当接触越来越多的女人后,他也会怀疑:真正的爱情是什么？究竟对方爱的是他,还是他的钱、地位？如果自己一无所有了,还会有人爱他吗？

"这些问题,我从来没找到过答案……直到遇到你！你那么率性,那么活泼,对每个人都特别亲切。你不是拜金女孩,没有她们的虚荣,你不是势利小人,没有她们的拜高踩低。你很有平常心,从不嫌贫爱富,只要当谁是朋友,就会在心里认可和尊重他。

"在你身上,我看到了一个几乎不能被定义的女孩。有时候你那么傻,有时候你又那么聪明、勇敢、仗义。你对这个世界有孩子般的敏锐和直接,就像你的名字一样。现在,在我心里,你就是那个唯一——"

就在吴榛深情地表达着对李可唯的爱时,走廊的灯光突然忽明忽暗地闪了几下。两人默契地笑了。

看着眼前这个头上缠着纱布的男人,李可唯突然出神了。

在外人看来,他是那么优秀,那么帅气,那么自信。也因为这些光环,她一度有些退却。她一直认为自己喜欢的是那个吃路边摊,穿着拖鞋,动不动说"雄起""巴适"、坦率耿直的吴榛。直到现在,她才发现,无论是那个接地气的吴榛,还是那个光芒四射的吴榛,都是无比真实的他。他对她的了解,丝毫不低于她自己,他对她的爱,早已写得明明白白,拥有这样一个全心全意爱着自己的男人,她还有何求？

"来,闭上眼睛。"李可唯凝视着吴榛的面庞,随后用一只手掌遮住了他的眼睛。"好了！1、2、3——"吴榛只觉自己的无名指仿佛被什么东西穿过,待到睁开眼时,手指上的东西简直令他哭笑不得。

那无名指上竟然被套了一个用红色回形针拧成的戒指,这是李可唯下午整理资料时多出来的,她顺手放进了口袋里,刚刚把手放兜里的时候才想起有这玩意儿。这事,估计也只有李可唯能想得出来了。

"怎么样？以后你吴榛就是我李可唯的人了,让我罩着你！"说着李可唯调皮地给了吴榛一个轻轻的吻,让身经百战的吴榛竟也一下子措手不及。

他曾经送她无数昂贵的礼物,但它们最终都被退了回来。如今这个人仅用一根几分钱的回形针,就把自己牢牢地套在了手里。他拿她有什么办法？至此,一向心高气傲的吴榛,也不得不相信,这世上有句话叫"一物降一物"！

有人说,当狮子座学会跪了,当处女座停止寻找完美了,那么就代表他们是真的陷入爱情了。今夜对于李可唯和吴榛而言,恰恰就是如此吧。

第四十五章 筱露升职

"安娜,有件事情,我想跟你说……"

"正好,我也是!"

一大早,苏小曼便见胡安莉与安娜两个大老板一前一后心有灵犀地走进会议室,想来一定是公司有什么大的动静!

"听说了吗?Alyssa已经跟公司签约了!"作为接送Alyssa且那天有幸参加晚宴的司机,王朝以自己的一手内幕消息,在行政人事部里主动八卦起来。

"真的?那Alyssa岂不是火车浜7号的代言人了?天哪,我太喜欢她了,我要找安总帮我要签名!"吴颖兴奋地尖叫起来。

"我也要,我也要!"张美凤跟着起哄。孙红梅则瞥了王朝一眼,想到两人下个月都可能已经不在此地,心中竟有了几分怅然。

"筱露,你知道为什么今天一大早叫你来这里吗?"安娜用手转着笔,煞有介事道。

"这个……"陈筱露也觉得有些奇怪,不仅是安娜,胡安莉和姜雪芹竟然也在场。

"莫不是……"她心中有些没底。

"还记得上周发生的事情吗?"安娜似乎话中有话,更令陈筱露不由得一颤,"别担心,我说的不是你给Alyssa递了蜂蜜水,而是你的作品彻底打动了她,让她决定跟火车浜7号签约。而且上热搜的事情,让火车浜7号也因祸得福。昨天快凌晨了,我跟胡总居然还收到了王冰冰和周秋雨经纪人发来的信息,她们表示非常愿意与火车浜

7号合作,还表示今年出席青年电影节的衣服打算交给我们定做!"

"所以,筱露,接下来我们要宣布的是,公司决定破格提升你为主设计师,也就是说从今以后,你就是火车浜7号的三大主力设计师之一,与林梦瑶和颜如玉同级。要知道自火车浜7号成立以来,你只用了一年多的时间就做到了别人需要三年甚至五年才能做到的事情,恭喜你!"胡安莉补充道。

"我……"陈筱露完全没想到会得到这样一个惊喜。如果说前两天她还在思考如何让林梦瑶放下对自己的偏见,如何在设计部好好地安身立命,那么这一刻,她突然有种被命运眷顾的感觉。不是普通设计师,而是直接晋升为三大主设计师之一,幸福终于来敲门了。

"恭喜你,筱露!"此时,一旁的姜雪芹也将一份新的员工合同交给了她,并郑重地与她握手。这个女人从进公司的第一天,到今日今时的种种历程,想必没人比她更清楚。在向她道贺的同时,姜雪芹亦是发自内心地给予了这个坚强的女人最衷心的祝福。

不一会儿,公司进门处的宽大水晶屏幕上立即弹出了陈筱露升任主设计师的消息,同时屏幕上展示着陈筱露从行政人事部到设计部一路在公司里的许多细节和片段,其中包括她在刚进来面试时和踏入设计部制作衣服时,每一次都细心地将一旁的纸屑以及废料收拾到垃圾桶里,并把桌面清理得干干净净的场景……

这是火车浜7号的惯例,但凡涉及副总级别及主设计师职位人员的变动,都会将其过往的经历放送到屏幕上。对于离开的人来讲,这是一种深切的纪念;对于升职的人而言,无疑是最高的荣誉。

"筱露姐,你简直太棒了!"当陈筱露走出会议室时,门外的李可唯早已喜极而泣。要知道得知陈筱露突然被拉到会议室,面对"三堂会审"时,李可唯简直心都提到了嗓子眼,想到之前的蜂蜜事件,她还以为陈筱露会被胡总和安总处罚。可没想到,一眨眼工夫,陈筱露竟连升两级,成为主设计师,她开心到简直不知道要说什么才好。

"筱露姐,今天你必须请吃饭!谁叫我刚刚一直为你瞎担心,你不知道我有多怕老总们为难你!"听到李可唯如此为自己担心,陈筱露心里暖暖的,当即答应:"我最好最好的可唯妹妹,谢谢你,别说请你吃这一次的午餐,这个月的我都包了!"

"那不行!"陈筱露还没说完,却听背后传来一阵嘈杂的声音,扭头一看竟然是行政人事部的众员工。"怎么能光请李可唯?还有我们呢!"众人纷纷面带微笑地看向陈筱露,眼神中都饱含着满满的祝福。

"千岛湖野鱼馆1号包厢,我们等你哦……"陈筱露想起这也是第一次与行政人事部见面时姜雪芹在群里的留言,当时她因为误闯样衣间而迟到了,而转眼已经一年多时间过去了。她总算从一名行政人员走到了今天。

"今天感谢大家,我以茶代酒敬大家一杯吧。"相比上一次的窘迫和尴尬,这次在同样的包厢里,陈筱露明显自信和大方了很多。

"好,我们大家都举杯祝贺筱露吧。"众人没想到孙红梅竟然是第一个起身回应并带头举杯的人。紧接着王朝、姜雪芹、李可唯、吴颖、张美凤和苏小曼也一一起身。对于陈筱露此番晋升过程是怎样惊心动魄,大家早已了然,更十分钦佩眼前这个始终努力向上的女人。

"没想到,筱露这么快就晋升为主设计师了,王朝跟孙红梅也快离开行政人事部了。真是天下无不散之筵席。"想到部门里的人一个个都散了,姜雪芹难免有些不舍,就像看着一个个孩子毕业一般,明知是注定的事情,但每到这个时候,姜雪芹依旧有些伤感。

"姜姐,不要瞎想,我们走了之后也会回来看你,况且筱露是升职了,又不是离开公司。行政人事部永远是我们心中最有爱的团队,姜姐也永远是爱护和关心我们的大姐,不管我们在哪儿,我们永远是火车浜7号行政人事部的一员!我们一起敬姜姐一杯吧。"王朝看出姜雪芹的感伤,立马适时起身道。

王朝的话果然有效,刚刚还一脸愁容的姜雪芹听到这般真诚的话语,脸色立马转阴为晴,主动与大家碰杯。其余人则纷纷说出了自己的感想,让本有些伤感的气氛变得温馨起来。

因为是庆祝自己升职,又是难得请大家吃饭,这一顿陈筱露下了血本,硬是在点完餐后又多加了几个菜。不过吃完到前台结账时,才发现这账单早已被人结了。一问之下才知道,在陈筱露去结账前,有一个三十岁左右、个子不高却有些胖的男人挽着一位身材姣好的女人来到前台结账,紧接着一个四十多岁、戴着眼镜的女人也来到了前台,几人争抢了一番后,最终是男人付的钱。陈筱露猜,那服务员说的男人一定是王朝了。

回到座位后,陈筱露特地向王朝道谢,王朝倒对这事完全没放在心上,只是内心略有遗憾:真离开火车浜7号,这一帮可爱的姐姐妹妹也不知道什么时候才能见到了。投资公司固然让自己身价有别,可那些糙老爷们怎么能跟柔情似水的女人们相比。得也,失也,唯一庆幸的大概也就是自己跟孙红梅的这段恋情了。

闺密群里。

陈筱露:静,思琦,告诉你们一个好消息。从今天起,我就是火车浜7号的主设计师了!

颜静:真的吗?太好了。我就知道筱露你一定可以!

范思琪:苦尽甘来呀,终于守得云开见月明了!苍天有眼!

陈筱露:汗!(表情)谢谢你们,要不是你们,我一定撑不到现在,静,思琪,有你们真的是我莫大的幸福。

范思琪:哎呀,肉麻,别一天天感谢感谢的。实际点,记得大餐一顿,不醉不归!

颜静:哈哈哈哈,思琪,你咋这么现实?不是前两天才吃了大餐?你还说要减肥,谁信?

陈筱露:必须大餐!吃饱了才有力气减肥嘛。对了,今天我想拉一个人进来,就是我常常跟你们提起,那天你们也见过的可唯妹妹,从今以后,我们就是"四姐妹"了。

范思琪:非常欢迎!

颜静:欢迎欢迎(表情)。

在姐妹们的一片欢呼声中,陈筱露将李可唯也拉进了群里。

第四十六章　悲喜交加

　　Alyssa加入火车浜7号的新闻发布会在北京环球中心隆重举行,并迅速得到了腾讯、新浪、网易、搜狐等多家主流媒体的报道,Alyssa与胡安莉的合照也由此登上了娱乐新闻的头版。Alyssa更是在发布会上声称,与火车浜7号的这次合作,是自己今年以来最重要的一次与服装公司的签约,引起了媒体和粉丝们的一阵轰动,火车浜7号也由此名声大噪。

　　因为Alyssa的加入,火车浜7号最近销售量一路高歌,业绩更是蒸蒸日上。

　　"还有两周就到公司的生日了,也不知道这次安娜会出怎样的题目?"小艾一面翻看着手中的时装杂志,一面期待地问颜如玉。

　　依照惯例,每年火车浜7号的生日,安娜都会集结设计师们一起为这天的到来设计特别款,而最佳设计者,也即是"盛世之星"奖的获得者,不仅会得到丰厚的奖金,还将得到当年的特别奖励。

　　颜如玉对今年的命题也十分期待,今年是火车浜7号的六岁生日,前五次的设计比赛里,她便侥幸摘得一次桂冠。颜如玉记得那一次安娜特别开出的奖励是五天假期以及两张任意地点的机票。当年她便跟还是男友的伴侣去了一趟清迈,也正是那次旅行让两人最终确定彼此就是未来终生相伴的人。

　　"也不知道今年是谁这么走运,能够夺得魁首?"方潇心知在高手云集的设计部,自己这个去年刚升为设计师的人自然没什么夺冠希望,不过能看到设计部的设计师们各显神通,她也十分兴奋。

"估计是梦瑶姐吧,她今年的设计都挺出彩的!"作为林梦瑶的忠实粉丝,小艾接过此话,却正巧被走进房间的林梦瑶听到。对于小艾的肯定,她心中很是愉悦,事实上,从三个月前,她就已经开始在为这次的生日特款做准备。

"我倒觉得如玉姐和筱露姐的设计也很棒呢!"说这话的是周南以前的助理小雨,现在被分配到陈筱露手底下。无论外表严厉、内心细腻的周南,还是一向随和亲近、设计却十分严谨的陈筱露,小雨都是打心眼里认可的,并将两人都看作自己学艺路上的良师。

"又是陈筱露?"听到那个刺耳的名字,林梦瑶的表情瞬时就僵硬了,心中十分别扭,可嘴上却装出一派和气道:"是呀。小艾别胡说,我们设计部里人才济济,谁都有机会,我也非常期待大家的精彩展示。"说完眼光又有意地落在了陈筱露身上。

而陈筱露对于大家说的什么奖、什么生日特款并没有太在意,上周日她与李可唯参观丝绸博物馆的展览时,正巧看到一种丝绸似乎非常适合做夏天的面料,只是这款丝绸的售价偏高,加上容易滑丝,所以一边托朋友找这款丝绸的替代品,一边想着这样的料子能怎样通过设计发挥它的最大优势,让穿的人丝毫不感觉热。

林梦瑶见陈筱露并没有把议论放在心上,很是无趣,便一股脑把气撒到自己的助理上,一会儿嫌弃新来的助理竹子动作慢,一会儿嫌弃她脑袋不够灵光,总之趁机对陈筱露指桑骂槐一通心中才算舒坦。可怜竹子跟着林梦瑶以后,不仅没学到什么真本领,反而时常被对方拿来撒气,心中也是满腹委屈。

"大家辛苦了!来喝点咖啡吧。"正值炎夏,即便公司里开了空调,坐在办公桌前的设计师们仍然抵不过烈日烘烤下的闷热。此时设计部的门口正站着一位披着黑亮长发、身穿V领衬衫的靓丽女性,她甜美而清爽的声音如同夏日的冰泉一样,使在场者感觉到一股恰当的舒适和凉爽。

见她手里提着刚从外卖员手里拿到的冰咖啡,正欲打算分发给设计部的每一位人员,连往日最严肃的设计师也不由得对这位亲和的女孩笑脸相迎。

"可唯,竟然是你!"要不是那熟悉的声音,陈筱露没想到站在自己面前的人,竟然是自己最熟悉的妹妹李可唯。没有了那一头如火焰燃烧般的红发,身上也不再是卡通人物的着装,陈筱露突然发现,似乎自从跟吴榛在一起后,李可唯变得越来越成熟,也越来越有女人味了,连待人接物也比以往更柔和了几分。尤其是自己被提升为主设计师后,李可唯每次过来都会给设计部的每个人带点吃的或者喝的,让大家对她很有好感。

第四十六章 悲喜交加

"筱露姐，你还在研究我们那天看的面料吗？"见陈筱露的电脑上正展示着各种各样的丝质面料，李可唯心知陈筱露一定对之前两人在丝绸博物馆里看到的丝绸念念不忘。

"对了，听说设计部要开始筹备生日特款了，这次的'奖品'十分特别，竞争也特别激烈，好像不少人从几个月前就开始筹备了。我们运营这边也得有相应的方案跟上。不知道会有怎样令人惊艳的服装出现，真想马上就看到呀！"

"不着急嘛……总会看到的……"陈筱露见一身知性风打扮的李可唯仍旧是过去那番热情与活跃，不禁扑哧一笑，轻拍着她的肩头安抚道。而就在此时，陈筱露的手机里，却突然出现了一个陌生号码的来电。而这通电话，注定将再次改变陈筱露的命运……

陈筱露没有想到时隔一年多后，她的内心会再次遭遇如此大的冲击，会再次涌起如此大的波澜。她无论如何也没有想到，这个电话居然是一份死亡通知，而死者就是一年多以前因诈骗罪而入狱的欧阳旭光。

就在昨晚，欧阳旭光在狱中犯了哮喘，早上狱警去巡房时，发现欧阳旭光一动不动躺在了床上，经确认，已经死亡多时。法医检验后，判定欧阳旭光是窒息而亡，他身上没有任何因受到外力而挣扎的痕迹，他的床头柜里的哮喘喷剂也还在，换句话说，欧阳旭光的死完全是自杀，却没有人知道他为什么选择自杀。

陈筱露忍受着内心巨大的苦痛，离开了办公室，来到了走廊尽头的洗手间，而此时一旁的李可唯分明看出了陈筱露脸上的异样。待到李可唯跟随至洗手间后，陈筱露才伤心地向她道出了刚刚在电话里听到的噩耗。

"怎么会呢？筱露姐，是真的吗？"李可唯不敢相信眼前的事实。上一次去陈筱露家里，她才得知陈筱露的婆婆已经过世。而现在欧阳旭光，也是陈筱露心心念念一心等待的男人，为何会在狱中丧生，而且还是自杀？

陈筱露默然地点头，如果有可能，她也非常希望这个电话是假的，就像当初她希望那个旭光被逮捕的电话不是真的。可她也心知，这份希望太渺茫……如今她能做的，就是尽快赶往临海处理欧阳旭光的后事。

……

在殡仪馆内，陈筱露与真真看到欧阳旭光的遗体静静地躺在冰冷的棺木里，然后又渐渐从视野中消失，母女俩从一语不发到抱头痛哭，在这场生离死别中，两人都有千言万语想要对去世的欧阳旭光说。可心中再多的话语，此时只能化作纷飞的眼泪和心中无比的悲痛。

就在欧阳旭光遗体火化时，陈筱露突然想起狱警临走时告诉她的话，在欧阳旭光的床褥底下，他们发现了一个匿名的空信封。

有人说，这封信是在欧阳旭光过世前一天收到的，自从看了信之后，欧阳旭光的状态就一直很不稳定，平时非常认真的一个人，在打扫时一度心不在焉，精神也很涣散，连晚饭也没吃多少。好几个狱友跟他打招呼他都像没有看到，甚至晚上躺在床上自言自语："怎么办？是我太混蛋！"还用自己的头拼命撞栏杆，幸好被其他狱友制止。

究竟是什么样的事情，让旭光不得不以死谢罪？为什么他非要瞒着自己不可？他到底欠了别人什么？又是谁在幕后安排或者操控着这一切？陈筱露的心，再次被眼前这看不见的巨大的阴影给笼罩着。当初她选择进入火车浜7号，正是为了查出是谁在背后指控欧阳旭光，让他甘愿承受牢狱之灾，而今，是不是这一切的惩罚还不够，对方非要以死相逼，才算了结？

在濒临崩溃后，陈筱露的心中开始重新燃起强烈的火焰。为了查清欧阳旭光的死因，为了找到这背后不为人知的秘密，她誓要拼尽所有的努力。无论如何，她也要知道那个真相到底是什么，不然她的内心永远无法得到安宁。

然而，距离旭光入狱已经一年多，自己在火车浜7号这么久，对于"那个人"的身份却依旧毫无所知，如今要从哪里入手才能找出真相，陈筱露不禁再次陷入一片迷茫中……

"筱露姐……"陈筱露仿佛听到了不远处传来的李可唯亲切的声音。她突然间意识到，如果现在还有一个能量巨大的人可以帮助自己调查出事情真相，那么这个人，无疑只能是吴榛了……

第四十七章 吴榛相助

处理完欧阳旭光的后事,陈筱露没有耽搁,迅速回到了工作岗位。她在闺密群里向大家宣告这一消息时,颜静和范思琪都惊呆了,起初大家对欧阳旭光的意外死亡感到震惊。而后,大家更震惊的则是陈筱露的反应。

当初欧阳旭光被捕入狱后,陈筱露因此流产,她抑郁了很长一段时间,才慢慢走出来。两人本以为欧阳旭光的死会对陈筱露造成巨大的打击,可现在看来,陈筱露表现得比她们想象中的坚强多了。

陈筱露将事情的缘由向李可唯说明后,李可唯也没有半点推辞,便将此事的前因后果悉数转告给了吴榛。吴榛这才意识到,自己被几次试探的缘由,竟然是陈筱露怀疑自己就是导致欧阳旭光入狱的幕后黑手,瞬间一脸黑线!

想他吴榛从小到大,一向自诩光明磊落,即便是跟谁结仇,也都是大大方方解决的。这个欧阳旭光,自己连名字都没听过,怎么可能会无缘无故去害他?但在得知整件事情的经过后,面对李可唯的有心帮忙,以及陈筱露的苦心求助,吴榛短暂地思索了一会儿,便大度地应下了调查之事。

"既然举报的事情发生在临海,那么想要发现线索还是得回到临海。如果能够找到当时法庭上的证人,说不定就能挖出点什么。"李可唯就此分析道。吴榛认为十分有道理,联想到陈筱露说隐藏在火车浜7号的幕后黑手,两人更认定,这背后必有蹊跷,遂打算在周末亲自跑一趟临海。陈筱露原本也打算跟随二人同去,却被李可唯劝阻了下来。

如今因生日特款而展开的激烈竞赛在即,安娜已经公布,这次的比赛结果将直接影响到能否参与今年的巴黎时装周,整个设计部只有一个名额。李可唯认为作为主设计师的陈筱露怎可轻易分心?之前因为欧阳旭光的事情,陈筱露已经请假耽误了几天,如今,陈筱露务必利用周末的时间全力以赴,追赶进度。

尽管如此,下午选面料的时候,陈筱露还是走神了好几次,设计也接连修改了好几遍,偏偏仍旧找不到感觉。连林梦瑶的助理竹子都看出陈筱露心不在焉的样子,还在她差点碰倒了桌上的水杯时好心提醒,这一幕在林梦瑶看来,变成了竹子吃里扒外,当下便是一记不满的眼神,一旁的竹子也不敢再多话。

眼看一晃便到了周一,另外两位主设计师显然都拿出了基本方案,已经开始制图,几名小将如方潇和小艾等人也早已做好准备,唯独陈筱露这边似乎一点进展都没有。

"该不会是一升到主设计师,就拿不出作品了吧?"

"还真不一定呢。谁知道她之前的作品是不是借鉴别人的?"有设计师在洗手间的水池旁拐弯抹角地小声议论道,陈筱露刚好从她们身边经过,将两人的对话听得一清二楚。

"筱露姐,后天就是截止时间了,我们能完成吗?"小雨上午跟其他设计师以及林梦瑶、颜如玉的助理沟通时,特意偷偷问了大家的进度,得知大多数明天就能完成,又联想到如今陈筱露的进度,心中十分忐忑。虽然对于陈筱露的实力,小雨十分有信心,可这次不是别的活动,又涉及能否跟随安娜去巴黎时装周,陈筱露之前已经耽搁了两天时间,面对强大的竞争对手,小雨不禁捏了一把汗,时不时便间接地催促起陈筱露的进度。

哪知陈筱露却一副不慌不忙的样子,还有心情看服装周刊,这可把小雨给急坏了。尤其是面对其他助理和设计师嘲讽与不屑的眼神时,她更是无地自容,恨不得找个地洞钻下去。

"别着急,小雨,相信我。"见小雨没事便来回踱步,陈筱露也不做过多的解释。事实上,周末的时候她已经加班完成了不少,现在可以说只差最后一步,反而是那边的那件事究竟查到了什么程度,让她迟迟放心不下。

而就在中午的时候,陈筱露则意外地收到了李可唯发来的两张图片,第一张显示的是一座小平房前,吴榛正在跟一个皮肤黝黑的马脸中年男子告别,第二张则是一个居委会干部模样的中山装大叔正笑嘻嘻地跟一户人家打招呼。

第四十七章 吴榛相助

两人是……晃眼间,陈筱露似乎觉得他们有几分脸熟,好像在法庭上见过。

原来这两人正是当时实名举报欧阳旭光的人!

为了找到那两人,吴榛跟李可唯将整个临海都摸遍了,又是搞调查,又是做工作,还得注意不被当地人怀疑。最后根据一点点线索,才找到两人的住处,并证实当时确实是二人对欧阳旭光进行实名举报。可一番询问后才知,他们亦是不知情的人,因为这背后,真正的谋划人,其实是一个叫二哥的本地人。

据那二人说,当初正是二哥告诉他们,欧阳旭光是个奸商,卖的首饰以次充好,这样的人不能再让他在这里赚黑心钱,又给了他们一点好处费,他们才实名举报的。两人心想卖劣质产品原本就不对,他们举报也不过是顺手的事,却根本没料到欧阳旭光最后会被判刑。

谈及此事的时候,不管是马脸男子还是中山装大叔,都表示十分后悔。两人一再声称自己完全没有料到事情会发展成这样,早知如此,自己绝不会去实名举报。这样的惩罚是两人绝对没有想到的,尤其是得知欧阳旭光的死后,马脸男子更是惊恐不已,良心上备受谴责。也正是在这样的情况下,两人才先后说出了背后的操控之人——二哥。

可即便有了二哥这样一个线索,要找到幕后的操纵者,依旧十分困难。大概是得知了欧阳旭光在狱中发生的变故,当李可唯和吴榛根据那两人提供的信息找到所谓的二哥时,二哥家中仅有一个年轻的女人和一个不满周岁的小男孩。

这个年轻女人说,自己是二哥的妻子,丈夫在几天前,突然留下一笔钱便消失了,说是去避避风头,就再也没回来。女人打电话没人接,联系了其他朋友也表示不知去向,仿佛是惹上了什么难缠的事情,女人也非常担心。

吴榛见女人的表情不似作假,只得作罢,临走时,吴榛见二哥的家里并不宽裕,孩子的衣服也都是旧的,便去银行里取了几千块钱交给了女人,并告诉她,如果二哥回来,请一定告知,两人只是想向二哥打听一些旧事,绝不会为难他。女人犹豫了一会儿,最终还是点了点头。

从隐藏在火车浜7号的幕后推手,到一个神秘的指使者二哥,当初法庭上议论纷纷的人里原来就有这两名实名举报者。对于陈筱露而言,事情似乎变得越来越复杂,她甚至弄不清这中间到底还有怎样的秘密,那封消失的信里究竟写了什么,才促使旭光自杀。陈筱露此时唯一能确定的,就是自己不惜一切代价也要得到真相!

第四十八章 严明警告

钱江,拱宸桥,左岸咖啡。

左岸咖啡,顾名思义,位于钱江左岸公园,推窗即见钱江一桥掠过烟波浩渺的江面飞架南北。这是一栋建筑风格古朴的洋楼,咖啡馆分为上、中、下三层楼,一楼为美食区,二楼为书吧,三楼则是单纯的咖啡室,除中央区域外,四周都是隔间雅座。李可唯特地找了三楼靠窗的一个位置,窗外是潺潺流过的江水,远处有一只灰色的大鸟飞过,蔚蓝天空下的景色让人觉得好生惬意。

今天李可唯特意约吴榛来到这个风景优美的咖啡馆,一来是有件事她认为需要在此了结,二来也想跟吴榛谈谈自己这段时间一直放在心里的另外一件事情。然而,李可唯没想到的是,当吴榛出现在自己的面前时,他居然破天荒地理了一个寸头,两边留了很长的鬓角,之前被打的伤疤此时也已经看不到,乍看之下,还多了几分成熟男人的味道。

"咦,你的伤疤怎么都看不到了?"李可唯故作惊叹。

"怎么,你是巴不得我破相咯?"

"哎哟,那还了得。吴大公子要是破相了,追你的女孩恐怕要从市中心排到钱江大桥了!都说脸上有伤疤的男人,更有故事,更有魅力!"

"那只好让你失望了!悬啊,你那个师兄厉害,一出手就打到我太阳穴。幸好位置偏下,要正打到我太阳穴,恐怕我这条命都危险了……这个位置呢,也真是精准,我只要稍微将鬓角留长,就能正好把这个伤疤给盖住了。看看,是不是让你失望了?唉,我还是做不成一个脸上有伤疤的男人,我还是那个英俊又潇洒的吴榛。"

"让我看看……吓死我了!这多危险啊,你居然还敢这么说笑,装轻松,装臭美!……还痛不痛了?"李可唯睁大眼睛轻抚着吴榛伤处,这回可真心疼了。

"不疼!有你心疼我,我当然就不疼了!"吴榛乐呵呵地道。

"不要这么嬉皮笑脸!昨天那个恶人居然还敢给我打电话,被我臭骂一顿。他求我别挂电话,说要跟我们当面道歉……哼,居然还有脸找我。他在派出所被关了二十四小时,听到派出所的民警说估计要被起诉。他哭嚷着说他已经知错了,想让你吴少放过他。"

"放过他?你说放不放呢?"

"我……"

见李可唯神情犹豫,吴榛佯装生气道:"我吴榛是谁?从小到大,别说没受过谁的欺负,就是打架也从来没有输过。这个朱时雨,打破我的头就算了,还欺负我女人,我不给他一点教训,他当真以为我好惹……俗话说,常在岸边走,哪有不湿鞋?我也该为那些受害女同胞出口气吧。他要道歉,行!我吴榛就会会他吧,你说怎样?"

"你该不会真要起诉他吧,他确实该受到教训,可是他毕竟是我师兄,之前也一再帮助我……虽然他做了这样的错事,我一辈子都不想见他,但也不想让他坐牢。"

"好了,知道啦,嘴硬心软的李大侠,我听你安排,还不行吗?"

"来,张嘴!"温馨的灯光下,李可唯突然对吴榛柔声道。吴榛不假思索地微微张开了嘴巴。这时,只见李可唯将桌上煮好的花生突然丢向吴榛的嘴里。

什么?吴榛睁大眼睛,这才意识到李可唯玩性大发,心道不妙:"哎,李大侠,这里这么多人,你这样玩可不好吧?"

"你现在又摆出你吴少的那个架势了,你觉得这样子非常不得体是不是?"

"我是说这样真的不好,我们毕竟是在咖啡馆里,我们都多大了,还这么幼稚。"

"最不喜欢你这摆起架子的样子,我呀,还是喜欢那个穿着拖鞋到处跑,吃路边摊跟老板从不见外的吴榛。现在让我扔几颗花生就不愿意了?哼!"眼看吴榛有些不乐意的样子,李可唯故意拉下脸说道。

"好吧,好吧,那我就配合你一下了。"见李可唯噘着嘴,吴榛只好好声哄道。

"你要看准丢,不要抛太低。"

"这次成功了!真厉害!"

"听话,你再把头往里面移一点……"

"哈哈哈哈,你怎么动起来像只鹦鹉一样?"

"你说谁像鹦鹉,你才像鹦鹉。"

两人旁若无人地嬉笑打闹着。眼看时间已经差不多了,李可唯见朱时雨迟迟未来,便给他打了一个电话。

"你到了吗?"

"到了,到了。"

"那你进来呀,包厢号之前已经发你了。"

"是,是,我知道了。"挂完李可唯的电话,朱时雨畏畏缩缩地走进了咖啡馆。其实早在二十分钟以前,朱时雨就已经来到楼下,只是没有李可唯打来的电话,他没有胆量出现。

短短几天不见,眼前的朱时雨明显憔悴了不少。他的眼神有些疲惫,眼窝也凹陷了下去。虽然身姿依旧挺拔,却没有了往日的神采奕奕。

李可唯见他这副模样,心里又好气又好笑。他这才在派出所待了一天,看来是真的怕了。

"可唯,吴榛。对不起!请你们大人有大量。我以前有很多不检点的地方,但是我对可唯是认真的,只是像我这样的人真的配不上可唯。总之,我真的错了。"朱时雨还没坐下,便局促地向两人鞠了一躬,满脸都是歉意。

"呵……"吴榛一声干笑,"你还敢说你认真?你做的好事,对得起她叫你一声师兄吗?我告诉你,朱时雨,你敢打我吴榛,我可以跟你算账,也可以不跟你计较。但你敢欺负到李可唯头上,我吴榛不可能就这么算了!"

"我知道错了,真的知道错了。吴榛,不,吴总,吴少!你大人不记小人过。看在我以前待可唯好的分上,饶了我吧!可唯,麻烦你帮我求求情,我知错了,我错了……"此时朱时雨垂下头低声道,见吴榛不松口,他又把眼睛看向了李可唯。

李可唯见朱时雨满脸悔恨,又看他一副可怜兮兮的样子,便向吴榛递了一个眼色。吴榛心领神会,也不想再跟他浪费时间:"朱时雨,你听好!看在你是李可唯师兄的分上,我不起诉你。但是你不可能为自己的恶行什么代价都不付!你过去的那些烂事,我已安排人反映到你的工作单位。你如果诚心悔过,就好好去跟你的领导和同事说吧!"

"不要啊!千万不要!我知错了,可唯,吴少,我真的知错了……"朱时雨还在苦苦地哀求着,却被一旁一道的犀利目光镇住——李可唯正狠狠地看着他。

"不然你还想怎样?朱师兄!我最后一次这样称呼你!这事吴榛放弃起诉你,算给足面子了。换个人,谁肯咽下这口气?你自己好自为之吧!你最好改过自新,也永远不要再出现在我们面前!"李可唯掷地有声地宣泄出自己的愤怒。

朱时雨只得噤声,因为他知道,无论如何,最有资格惩罚他的人,就是李可唯。

"我……对不起……"尽管无法接受这个结果,朱时雨还是在失望中低着头默默地转身离开了咖啡馆。

"朱时雨的事情已经了结了,你是不是还有什么事情想和我说?"见朱时雨离开后李可唯依然若有所思,似有心事,吴榛话锋一转,好奇地问道。

"还能有什么呢?呃……"说着李可唯朝吴榛摇了摇手上戴着的处女座星座手链。吴榛想起李可唯跟她说过,这条手链是陈筱露送她的生日礼物,当时自己还赞过它十分特别,后来才知道这是陈筱露为了庆祝李可唯生日特意定制的姐妹手链,她与李可唯一人一条,吊坠处还刻了两人的生日。这会儿,李可唯的意思很明显了——这件事必定跟陈筱露有关。

"你有没有觉得筱露姐真的特别不容易?他们家出那么大的事情,吴榛,筱露姐可能真的需要一些帮助……"此时的李可唯哪里还有刚刚盛气凌人的样子,她的眼神变得柔软了,语气也变得柔和起来。

见吴榛表情有些迟疑,李可唯接着说道:

"也许之前她怀疑过你、怀疑过赵总,还包括王朝。可她现在是真的非常认可你们,觉得你们都是火车浜7号最优秀的男人,绝不可能做那样的事情。虽然我们已经找到了二哥,可是那个最关键的幕后推手却一直隐藏在背后。如果不早一点找出那个人,我想筱露姐在火车浜7号一直都不会安心的!"

吴榛见李可唯这样激动,心中也有些动容,只是自己该做的都已经做了,茫茫人海,现在二哥也消失了,又能到哪儿去找人。

似乎是看出了吴榛的心思,李可唯一转刚刚犹豫不决的表情,言辞恳切地说道:"吴榛,筱露姐待我如亲妹妹一般,她的事情就是我的事情。每次看到她因为这件事吃不下饭、睡不好觉的时候,你都不知道我有多难过,多想要帮她。你这么厉害,一定可以帮到她的。你要是不帮筱露姐,就是不帮我!事情的真相一天不查出来,我也一天不会好过。"

吴榛见李可唯皱着眉头、心情低落的样子,知道李大侠的劲又上来了。拗不过对方,吴榛只得打包票应下,这才哄得李可唯重新展露笑颜。两人又嘀咕了一阵,终于想到一个万全之策。

随后,李可唯又给陈筱露打了一个电话。电话中,李可唯郑重地让陈筱露全身心地好好工作,照顾好真真。她保证跟吴榛会用尽所有方法,调动所有资源,全力调查事件真相,一旦掌握到任何相关情况,都会第一时间告诉她。陈筱露听后十分感动,更加感恩这个妹妹一直以来为自己所做的一切。

第四十九章 生日特款

周五下午，穿着一身黑色休闲套装的安娜面带笑容地走进了设计部的办公室。今天来到公司，她正是要宣布这次生日特款竞赛的结果。

凭借敏锐的时尚嗅觉和良好的感知能力，安娜在当下充斥着各种科技和潮流元素中选择了"自然"作为今年生日特款设计的主题，而除了跟往年同样的现金奖励，众所周知，今年生日款最重磅的嘉奖就是获胜者可与自己一同代表公司参与今年巴黎时装周压轴的"亚洲际"青年设计师成衣大赛，也正因为如此，今年的竞争显得格外激烈，许多设计师为了这次的特款更是不眠不休，誓要拼尽全力。

想到再过几分钟就要宣布结果了，座位上的设计师们不由得屏住了呼吸，眼光也一一集中到了墙上的屏幕。陈筱露虽面色如常，心却是怦怦直跳。颜如玉跟往常一样一脸平静，只是眼神里有了更多期待。林梦瑶最是激动，无论是肢体还是表情都洋溢着前所未有的热情。

"这次你觉得谁会获胜呢？"

"其实我还挺看好筱露姐的，这几次的作品，她都挺令人惊喜的，不过听说她家前几天发生了变故，耽误了几天时间，而且临到交作品，仍旧在赶稿，对于这样一个重要的赛事，未免太过仓促了一些……"

"是啊，毕竟是这么重要的比赛，听说梦瑶姐和如玉姐都是提前了很久准备的。而且这次两人也算十分创新了，大家真是各有千秋啊。"

"那我赌如玉姐赢,要是我输了,请你们吃早餐。"

"我就赌梦瑶姐吧!"

"我最看好筱露姐,我赌筱露姐。我们谁输了,就谁请客。"

"好啦,你们都别争了,小声点,一会儿等安总揭晓就知道了。马上就能知道最终的获胜者会是谁!"

座位上,远在角落的几位设计师低声地议论着。

为了不耽误每个季度火车浜7号的正常设计,所以生日的特款对于设计师们来讲,其实是一项加班性质的工作,因为只有短短五天的时间,所以这不仅考量了设计师们的艺术水平,更是考察了她们的专业技术和应变能力。

能带着自己的作品踏上巴黎时装周的舞台,不仅意味着无数的掌声、无数人的认可,也是至高无上的荣誉。光是想象着自己化着精致的妆容,穿着大牌的最新款,踩着最喜欢的高跟鞋,在万众瞩目之下一步步登上闪亮的舞台,林梦瑶的内心便澎湃不已。对于这次比赛,她已经下定必胜的决心!

事实上,在安娜公布主题之前,林梦瑶早已拟好几个备选方案,其中便包括"自然之美"这一主题。为了配合主题的风格,她回溯了在旅行时,看到的山川、河流、新叶、流云等,并不断地通过场景的变化,选择恰当的样式,设计的每一套服装不仅代表了一个季节,同时包含了一种大自然里最原始的元素,光是这一创意便花费了自己几周的时间,更别说颜色和布料的选择,全都经过自己的精心筹划。这些作品不仅是林梦瑶的心血,也是她这么多年所累积的服装设计经验的集中呈现。

另一边颜如玉也想挑战一下其他的风格。往日里,因为自己比较钟情于"花系"的设计,总是会被不少人暗自诟病不够创新。在这次的主题中,她可是煞费心思,不仅是为了众人梦寐以求的巴黎时装周参展资格,更重要的是,她也希望在周南离开后好好地证明自己。

利用铆钉、流苏的元素,加上人造的环保皮草——颜如玉对"自然"的理解是远离城市喧嚣的野性魅力。尽管这与她平日低调、内敛,带有浓厚古典氛围的设计完全不同,但无法否认的是这种充满张力的设计对于颜如玉来讲,同样信手拈来。每一细节都十分到位,就连平日里对金属一向无感的方潇、小艾、小雨、竹子等在看到颜如玉的设计后都不由得眼前一亮。

而唯独陈筱露设计的服装似乎显得有些单调。一块墨绿色的绒布外加一条金属的腰带,还是所有人中最晚完成的。林梦瑶想起截止日期的前一天中午,当时设计部办公室里的人都去吃饭了,她临时来拿一份资料。路过陈筱露的设计工作室时,见陈筱露的电脑没关,自己便忍不住好奇打开了设计软件,见模型似乎还在修改,且设计异常简单,悬着的一颗心也自然放下了。

"到现在连设计图都没有画好,不管你多有天赋,我倒要看看你最后会交出什么来!"看到陈筱露还未准备好的设计图,林梦瑶不禁在心中冷笑。

面对呼之欲出的结果,此时众人皆紧张地面面相觑。安娜用冷峻的目光扫视了一遍台下的所有人,然后隆重地宣布道:

"这一次,生日特款中最佳设计者,也就是'盛世之星'的获得者是——陈筱露!"

"什么?不可能!"林梦瑶不敢相信自己的耳朵。自己付出了那么多时间、心血,同时在主题的呈现上可谓面面俱到,为什么会抵不过陈筱露用一块墨绿色的破布,再加一些树叶状的铜扣做出来的裙子?

颜如玉尽管露出了一丝遗憾的表情,却对结果并没有感到太大的意外。

而其他的人虽有惊讶,可看着大银幕上放出的陈筱露所做出的半长袖裙,对比其他设计师的作品,又仿佛明白了什么。没有繁杂的花纹,没有复杂的意象,简单到让人觉得纯粹又干净,仿佛一切都是顺其自然的展现。

"没错,正是顺其自然。"设计师们突然意识到,为什么陈筱露的作品能夺得魁首,不是因为它足够惊艳,而是它同时包含着一种华丽与质朴,它的华丽是源于它的质地与颜色,它的质朴则是来自它的设计与剪裁。这就像大自然所给予人类的一切,在凝聚了万千繁杂和多元变化后,终究要回归的只是一种纯一和简单。

"恭喜你,筱露。"安娜走上前去给了陈筱露一个祝贺的拥抱,令陈筱露有些受宠若惊。

"筱露,你给我太多惊喜了。"安娜在陈筱露的耳边衷心地夸赞道。一连几次,陈筱露确实给了她太多的意外,在见证过周南的飘逸、颜如玉的婉约,还有林梦瑶极佳的天赋后,陈筱露的特别更多的是来自她对服装本质的理解。

尤其是对每个主题服装趋势、风格、质地的把握,这样的设计师不仅有天赋,也有对需求的理解,更必须有扎实的艺术知识和深厚的理论功底,而目前在火车浜7号里,除了自己,能做到如此的人,唯有陈筱露。

"谢谢你,安总!"陈筱露微怔后,接过安娜手中"盛世之星"的奖杯,虽然语气十分平淡,但眼眶早已有些发热。

也许安娜早就已经忘记,可陈筱露却一直记得,早在十二年前,她便与当时在读研究生的安娜有过一面之缘。两人曾经分别代表各自的学校参加全国青年女装创意赛,且都是以一路领先的成绩进入半决赛,可就在需要为比赛重新制作成衣时,陈筱露因为吃坏肚子,连夜发烧,身体不适,最终没有按时完成作品,因而出局,安娜则以半决赛第一名的成绩成功晋级,并成为最终的获胜者。

当时东南大学的同学们都表示十分遗憾,范思琪更是放话,如果陈筱露参加了那一届的决赛,一定能进前三,说不定早就出名了。之后陈筱露因为结婚、生子,做家庭主妇,与安娜走上了完全不同的人生之路,两人再也没有交集。

时隔多年后,陈筱露用自己的勤奋和努力,终于换来了与安娜的再次同行,尽管这个过程中,有着太多不为人知的艰辛。

夜晚,回家后,陈筱露迅速打开微信闺密群。

"姐妹们,告诉大家一件喜事!我拿到了本次的'盛世之星',并获得了与安娜一同去巴黎时装周的机会。这段时间,非常感谢可唯和吴榛,要不是他们一直帮我调查欧阳旭光事情的真相,我想我也没办法专心地投入事业中,获得这次'盛世之星',并拿到去巴黎时装周的入场券。这是我成为主设计师以来,最让我感到开心的一件事。"闺密群里,陈筱露向大家宣布了这一好消息,并发出了几个大大的红包。

"筱露,恭喜你,没想到十几年之后,你们终于有机会同台。"

"是呀,筱露,恭喜你梦想成真,去巴黎好好表现,我们永远支持你!"

"筱露姐,我就知道你是最棒的。永远爱你、支持你!"

与此同时,范思琪、颜静和李可唯在群里也纷纷发出红包和烟火刷屏庆贺。

第五十章　栽赃陷害

"筱露姐,我好喜欢你做的衣服!"一大早,设计部突然冒出一张陌生的面孔,陪她来的还有行政人事部的吴颖。

"不好意思,我是行政人事部新来的王莹,昨天才入职,入职前我刚好在火车浜7号买了一件你设计的衣服,花了我半个月的工资呢!我想对你说,我真的太喜欢了。"说着,女孩的眼睛因为兴奋都快眯成一条线。

"原来是行政人事部新入职的小伙伴,谢谢你啊,我以前也是行政人事部的哦!"面对眼前这个热情的行政人事部同事,陈筱露仿佛看到当年李可唯身上的样子。

王莹的喧哗一会儿便引来了陈筱露座位周边人的注意,只见王莹果然穿着陈筱露这次周年庆的特款。当更近距离观看这件最佳设计时,众人这才发现,无论是剪裁还是所用面料都充满了精致感,更出奇的是,这条裙子不管对身材苗条还是腰粗腿肥的女性,都有修身的功效。

"我太喜欢这条用树叶状的铜扣装饰的腰带了,好像一片片树叶在墨绿色的森林中徐徐铺开,感觉非常有个性!"

"是啊,完全就是画龙点睛。裙子的设计本来是很简单的,可加上这样一条别具匠心的腰带,气质就完全不同了。"

原本对比赛结果颇有微词的小艾,在触摸了这套墨绿色的长裙后,也不禁感叹道。而其他人也纷纷走过来观赏王莹身穿的服装并附和。

"吵什么吵,大家都不用工作了吗?"林梦瑶突然起身呵斥,将众人纷纷吓回原位,王莹也感受到气氛的不祥,便找个借口离开了。可林梦瑶哪会这么容易罢休。

"有的人,别以为这次侥幸获胜就能说明什么!巴黎时装周没那么好去,不要奖杯还没焐热,就掉落神坛了。"林梦瑶语气冷淡地嘲讽道。

"梦瑶姐,请你不要这么指桑骂槐地说话,筱露姐是凭实力得到第一的。无论你接不接受,这都是事实。"作为陈筱露助理,小雨第一次有些愤怒地跟林梦瑶顶撞道。在与陈筱露共事的这段时间,小雨深深地被陈筱露的为人和技艺打动,看见林梦瑶三番两次地为难陈筱露,小雨再也忍不住站了出来。

"小雨,你算什么?竟然敢这么跟我说话?"林梦瑶仿佛受到了屈辱般,气急攻心地伸手便想给对方一个巴掌。哪知高举的手掌还未落在小雨脸上,她的手却被迎风而来的另一只手牢牢地抓住了,这只手的主人正是——陈筱露。

"梦瑶姐,你是公司的前辈,你的实力大家都看着。你真对我有意见,请冲着我来,何必为难下面的人。"陈筱露神色凛然地盯着林梦瑶,手上的力道却是一点也没有放松。

这似乎是陈筱露印象中第一次与林梦瑶正面对峙。一开始陈筱露因为是她的助理对她处处容忍,再后来是秉着大事化小的原则,又对她处处忍让,今天又一次面对她的冷嘲热讽,她原本也想息事宁人,听之任之。可现在,连好心为自己说话的助理,她也要为难。陈筱露决定不能再继续退让,否则便真的成了软弱。

这是林梦瑶第一次见陈筱露如此强硬,更没想过她一副柔弱的外表下,手劲可并不算小,见拼武力自己得不到一点好处,林梦瑶只得挣扎着让陈筱露松开手,心怀不满地走掉。临走前,还不忘说道:"那就让我们走着瞧。"

"你说,梦瑶姐真有这么讨厌筱露姐吗?"洗手间里,见四周无人,小艾禁不住悄声问起了与她同进洗手间的方潇。

"我怎么知道,不过看不惯肯定是真的。现在设计部是人眼睛都能看到,你说梦瑶姐会不会像以前……"另一个女子轻声应和道。

"这个你别瞎说。她们的事情,咱们也管不了。想保住工作就不要乱掺和,知不知道?"

"嗯嗯,我知道啦。多干活少说话,不该管的事绝不插手。"

设计工作室里,林梦瑶已经快一周没有休息好。她抚摸着书架上一个又一个过去几年里得到的奖杯,不由得陷入了过往美好的回忆中。从小她林梦瑶就是老师眼里最优秀的孩子,是其他人最羡慕的同学,无论是读书、工作还是交男朋友,只要她林梦瑶想得到的东西,从来就没有失手过,就连曾经在火车浜7号与她平起平坐的周南,最后不也灰溜溜地离场?她陈筱露一个单亲妈妈,离婚女人,又凭什么跟自己争地位?凭什么抢走了原本应该属于自己的去巴黎时装周的名额?

林梦瑶心里烦着,突然心生一计。这时听到有人敲门,原来是小艾。小艾有气无力地推开林梦瑶办公室的门,心里直发怵。她太了解林梦瑶,不仅是她写在脸上的喜怒哀乐,还有她为达目的不择手段的个性。

"小艾,我记得你来公司也快两年了吧?"

"是……"

"你觉得我对你好吗?"

"梦瑶姐,你对我很好。记得当时我进来的时候差点被刷下去,多亏了你,我犯了一个错误,被安总注意到,你却好心帮我隐瞒,还提点我,所以我一直特别感谢你。"

"其实我当时也是举手之劳,而且,小艾,你进来这段时间,也帮了我很多,不是吗?现在梦瑶姐有一件事情要你帮忙,你可以答应我吗?"

"我……"

"放心,只是一件小事情。"林梦瑶微笑道,露出小艾难得看到的温柔。

当小艾战战兢兢地出现在安娜的办公室时,安娜刚好赶完一场活动,眼见还有三个多月便要去参加巴黎时装周了,她的身心都充满了愉悦。小艾,这个设计部的小绵羊,安娜虽然与她交流得不多,但对她的设计倒挺有印象。细节不好,搭配上也比较普通,但偶尔也能有所出新,简而言之,安娜勉强将其视为"潜力设计师",只是这个从来不主动找自己的小艾,今天却一早就来到了自己的办公室。

小艾因为很少与安娜对视,所以站在安娜面前总带有一种瞻仰女神的敬畏。"怎么了,小艾?"还是安娜主动询问,小艾才从沉思中反应过来。

"是这样的,安娜姐,我有一样东西要交给你,这个……"只见小艾从包里摸出了两张画纸,一张是安娜放在抽屉里一直未曾动过的设计稿,那个设计稿,是安娜原本想送给快要结婚的友人的,可是朋友在临结婚的前一周去世,所以这个设计成为安娜心底的一个遗憾。这件事情只有设计部几个老员工知晓。而后面一张图与安娜的原设计稿无比相似……设计稿的所有者正是陈筱露。

小艾嗫嚅着,有些不知道怎么开口,可这一切在安娜看来,恰恰说明了一切。原来陈筱露竟然是以这样的方式进入火车浜7号的设计部的。安娜不敢相信,可眼前两张相似的画稿,自己抽屉里不翼而飞的设计图,难道不是最好的说明?

"你先下去吧,这件事暂时不要声张,我自会处理。"安娜对小艾吩咐道。

"好的。"小艾垂下头,没有人看到她挣扎的神情里又多了一丝愧疚。

"谁看到我的设计稿了?"下午刚一上班,颜如玉便发现自己之前放在桌面上的草图不见了,这可是她想了一个上午的设计。这几天儿子上学被同龄的小朋友欺负,一回家就把自己关进小屋子里,颜如玉问了好久才知道,原来儿子遭遇了校园暴力,一边安抚着儿子的情绪,一边打听合适的心理老师,颜如玉可谓一个头两个大,好不容易儿子的情绪有了缓和,自己今天上午稍稍恢复了一些状态,便用白纸画了起来。可仅仅是中午吃饭的一会儿时间,自己放在桌上的设计稿竟然不翼而飞了。

"你们看到我的设计稿了吗?"

"没有。"

"没有,如玉姐。"

"没有哦。"

"不好意思,没有……"见大家都一口否认,颜如玉更是心急不已,好好的一张纸怎么可能丢了。

"难道会在垃圾桶?"不知道是谁说了一句,可任凭她翻遍了垃圾桶,又将工作室里里外外找了个遍,仍旧没找到那张新画的设计图。奇怪了!

"小艾,你有看到我的设计图吗? 就一张纸,我之前还放桌上的。"见正拿着飘香咖啡的小艾路过,颜如玉逮住她便急忙问道。

"没有,如玉姐。"

"筱露呢?"

"我这里也没有。"

"梦瑶呢,看到没?"

"我的眼睛可从来不长别人桌上!"

"方潇呢?"

"没有哦!"

"天啊,跑哪儿去了? 如果真丢了,一整个上午的功夫不就白费了。"在如今服装设计早已数字化的时代,颜如玉却偏偏是那个坚持手绘的人。

"我劝你,还是重新画吧,万一一直找不到,说不定是你自己带出去了。"林梦瑶索性摇摇头,劝慰道。

颜如玉不甘心又找了一会儿,怕被清洁工王阿姨不小心收走还去询问了她。在得知对方并没有碰过自己的桌面后,便果断死了心,决定从头再来。只是看着自己手上的一大堆活,想起今天下班还要把儿子带去心理医生那儿,即便工作效率甚高的她也不免头大。

好在几个小时很快便过去了,颜如玉手里的设计图也画得差不多了,甚至比之前那张还增添了一些新的灵感,众人也将上午那张丢失的画稿彻底遗忘。

"筱露,借一下你上次看的那本 VOGUE。"宁静的办公室里,林梦瑶充满磁性的嗓音回荡在房间内,引来了大家的关注,还以为自己的耳朵出了问题。毕竟自从生日特款的奖项出来后,林梦瑶便没有给过陈筱露好脸色。今天林梦瑶突然语气熟稔地找陈筱露借杂志,难道不是太阳打西边出来了?

"我听说这期的 VOGUE 有分析今年国际秋冬最流行的元素,你不会这么小气,借下都不行吧?"大家都知道林梦瑶向来对待设计的态度最是一丝不苟,也难怪会找陈筱露借杂志了。

"好,稍等一下,我马上拿给你!"正当陈筱露打算起身去拿杂志时,小艾却抢先来到她办公室,将桌上的杂志飞快地拿了起来。可刚出大门,小艾不知道怎么崴了一下,杂志也突然掉在了地上,并从中掉出一张纸来。

"这不是……如玉姐你上午的那张设计图?"小艾假装大吃一惊地叫嚷着。被她这么一喊,其他桌位上的同事也纷纷跟发现了新大陆似的凑了过来,颜如玉更是一眼就认出了自己的设计:"果然是我的,是我的。"

见到失而复得的手稿,颜如玉不由得喜出望外。可此时,众人却是各怀心事,脸色十分难看,颜如玉这才意识到,这图自己刚刚花了整整一个下午重做,最关键的是为什么丢失的设计稿会在陈筱露这里。

"这个,我真的不太清楚。"陈筱露见大家围在一起议论,也不明就里跟了过去。发现颜如玉上午失踪的设计稿竟然夹在她的杂志里,面对如此多双眼睛的质问,她实在觉得自己跳进黄河也洗不清了。

"不会真是偷的吧……"

"肯定不会啦,我觉得以筱露姐的实力,完全犯不着做这件事。"

"对啊,我觉得这里面肯定有误会。"

"她之前的设计跟安娜的这么像,这会儿颜如玉的设计稿又在她那儿,难道……"

"这些说不定都是巧合!"

"……"

林梦瑶最是善于煽风点火,巴不得将战火引到陈筱露身上,为此更是几次向颜如玉吹风。无奈颜如玉对此不置可否,只一心专注到自己最新的设计中。其他人有的轻信了林梦瑶的话,有的则表示相信陈筱露的为人。

尽管大家无法确定这件事是否是陈筱露所为，但大家可以确定的是，但凡"陈筱露"这个名字存在的地方，总是少不了层出不穷的话题，那些关于她的不端、关于她的丑闻、关于她出色的天赋、关于她异于常人的经历，这些流言又开始被人添油加醋地在公司弥漫开来。

第五十一章　挑拨离间

下午，正好是设计部的总结例会。

"外套在7月份占开发总数量的5%~10%，当进入8月、9月的时候，秋装比例会调整到10%~15%。下一季服装可能会偏向于复古，所以关于接下来研发的大致方向，大家有什么问题？"会议室里，安娜一身黑色的职业装，将今天最后的一个要点交代下来。

"安总，你怎么看最近几年Gucci的服装？我总觉得花色太多了，而且越来越繁杂。自从换了设计总监后，我觉得他们的风格好像也改变了很多，色彩的运用更是夸张了不少，你是怎么看待的呢？"这次第一个提问的是设计师里一向清冷却十分好学的颜如玉，她对Gucci这几年的风格可谓迷惑了好久。

安娜用手摸了摸手上的戒指，通常对感兴趣的话题，她总会做这样一个小动作，面带微笑地回答道："你的观察很仔细，其实这几年Gucci都在往'极繁主义'的方向走，这是与以往我们听到过的'极简主义'相对的一种理念，近年也被很多知名设计师推崇。这种设计理念，提倡多即是多的风格，展现的是颓废、放肆和挥霍……"

"原来是这样！这对国内的时装设计会有一定的参考性吗？或者说我们的服装里也应该多一些这样的风格？"

"那倒不一定，要根据不同国家、城市特定的消费群体来选择合适的风格。从我们国家来讲，其实大部分普通人，尤其是都市白领的审美还是偏向简约、时尚，当然偶尔也会有一些设计复杂的服饰会成为当年的爆款,但这并非大概率事件。我们做设计师不能永远迎合市场,也不能自诩特立独行,忽视市场需求,我们要做的永远只是比当下快半步,去引领大家找到他们想要的东西。大家还有什么问题吗?"

"安总,我想问一个问题。"人群中一个清脆的声音突然响起。

"近年来服装界一直有一种倒古现象,也就是大家一把注意力放在欧美或者整个世界的潮流风向,但对于融合传统文化的中式古典设计则置之不顾甚至嗤之以鼻,表示古典派太过陈旧、保守。这一点你是怎么看待的?"

安娜没想到陈筱露会提这样一个问题。事实上,不仅是当前的市场环境,从火车浜7号本身出发,也多以现代流行和偏国际化的设计为主,不过在她的印象中,古典设计并非完全是沉闷的,起码她听过一个真正的大师——纳兰如风。

"其实无论是新现代主义还是古典主义,我想它们都各有特色,只是这几年随着中国越来越国际化、世界化,所以一些更具现代性的设计在当前阶段会更受欢迎。古典派的设计之所以被诟病,并不是因为太传统的问题,我想还是因为真正意义上的大师不多。我知道一位大师就是真正能将传统古典主义发挥到极致的人,她的设计不仅让人一眼难忘,更是让很多国外的朋友在看到她的设计后,一秒便爱上了中国的传统文化,这位大师名为纳兰如风。只是她现在已经很少出山了……"

听到安娜对古典派和老师的看法,陈筱露眼中不禁泛起了光芒。

而其他人也对安娜口中的大师产生了极大的兴趣,要知道安娜的老师可是新世界派的代表人物,当代华人设计大师,半生荣誉加身的白发魔女慕容英照,而安娜口中的这位纳兰如风定然也是一位非凡的顶级设计师。

见颜如玉和陈筱露提的问题都得到了安娜的重视。林梦瑶心中一酸,也忍不住问道:"安总,你是怎么看待当下比较流行的'纯系'设计法,听说是一些设计师为了图方便,就用一整块相同颜色的布料进行简单裁剪,反而大受欢迎。虽然对于外行人而言,确实看着不错,可如果大家都走这种近路,不愿意踏踏实实做好基本功,恐怕对创新并不利。"林梦瑶说完特意不屑地看向了陈筱露。上次生日特款的裙装,陈筱露正是使用了这种方法,当时还被不少人认为新颖,如今林梦瑶的话语里,明摆着有些讽刺陈筱露"抄近路"的意思。

"梦瑶,你说的这种设计法,最近确实有在国内外出现,甚至可以说它是当下潮流。既然是潮流,那么能不能持久受欢迎,就必须经过时间的验证。所以,我个人认为它并没有妨碍创新,反而它本身就是一种创新。当然,往后面走,可能在'纯系'的基础上,又会迭代。"

第五十一章 挑拨离间

见安娜并没有对"纯系"设计做出想象中的批评，林梦瑶尽管略感失望，却不好再多言。

"如果没有别的问题，那我们就散会吧！"见众人面面相觑，安娜也不再耽误大家的下班时间。只是刚出会议室的门，安娜便被尾随而来的林梦瑶给叫住了。

"安娜，我有事情找你，我们去你办公室说好吗？"见林梦瑶一脸神秘，安娜也有些疑惑。

林梦瑶今天开会的时候一直心不在焉，其实她一直想找个机会跟安娜说那件事，可好几次到她办公室里都没看到人，好不容易今天开会，想着巴黎时装周的事情，林梦瑶焦急万分，不管怎样，她还想再试一下。

安娜很少见到林梦瑶身上的这种浮躁气，自她认识林梦瑶以来，她一直认为这个看似温和美艳的设计师，骨子里透着一种不屈居于人下的自负，上一次看到她神色失态还是两年前，为夺得火车浜7号的年度设计师，她也曾这样神色慌张地出现在她面前过。

而今天林梦瑶主动来找她必定是为了一件很重要的事情。

"安娜，你知道陈筱露的事情吗？"林梦瑶语气急迫地问道。

"你指什么？"

"她剽窃你的作品，还有颜如玉的作品，她跟小偷没有什么区别！"

"嗯？"安娜明明记得叮嘱过小艾，不要声张。

"我……我……是听别人说的。安娜，你真的要相信我，这样的人不配做设计师，更不配跟你一起去巴黎时装周，取消她的资格吧。"

"梦瑶，其实你说的我都知道。关于陈筱露是否真的是通过剽窃他人的作品才走到今天，我想这事既然引起了争议，后面我会用自己的方式给大家一个交代。但是不得不承认的是，目前她的作品并没有任何问题。带她到巴黎时装周是已经确定下来的事，既然规则定了，就必须遵守！"

"可是安娜，她这样的设计师根本不配。要不是仗着Alyssa撑腰，她怎么可能晋升这么快？大家嘴上不说，可是心里真的服气吗？还有她这次的作品，设计上真有多出彩吗？还是说利用大家对潮流的喜好投机取巧？我真的觉得非常不公平，凭什么我们之前做的所有努力都抵不过她这一次偶然取得的成绩。"

"梦瑶，我知道你是一名十分优秀的设计师，但公司有公司的规定，你不必再说了。"

"安娜……你真的就不再考虑一下吗？"

明明一向对自己十分信任的安娜居然如此偏袒陈筱露,林梦瑶更是心怀不忿,眼神里充满了不甘。

见林梦瑶这般表情,安娜终究有些心软。

"距离前往巴黎时装周还有三个多月的时间,如果下一次作品中,你能突破销量纪录并拿到年度设计师第一名的话,或许我会考虑……"安娜虽知这对目前的林梦瑶来讲十分困难,可如果要为她破格,必然要服众才行。

"安娜,谢谢你。相信我,我一定会努力证明自己的!"在安娜这里求得了格外的机会,林梦瑶顿时欣喜若狂。不管怎么样,去巴黎时装周还有机会,而她一定不会再让自己错过。

第五十二章　数据异常

眼看就到夏天了,设计师们纷纷将目光放在了新一季的服装设计上,林梦瑶尤其卖力。经过一周时间的努力,新一批的样衣总算投入生产,此时,大家几乎都在兢兢业业地看着自己画下的设计稿,研究服装的细节是否有需要修改的地方。

然而出人意料的是,一周下来,这次设计中看似普通的一款紫色卫衣,竟然如黑马般遥遥领先,甩了其他几款新装一大截。而这款卫衣的设计师,正是在销售榜上消失已久的林梦瑶。

几乎在任何行业里都充斥着显著的马太效应,好的只会越好,差的只会越差。当林梦瑶的春款卫衣遥遥领先时,陈筱露的M字卡其风衣和颜如玉的设计则是门可罗雀。说来也怪,新装刚上架的那段时间,林梦瑶的卫衣关注度根本谈不上出彩,而且前期的购买量也跟其他新装无异,可到第三天的时候,在这款卫衣既没有做活动,也没有投入额外的广告的情况下,一个晚上却突然卖了100多件,后面销售额更是直线上升。反观陈筱露跟颜如玉一开始被看好的新品,却销量平平,并没有太大的起色。

李可唯对销售数据感到十分诧异,但第一时间并没有深究。毕竟,自己并不是专业的设计师,说不定在普通人眼里没什么特色的卫衣,有一批专属的客人,她们就喜欢这样的款式,又或者这种卫衣正好踩中了今年的流行风向,所以才能迎来一个小小的爆发。

林梦瑶设计的卫衣大卖,不用她特地出声,便在公司里传开了,其中少不了林梦瑶工作室竹子和小艾的友情呐喊。她们见缝插针地为林梦瑶做适当的宣传,纵然被众人鄙夷,亦面不改色。

两人这般为林梦瑶呐喊,自然也是有原因的。竹子,寄人篱下,她要想从助理升为设计师,必得依仗林梦瑶,小艾则认为在新人辈出的火车浜7号,总是常常犯错的自己,不至于卷铺盖走人,多亏了林梦瑶的包容。所谓吃人嘴软,拿人手短,两人久而久之也被林梦瑶看作自己阵营里的人。

眼下,林梦瑶对小艾和竹子的吹捧显得很是受用。当然如果是以前,她并不会在意,因为过去很长一段时间,销售榜上,她几乎总拿第一,偶尔一两次被超越,还是因为周南。没错,那个时候,在火车浜7号,她只有一个看在眼里的对手,那就是与她不分伯仲,在实力和资历都不相上下的周南。

可近一年,颜如玉后来居上,陈筱露更是一鸣惊人,其他设计师们也越加成熟,连她一向看不起的小艾和竹子也在这段时间有了飞速的进步。她的地位岌岌可危,况且这一次的成绩还决定了她能否翻盘,所以这次的销量令她体验到了久违的欣喜。

林梦瑶的新款销售量一直持续上涨到第十五天才戛然而止。一开始谁也没有注意到这个大爆款的流量渐渐降低,再后来谁也没有注意到这件鲜紫色的卫衣竟然消失在了页面上。取而代之的是陈筱露那件M字卡其风衣,尽管比起林梦瑶卫衣的瞬间爆发,陈筱露的新款销售量增长有些平缓,但从整个后劲上看显然十分有潜力。

"陈筱露,你什么意思?"林梦瑶气急败坏地走到陈筱露的位置上大叫道。正在陈筱露一脸纳闷,众人也十分诧异时,林梦瑶讲出了自己的卫衣被下架,陈筱露的风衣却排到店铺首位且销量持续飙升的事情。

此话一出,众人皆为之震惊。林梦瑶的新品,大家都以为会成为今年的一匹黑马,但大家想不到的是,这款卫衣已经下架了。

那天中午,林梦瑶第一时间知道这件事的时候,便去问了美工,可美工说,只是遵照营销部的意思。营销部不就是赵云良的部门吗?她本想找赵云良问清楚,却得知对方下午正好请了假。赵云良、陈筱露、李可唯,一想到这几人说不清的关系,林梦瑶心中便是一口恶气,认定是陈筱露在背后做了手脚。

没想到,自己还没怎么动手,对方就来了个先下手为强。

她林梦瑶自打出了校门,这么多年何曾在工作上吃过亏?只有她先发制人,哪里有别人欺负她的份?可如今,她却觉得自己在陈筱露身上吃了多个哑巴亏,却一点便宜也没占到,现在陈筱露不仅跟自己平起平坐,连去巴黎时装周的名额也被她抢了去。

如今自己的新款才上架两周，好不容易销量第一，就被莫名其妙地下架。想想她不过一个进公司不到两年，进设计部更是不到一年的新人，而自己在设计部待了快五年，为了设计部付出了整个心血，这一切凭什么？她不服！

"陈筱露，你不过就是仗着跟Alyssa是好朋友，所以才被升职。你现在又利用赵总对你的好感，利用李可唯对你的亲近，在营销上打压我！我告诉你，我林梦瑶不是那么好欺负的。我一定会让你付出代价的！"林梦瑶撂下了狠话。

"梦瑶姐，请你不要胡说八道。你说的衣服下架的事情，我完全不知情，跟营销部更没关系，你又何必污蔑他人！"陈筱露忍不住出口辩解，脸上却写着茫然与无奈。她实在想不明白，林梦瑶为什么要处处针对她。

林梦瑶这一撒泼，设计部立马炸开了锅。其实设计部的老人们早就清楚林梦瑶看不惯陈筱露，就像当年她看不惯周南一样。工作上她经常时不时找陈筱露的麻烦，但眼下这事情真的是陈筱露做的吗？以这么久以来相处过程中对陈筱露的了解，她们大多不愿相信。

可看着陈筱露的新装在近一周里销量明显有所提升，而林梦瑶的服装却遭遇下架的处理，不得不说这事似乎跟陈筱露脱不了干系，何况陈筱露的"人脉网"已在公司众人皆知。

连一向不往设计部跑的前台小曼，也会亲自给陈筱露送糕点，还美其名曰买奶茶送的。大家当然知道买奶茶会送糕点，可为什么偏偏送给陈筱露？这不是有意巴结是什么？

设计部这一大拨人中也难免有人会这样想。

第五十三章　明升暗降

　　林梦瑶闹得越大，陈筱露身上的争议就越多。有人说她"动用私人关系"，也就是利用李可唯、赵云良等人排除异己，也有人说有了安娜和胡安莉的力挺，陈筱露现在是把谁都不放在眼里。

　　公司里又传开了关于自己的种种非议，此时陈筱露已经非常淡定。无论外界对她如何评判，她知道自己唯一要做的，就是捂住耳朵，专心处理好手中的事情。

　　虽然这些议论模棱两可，可林梦瑶巴不得把关于陈筱露的传闻搞得人尽皆知。以林梦瑶对两位老板的了解，在一个女人成堆的公司里，谁要是有止不住的八卦，谁就很可能成为舆论的牺牲品。

　　果然没过多久，行政人事部姜雪芹第一时间来找陈筱露谈话。若是以前，姜雪芹一定会嫌陈筱露麻烦，总给自己找事。而如今，见证了陈筱露一路的坚毅和上进，对这个外柔内刚的女人，姜雪芹除了同情，更多的是欣赏与认可。

　　"这个陈筱露确实是可塑之才，不过进入设计部后她引起的事情也的确不少。上次她获得参加巴黎服装周的名额，已经让林梦瑶很不满。这次林梦瑶的衣服突然被下架，陈筱露的服装又突然出现在首页，赵总，你怎么说？"

　　前几天，安娜刚飞去国外，林梦瑶和陈筱露闹得不可开交的场面，自然躲不过胡安莉的眼睛。林梦瑶虽然向来跋扈，但毕竟是公司的老员工，又一向深得安娜器重，也为公司立下过不少功劳，而陈筱露虽然来的时间不长，但十分努力，且成绩显著，更关键的是，在公司人缘也非常不错，手心手背都是肉，胡安莉一时也没办法评判，这才想到何不先找赵云良问问林梦瑶服装下架的缘由。

赵云良心知胡安莉所想，于是一五一十道："胡总，大的数据方面，我刚刚已经汇报，从秋装的趋势来看，像帽子、围巾等配饰都十分正常。这次秋装刚上架的时候，我们本来做了一个预售的团购，预售的初期，陈筱露的那款'素人'一直排名第一，其次是颜如玉的'绽放'，然后才是林梦瑶的'声色'。可是到第三天的时候，林梦瑶的那款，一个晚上突然卖了100多件，后面数据也慢慢地上涨，逐渐盖过了颜如玉和陈筱露的两件作品，当时我不知道为什么，就觉得有点奇怪。后来，当我把后台的数据调出来时，才发现一个细节……"

"什么细节？"

"胡总，你看！"

赵云良果断指向了网页后台数据的页面，胡安莉凑上去，这才将其中的猫腻看了个明明白白。

"进店停留时间不超过十秒，之前完全没有浏览过相同的商品……而且付款速度极快，这意味着这些顾客一进我们的店铺就下单……还有这些评论也几乎像一个人写的。"看完数据后，胡安莉瞬间瞠目结舌。有的衣服甚至还没到货就有了好评，这意味着什么，恐怕再清楚不过。

"这分明是在刷单！"胡安莉对此行径十分不齿。林梦瑶明显就是在作弊。前几天，她才从安娜那听到，林梦瑶向她反映用"生日特款"决定巴黎时装周名额的事情太不公平。安娜也心知林梦瑶一直以来的努力，遂决定给她一个机会，却没想到林梦瑶居然用了这样一种方式。

"如果安娜知道林梦瑶这样的行为，她一定不会原谅！"

胡安莉跟安娜相识多年，再了解她不过，知道安娜为了追求设计上的完美，一次次奔赴国外，一次次深夜还在打探当地最有特色的面料，走访国内外最传统的工艺。对于安娜来讲，设计不仅是对艺术的延续，更是对每一位顾客的尊重。

她还记得最初两人合作开这家公司时，安娜原本一直想走"艺术"路线，无奈国内的市场仍旧处于"大众化"阶段，安娜一些天马行空的想法，根本无法让顾客买单。

胡安莉本以为，安娜会继续坚持自己的小众格调，可是她选择了从市场反馈入手，深入客户群体，了解都市白领真正需要什么样的服装。当她发现过于强调"时尚"和"个性"的服饰并不能满足白领们的需求时，她便与胡安莉对公司的产品重新做了调整和规划。无论是胡安莉还是安娜，她们始终认为要面对真实的市场，这是火车浜7号的核心理念,她们也要求所有的员工秉持这一理念。

"我终于知道你为什么把她的衣服下架了。"末了,胡安莉朝着赵云良点了点头。林梦瑶在火车浜7号多年,胡安莉也算一路看着她成长,还曾亲自给她颁过好几次奖,作为一个女老板,当然知道她心中的不甘、嫉妒,却没想到,林梦瑶最终会以这样的方式……

这件事情,若是安娜知道,以她向来爱憎分明的性格,恐怕林梦瑶能留在公司的可能性都很小。如今,或许只能用这个方法了……

中午午休结束后,胡安莉将林梦瑶叫到自己的办公室交谈了一番。差不多一小时后,众人只见林梦瑶面色阴沉地从胡总办公室里走出来。大家不明所以,也不敢追问。

直到第二天上午,公司大厅滚动屏幕的职位调整栏上,赫然出现了一个令大家无比惊讶的人事调动消息——林梦瑶升职了,只不过是升到了童装部。童装部即是指独立品牌阿尔法童装的设计部。而林梦瑶正是从火车浜7号的主设计师直接换成了阿尔法童装的设计总监。

"你听说了吗?林梦瑶突然被调去了童装部,虽说是升职了,可是好像哪儿不太对!"

"是啊,前段时间她跟陈筱露闹得这么厉害,两人现在分开也好……"

"什么叫两人分开也好?怎么被你们说得像谈恋爱似的。这是公司出于管理做出的决定,你们就不要八卦了!"李可唯一走进办公室便听到来拿资料的苏小曼和另一个女生在叽叽喳喳,心想但凡有女人在的地方,大概永远也不缺八卦。不过听到林梦瑶被调走,李可唯倒觉得十分畅快,这样一来,筱露姐在设计部的日子大概会好过很多。

不少员工听闻设计部鼎鼎大名的林梦瑶居然被调到了童装部,多少有些惋惜,而更多人则认为这未尝不是一件好事。毕竟设计部历来不乏优秀的设计师,且不说当初的周南、颜如玉,现在的陈筱露和一众新人个个都表现不俗。

与其待在人才济济的设计部,说不定童装部有更好的发展。尤其是童装部大部分都是新人,纵然有一些老员工,可他们论资历和水平远不及林梦瑶。林梦瑶这一去,想必也能独当一面。

只是面对这看似喜事的升职,作为当事人的林梦瑶,脸上却并无丝毫喜悦。不仅没有喜悦,她的心里还积攒着一堆怒气。昨天下午,胡安莉突然把她叫到了办公室,那根本就是一次"鸿门宴"。胡安莉一开始笑盈盈地问了问她最近的情况,又夸她在火车浜7号这么多年一直勤勤恳恳,末了才提到新款销售数据的事情……

胡安莉是什么人？她当然不会直白地说出,为了争取巴黎时装周名额的林梦瑶竟然做出刷流量这等让人不齿的行为,她知道像她这样的人最爱面子,认为林梦瑶不过是因为记恨陈筱露以及失去了去巴黎时装周的资格,所以才鬼迷心窍。

于是她点到即止地提到那些不正常的顾客浏览轨迹和评论,又借机表示,林梦瑶上次帮童装部设计的一款儿童卫衣大受欢迎。如今童装部正是缺人的时候,也正是需要开拓市场的时候,因此……

一番沟通下来,林梦瑶迅速明白了胡安莉这次会面的目的。她自知理亏,更明白老板是顾念旧情才不愿让她难堪。只是万万没想到,没有惩罚,也没有指责,老板的做法竟然是给她升职。可是要调到童装部。难道以后真要设计那些小娃娃穿的衣服？她可是堂堂的女装设计师,曾被认为是国内继安娜后最有潜力的青年女装设计师,她在火车浜7号曾经连续两次获得过最佳年度设计师,如今要跟童装打交道,无异于大材小用。

偏偏公司里那些不明就里的同事,一见她便连道"恭喜",她只能皮笑肉不笑地勉强应付着。什么叫自作孽不可活,她眼下总算是明白了。

第五十四章　愤然离职

当天下班的时候，林梦瑶将办公室里的物品都移到了楼下童装部。因为东西太多，她分了好几次运送，本来竹子和小艾都提出帮她，可她却以"这几天设计部比较忙"为由委婉拒绝。她哪里不知道这两人平时巴结自己，一是碍于欠自己人情，二是因为自己在设计部的地位。既然以后交集也不多了，这个时候她反而不想去麻烦别人。

只是在走出那间工作室的时候，她的心突然停顿了一下。

这里曾经承载了她无数美好的记忆，承载了她无数个为设计加班的日子，而如今她却不得不离开这个曾经无比引以为豪的设计工作室。所有人看到的是她升职的表象，却没有人知道她内心的难过。要不是陈筱露，她也不会失去巴黎时装周的名额，更不会被迫离开女装设计部。

林梦瑶彻底从二楼设计部搬到了一楼童装部。因为火车浜7号前年才开始打入童装市场，所以童装部的办公室其实是改用了以前的仓库和杂货间，虽然也够宽敞，却不像楼上能感受到四季的阳光。好在楼下听不到呼啸而过的高铁声，很长一段时间，林梦瑶对这个声音都充满了反感，她喜欢在绝对安静的环境里办公，哪怕是春天蜜蜂的声音，她都感到厌恶，可眼下的部门并没有留给她厌恶的机会。

上班的第一天，林梦瑶参观了童装部的样品间，在与几位设计师交流后，瞬间她的心便凉了一截。如果说之前，她还抱有一丁点的希望，现在她大概是心如死灰。

因为胡安莉留给她的根本就是一个烂摊子。

这里的设计师不仅设计基础差,连起码的审美在她看来也有问题,设计师们除了自以为是的傲慢,拿出来的作品根本不能给人看。林梦瑶也终于明白,胡安莉说自己之前帮着做的一款设计为什么能够突出重围。简单来讲,就是这帮人的作品太烂了。

林梦瑶正心烦着,一个男人正好从旁边闯了过来。男人姓庞,叫庞兵,今年二十九岁,是个个子不高、脸大头圆的小胖子。"梦瑶姐,我们一会儿开个会?"男人笑嘻嘻地对林梦瑶道。楼上的设计部清一色都是高素质、有涵养的女性,面对眼前这个油腻的胖子,林梦瑶见他头皮间依稀可辨的头屑,胃里更不由自主地泛起了恶心。

"呃……好。我马上去。"林梦瑶强撑着正在往外冒的酸水,勉强挤着笑容答应道。生怕他不识好歹地再上前一步,自己估计真忍不住会直奔洗手间。

"这个妖精也有今天啊。"这一幕正好被到童装部办事的李可唯看在了眼里,往日里的林梦瑶在设计部是如此飞扬跋扈,可到了童装部,俨然像打了霜的茄子,完全威风不起来。活该有她受的,对于这个向来嚣张的女人,李可唯可同情不起来,只是不知道没有了林梦瑶的设计部会是什么样子。她刚到设计部,李可唯便听到一声打喷嚏的声音:

"阿嚏——"

"竹子姑娘,你这不是被谁给惦记了吧?"

"阿嚏……阿嚏……"竹子吸了吸鼻子,满脸愧疚地对颜如玉道,"实在不好意思,如玉姐,可能是昨晚着凉了。我早上已经吃了感冒药,如果中午还这样的话,我就去看医生,下午绝对不会打扰到大家。真的很不好意思,实在打扰了……阿嚏!"

颜如玉正在绘制设计稿,接连不断的喷嚏声引起了她的注意,所以才略带调侃意味地问竹子。可她没想到,本是一句玩笑话,却让竹子紧张成这样。见对方又是道歉又是保证的模样,颜如玉还以为是自己刚刚的语气过于严肃吓到了对方,便放松了语气解释道:"没事儿,竹子,你别紧张,我只是担心你这样一直打喷嚏,怕是感冒了,所以想让你注意。"

"谢谢你啊,如玉姐,我很害怕你跟林梦瑶姐一样,嫌我吵,让我干脆下午不要来了。我发誓,我一定会控制我自己,不让自己发出太大声音,不会打扰到大家的工作。我会多喝水,我听说多喝水可以不打喷嚏,我现在就去接水。"

听到这里,连方潇都看不过去了:"你说的那是打饱嗝吧,多喝水可以抑制……竹子,其实你真的不用在意,感冒打喷嚏是正常的。我相信如玉姐刚刚真的只是好意地问你,而且大家也可以理解。如果别人发出一点声音就说自己被影响到了,那这样的人,我相信注意力也并不高,所以不要再担心了。竹子,我们不是林梦瑶,林梦瑶也已经走了……"

"林梦瑶已经走了……"竹子仿佛在回味方潇刚刚的话语,准确地说前半段讲的什么,她几乎已经忘了,但最后一句被她牢牢地刻在了脑海里,那就是她曾经的上司,一度对她实行精神操控的人已经离开。而且在月初,她已经通过设计师的考试,也就是说做完这个月,她就可以正式成为设计师了。

想到这里,竹子一下子哭了。众人以为竹子是受制于林梦瑶太久,所以憋屈成了今天这样,现在发现林梦瑶这个大魔头终于走了,往日里的委屈终于有机会发泄了出来,于是纷纷感慨这孩子实在活得不容易。只有竹子自己才知道,她的哭,不是委屈,而是开心的眼泪。因为她终于可以在火车浜7号真正立足,也终于可以按照自己想要的活法做自己了。

一周之后,林梦瑶走进安娜的办公室递交了辞呈。除了阿尔法童装设计部令她着实生厌,更重要的原因是林梦瑶听说周南竟要回来。眼看自己好不容易才挤走的人,如今居然又要重新出现在火车浜7号的设计部,而自以为是胜利者的自己如今却落得两手空空。与其看着周南和陈筱露那帮贱人在自己面前整天耀武扬威,还有一帮童装部的傻子无所事事,什么问题都要问自己,林梦瑶情愿选择另谋他路,毕竟她年轻,有才华,也有资本。

胡安莉和安娜原本都打算挽留,可见一脸冷若冰霜的林梦瑶去意已决,两人也只得表示祝福。不过早在前一天,林梦瑶便已经找好了下家,这个下家不是别人,正是她的男友朴正俊的公司。原来朴正俊也有一家不太出名的女装公司,一直希望林梦瑶去做设计总监,但林梦瑶此前一直十分犹豫,毕竟在钱江,火车浜7号是无数设计师梦寐以求的宝殿。

可眼看自己突然被调到童装部,那还不如去男友的小公司打拼一番,说到底也是自己人,况且她早有跟朴正俊结婚的打算。只是离开这个曾经载满了青春回忆和五年荣誉的公司,她的心中终究有些不舍与不甘,不舍得的是一腔热爱,不甘的却是终究被人替代。

第五十五章 周南回归

　　林梦瑶走后的第二个星期,设计部破天荒开启了热闹非凡的团建。

　　团建的地点是在距离艺术小镇仅十五公里的塘栖古镇,时间是两天一夜,对于设计部的员工来讲,这岂止是团建?更像是一次大规模的集体春游。说起这场活动的由来,不得不提到设计部的小艾。

　　当时小艾本来打算帮朋友问团建的推荐地方,结果聊着聊着,大家突然惊讶地发现,全公司就数设计部从来没举办过部门团建活动。

　　陈筱露见大家其实都十分期待的样子,便连同颜如玉向安娜提出了建议,没想到,这个提议很快就被安娜采纳,且安娜还当众表扬了小艾和陈筱露、颜如玉:"咦,都说咱们的设计师个个独立又有个性,这几年来居然还没有团建过,难得有人主动提议,今天这事我就先拍板了。行政人事部那边我尽量给大家申请足费用,大家也一次玩个尽兴。"见部门的老大都已开口,大家顿时聊得一片热火朝天。

　　而一向爱热闹的李可唯打听到设计部要去塘栖玩两天,当即提出自费跟随,吴榛见李可唯都去了,也"申请"家属陪同……于是原本一个部门小十人的团建,迅速辐射到了品牌营销部、投资部以及整个行政人事部,演变成了整个公司的团建活动。

　　"筱露姐,你可真厉害,一号召,整个公司都去塘栖春游了。"

　　"哪里是我厉害,是你跟着我,吴总才会想去,恰好行政人事部也很久没团建了,姜姐就说要不两个部门一起,别的部门听说了,也都来凑热闹。"陈筱露抿着嘴,笑着说道。

"才不是！筱露姐，你别以为我没注意到。你来之前，设计部从来就没团建过，而且其他部门对设计部一向敬而远之。明面上大家认为设计部很厉害，可私底下，大家都觉得设计部的人又挑剔又高冷，能不沾边就不沾边，哪里会跟着凑热闹？不是你的功劳，是谁的功劳？"

陈筱露心知李可唯是有意说这番话让她开心，一路走来，也只有这位妹妹知道自己吃了多少苦，受了多少冤枉，如今大家对自己的信任也好，认可也好，都是她用实力，用诚意，拼尽努力换来的。她感谢生命在让她经历了种种磨难后，还能让她拥有重新开始的勇气，拥有不顾一切的拼劲。或许这真的就像李可唯说的，这是处女座的特性，一面顽强固执，一面又脚踏实地。

塘栖，位于钱江市北部，与湖州市德清县接壤，既是浙北重镇，也是历朝以来钱江市的水上门户。谈到塘栖，最著名的除了京杭大运河上的广济桥，便是作为特产享誉全国的塘栖枇杷。从5月开始，这里的枇杷便大面积地开始成熟，金晃晃一片，挂在树上，供人采摘。

此时正是当地的旅游旺季，不过因为范思琪的关系，陈筱露以最优惠的价格便预订到了塘栖最具观光价值的民宿，至于伙食和游玩指南，也全都包在了范思琪身上。考虑到公司里大部分是女性，行政人事部将两天的活动也安排得比较轻松，第一天上午摘枇杷，下午逛古镇，晚上户外烧烤，第二天就以自由活动为主，中午吃完午餐回去。

早上一行人驱车首先来到塘栖镇南端望梅路一带的塘栖枇杷特色庄园。这里风景优美，农田肥沃，主要以有机农业观光及四季采摘体验为主。除了枇杷采摘，还有水上游乐、沙滩娱乐、休闲垂钓、CS体验、马术运动等多个活动项目。

看着树上结着的饱满果实，两眼放光的众人早已跃跃欲试。

李可唯倒是爱吃枇杷，可处女座爱干净的毛病犯了，每摘一个枇杷，她都恨不得擦五遍手，尤其那上面又短又细的小毛毛，总让她摘得十分别扭，惹得吴榛在一旁幸灾乐祸。见这家伙不仅不帮忙，还一脸坏笑，李可唯干脆两手一摊，把活交给了吴榛，自己只负责吃，还宣称："帮大家尝尝，哪片的枇杷最甜。"而吴公子也只能身先士卒，为这个偶尔刁蛮的大小姐服务。

陈筱露发现高处的枇杷长得往往更饱满，味道也更好，可无奈自己总是够不到。一旁的赵云良见状，便迎上去主动帮忙，谁知一旁的Andy看得有些吃味，也学着陈筱露的样子，向赵云良撒娇称够不到，赵云良无奈地只能两头跑。

第五十五章　周南回归

几天前，听闻了火车浜7号的团建，王朝和孙红梅也申请作为编外人员加入进来，不过此时的孙红梅已经怀孕，王朝担心得很，坚决不许孙红梅做任何有危险系数的动作，枇杷也不能多吃，所以两人多是在园区散步，并时不时与姜雪芹和几位行政人事部的老人唠嗑。

"要是周南姐在就好了，我记得设计部就数她最喜欢吃枇杷了。"大家将摘完的枇杷付了款，来到了附近的农家乐。刚点好菜，看着桌上满满几大袋子金黄的枇杷，小雨突然感慨道。

谁知安静的门外，突然传来一阵轻快的脚步声。只见来人穿着一套亚麻色中长款女士休闲西装外加一条紧身的深蓝牛仔裤，内搭一件黑色的高领针织毛衣，脚上则是一双白色带跟的休闲鞋。如此简洁时尚而又随性飘逸的装扮，在火车浜7号，不正是"风舞者"的独特风格？——来人，正是刚刚大家心心念念的周南。

"周南姐？"看着这个刚刚自己还惦念的人就出现在了自己的眼前，小雨眼中已经泛起了泪花。

"周南！"陈筱露和颜如玉也没想到周南竟然会出现在这里，两人眉开眼笑，顿时也欣喜不已。

正在众人都无比惊讶时，却见安娜起身朝周南点了点头，两人相视一笑："本来周南打算早上跟我们一起去枇杷园的，不过因为临时有点事耽误了，所以我就叫她过来吃午餐了。对了，趁着这个机会，我也要向大家正式宣布，从下周一开始，南南正式回归火车浜7号。"

"真的吗？太好了。"听到安娜刚才的话，设计部方潇、小艾等其他设计师也激动不已，大家都一直十分怀念周南。

原来回到小城后，周南开了一家高定服装店，因为出色的设计水平，生意也一直不错，只是每每在新闻里看到火车浜7号的消息，听到别人提起这个自己热爱并为之付出无数心血的公司，心中总是有着隐隐的遗憾。

而周南的父母也早就看出了这一点，周父的癌症还未到中期，经过化疗后明显有了好转，已经在治愈中，加上周南的舅舅、舅妈退休后又将房子搬到了她家附近，彼此更加有了照应。二老不希望女儿为自己牺牲心中的梦想，所以才鼓励周南重新回到火车浜7号。

见到同事们热情地欢呼和拥抱，周南的心中同样充满了感动与兴奋。

"欢迎你回来！"在众人的簇拥之中，陈筱露与颜如玉齐声说出了心中最热切和真挚的话语。

随后，一行人吃完午餐，在古镇里闲逛。因为正赶上塘栖的枇杷节，所以这里的活动比往日更加热闹了一些。

"大家快来看，这个还挺有意思的……"李可唯见前面一家大型毛绒玩具店门口竟围了一大圈人，便赶紧跑过去凑热闹。原来这家玩具店的老板正在搞一个"黄金玩偶服装制作"活动，参赛者缴纳一定成本费后，可为店里最受欢迎的招牌玩偶制作衣服，在规定时间内，谁做的衣服最受欢迎，不仅费用全退，还能带走全场任意一个娃娃，不管价格多少。

"这个有趣，咱们火车浜7号再怎么也是知名服装公司，设计部更是在业内首屈一指，要不，设计部的同事们来试试？"王朝见李可唯一脸兴奋，其他女同事也对玩具似乎十分感兴趣，便提议道。

"那我来试试吧。"

"那我来试试吧！"

周南和陈筱露异口同声地说道。

而此时，另一个角落里，一个身穿紫色针织衫、身材苗条性感的女人也在前一秒钟报名了这个活动，这个女人就是今天与男友朴正俊来到塘栖度周末的林梦瑶。中午的时候，她跟朴正俊也去枇杷园摘了枇杷，不过林梦瑶怕紫外线，没在院子里多待，只摘了一两斤枇杷便结账走了。

两人吃完饭在古镇闲逛，正巧看到了这个给玩偶做衣服的活动，在朴正俊的提议之下，林梦瑶也起了兴致，于是也报了名。只是没想到做好后，正当票选最受欢迎的娃娃衣服时，林梦瑶竟看到了自己最不想看到的两个人——周南和陈筱露。她们的身后还站着火车浜7号的很多熟悉面孔。

"我在设计部那么久，也没见团建过，我一走，不仅周南回来了，大家还组织一起度假。还真是和睦！"林梦瑶不由心痛地冷笑。她林梦瑶究竟有多不受欢迎，不仅前脚一走周南就回来，而且现在大家明摆着比以前她在时更团结，看来自己待在火车浜7号这么多年，还真不受欢迎。

"好了，时间到，大家的衣服都做好了吧。做好后可以给娃娃穿上，然后放到前排，我们请现场观众投票了。"此时漂亮的女店主向大家宣布道。

现在虽然有二三十套玩偶的衣服，但相比之下，谁优谁劣，一目了然，大部分衣服不是颜色太花哨，就是跟玩偶本身气质不符合，只有三套衣服，跟玩偶可谓相得益彰，最后因为只能投一票，所以大家艰难地做出取舍，最后胜出的是3号——正是陈筱露所做的衣服。

"筱露,恭喜你,没想到你不仅女装设计厉害,做娃娃的衣服也很厉害。"周南真心地称赞道,其他人也赞同地点了点头。

"你当然没想到,人家不过才来一年多,就可以跟安娜去巴黎时装周,还处心积虑地把我赶走!"人群里突然冒出一个熟悉的声音,谁也没想到竟然是离职不久的林梦瑶。

周南来之前便听说了林梦瑶的事情,认为是她咎由自取,现在又见她有意找茬,有些愠怒道:"林梦瑶,你别血口喷人,你是自己辞职的,关筱露什么事?人都走了,我劝你嘴巴放干净点。不要再搬弄是非!"

"是呀,梦瑶姐,你少说几句吧……"小艾等人也劝阻道。

"好啊,你们真是情如姐妹,够团结的,是我搬弄是非……周南、陈筱露,我早就知道你们是一伙的,现在反正我也离开火车浜7号了,你们就一起欺负我是吧。我林梦瑶,会记住今天这一切,你们等着,迟早我会让你们都付出代价的!"林梦瑶咬牙切齿地说完,便拉着朴正俊的手走了。

只留下火车浜7号一群人无限唏嘘。

第五十六章 618活动

"同志们,马上就要到618了,这是双11之前,我们最重要的一个促销活动,这一个多月看得出,无论是营销部还是设计部,包括其他的部门,都已经在提前准备,希望在这次购物节里,大家全力以赴,能够一举突破销量,取得辉煌成绩,拿到丰厚奖励,大家有信心吗?"

"有!"

"有!"

"有!"

周一的早会上,胡安莉正为火车浜7号的员工们打气。618,一个近几年十分盛行的网络购物节,虽比不上双11盛大,但其辐射度同样不可小觑。尤其是6月正是夏季来临的时候,这个阶段无论是女性的消费能力还是购物欲都达到了峰值,而每年的这个时候,也是火车浜7号女装的一个销售旺季。

作为开启下半年的重要促销活动,不只是服装行业,各大电商公司也早已开始精心筹备。其中涉及的事项很多,首先是价格的限定,为了保证顾客们在618活动期间买到的价格是最低的,从5月份开始,系统便开始了计价环节,这意味着在至少一个月的时间里,各大品牌不能做任何促销活动。

然后是宣传的投放,从外部的双微一抖,到内部的电商直通车、直播,前期流量看不到、摸不着,烧下去的每一分却都是真金白银,有些数据很难反映客户的真实购买意愿，如何分析利用所获得的数据，就取决于营销者长期以来的敏感直觉。

最后还有复杂的优惠活动。因为618各种优惠活动繁多，除了店铺优惠、品牌折扣，还有系统自带的满减活动，这也就意味着，如果无法精确地核算出成本，那么很可能一场活动下来，看着销售额，自以为赚得盆满钵满，事实上，最后对账时才发现辛苦一场，竟然是亏本的。

这样的例子外行人听着是个笑话，可在业界确实不在少数。

"如今的设计部有周南、颜如玉，还有陈筱露，相信成绩一定不俗。"

"对呀，对呀，营销部副总监李可唯的能力也不错。自从Alyssa签约后，在她的运营下，我们微博的粉丝涨了近百万，互动也比以前多多了……"

"相信这次618，公司的业绩一定会再上一个新台阶，我们到时候到手的奖金也肯定不少。"

随着618的逼近，备战618的声音在火车浜7号层出不穷，从客服部到设计部再到营销部，在被初夏的热气笼罩的白墙黛瓦中，往日里那些或雀跃或沉稳的步伐渐渐被匆匆的步履代替，一种大战即将来临的焦虑感在每个角落里蔓延。

二楼的设计部是火车浜7号里的最忙碌的区域之一。今年的618，安娜头一次提出了加款的要求，虽然今年的销售量一直在增长，可这半年火车浜7号的研发却明显落后于其他家，所以，趁着今年618这个契机加款，是一个非常好的机会。而设计师们也铆足了干劲，几乎每天都在马不停蹄地赶工。

眼看就要到中午，陈筱露还在电脑上修改自己的新款设计图，而此时一道熟悉的声音突然从不远处传来。"筱露姐，你还在忙吗？中午一起吃饭呀！"说着，李可唯赶紧凑上去，拥抱住了陈筱露。

最近李可唯很忙，除了自己的本职工作，她与吴榛更是想尽办法在寻找那位失踪的二哥，为找到欧阳旭光事件的真相不遗余力。他们几乎每过两三天就会给二哥的妻子打电话，但直到现在二哥仍未露面，就像断了线的风筝般杳无音信，显然还在避风头。如今，他们也只能耐心地等待。

见陈筱露盯着电脑上制作出来的新款——一套亚麻拼接的小西装，李可唯一下忍不住惊叹："筱露姐，你的设计真是巧夺天工！就是这件衣服好像在哪里看到过。"

"眼熟？可唯，你应该记错了吧。"陈筱露觉得李可唯肯定看错了，这件衣服是昨天才设计出来的，怎么可能会觉得熟悉？李可唯心想也是，估计是最近一直看各种衣服，眼花了。

可晚上李可唯回家刷微博时，突然翻到了昨天大学同学转发的一个公司抽奖微博，抽奖图片的内容却让她大吃一惊。"这不就是筱露姐最新的设计？"看到这里，李可唯立马截图，并打电话告诉了陈筱露。

然而通过李可唯发来的截图，陈筱露找到了原微博，却发现那张跟自己的设计一样的图片已经被编辑，取而代之的则是一张陌生的服装图片。"真是奇怪了，怎么会有一模一样的设计，难道是巧合？"陈筱露心中不禁疑惑起来。

随着周南的回归，设计部如今士气大振，大家纷纷誓要拿出自己最佳的作品，而经过连日的努力，所有的款式总算赶在了618前准时上新，更是在预售阶段便突破了去年同期的成绩，这让大家兴奋不已。

就在6月18日当天，整个火车浜7号的销售业绩更是去年的两倍不止，尤其是这次新加的夏装和秋装分别在这次618的女装类目中获得了第一、第二的名次，这让胡安莉和安娜在第二天便大手一挥，请全公司的人去临江最豪华的酒楼，庆祝这次取得的惊喜成绩。

然而令众人狂欢的氛围却只维持了短短两天，准确地说，应该是不到两天，因为很快大家便意识到，面对超高销售量，需要考虑是否有充足的商品库存，是否有实力雄厚的服装生产商，能提供强大的后续供应链。可就是在供应链的环节出了问题！

因为节前的预测大家的态度十分保守，预估的服装销售数量与金额只比去年略高。所有人都没料到周南回归团队，加上Alyssa在自己微博上的转发，让火车浜7号这次发挥太超常了。可火车浜7号原本的供应商，根本出不了这么多货。一般来说，生产两千件衣服需要五天时间，而火车浜7号一夜之间比预期多卖出一万件，则必须要找到更多的厂家去消化这笔订单。

虽然618有延迟发货的政策，可是如果不能在三天内找到合适的生产商，那么火车浜7号便会因为无法按时发货而面临巨额赔偿，甚至遭遇顾客的疯狂投诉。不仅是安娜，胡安莉也为此焦头烂额。因此两人都在办公室里绞尽脑汁地想着解决问题的办法。

"安娜，你这边有多少国内厂家的联系方式？我这里加起来估计有一两百，不过很多这几年都没联系，不知道有效厂家还剩多少。我知道你国内待得少，现在互联网这么发达，你可以试着联系一下你国外的朋友，看能不能以最快的速度找到适合我们的厂家。不然，这次可就险了！"

"好，安莉姐，我马上行动。"

如今之计，胡安莉只能用最原始的方法找生产厂家，那就是根据通讯录一个个联系，先从最熟悉的合作伙伴开始问。然后就是以前有过接触的留下名片的厂家。这是胡安莉早年就留下的习惯，绝不轻易丢掉一张名片。

很多次，在自己快绝望的时候，胡安莉发现能帮上自己的往往是一些并不亲密，只是偶有联系的人，胡安莉不懂心理学上那个著名的富兰克林效应，但她骨子里觉得那些帮过自己的人或者与自己有过一面之缘的人，都是上天带来的，相遇必有缘由。所以这次她也不厌其烦地拨打那些似熟非熟的电话号码。

安娜在国内的时间本来就不多，认识的厂家更少，她的朋友圈大部分都是艺术家或者设计师，很多还是外国人，所以她采用的是发邮件的方式，在邮件中说明自己的需求、合理的价位，然后在中文后附上一篇翻译，群发至世界各地，这种做法颇有大海捞针的感觉，但总的来讲，也还真有效。

经过两天努力，两人各自找到了一家相对知名且价格合适的服装厂，但最符合条件的那家因为时间太赶只能完成2/3，也就是说还有1/3的缺口，补货仍然面临着十分严峻的问题。

"还有一部分订单怎么办？如果我们一直不发货，会不会导致退款？"安娜向来只专注于设计上的事情，因此对公司的运营问题和平台规则并不熟悉。

"退款是不行的，且不说会有失对顾客的承诺，单从平台的角度，对公司声誉影响很大，火车浜7号不能犯这个错误。我们再想想办法。"

就在两人交谈时，胡安莉的手机上突然出现了一个陌生号码的来电，对方自称叫严军，说是胡安莉一个姓黄的朋友推荐的，她说这笔单子自己刚好可以承接。

"你说的是真的？太好了，感谢感谢！不过价格能不能……"因为知道他们目前在找生产厂家，严军毛遂自荐，只是因为时间上比较急，所以价格比预计的贵了一些。要知道虽然服装的定价不低，但加上营销、推广的费用，以及员工工资等，其实利润也并不高，而对方明显有些坐地起价的意思。胡安莉在这头磨坏了嘴皮，可对方仍旧咬住高额价格不放，为了能够顺利生产、准时发货，胡安莉和安娜也只能忍痛同意了对方的要求。

眼看在最后一天里，事情终于解决。夜幕下，胡安莉与安娜像两个劳累的工人般，坐在休息厅里面面相觑，神情里更多的是相互都了解的那种不甘。如果此刻有人正好经过火车浜7号走廊，看到椅子上神色空洞的两个女人，恐怕没人能认出她们便是火车浜7号的两位老板。

"来，胡总。"休息片刻后，安娜觉得有些口渴，便在门口的贩卖机里拿了两瓶苏打水。她不喜欢喝那些甜甜的汽水，觉得里面都是糖精，还是苏打水让她觉得更安心。

胡安莉拿到水后，发现自己拧不开瓶盖，便把握着水瓶的手往前递了过去，安娜则微笑着以最熟练的手法将瓶子拧开,然后又放回到胡安莉的手中。这一系列行云流水的动作,在外人看来更像是一种姐妹间长年形成的默契。而没人知道,她们的第一次见面正是因一瓶矿泉水而结缘。

安娜至今记得她当时毕业不久,跟随老师慕容英照在一个晚宴上遇到了浑身珠光宝气、从容自信的胡安莉。在安娜的第一眼看来,胡安莉便是一个典型的将野心写在脸上的女人。安娜自认并不善于交际,对于整个晚宴上一直推杯换盏的胡安莉虽然颇有印象,却没有主动结交。而胡安莉酒过三巡之后,口渴难耐,可谁也没有想到,前一秒还指点江山、挥斥方遒的女强人,从小到大便有"拧不开瓶盖"的毛病。

于是在洗手间外的水池旁,已有些微醺的胡安莉也同今日这样,将手中的矿泉水瓶伸到了安娜的眼前,安娜在一个愣神后,立马明白了这个陌生女人的意思。谁也没想到这个微小的举动,让安娜在那一刻升起了保护这个女强人的欲望,她第一次跟随着一个陌生女人来到对方的家中,也第一次知道了这个雷厉风行的女人背后所不为人知的故事。

其实那个时候,胡安莉虽然经常出席这样的宴会场合,实则并不富裕。因为父亲欠下的外债,外加自己的服装生意刚刚开始,她一直尽可能把握住每一个机遇。那个时候并没有什么互联网,一个女人做生意没有男人那么容易,所以抛头露面,到处打点关系,就成了生活必需。也是在那个时候,因为年轻任性,胡安莉伤害了不少追求她的男人,直到遇到了现在的丈夫Eason。他给予了她无限的包容和宠溺,也让她真正成熟起来……因此才有了今天火车浜7号的胡安莉。

那一晚,胡安莉断断续续给安娜说了很多自己的人生故事……从儿时的艰苦、成年后的打拼、情感的不顺,再到还债的艰辛。这让不善言辞的安娜非常动容。以至于后来,胡安莉提出两人合伙时,安娜想都没想便答应了下来。

"对了,这段时间我一直犹豫要不要告诉你。你知道吗?那个人居然死了,听说是自杀……也许是报应吧。希望胡洁在天之灵也可以安息了。"胡安莉突然想起了什么似的,长叹一口气,然后对安娜轻声说道。

"是吗?"安娜顿时双目圆睁,非常惊愕,事态怎么就走到了这一步?那个曾经让胡安莉和家人十分不安、反感与不耻,此后又间接导致堂妹胡洁亡故的扫把星,死了?

安娜从胡安莉短暂的沉默中感受到了她内心的波澜。她自己同样情绪复杂,这件事的种种意外和前前后后……最后安娜还是收拾了自己的心情,一字一句地对胡安莉说:"一切都太失控……也许,这事就只能这么了结吧……"

"唉,这是因果报应吗?堂妹在天之灵看到这个结果,她会得到安慰吗?安娜,不管怎样,事态的发展已远超你我的想象与控制。但愿以后有机会跟相关人说清楚。你很仗义,为我们家两肋插刀,并没有做错什么。这也不是你我想要的结果。事已至此,只当上天安排,息事宁人。"

安娜点了点头。二人四目相对,双手紧握,心结已然化解,不觉都热泪盈眶。

第五十七章 仿品事件

"老杨,老杨,你最近是不是很忙啊?"自打618后,原以为客服会逐渐轻松起来,可这几天李可唯见老杨每天都是神情严肃地不断在回复客户,甚至一连好几天都在加班,在办公室连喝水的时间都没有。

"没办法,不知道怎么的,这段时间每天都有特别多的客户来退货,所以完全忙不过来!"老杨口中回复着李可唯,手指却飞快地在键盘上来回地敲打着。

"嗯?是因为618销量大涨所以相应的退货量也提高了吗?"

"可能是。不过奇怪的是最先发的货,退货率非常低,反而是后面发的衣服,退货率实在太高。这两天处理得我手都软了。"

"那奇怪了?难道说是衣服本身的问题?"李可唯觉得这事实在蹊跷,中午的时候,便找机会告诉了自己的老大赵云良。

赵云良向来心思缜密,尤其对数据十分敏感,听说了这种情况后,立即调取了618前后后台所有数据,结合退货时间和客户的评论留言,立马断定,不是因为衣服的款式或者尺寸等不合适,而是衣服本身质量的问题,后面发的衣服,也就是新生产的,其质量明显不如之前,所以才导致了后续异常高的退货率,最好的证据就是有客户先后买了同一款裙装的不同尺码,后面发出的衣服不仅拉链没对齐,线头也比之前更多,所以才导致了退货。

"胡总,后面衣服的质量远不如之前的,是否因为库存不足换了生产厂家?"胡安莉没想到赵云良一针见血便指出了问题所在,当即便判断出这批服装一定出现了不少退换货的情况。要知道为了紧急生产出后面的衣服,胡安莉可是加了一倍多的价格,利润本来已经降低了,可衣服质量却如此差,实在让人生气。

当天下午,胡安莉一气之下,气势汹汹地"杀"到了对方的工厂,却得到了一个让人意外的消息,该公司员工称,严军早就在去年10月份的时候已经离职……

"离职?怎么可能?"胡安莉觉得此事太过蹊跷。这一连串的事情完全不似巧合,而是有人蓄意为之。可是他是怎么知道火车浜7号在生产上遇到了问题?又为什么要刻意陷害火车浜7号?是竞争对手所为,还是内部人员泄密?胡安莉心中百思不得其解,当下只觉乳房一阵胀痛,估计是乳腺又发炎了。胡安莉轻摇着头,实在是两头都不休啊。

经过品牌营销部计算之后发现,当月因为服装质量的问题,退货率已经高达35%,整个月店铺的信誉和销售额受到了严重的影响。

"到底是谁在背后搞鬼?"胡安莉疑惑。

"新上的秋装怎么都没什么人买啊?"趁着中午的时间,苏小曼才吃过饭就回到座位上刷淘宝,难得刚发了工资,她第一时间便想着买件新款来犒劳自己。自从恋爱后,苏小曼的日常花销比以前更大,每月的收入有限,支出却跟流水一样,为此她只能在游戏上少花钱,尽量把花销都放在看得到的地方。唯一欣慰的是,在火车浜7号买衣服可以享受员工内部价。

可就在苏小曼浏览着页面上的服装图片时,看到近一个月的销售量,苏小曼却明显傻了。以往的新款上架一周,随便一个大众款卖100来件都不成问题,可为什么这次很多衣服只卖了一个零头,反而是服装的小配饰销量大增?

"哎,赵总,你说是不是我们618活动优惠太大了,把顾客袋子里的钱都花光了?"苏小曼见赵云良正好经过,赶紧拉住他。

"你在说什么啊?"赵云良一头雾水。

"我刚刚看我们店新款的服装618后都没有卖几件,关键是款式都特别好看,所以在想是不是之前的优惠力度太大了……"

虽然苏小曼平时大大咧咧,可是这话在赵云良听来,却大有信息。难道是运营上出了问题,直通车、推广、展示位还是平台的问题?赵云良第一时间便将后台的数据查看一番,又仔细核对了店铺运营状况,可一切都十分正常,然而针对店铺中的新款,客户们却大多只看不买,反而是配饰的销量远远高于服装。

这样的情况又持续了快一周,赵云良实在看不出所以然,可公司里却不知是谁走漏了风声。设计师都十分诧异:"为什么衣服卖不掉,陈筱露设计的那些配饰,什么包包、袜子、亲子围裙却大销?实在是很奇怪。"

不仅是他们,连陈筱露自己也十分纳闷,明明自己做的配饰完全是为了跟衣服相搭,要论特别,只能说增加了一些自己想呈现的元素。原本配饰卖得多也没什么问题,可相比之下,衣服卖得太少就有问题了。

办公室里几个客服为此也十分犯愁。尤其是老杨,"金牌客服"这个称号对于老杨而言,绝对不是徒有其名。

她不仅嘴甜、勤快、努力,更要紧的是她一向脑子灵活,善于总结经验,发现问题,这段时间服装的质量并没有下降,设计上也没有任何问题,照理说这个月的业绩不会这么惨。

马上就要放暑假了,女儿小杨要去参加云南的夏令营,还说如果考到全年级前十名,妈妈就要带她去迪士尼乐园,老杨已经给女儿放了话,这里头衣食住行,全是钱堆出来的,而客服这份工作,全靠销售业绩,前不久才发生了大量退货事件,现在服装销量又这么低,老杨的心情简直郁闷到了极点。

这一切更迅速地传到了李可唯的耳中,赵云良明确地告诉她从数据来看浏览量丝毫不减,可订单率却持续走低,而在品牌营销部,她十分清楚并没有任何疏忽之处,该做的活动一个不少,甚至最近因为她的创新,各社交平台反而比以往更加活跃,原因究竟在哪儿?

李可唯心中也是充满疑惑,因为陈筱露设计的配饰大卖,公司里又开始出现针对她的声音,李可唯觉得怎么事情总是一波未平一波又起,见周围的客服们个个垂头丧气,心里更是焦急不已。

眼看快到中午,李可唯原本打算去找陈筱露吃饭,见平时总是忙忙碌碌的老杨一个上午一直失魂落魄地盯着空空如也的订单,心想要不将她一起约上,说不定她们这分别来自三个部门的人能聊出点什么。老杨对于这突如其来的邀约有些恍惚,不知道李可唯葫芦里卖的什么药,但也没有拒绝。

老杨跟着李可唯将陈筱露约在了一家稍偏远的餐馆,三人又默契地选了个最空当的地方。李可唯正想着怎么开口,话却被老杨提前说了:"筱露,我想问你一件事情。"

"你说,老杨,什么事情呢?"陈筱露知道老杨是公司的老客服,虽然两人很少打交道,但对彼此都并不陌生,听到周围的同事都叫这个看上去有些娇小的女人老杨,陈筱露便也跟着这样叫道。

第五十七章 仿品事件

"为什么最近火车浜7号的服装销售这么差,但你设计的配饰反而一直在增长?"

陈筱露料到老杨心中也有疑惑,只是没想到她问得这么直接,便老实地说:"其实,我也不知道,我觉得我设计的配饰都很普通,正常情况下,不会有这么多人买,而且即便买,也应该是跟服装一起搭配着买!"

听陈筱露这么一提,老杨觉得更奇怪了:"为什么你觉得即便买也会跟服装一起搭配着买?"

"因为这些配饰都是按照衣服的风格来设计的,如果单独拎出来,我个人认为效果并不会很好。"

"那这么说,为什么很多人愿意买配饰却不愿意买服装,不是很奇怪?"

李可唯听出老杨也对陈筱露有所怀疑,心中便感觉不快道:"我说老杨,这个你问筱露姐有什么用呢?难道你也跟他们一样怀疑是筱露姐在从中作梗,这样对她个人有什么好处吗?你还不如去问问那些顾客,为什么不买衣服只买配饰?"李可唯见两人争执不下,便忍不住插嘴。

可正是这句话提醒了老杨:"你再说一遍?你刚刚说的话?"

"怎么,我说错了吗?我说配饰卖得好,筱露姐也不是故意的!"李可唯也不怕得罪老杨。

"不是这句,下面一句!"

"这样对她个人有什么好处吗?"

"不是,再下面一句!"

"我的意思是,为什么不去问问那些顾客呢?"

"对的,就是这一句,怎么我这么傻,把这一点给忘了。我应该直接去问客户呀!"

老杨自然不必挨个去问,她有自己的"内应"。

早年来火车浜7号的时候,这里的客服就两个人,因为团队成立时间不久,仓库发错、发多,客户对样式、质量不满意,各种棘手的问题都是她一个人在处理。有时候为了让客户改一个中差评,她更是使尽浑身解数,又是求情又是倒贴礼品,所以微信上有不少客户都是当年被她笼络下来的熟人,后来但凡火车浜7号有什么新款、特价,她也会第一时间通知她们,一来二去,关系便不只是客服与客人,还有朋友那一层。

老杨当了这么多年的客服,自然知道如何委婉问询。不多时,她便得到了一个惊人的消息:这事确实不赖陈筱露,甚至多亏了她,不然等真正发现的时候,恐怕为时已晚!顾客之所以只看不买,是因为最近市面上出现了多批不明来历的盗版服装,其价格只有火车浜7号的一半。

可是她想不通的是：为什么会是火车浜7号的衣服？而且从价格和用料来看，性价比还能做到如此之高。对方分明是想不惜一切以价格战的方式搞垮火车浜7号的品牌！

火车浜7号并非小公司，要模仿不难，但要模仿得够好，得到客户的认可，这一点也不容易。老杨觉得这件事显然已经超出了自己的认知范畴和能力之外。她必须将这个问题报告给老板，可偏巧不巧，老板胡安莉竟然请假了，而且还是一周……要知道在火车浜7号，胡安莉可是著名的劳模，除了国家法定节假日，她几乎从来不休年假，究竟什么事情能让她休息一周？这样的关键时刻，她到底干什么去了？老杨此时只觉得心乱如麻。

第五十八章 四面楚歌

"什么？国外市场也出现了大批仿品？"

一大早，陈筱露便见安娜接到了赵云良的电话，说海外市场也出现了仿品的事情。她惊讶地大叫起来，并"噌"地一下子就从椅子上弹了起来。

火车浜7号在韩国、日本、新加坡等国家的布局区域，也出现了大量的仿品，这些仿品跟火车浜7号的当季服装几乎是同一时间上市，无论版型、色彩还是用料，相似度极高，甚至连品牌的字母都十分相似，而且在各大卖场里比火车浜7号更提前一步铺货到位。从国内到国外，对方费尽心思地做这一切，看上去根本就不是为了简单的利益，更像是一种赤裸的挑衅？

虽然火车浜7号在国外市场才起步不久，可对于安娜来讲，却是她这几年的心血。别人只看到她频繁出国旅行，打卡各种时尚胜地，与时尚名人聚餐，每天参加各种形形色色的party，却不知道她这几年的时间，除了大家看到的那一面，大部分时间都在积极地筹备海外市场这一块业务，眼看海外市场经过这两三年的时间才刚刚铺开，却突然遭遇这样的重击……

"胡总，我们可能要马上召集所有高层，我这边再带上陈筱露和周南，大家开个会。"

会议室里，众人的面色凝重。听安娜说了详细的事情经过后，大家不免既气愤又困惑。

"在国内与国外同时流通着大量火车浜7号的盗版服饰，这实在太奇怪。如果不是被人盯上，万万不可能在一夜之间出现这样的巧合，而且对方不仅有备而来，实力也极其强大。"在火车浜7号的高层管理会议上，身为品牌营销部的主管，赵云良率先提出了自己的假设。

"听说我们新上市的服装对方早在一周之前就已经通过社群和直播在做销售了！我们不仅告不了对方抄袭，对方甚至还可以反咬一口。"吴榛这几天也通过朋友打听到了这批仿冒者的信息，但对方的身份十分神秘，他们通过购买知名品牌北极熊商标，炮制出大量仿火车浜7号的服饰，又将营销和策划找专人外包。"完全不像是为了利益，倒像是为了打击火车浜7号。可我问了不少朋友，也跟投资机构聊过，目前火车浜7号并没有再融资的打算，也没有其他投资计划，对方的这一招实在不知道是为什么，我也觉得太蹊跷了。"

"而且对方不仅在选料上极其精准，连细节也高度相似，根据刚刚吴总说的，对方不像是为了利益，仿佛更像是为了报复？"

"报复？"听到陈筱露口中的这个词，胡安莉与安娜同时一惊，两人彼此交换了眼神，心里却是难掩的疑惑。谁会报复火车浜7号？她们又曾经得罪过谁？那个人已经死了，不可能是其他人，不可能。再说火车浜7号经营的这些年，似乎也没跟任何公司结过仇怨，"报复"二字实在无从谈起。

"会不会跟上次Alyssa的事件有关？上次Alyssa到火车浜7号也是有人在事情发生后偷偷地在网上通知了粉丝，又把这件事第一时间推上热搜，只是没想到，最后因祸得福，Alyssa竟然与我们签约。"姜雪芹想了想，猜测道。

每个人的话似乎都很有道理，但仔细想想又差了点什么。想到姜雪芹刚刚的提示，此时，胡安莉突然意识到，618的退货事件才发生不久，紧接着就出了仿品的事情，莫非这两件事是同一对手所为？不然绝不会这么凑巧。可这个对手究竟是谁？又是出于什么原因有意攻击火车浜7号？

"吴总、赵总，这件事，我希望你们互相配合做个调查。一周之内找出那个在背后与火车浜7号作对的公司！特别辛苦一下吴总，你看看能不能找到更深层次的原因！接下来我们成立一个危机应对小组，品牌营销部的赵总将全权负责此事，同时姜雪芹和安娜配合参与！"胡安莉叮嘱道。

"好，胡总。"在场的人异口同声地回答道。

众人散去。

"太可怕了，难道是公司的内奸？可谁会这么干？而且这一系列的事情，很难说不是蓄谋已久。"行政人事部内，大家七嘴八舌地议论着这段时间火车浜7号连连出现的事故。

"之前618大量退货的事情，好不容易让顾客平复了情绪，现在有人做这种低价倾销的事情，对我们品牌不是重创吗？"

"啊，公司是不是得罪了什么人？照这么下去，恐怕我们也得另谋生路了……"吴颖听前面一位这么说，觉得目前的情形实在不容乐观，这是她入职以来，第一次看到火车浜7号遭遇如此困境。这两天刷微博时，看到官方号下面好多网友都在留言，怒骂火车浜7号抄袭他人，还说618买的衣服质量太差，远不如隔壁家更便宜。

"不会吧，我工作还没到一年啊，还指望发了年终奖，给自己买个包包……"此时的张美凤早已不是当初那个戴着眼镜扎着马尾的实习生，自从转正后，她的打扮开始一天天成熟起来，不过有一点没变，就是惦记的仍旧是自己的钱袋子。

"你们都是老员工了，不要在这里胡说！"姜雪芹刚从会议室出来，便听到几人在叽叽喳喳地议论。为了稳定军心，她立即用严厉的语气呵斥了几人，但内心并不比大家好受。

设计部中，虽然大家依旧如平日般各自忙碌着，可心里都有些忐忑不安。

小艾原本设计得就慢，而最近几天更是十分拖沓，导致打样的时间不得不延期。而陈筱露、周南和颜如玉，虽然心里也同时焦虑着，可表面上她们不得不树立形象，维持着平静与镇定。唯有三人在一起时，才会流露出对事态的关心和对公司的担忧。

然而，就在事件还未取得重大进展，火车浜7号开始人心惶惶之时，一个更大的消息却在火车浜7号不胫而走：董事长胡安莉莫名"消失"了。

各个部门需要胡安莉签字的报表，都被她的助理拦下，表示需要推迟几天处理。但几天之后，胡安莉依然没有在公司出现。公司的高层们对此讳莫如深，几乎没有任何一个领导透露出丝毫的风声。尽管火车浜7号的一切秩序如常，可一连十几天见不到胡安莉的公司，就像少了主心骨一样。

直到半个月后的下午，火车浜7号的大群里，久未露面的胡安莉却突然发了一条信息：本周一总结例会上，我有要事宣布！希望每位同事按时到场。

究竟是什么要事？为什么胡总会消失这么久？仿品的问题解决了吗？此刻无数个疑问萦绕在大家的心里，只等着有人能够答复。

第五十九章 事出突然

周五上午。

"我的天,太好了!胡总今天终于回来了,公司这下终于有救了!"

"哎,这说不定呢,也不知道胡总为什么消失这么些天,'要事'不一定是好事啊!"

"我觉得不管是什么对手,火车浜7号都能击败,我相信胡总。"

今天李可唯一进公司,便见前台苏小曼那儿围了一圈人,原来是今天胡总要回公司这事引起了大家的各种猜测,不少员工认为胡总的这次"失踪"一定是去想办法了,火车浜7号这次也一定能转危为安,渡过难关,而少部分人则心存犹疑,认为事情也许另有蹊跷。

其实前两天李可唯跟陈筱露也讨论过,虽然陈筱露参与了之前关于仿冒服装的会议,但对胡安莉突如其来的消失原因并不知情,另一边,在问及胡安莉的情况时,吴榛也摇了摇头,只说再等一天,胡总会亲自向大家说明。

两人的心中都有些忐忑与不安,也许是出于某种直觉,她们并不认为事情会像大家想象的那样顺利解决,反而两人都有某种不好的预感。

下午5点,胡安莉才如约出现在了公司。只见她比两周前消瘦了不少,头发也剪短了,身上却是穿着一套酒红色的V领长裙,显得性感而妖娆,只是面色十分憔悴,仿佛再多的粉底也遮不住。胡安莉回来后,并没有直接到自己的办公室,而是先召集吴榛、赵云良几位管理人员提前开会。直到快下班时,总结例会才开始。

第五十九章 事出突然

因为消失两周的大老板突然回归,火车浜7号的员工们个个都像打了鸡血。即便是消息最不灵通的供应质检部,这段时间发生的各种事情也早已在部门里传得沸沸扬扬,俗话说:公司好,大家才好。如今看到胡总安然回归,大家的心也安定了许多。

"各位同事们,好久不见了!"会议室里,胡安莉努力撑起脸上的笑容,和大家大声地打招呼。

而台下的人因为这久违的声音也一阵振奋,只是大家的脸上不禁显出疑惑,究竟这段时间胡总去哪儿了。

仿佛猜出了大家的想法,此时胡安莉依旧保持着一贯的微笑,像往常一样,让行政人事部总监姜雪芹先主持例行的汇报工作,同时会议纪要由吴颖记录……

时间一点一滴地过去,一个小时后,例行会议内容也全部结束,此时胡安莉果然开口,为大家解开了心中疑惑:"关于近期市面上出现大量火车浜7号的仿品,目前我们已经得知对方是蓄意而为,是有预谋地针对火车浜7号,同时已经将设计师们的初稿图纸和打样时间作为有力证据提交,无论对方的实力多么雄厚,我们不介意与他们对簿公堂,以法律为武器捍卫我们的名誉。而且对于该家公司,我们已经有了部分线索,以赵总为首的危机应对小组也在全力解决这件事情!"

眼看胡总对仿品事件总算有了处理方法,大家悬着的心也放了下来,只是对于老板前段时间不见踪迹,仍有些疑惑。

而就在所有人窃窃私语的时候,只见胡安莉突然起身,表情复杂地再次开口:"对了,还有一件事情。我在这里向大家宣布,因为个人身体原因,我必须卸任CEO的职位,同时暂时离开火车浜7号一段时间。在昨天的股东大会上,我也做出了请辞的说明,今后将由赵云良担任火车浜7号CEO兼品牌营销部总监……当然即便我离开大家,也希望你们每一个人能够在火车浜7号好好发展,同时,也感谢大家这么多年来对我的支持与信任。"

"什么?!"此时,底下的员工们如闻惊雷,瞬间便沸腾了起来。

"胡总,您这是卸任吗?究竟怎么了?"

"为什么会这样?难道是有什么突发状况?"没有人想到这个时候胡安莉会宣布卸任火车浜7号CEO,这实在太让人突然,也太让人感觉到意外。

"实在是——对不起大家。其实,我也不瞒大家了,前段时间因为身体不适,我去做检查后,被查出乳腺癌,医生给我的建议是尽快做手术,所以这段时间包括后面很长一段时间,我可能都没办法继续跟大家一起工作……赵总,大家在公司都知道,不仅非常帅、体贴……做事情也非常稳重，所以，我相信在他的带领下，大家一定能让火车浜7号迈向更高的台阶！"说完，她特意给了赵云良一道首肯的目光，在赵云良看来，这道目光此时却像有千钧之重。

"怎么会这样？"

"不可能！"

"胡总那么有活力，那么自信，又那么爱美的一个人，怎么会？"

面对大家纷纷震惊的神情，胡安莉的表情却十分平静，而不管是安娜、姜雪芹，还是吴榛他们的脸上，都看不出丝毫的意外，只是他们的眼神一个比一个坚定，没有人知道他们的内心现在究竟如何。作为合作了多年的伙伴，相熟相知的挚友，在得知这个消息的那一刻，他们只会比现场的任何一个人更难过。

这时再看胡安莉一身V领长裙和微露的酥胸，面对这身不合时宜的打扮，大家的心里都泛起一股酸涩，而火车浜7号的女孩们此时早已泪眼婆娑。

"胡总，你一定要保重身体！"此时坐在赵云良身旁的Andy有些克制不住地站了起来。她的心绪是复杂的。胡安莉在公司里是她最敬重的老板，她果断的性格和女性的魅力，让她第一次明白女强人不一定就是刚毅无情，也可以是外柔内刚的，胡安莉的病让她心疼和惋惜。而面对自己喜欢的人即将接任CEO的职位，她的内心又有几分小小的雀跃，这段时间，虽然她跟赵云良仍旧没有更进一步发展为情侣，可是通过一次次的相处，她却是越来越欣赏这个男人。她相信他一定能为胡总管理好公司，一定能带领大家让火车浜7号继续走向辉煌。

"胡总，你安心去治病，我们一定会把公司照顾好，你一定要回来啊！"李可唯努力忍住眼眶中的泪水，上前轻轻地抱住了这个让她一直那么崇拜、那么欣赏的女人，她无比希望刚刚的话都是假的，都是一场噩梦，可残酷的现实却提醒着她，这一切是无比真实的。

"胡总，请你一定保重身体！"

"胡总，相信你的病一定能尽快治好的。"

"胡总，你不要担心，公司还有我们！"

从行政人事部，到设计部，再到品牌营销部……台下的数十名员工纷纷不由自主地走向胡安莉，有的给了她一句宽慰话语，有的给了她一份温暖的拥抱，而一向理性的胡安莉此刻再也忍不住，她不由得哽咽着轻拍大家的背，眼泪也一度要夺眶而出。

"胡总！"陈筱露从人群里走了出来。她本是内敛的人，可此刻心中却仿佛有个特别的声音在召唤她，她看了看赵云良，又看了看胡安莉，心中百感交集。在她眼中，赵云良性格沉稳,且一向处事公正,又有领导才能,她相信这次在赵云良的带领下,公司应该会渡过难关。只是面对胡安莉因病卸任,她实在备感意外,在她的记忆中,胡安莉一直是一个那么自信、那么乐观、那么风情万种的女人,而接下来面对的手术,对她来讲无疑是如此残忍。经历过从富裕的家庭主妇到丈夫入狱、家庭破碎的辛酸,陈筱露更能明白,一个人突然从高处跌落到谷底是怎样的感受。

她抹了抹眼角的泪,对胡安莉说道:"胡总,你安心去治病吧,我们一定会竭尽全力帮公司渡过难关。"说完,她又给了胡安莉一个结实而有力的拥抱。

而在胡安莉听来,这不只是安慰,更是陈筱露亲口做出的一份承诺。她紧紧地回抱着陈筱露,她知道她们之间还有一些事情迟早要说清楚。她相信这个不一样的女人一定会帮助公司渡过困难,她更相信,当有一天风平浪静之时,她一定会成为火车浜7号的一道靓丽风景。

陈筱露在胡安莉久久的拥抱中,感受到了一份信任和责任,她心中暗暗发誓:只要她能做到的,她一定会尽全力帮火车浜7号渡过难关。

第六十章　迷雾重重

自从负责领导危机应对小组以及接手了公司的CEO职位后，赵云良经过几番打听，总算摸出了仿货的真实来源地，竟然是在临海县。可因为最近公司官网和部分平台网店都遭到了攻击，赵云良实在无法抽身亲自前往。而闻言后，李可唯主动请缨，于是吴榛便和李可唯二人以情侣的身份装作客户来到对方的基地工厂。

这是一座位于临海北部的小厂，所处位置十分偏僻，据说前身是一家快倒闭的服装工厂，新老板接手后，就开始迅速地按照不知道从哪里来的设计图制作女装，工人们并不知道这些女装版式源自哪里，又要销往何方，他们也只见过老板一面，是一个中文十分流利的韩籍华人，身边还跟着一个漂亮时尚的女友。

吴榛与李可唯打听了半天，仅从车间主任和部分领导口中得知了这些信息。不过，有一点倒是证实了，那就是除了公司的大老板，这里由一个叫"严军"的总经理全权负责。

吴榛想起，当时火车浜7号在618需要补货之时，便是一个自称严军的人毛遂自荐。抱着试一试的想法，吴榛拿出了几款618补货的图片，这里的厂工竟然说他们确实有印象。严军和这个韩国人应该是一伙的，而针对火车浜7号压根就是他们事先准备好的阴谋。

虽然还没查到更多的线索，但两人至少查到了严军，目前工厂也还在，相信事情很快就会水落石出。此时，已快到中午时间，原本吴榛琢磨着开车到附近的特色餐馆带李可唯去吃吃这里的美食。

哪知李可唯随手一指,吴榛一眼望去,竟然是这里的员工食堂。

"怎么还没过门,就这么会为我吴少省钱?不过虽然是出差,也不能带你吃食堂啊,妹子!"

"切!少贫嘴啦,我才不是为你省钱。既然我们是过来调查,不去食堂,怎么打探消息?既然都来了,说不定会有意外收获呢。"李可唯琢磨道。

"说得也很有道理。好吧,今天就委屈可唯大小姐陪我吃食堂了!"

"不委屈不委屈,反正回去我要吃火锅,吃大餐,还要吃小龙虾。记住了吗?"

"好啦,遵命!"

两人一边说笑,一边赶去前面排队。正值午餐时间,这里的工人也越来越多。李可唯和吴榛刚打完饭,选了一个位置,便见不远处一个身穿红色衬衫、留着平头的男人正在跟其中一个工人说话,那个工人竟叫他——二哥。

"难道,他会是?"李可唯和吴榛同时反应过来。此时,这个穿着红色衬衫、留着平头的男人仿佛有什么急事,跟工人简单交谈了两句后,便匆匆离开了,而李可唯跟吴榛则快步跟了过去,拦住了他,随后吴榛又拿出手机拍下了这个人的照片,发给了二哥的妻子,可对方却否定了,表示根本不认识这个人。

"原来弄错了!"两人都叹了口气,也给眼前这个"二哥"道了歉,便重新回到了食堂,继续打探公司仿品的事情。

另一边,安娜却得到了一个惊人的消息,临海那家公司根本就是一个空壳子,真正在背后操纵的是一家中韩合资企业,名字叫韩莉服装有限公司,注册时间是2017年,这家公司的主要幕后老板是一个韩籍华人,平时公司的事务都是中方的股东严军在负责。

另外,这两年韩方老板的身边常常跟着一个女人,近期这个女人还直接担任了这个公司的高层职位——她就是林梦瑶!

"怎么会是梦瑶姐?"

"难道她跟那些仿品有瓜葛?怪不得!毕竟只有她这么了解火车浜7号的风格!"

"不可能,梦瑶姐是自己辞职的,为什么会害公司?老板没有亏待过她呀!"

"谁知道呢,知人知面不知心,也许她是被什么人收买了?"

设计部里,面对这个令人惊诧的消息,大家都在纷纷议论着。林梦瑶辞职后,迅速去了别的公司,还帮着人家一起害火车浜7号。对这样的重大新闻,大家都半信半疑。要知道在大家眼里，走之前，林梦瑶还被公司升职了，怎么会一转头就这样对待公司？然而所有人又似乎无法反驳。

紧接着，吴榛和李可唯那边传来的消息也表示，盗版服装事件跟林梦瑶有很大关系，并百分百得到了她韩国男友的支持。原来真的是林梦瑶！事实是，无论火车浜7号怎么善待她，无论胡总和安总怎么关照她，她心里终究是翻不过那个坎，无法战胜自己的性格弱点，死活认定所有人都为难她、轻视她，永远都不能认可她天才的设计能力。她也永远不能接受公司对周南、陈筱露的器重。

就在众人发愁时，事情却突然有了转机。一是安娜发现流到海外的仿货在销售一空后没有再补货，二是国内也很快出现了与海外相同的情形。显然那家公司已经停止继续向市场投放仿品……

既然仿品的上市严重打击了火车浜7号的市场，为什么不乘胜追击，置火车浜7号于死地？会议室里的几人都对此不解，想来挑事者已经筹备了不少时间，眼看正可以大举行动，然而在胡安莉宣布病情并辞去CEO的职务后，对方竟然奇迹般地停手？

"该不会是看胡总病了，所以手下留情吧？"李可唯突发奇想道。

不过其他人觉得这个逻辑怎么也说不通："难道是对方欲擒故纵，已经想好了下一轮怎么进攻？"

赵云良毕竟商业经验更为丰富，他可不像李可唯相信什么商业中的同情心，反而对此十分警惕。

这突如其来的仿品事件，从国内延续到海外，没有一年以上的准备时间和对火车浜7号的深入了解，根本无法做到如此！可眼下对方的行动，实在让他无法看懂，究竟是突然变卦，还是有更深的阴谋？

经过赵云良一番分析，几人心中也生起了疑惑，不敢大意，都继续全神贯注地跟踪此事。为了防止公司设计部机密再度泄露，无论是电脑还是其他设备，也都做了更严密的防护。

此时，临海一家偏僻的厂房内，望着空空如也的场地，林梦瑶怒气冲冲地杀到了朴正俊的办公室，却见严军正好也在场。心想：来得正是时候！

"为什么不乘胜追击？现在市场上都是我们的仿品，如果继续生产下去，假以时日，相信火车浜7号一定会被击垮！都这个时候了，我们为什么要停止生产，这样岂不是前功尽弃？"

严军见林梦瑶如此凶悍地朝着自己的哥哥大吼，心中也是不解道："而且还让我把公司给注销了，说什么他们已经查到了这里，这个工厂已经没什么用。但现在看好像事情已经平息，如果不乘胜追击，那我们之前的努力不是都白做了？"

"正俊，你知道火车浜7号是怎么对我的，安娜、周南、陈筱露她们又是怎么对我的，我咽不下这口气。火车浜7号不倒，我不甘心！"林梦瑶见朴正俊此时抽着雪茄，不为所动，又换了一副柔弱的撒娇姿态。

"是啊，哥，现在火车浜7号的老板胡安莉好像得了乳腺癌，CEO的职位都卸任了，现在对方正是虚弱的时候，我们既然已经出手，就要再接再厉啊！哪有突然停手的道理？"

林梦瑶和严军并不知道的是，朴正俊其实也并不想停手。而是这件事被"那边"突然发现了。这次他带着"重任"来到中国，名义上是为了打入中国市场，实现接下来的一系列并购。可他私自利用手里的资源打击火车浜7号的事情，不知道怎么还是传到了"那边"的耳朵里。

此时正值"那边"家族财富争夺进入白热化阶段。"那边"警告他在事成之前不许多生事端，该收手时且收手，无奈之下，他只好收手。这也让火车浜7号在警报四起后，敌人又突然销声匿迹。

"好了。"朴正俊见两人喋喋不休，突然吐了口烟圈，正色道，"火车浜7号现在已经付出了应有的代价，游戏要是就这么结束就太没意思了。他们既然已经查到了这边的工厂，相信已经在准备诉讼，这边的空壳子，留着也没意思。放心，我不会善罢甘休，我们巴黎时装周见！"

第六十一章　巴黎时装周

有人说：人人都渴望成为巴黎的女人，因为这个身份代表着非凡的意义。除了卢浮宫与埃菲尔铁塔这样的地标建筑，作为艺术与时尚之都的巴黎同样毫不吝啬地向众人展示着来自世界各地多元的美学风尚，比如东瀛的不均整、反时尚，大洋彼岸的摩登立体，又或是中东的艳丽繁复。

这座城市承载着时尚界的全部幻想，人们仰望她，希望成为她的一分子，但大部分人不过沉醉在此浮光中，纵享一梦。

法国时间早上五点半，安娜与陈筱露准时到达巴黎戴高乐机场，虽然两人的腿已经微微发肿，但兴奋之情依旧战胜了一路飞行的疲惫。

"久违了，巴黎！"呼吸着异国新鲜的空气，两人的心底几乎有着同样的想法。其实，早在安娜刚毕业不久时便曾有幸随恩师慕容英照携其品牌"rainbow"一同受邀参与巴黎时装周。那一年海外这样的大展中，华人设计师十分少见，仅有的几人设计风格也十分单一，纹样局限于中国传统的图腾，款式也都以旗袍为主，而慕容英照却别开生面，以日式祥云加中国传统水墨画的画风，设计制作出一款飘逸又随性的云朵秀夏装镂空长裙，让在场的海外观众们纷纷震惊！也正是那次老师的作品，让安娜第一次意识到，原来设计真的可以不受任何时间、空间还有国界的限制。因此，安娜也一直遵循着恩师"国际化"的理念，这些年在服装设计上不断地尝试和创新。

陈筱露则回忆起了八年前，欧阳旭光提出要补拍两人的婚纱照，当时陈筱露俏皮地说了句想去巴黎拍。原本只是一句玩笑话，却被欧阳旭光记在了心里，第二天，欧阳旭光便定了机票，带着她来到了巴黎。两人在塞纳河畔许下了一生一世的愿望，在埃菲尔铁塔下述说着永不分离的誓言。

"我希望下一次来巴黎的时候，是受邀来看巴黎的时装周！"

"一定可以的，筱露，你那么有天赋，我相信你一定会实现自己的梦想的。"

那一次的巴黎旅行，让陈筱露种下了梦想，也种下了爱情的结晶。原打算等欧阳旭光的生意稳定后，她便抽出时间更系统地学习，绝不放弃自己对设计的热爱，可偏偏女儿真真的出生让她实在不忍心离开这么小的宝贝，加上产后调养身体，老公事业也越来越好，她只能暂时放弃梦想回归到家庭之中，成为一名主妇。

没想到，时隔多年，她的愿望真的实现了，只是谁也没想到是以这样的方式。

"安娜姐，你到了吗？"10月的巴黎，天气已经开始转凉，安娜与陈筱露刚拿到行李，便接到了组委会接待助理薇薇的电话。

"薇薇，我到了，你在哪儿？我穿了一套小香风格子外套，戴的是蓝色帽子，与我同事一起，我们已经到停车场这边了。"

"好的，我马上过去！"

安娜与陈筱露在路边等了一会儿，果然见到一个二十五六岁、一米六五左右，五官清秀、扎着一头干净马尾的小姑娘从车里探出头来，大概是多日劳累的缘故，小姑娘有点没精打采，笑得也很僵硬，但为了不让气氛尴尬，一路都在努力找着话题。

两人将行李迅速放到酒店后，便来到了坐落于香榭丽舍大街的大皇宫国家美术馆，安娜和陈筱露要参与的首场时装秀便是世界知名品牌Chanel的2019年春夏高级成衣系列发布会。自2005年以来大皇宫一直深受Chanel创意总监老佛爷的青睐，2018年Chanel更是斥巨资对其进行大改造，由此成为大皇宫的首位独家赞助商。

这场非比寻常的华丽盛宴邀请到了来自全世界的时尚人士、设计师、明星、博主和买手们，大家纷纷会聚在这座浪漫的都城，共同感受着由时尚带来的洗礼。巴黎吸纳了全世界的时装精英。那些来自日本、英国、比利时等国的殿堂级时装设计师，几乎每一个都是通过巴黎走向了世界。

"快看！那不是Jennie吗？"

"还有那边的大仁哥，天哪，真人也太有型了！"

"哇，你看穿着黑色长裙的好像是Alyssa，没想到她也来了。"

看到坐在第一排已经到场的明星真人，很多粉丝差点第一时间尖叫起来。

在人声鼎沸中，安娜与陈筱露一进大皇宫便感受到了一股浓烈的海洋氛围，原来今年Chanel大秀以"Chanel by the sea"为主题。为此，这次的设计总监不惜重金，直接将"蔚蓝天空下涌动的海滨风光"以亦幻亦真的方式搬到了这幢宏伟的玻璃穹顶建筑中。

大秀开始，原本嘈杂的会场瞬间安静了下来。碧海蓝天，阳光沙滩，伴随着动感美妙的节奏，身穿亮片刺绣斜纹软呢套装的欧洲模特赤脚走在沙滩上，以沙金色、珍珠白、卡其棕等色彩为主调，契合本季主题的设计一一呈现，使整个会场充满一种浓郁的度假风情……

每次观秀的时候，安娜总是习惯在现场做笔记。陈筱露则聚精会神地看着眼前款款走来的模特的同时，不断地思考。她发现，除了舞台的布置和服装本身的设计、面料，秀场里的灯光和氛围也十分重要，台上的服装换作其他地方，很可能就会缺少一种自然的明亮感。

"哎，你说为什么Chanel的外套，最下面都有一条金属的链条啊？"秀场里坐在第二排的一位大眼睛的短发中国女孩正在问她旁边的买手朋友。

"这个，我不知道。"这位时尚买手虽然自称是Chanel的忠实粉丝，却从来没有对此了解过。

"是为了让衣服保持挺拔感！"此时，两人同时听到前方传来的异口同声的两个人的回答。安娜与陈筱露则不禁相视一笑，也许是同为设计师的默契，两人对此都有一致的看法。

"挺拔感？"短发女孩继续提问道。

"是的，Chanel不仅是一位时尚的女性，同时也是一位女强人，金属链条不仅是一种很帅气的元素，跟毛呢面料搭配，更是极为自信又非常有个性的设计。"陈筱露继续向后面两个女孩解释，然而谁都没有注意到，一道灼人的目光早已看向陈筱露和安娜二人。

舞台上的节奏越来越慢，以至于走秀已经进入尾声，陈筱露却仍旧没有从绚丽的各色服装里抽出身来，等她发现周围人都纷纷起身了，才注意到不知道什么时候一旁的安娜早已消失无踪。

去哪儿了？人生地不熟的陈筱露只能拿出电话联系对方，可电话里只传来一阵忙音。"安总！"就在正前面四五米的地方，她看到一个熟悉的背影，穿着与安娜今天同款的白色外套。连续喊了几声，对方却一直毫无反应地朝前走。情急之下，陈筱露只能快步上前追赶，然而刚走两步，她便感到脚踝一阵剧痛。"哎呀！"她下意识压住叫声。她把脚扭到了。

"你怎么样了？你好,我叫Amy,我看你的脚好像扭到了,需要我帮忙吗?"陈筱露一抬头,眼前恰好是刚刚问问题的短发中国女孩。

"那太谢谢了。你好,我叫陈筱露,刚刚找我朋友的时候,不小心扭到了。"

"我看似乎有点肿了的样子,这样吧,我先带你去我们的后台工作室处理一下,那边有药水。"

在Amy的好心搀扶下,陈筱露见安娜的电话始终无人接听,便点了点头。

第六十二章　中华元素

不一会儿,Amy便扶着陈筱露来到了后台。因为上午的时装秀已经举办得差不多了,所以这会儿后台并没有太多的人。Amy翻遍了柜子和抽屉,只看到化妆品和一些胶带,却没有发现治疗扭伤的膏药。

"筱露姐,要不你等一会儿,我去帮你找一下。我们华人有个习惯,走到哪儿都会带一些自己惯用的常备药品,我记得我带了白虎活络膏,我先去找一下,待会儿再回来看你。"

"好的,Amy,真的麻烦你了!"

待Amy走后,陈筱露才开始抬头观察周围的环境。跟其他品牌粗糙的工业风后台不一样,这里显然是被单独隔开的一块区域。尽管不大,却摆弄得十分精致,连墙面也看得出提前刷过。化妆台的背后似乎是一个小型的设计间,除了衣服和架子,还有一些特殊的布料。

"Amy——Amy——"陈筱露听到隔壁间突然有个女人在喊Amy,原本想帮她答应着,解释她刚走,可对方只喊了两声,便立即换了一个名字,"Alice——Alice——"见同样无人答应,女人似乎也放弃了求助,选择一个人将模特搬到靠化妆台的这边。

"传统的花卉不行,十二生肖似乎又太老气了一点,要用什么动物好呢?"

陈筱露没想到隔壁竟然是一个中国女人。听声音女人五十岁左右,陈筱露现在这个位置刚好能瞥到服装的背面,却看不清女人的脸。看模特身上那套衣服的纹饰,应该是京绣一类，但不同于易与京绣相融合的普通旗袍，这个女人在做的似乎是一件带有中国元素的欧式礼服，面料主要是天鹅绒，难道？

陈筱露见女人把模特慢慢地转过来，这才看清楚女人的真实样貌。这是一位举止优雅的女性，尽管看上去已经年过五十，但挺拔的身姿和高挑的骨架，让她不仅没有半分老态，反而精神矍铄，别具风韵。尤其是那双灵动的眼睛依旧散发着迷人的光彩，更让人意外的则是一头璀璨又干练的银发。

再一看，陈筱露发现果然跟自己想的一样。这个银发女人正在做一种全新的设计尝试。这件礼服前面对角线的一排空位看来是她特意留出来打算以镂空花卉或者动物作为装饰的。而将十二生肖作为主要元素确实有些老气。

"如果是吻兽呢？"陈筱露不自觉地道，她的话传入了对方的耳朵中。

似乎是早就注意到化妆台背后坐在椅子上的姑娘，慕容英照主动迎上前去，如果不是看她好像腿脚有伤，慕容英照恨不得一把将她抱住。

"姑娘，你说得太好了，我怎么没有想到呢？除了十二生肖，我们中国还有吻兽啊，而且每一个都有故事，每一个都有传说。能告诉我你是谁吗？"

"我是一名设计师，来自中国的火车浜7号，不知您听说过没有？"其实从对方不俗的穿着和大胆的设计风格来看，陈筱露已经猜到对方一定也是设计师，而且是一位名气不小的顶级设计师，陈筱露甚至觉得她十分眼熟，只是一时间忘记在哪儿见过对方了。

"火车浜7号？"女人显然有些吃惊。"看你这么年轻，已经这么有作为，真厉害呀！"慕容英照几乎不带掩饰地夸赞道。

说来也巧，平日里本不苟言笑的慕容英照见了陈筱露，竟觉得格外亲切，尤其觉得很像自己在日本读书的女儿。通过交谈，陈筱露也知道了对方是一名华裔设计师，有自己的独立设计公司，师从日本的山本先生，还曾经当过大学教授。

听闻了陈筱露从火车浜7号的行政人员、设计师助理，再升为主设计师的过程，慕容英照更是对眼前的陈筱露表示十分认可。

"你一直都在做女装？"慕容英照问。

"其实在做女装前，我更有兴趣的是做童装和亲子装。我还没去工作前，家里女儿的衣服大部分都是我做的，而且每年我都会设计一套全家的亲子装。不过自从来到火车浜7号后，因为太忙，我已经很久没有再为女儿亲自做过衣服了……"

慕容英照眼睛瞬间一亮："你有照片吗？我想看一下。"

"有的！"说着陈筱露便把往年做的亲子装的照片都找了出来，有夏威夷风情系列,有城堡乐园系列,还有动物星球系列……看到陈筱露设计的亲子装后,慕容英照发现,这个姑娘的天赋确实很高。她也许会成为国内十分优秀的女装设计师,但因为行业竞争的关系,要真正走向国际还需要一段很长的路,可如果她选择走亲子装路线,凭她的资质和努力,一定可以闯出一番全新的天地。

"你太棒了!陈筱露,去坚持你内心所爱吧!你对亲子装的概念理解和设计构想,是从一个全新的角度出发,我希望有一天可以看到一个完全展现天赋的你。"

陈筱露从未遇见过一个人如此清晰、如此充满激情地夸赞自己,而且还是一名比自己更年长、更优秀的设计师。亲子装真的是自己的天赋所在吗?她从未这样想过,此刻却不得不重新审视自己的梦想。

正在两个女人面面相觑时,门口处却响起了两人说话的声音。

"原来你就是安娜姐!姑姑可想你了,天天在我面前念叨。"Amy没想到原来看展时坐在自己前面的正是姑姑成天念叨的得意门生安娜。

"真是太巧了!"安娜也有些意外。

"姑姑刚刚还在念叨着,让我尽快联系你,没想到你远在天边,近在眼前!"

"对了,Amy,你有没有看到我的同事?我忘了告诉她我这边的电话,刚刚回去找她的时候,她又不见了!"

"安总!"陈筱露听是安娜的声音,立马喊了出来。

"筱露,老师!你们怎么会……"安娜没想到两人竟然会同时出现在自己的眼前。陈筱露是什么时候到的这里?她知道自己要过来?还是说她原本就跟自己的老师慕容英照认识?安娜不敢置信,之前陈筱露跟Alyssa是同学已经够让她吃惊,难道跟慕容英照也有交情?可是之前老师从未向她提起过啊!

还未等安娜仔细思考,慕容英照已经开口道:"这是我新认识的设计师陈筱露,她也是你们火车浜7号的哟。对了,这是我的徒儿,火车浜7号的设计总监安娜!"这个答案既回答了安娜,同时也向陈筱露表明了自己的身份。

"眼前这人竟然是国际知名设计师白发魔女——慕容英照!"陈筱露不由大吃一惊,想到她那一头飘逸的银发,恍然大悟。

"对了,筱露姐,你脚还好吧,要不我帮你擦药?"Amy见陈筱露被扭到的脚似乎越来越肿,便将陈筱露移至隔壁的办公间,而安娜因为好久没有见到老师,心中更是有说不完的话。

久未见到自己的老师,安娜才发现慕容英照似乎比前年老了许多,尤其是她的手不再像以前一样细腻光滑,原本柔嫩的皮肤被时光浸染了一层又一层的皱纹。她几乎能够想象这双手在过去的两年里，是如何马不停蹄地劳作，是如何仔细挑选每一匹布料，亲自完成每一道工序里最细致的那一部分。

"老师！"安娜的眼睛里噙着微微的泪光，这是她人生中少有地展现出女性特别柔软的那一面的时候，只有慕容英照才能让她做到如此。

"傻孩子，我很好，不用担心我！"仿佛知子莫若母，慕容英照下意识地收缩起叠在膝盖上的双手，看着她的眼睛道，"你们火车浜7号的员工，真的非常优秀！"

安娜第一反应是："陈筱露？"

"是的。"安娜没有想到一向严苛的老师竟然会用"优秀"两个字。在她印象中，很少人才会得到这样的夸奖。

"对了，你最近工作怎么样？"

"老师，我工作很好，火车浜7号发展也非常顺利，上了正轨。今年我们还收到了海内外著名电视台王牌节目的邀请，相信在经过它们的传播后，火车浜7号的影响力将会得到更大的提升……"安娜不想让老师担心，便略过了之前火车浜7号所遭遇的危机。

"那就好，那就好！"

正在两人亲密交谈时，办公间里却传来了夸张的声音，不问也知道这夸张的声音来自Amy。"筱露姐，你这个包包是定制的吧？在哪儿买的呀？太好看了，我也想买一个！"陈筱露刚刚从水桶包里拿纸巾时，Amy便注意到一个十分小巧的珍珠包。看样子应该是手工制作的，设计非常独特。

"你说的是这个吗？是我自己做的。"陈筱露指了指桌上她随便缝制的这个碗筷包。她还记得真真刚上小学的时候，老师说了要注意卫生，不要用劣质的一次性筷子，所以真真希望能够自己带家里的餐具，也要求陈筱露这样做。陈筱露便用亮片、珍珠和不用的布料，做了一个这样的便携包。平时上班和出门她都会带着，这次到巴黎来也不例外。

"筱露姐，真的是你自己做的吗？"Amy不可置信。这时慕容英照和安娜也已顺着声音走了进来，即便是像她们这样常年混迹时尚圈的人，如果不被告知，看这做工也会以为必定是哪家小众奢侈品牌的限量产品。

"是的，当时也是闹着玩做的。"陈筱露却不以为然。

"哇，筱露姐，你真的太厉害了，我太崇拜你了！"Amy仿佛见到了新大陆一般。原以为陈筱露只是安娜的一个小助理，却没想到竟如此有实力。可怜自己作为慕容英照的亲侄女，跟了慕容英照两年还没成为一名合格的设计师。"哎，要不，你也闹着玩给我做一个?"说罢,Amy狡黠地一笑。

"别胡闹了,Amy！对了,你们晚上应该要参加这次的'亚洲际'青年设计师成衣大赛吧？现在还有三小时,我们先去吃个饭,然后赶快准备吧!"慕容英照对大家说道。

"嗯。"安娜和陈筱露同时点了点头,"亚洲际"青年设计师成衣大赛可是她们这次巴黎之行的最大目标！

第六十三章 双姝争艳

三小时后……

巴黎卢浮宫内，无数闪光灯争先恐后地记录着今天这重要的一刻。现场更是星光熠熠，光是各国特色的建筑和带有现代气息的城市街景，据说就用了近五百工人、近半个月的时间搭建，而除了定制的建筑景观，全场还有上万朵空运而来的蓝色妖姬。现场的嘉宾除了各国知名的影视明星、政要，还有目前亚洲最具知名度的设计师们。

"哇，评委席上坐的那个老头是三宅啊！他旁边的人好像是王唯唯！"

"这次连波点女王也来了，她今天穿的是橙色波点毛衣，好酷！"

"这场秀不仅云集了亚洲最知名的影星，连各大品牌秀的时尚总监，隐退多年的传说中的设计师都到场了，看来今晚的秀台注定会精彩绝伦！"

"哇，这不是世界派的代表人物白发魔女慕容英照和她的死敌新古典主义的代表人物纳兰如风……"人群中一人突然高声地呼道，而众人的目光也一齐看向了舞台的侧面。

此时只见一身黑色皮草、一头靓丽银发、身材高挑的慕容英照正风姿绰约地走向重要嘉宾席，而道路的另一边则是身穿一件白色羊羔立领外套以及一条浅咖色羊毛半身裙、削肩细腰的纳兰如风。虽是隔着一排醒目的观众席，但自打出场的那一刻，两人的目光便剑拔弩张。

说来也巧，已年过半百的两人原本是师姐妹关系，可偏偏无论性格还是设计风格都大相径庭。

慕容英照一直主张走国际化路线，其设计风格大胆、多变，同时充满了现代艺术感，故而有了世界派代表之称，纳兰如风则青睐古典和婉约的设计风格，再融入现代的一些创新元素，所以被认为是新古典主义的开路者。

可万般不同下，两人唯一的共同点却是爱上了同一个男人。因为这个男人，两人在学校里一路拼得火热。最后，在这场轰动一时的爱情战役中大败的慕容英照带着情伤远赴日本进修，纳兰如风则跟丈夫留在了上海。

今天两人同时出现在这里，为的正是今年巴黎时装秀中最重要的一场压轴盛宴——"亚洲际"。这场盛宴并非某个品牌的成衣展，而是属于所有亚洲设计师的一次较量与狂欢。

来自全亚洲48个国家的50名入围设计师将在本次的T台秀中，展示自己最完美的作品。而每一位受邀的嘉宾将得到一次特别的投票权，给予自己最喜欢的作品。最终"亚洲际"得票票数最高的成衣，将获得由法国时装协会颁发，被各国最高服装权威机构认可的"Beyond Design"亚洲杰出设计师奖杯。据说拿到此奖杯的设计师，在今后的巴黎时装周内，可在无请柬的情况下前排观看任何一场国际品牌时装大秀，这道"免请金牌"无疑对任何一位设计师而言都充满了诱惑力。

随着场内灯光不断转换，场上的音乐也渐渐被推向高潮，此时全场的灯影突然在一瞬间熄灭，而众人的头顶突然出现了一片逼真的星光，所有人仿佛身处在浩渺无边的宇宙之中，谁也没有注意到舞台中央竟然开始升起一级又一级的台阶。

在台阶升起的同时，模特也从"隐形"的背景墙中突然出现。首先映入眼帘的是韩国首尔夜市街景，长发飘逸的韩国女孩穿着一套垂感极佳的卡其色风衣，内搭一件性感十足的小V领衬衫阔步向前。随后屏幕的画面一转，场景变成了气氛严肃的办公室，女孩将卡其色风衣两边的吊绳一拉，原本时尚休闲的风衣立即充满了职场感。女孩在舞台上抛下一个俏皮的飞吻，台下的观众纷纷一片欢呼雀跃。

紧接着舞台的背景变换成了富士山下的漫天樱花，场上的音乐也从刚刚的轻快的歌声变成了日本的传统音乐，舞台上随即走来的女孩身着一套印有彩色叶子图案的丝质衬衫和一条蓝色粗布长裙，腰上则系了一根简洁的麻绳，再从头部的造型来看，更像是明治时期女性的装束，走至舞台的正中央时，女孩莞尔一笑，正应了"最是那一低头的温柔"那句诗，使刚刚还沉浸在欢悦气氛里的观众们心中瞬间荡起一丝涟漪……

第六十三章 双姝争艳

"咦,这不是?"画面背景经过几轮转换之后,赫然出现了一个让Amy无比熟悉的地标性建筑。一个巨大的金属感球形建筑在夜光之下,正闪耀着夺目的光彩。这个引人注目的建筑让台下的观众们纷纷讨论起来。

"这是哪里?看上去很像中国。"

"你看那边的断桥和流水,分明是江南的景色!"

紧接着,在小桥流水畔,一位头戴玉色发簪,内穿玲珑轻纱、外披开领素衣的女子正踏着轻柔的步伐缓缓走向舞台中央。

在如烟的月色之中,女孩的装束杂糅着含蓄内敛的婉约气质和婀娜多姿的现代灵巧,待女孩走到舞台正中央时,画面一转,像是在中国西南地区,云雾弥漫的高山上,绿野村庄,一切正是春暖花开、万物复苏的模样。

"天啊,人间仙境!"场内仿佛不受控制般突然间先后响起了并不标准的中文发音,原本安静的台下变得有些喧嚣。原来,模特的这一身装扮加上背景影像,让很多中国控的老外们不由得想到中国知名视频博主和她的田园生活,一瞬间像回到了清新优美的田园之中,更让人联想到了中国功夫片里活脱而灵动的女侠!

田园幕布的消失之后,画面之中又出现了一个令人熟悉的地标。一座雄伟的高塔中镶嵌着几颗五彩的球体,闪闪霓虹勾勒出无与伦比的黄浦江夜色。此时戴着大檐毛呢帽,身穿复古立领格纹收腰夹克和白色宽大阔腿裤的模特似有几分冷淡地走上T台,她的眼中流露出犀利的目光,仿佛是一位野心勃勃的奋斗者,又像是一位一切尽在掌握之中的战士。如果说刚刚那套呈现给大众的是一种古典灵巧的柔美,那么此刻,这套服装所带来的则是一种由内而外的自信美,是经过文化洗礼后女性价值的绽放。

"So beautiful!(太美了!)"

"かっこいい!(真帅气!)"

"이 옷이 너한테 아주 잘 어울려요!(这衣服真棒!)"

伴随着现场层出不穷的高潮时刻,观众们一次比一次激动,卢浮宫内爆发出一阵又一阵热烈的掌声,似乎其他走秀的作品在今天的这场国际较量中都已经黯然失色。

经过近两个小时的角逐,整场大秀终于落下帷幕,而舞台下观看者的热情却丝毫不减。台下的各国嘉宾和观众们七嘴八舌地讨论着刚刚舞台上所有展示的成衣,仿佛还未从刚刚的盛宴之中回过神来。

"要我说,这次时尚王崔范希一定会入围!他可是2004年首尔时装周参展的最年轻的韩国设计师,也是首位受邀参加纽约时装周的韩国设计师。李钟硕、张根锡、李准基、EXO都是他的粉丝呢。"

"今年那位新晋的日本设计师也不错,整个场景跟服装都特别搭,细节上也很有创意……"

"我觉得还是来自中国的两位设计师的服装让人觉得惊艳,无论是面料还是设计,都与场景如此契合,让我有身临其境的感觉。"

面对琳琅满目的优秀作品,舞台旁的观众们看花了眼,似乎难以抉择,很多人一直等到最后一秒才按下自己的选择键。而评委们也是冥思苦想,仿佛每一个作品都是心上之宝。

要知道,但凡能够入围的已经是本国最厉害的设计师,哪怕是在中国这个有将近14亿人口的大国,也仅有五位设计师有幸能够参与其中,而火车浜7号居然就有两位。台下的设计师们有的表情严肃地等待着最后的结果,有的脸上写满了对结果的期待,还有的则是一副对此志在必得的表情。

为了提高这次比赛的话题度,今晚的主办方更是请来了法国的国民女神奥黛丽作为特别嘉宾主持人。

"本次入围'Beyond Design'的获奖者总共有十位,分别是来自新加坡的设计师 Tan Meng Hui、日本的福田雄、韩国的设计师崔范希……中国的设计师安娜……"

说巧不巧的是,安娜的导师今天也在现场,而且是当晚重要的颁奖嘉宾——她就是目前定居日本的知名国际设计大师,世界派代表人物慕容英照。

"安娜姐,有你哦。"一旁的Amy听到安娜的名字后恨不得迅速站起来鼓掌。而安娜得知自己成功入围,脸上也洋溢出喜悦之情,紧紧地握住了老师慕容英照的手。

"接下来还有最后一位设计师的名字要公布……"奥黛丽眨了眨漂亮的眼睛,对着台下众人俏皮地一笑。

此时,眼看日本、韩国、新加坡等国家各有两名设计师,最后一名设计师会是谁,大家都十分期待。

"今年入选'Beyond Design'的最后一名设计师,是来自中国的陈筱露!恭喜陈筱露!"

同样,说巧不巧,她曾经的导师、荣获第一届"Beyond Design"优秀设计师的纳兰如风今天也来到了现场。

奥黛丽用英文说完后,只见聚光灯所照之处,是一排年轻的设计师和那些赫赫有名的颁奖嘉宾。

……

第六十三章 双姝争艳

"接下来恭喜安娜和陈筱露，两位来自中国的设计师，你们的作品征服了观众，带来了中华元素的全新诠释，用中华元素诠释了时尚。"

此刻身着一套小香风经典格子套装的安娜正气场十足地向舞台走来，她的脸上带着迷人的微笑，而陈筱露则穿着一套红色的鱼尾长裙，在灯光的映照下显得柔美又性感。两人一前一后走到舞台中央，享受着这一秒的高光时刻。

紧接着为她们颁奖的嘉宾也走上了舞台。让人意外的是，她们正是在国际上大名鼎鼎的白发魔女慕容英照和她一向的对手纳兰如风，两人一个冷峻野性，一个低调含蓄，同样形成鲜明的对比。

两位国际大师同台亮相的这一幕不仅让熟悉她们掌故的观众们吃惊万分，连主持人奥黛丽也十分惊讶。对于时尚界人士来讲，两人的恩恩怨怨在圈内时不时会作为话题被众人提及。但凡有慕容英照现身的舞台，便不可能有纳兰如风；而凡是纳兰如风出现的舞台，慕容英照当然就会缺席。

可这一次因为陈筱露和安娜，她们居然不计前嫌，破天荒同台，对于在场的设计师们而言，也算是见证历史的一大新闻了。

这是神奇的一刻！相信命运之神此刻也在看着她们。

此时的慕容英照与纳兰如风相距不到两米，也算是两人这几十年里挨得最近的一次，虽然对于彼此的存在仍然有些膈应，不过看着自己的学生能够获奖，眼神里却是掩盖不住的骄傲。而她们之间的恩怨似乎也在此刻被抛诸脑后。

"恭喜在场的所有设计师们！"在女神奥黛丽的祝福声中，全场响起了雷鸣般的掌声和欢呼，来自各国的设计师们也纷纷礼貌性地相互握手表示祝贺。安娜和陈筱露更是紧紧地拥抱在了一起，为这个激动人心的时刻庆贺。

眼看大家都沉浸在一片喜悦的气氛之中，望着站在一旁依旧冷若冰霜的慕容英照，纳兰如风犹豫了一下，率先伸出了自己的右手，面带微笑地希望与慕容英照握手。见到对方如此主动示好，慕容英照也没有回避地伸出了自己的右手，只是就在她的手掌即将触碰到对方的手掌时，那五根手指却陡然变成了一个小小的拳头，令纳兰如风一瞬间措手不及。

显然对方的意思再明显不过——你的心意我已经收到，但和解是不可能的。

"这家伙还是老样子！"见此，纳兰如风只好迅速将手收回，又无奈地摇了摇头。慕容英照的嘴角此刻却露出一抹胜利者的笑容。

第六十四章　围魏救赵

"这次入围的十位设计师里,竟然有两位都是我认识的,简直是太荣幸了!"一旁的Amy惊呼道,"对了,你们都来自中国火车浜7号,如果有机会的话,我真想去那里看看,这是一家怎样的公司,竟然这么强大……"Amy拉着安娜如同好奇宝宝一样东问西问。

角落里的陈筱露看着此刻热闹未减的台上台下,心中却多了一份寂寥。现在是法国时间的晚上8点,中国那边正是下午1点左右,今天正好是周末,不知道女儿真真在干吗,有没有想她。

自从婆婆和欧阳旭光过世后,陈筱露总觉得女儿真真变得不仅不像以前那样爱笑爱说话,而且脾气也更加暴躁,在新学校里时不时会与同学发生纷争。为了让女儿能在健康的环境中长大,陈筱露把自己的妈妈接过来照顾真真。虽然女儿脾气仍旧没怎么改变,笑容却比以前多了,这也让陈筱露渐渐安下心来。

"真真,你看这是哪儿?"陈筱露用微信拨通了与母亲的视频通话。只见屏幕上,是两张一老一少神态相似的脸。

见到屏幕里的妈妈,真真高兴地大叫起来,而陈母的脸上也露出了淡淡的笑容。

"告诉你哦,妈妈在巴黎刚刚拿了一个服装设计的大奖!真真为妈妈开心吗?你在家里乖不乖呀?真真想要什么礼物呢?妈妈给你买……"

"真真很乖的。"镜头前,小人凑上来使劲地点了点头,极其认真地回答道,"不过,

第六十四章 围魏救赵

真真什么都不想要,真真只想要妈妈,想妈妈快点回来!妈妈,你什么时候回来呀?"

"乖女儿,妈妈这两天就回去,你在家里要听外婆的话。还要跟同学好好相处,知道吗?"

"嗯,我知道了!"听到妈妈还要两天才回来,真真明显有些失望地噘起了嘴,一副不太开心的样子。

陈筱露自知这几年亏欠女儿太多,若不是一系列的变故,女儿怎么也不会被迫转学,而且变得越来越暴躁和内向。无论她多么努力,可在女儿面前,自己仍旧是一个失职的母亲。

"真真……你想回以前的国际学校吗?"陈筱露本以为这个提议会让女儿开心起来,哪知真真低着头,只说了一句"不想"。

陈母见两人的气氛有些尴尬,便哄着真真进了房间,自己与陈筱露单独说起话来。

"妈,辛苦你了。"看着镜头前这个衰老的女人,陈筱露的心中满是愧疚。要不是因为家庭的变故,没人照顾真真,自己也不必劳烦母亲。这段时间以来,母亲不仅要照顾真真的衣食生活,还要给自己做早餐和洗衣服,即便自己已经劝了好多次,母亲仍旧没有停下。

"傻孩子,你永远是我的女儿,说什么辛苦。只要有妈在的一天,什么我都愿意为你分担。最辛苦的应该是你,旭光的事情我知道你受了很大的打击。那件事你现在查得怎么样?有结果了吗?"

"我已经托可唯查到了一些线索,只要找到一个叫二哥的人,相信不久就会水落石出……"陈筱露的话还未说完,便听耳边传来了一阵嘈杂的吵闹声,只得匆忙与母亲告别。

不知道什么时候,突然一群记者一窝蜂地拥了上来,搞得Amy在一旁连声大叫。

"What's wrong?(怎么啦?)"

这群记者也不管三七二十一,一下便围了上来。本次巴黎时装周的压轴比赛,对于今年的服装界来讲,本就是件重量级的大事,外加这次国际大师慕容映照和纳兰如风竟首次同台,这样的八卦,更令记者们十分好奇。

此时,记者们纷纷就本次的赛况和各位设计师的作品提出了自己的问题。也有好事者也分别向慕容英照和纳兰如风提问,对于本次同台有怎样的感想,不过却被两位大师巧妙地避开了。

就在提问环节即将结束的时候,谁知其中一名国外记者却突然脸色大变,拿出了手机上的一张截图,图片的界面正是中文微博网站:"奇怪,怎么这上面写到设计师陈筱露的作品是抄袭的?"国外记者用英语不解地阐述着。

其他记者闻言也纷纷凑了过去,很多人打开Facebook后,也看到同样的截图。

"不会真是抄袭的吧?"不明真相的各国记者们,纷纷质疑道。

"这太尴尬了!"

"组委会到底有没有事先调查一下啊?"就在大家众说纷纭时,各大中文网站已经就此事掀起了一阵阵的热议。

"陈筱露抄袭,陈筱露抄袭!"

"停止颁奖,立即审查。"

"这下把中国人的脸都丢完了,建议把火车浜7号从此开除参赛资格。"

微博上突然一个某西班牙设计师的发布在Ins上的图片与陈筱露的设计完全重合的消息不胫而走,各种键盘侠更是一次次把这事推上了热搜。

这会儿,会场上拿着手机的华人观众也纷纷混乱了,怎么回事?这样一场大赛之中竟然出现抄袭的事情,这还得了?

观众们纷纷嘀咕着,而此时,唯有一个人十分淡定,那就是在台下将这一切尽收眼底的林梦瑶。

"筱露,没事,身正不怕影子歪。老师相信你,相信你的实力,也相信公道自在人心。"听到了其他人各种质疑声音后,纳兰如风轻声安抚着陈筱露。

不知道什么时候,慕容英照也来到了陈筱露身边,只听她柔声地对陈筱露说:"你放心,我相信你,也相信公道自在人心。你的实力,我们都看得到。"

"咦,姑姑说的跟刚刚纳兰老师说的是一样的。"一直在一旁的Amy诧异道。都说这两个人水火不容,在陈筱露这件事上,态度倒是出奇地一致。

原本两人还打算参加今天的晚宴和第二天的几场时装秀,可安娜与陈筱露却选择改签机票提前回国。如今陈筱露在巴黎时装周上的事情,已经在国内闹得沸沸扬扬,此地也不宜久留。

可不承想几人一出酒店大门,便被几排"长枪短炮"给围攻了,原来在收到这一重磅消息后,从中国来的华人记者早已做好准备要堵上前来,拍到一手照片,拿到最新采访。

"请问陈女士,针对目前国内微博上传出你抄袭的事情,你是怎么看待的?"

"安娜女士,有人说陈筱露在火车浜7号的时候,就已经多次被传抄袭,是否真有其事?"

"陈女士,对于这次事件,你有什么要说的吗?"

"发生了这样恶劣的事件,你们认为对火车浜7号服装公司有什么影响?你们是怎么想的呢?"

现场记者们纷纷一股脑地抛出了心中的疑问,问题却是一个比一个更难回答。安娜、陈筱露等人已经被围堵在酒店的走廊动弹不得,看上去有些焦头烂额。

而这一幕正好被回到酒店的Alyssa看在了眼里。对于娱乐记者的作风,Alyssa最为清楚,只要哪里有爆点,哪里有流量,他们就会紧紧跟随,为今之计,也只能拜托他了……

打定主意后,Alyssa给就在附近的张一博打了电话,并讲述了自己的计划。作为Alyssa入圈以来的好友,张一博果断答应了对方的请求,不一会儿,两人便同时出现在了酒店的房门外,且看上去两人举止十分亲密。

随后,Alyssa又给身边的文雨递了一个眼色。文雨自然明白其意,便扯开嗓子喊道:"哎,重磅新闻,重磅新闻!Alyssa真的在与张一博约会,两人现在正往酒店的西门走,大家快去呀!"文雨边说边往走廊里挤,生怕别人没听到似的。

"是文雨!"陈筱露与安娜相互对视了一眼,见来人果然是Alyssa的助理文雨,两人立马猜想到,应该是Alyssa有心帮助她们解围,心中十分感动。

"Alyssa与张一博,我就说这两人应该是情侣了……"

"对呀,可他们藏得太好,从来就没有任何一家媒体拍到过两人约会的实质证据!"

"这个可是重磅娱乐新闻,明天出来肯定能上头条。"

"我先去追那边了……"

"我也去,我也去!"

毕竟是国内两大顶流明星的绯闻事件,刚刚还对陈筱露与安娜兴致勃勃的众记者,此时大部分已掉转镜头,赶去西门,见Alyssa和张一博真上了同一辆车,心中更是激动不已。其他人听闻后,也马不停蹄地迅速追赶过去。

没有了记者们的骚扰,安娜和陈筱露也终于可以喘口气,见时间已经不早,两人快速坐车来到机场,登上了飞往国内的班机。

第六十五章　真实身份

火车浜7号会议室内。

"假的,这些图片和内容根本就是假的。"赵云良一边喘着粗气,一边愤怒道,"那个西班牙设计师的号早就被盗了,而且那组设计图的时间根本就不是在巴黎时装周之前发的,是在展出之后才发出。有计算机高手利用了当时系统的漏洞,设置了一个更早的时间,让人误会是陈筱露在抄袭那个西班牙设计师。"

"可恶,这群人太可恶了,我找网络安全公司查过篡改的IP地址,绝对是他们……绝对是林梦瑶一伙人!"

李可唯第一次见赵云良如此生气,而此事又跟林梦瑶有关。她想不明白,林梦瑶究竟为什么老对筱露姐纠缠不休。两人有深仇大恨吗?

"又是林梦瑶?她果真有这么大的能耐?"吴榛相信赵云良所查到的都是事实,可是以他的经验和直觉来看,林梦瑶绝对不像始作俑者,相反,他倒觉得林梦瑶更像是一个被利用者。

"我看,更像是林梦瑶背后的那个朴正俊……如果只是朴正俊想帮林梦瑶出口恶气,不至于这么不依不饶……这个人再次出现在庆功party时,我就有一种似曾相识的感觉……可是他的样子,我却从来没有见过。隐隐地我总觉得我认识他。"

胡安莉才做完手术不久,因为不想在医院中休养,又发生了巴黎时装周的事情,心中焦急的她便立即赶到公司,召开了高层的商讨会议,并决定亲自去问问林梦瑶背

第六十五章　真实身份

后之人,究竟目的是什么,为什么要一味地针对火车浜7号。

"这样吧,我们这就去会会他。"

随着胡安莉一声令下,赵云良立即根据IP的定位和目前网络上的线索,找到了朴正俊所在的韩莉服装有限公司的位置。这家公司位于钱江乔司附近的一栋写字楼内,总共有两层。一行人不到半小时就来到了该公司楼下。

李可唯负责跟前台对接,向对方说明来意。吴榛和赵云良则陪同胡安莉,一起去见这家公司的老总。

"好久不见,火车浜7号的大老板!"朴正俊看上去仿佛还不到四十岁,颇有些浪漫与风流的气质。此时,严军正站在他的左边,林梦瑶则站在他的右侧,两人对火车浜7号的人都没有好感,以至于朴正俊说话的时候,他们的脸上同时露出不屑的表情。

听出朴正俊口中的戏谑,胡安莉也并不恼怒,今天过来,她就是为了开门见山,把事情说清楚。

"你好,朴总,看来您是在等着我上门拜访。我胡安莉一向明人不说暗话,从电商平台的退货事件,到后面出现的仿品,再到巴黎时装陈筱露被指控抄袭,我认为都跟贵公司脱不了干系。你们到底想干吗?你们的真实目的又是什么?"

看着胡安莉那张被激怒的脸,此时的朴正俊,准确地说是曾经被胡安莉抛弃的严峰感觉到异常的兴奋。她生气了?她也有今天!这就是他终于好不容易等来的一刻:

"胡总,请您别着急嘛,这些事情为什么你会觉得跟我们有关呢?我们韩莉服装有限公司可是正经的中韩合资企业,我们生产的也都是韩国设计师原创的衣服。你说的那些事,我都不太清楚。严军,你清楚吗?梦瑶,你清楚吗?"

严军和林梦瑶听到朴正俊这样一说,都假装摇了摇头,一副一无所知的样子。

见对方分明是在装蒜,赵云良此刻有些沉不住气了:"你们别演戏了!我们已经查清楚了,临海那边负责国内仿品的工厂就是你们找人接管的,还有这次微博上一时间那么多人出现转发截图,声称筱露抄袭,明显就是水军,我委托网络安全公司的朋友查了Ins的痕迹,发现那位设计师账号上图片的发布时间分明被篡改过,而篡改者的IP定位,就是在你们这里。"

"哈哈哈……"此时听着赵云良义正词严的指控,朴正俊非但不怒,反而干笑了两声,仍旧一副不置可否的表情。

"胡总,看来我们需要单独聊一下。"还未等众人反应过来,对方却突然收拢了笑容,目光严峻地望向胡安莉,说道。

在得到胡安莉的同意后,朴正俊又把目光转向了众人。

"接下来,我想跟你们胡总单独谈谈。你们可以在外面等,你们两人也是。"说着,朴正俊看了看赵云良和吴榛,又瞥了一眼身边的严军和林梦瑶。两人知趣地退出了房间。

赵云良和吴榛原有些不放心,在胡安莉的点头示意下,也默默地选择了离开现场。现在,整个房间里只剩下了胡安莉和朴正俊两人。

此时的胡安莉,仍旧不明所以,只是觉得两人之间的气氛有些怪异。

"你仔细看看我是谁?"朴正俊双目炯炯地望着胡安莉。胡安莉盯着对方的眼睛足足看了两分钟,最后她终于从眼神中读出了什么:"你?……真的是你?……"一种苦涩突然从心底溢出来,胡安莉只觉眼眶一阵发热。

她哪里能想到,如今坐在自己对面自称朴正俊的韩籍华裔男人,竟然就是十年未见的前男友严峰;又哪里知道,此番他筹备了两年多的时间回到中国,正是为了向她复仇。

当年,两个热血的年轻人在广州因打工相识,不久后相爱,并约定要在这片充满机会的土地上共同奋斗,出人头地。可人生地不熟的他们累死累活帮人做衣服,缝扣子,一个月下来扣除吃喝,根本所剩无几,更别提买车买房。

那时胡安莉的父亲又突然病重,她把自己辛苦存了大半年的钱寄过去,可还是不够,最后只能眼睁睁地看着父亲因无钱治疗,早早去世。

世态的炎凉和现实的残酷,让胡安莉第一次意识到金钱的重要性,也意识到在工厂里没日没夜地勤奋工作根本换不来丰厚的回报。一次偶然的机会,胡安莉发现了一条普通人晋升的捷径——那就是做保险销售,保险销售提成高,重培训,不看出身,只要能找到大方的有钱人买单,自然能够获得不菲的提成。

为了找到当时广州城里的大户,争取到大额保单,胡安莉一改之前土气的装扮,开始改头换面,以最时尚靓丽的装扮出现在酒吧、高尔夫球场、夜总会,但凡有钱人出现的场合,她都不会错过。

凭借良好的交际能力和出众的外貌,渐渐地在有钱人的圈子里,胡安莉得到了越来越多人的认可,开了不少大额保单,也赚到了丰厚的佣金,保险销售生意不仅越来越好,而且因为视野打开了,周围的机会也越来越多。

可那时的严峰,尽管已经足够努力了,在工厂里,仍旧只是一个小小的领班。望着每天打扮得花枝招展的女友喜笑颜开地穿梭在各种有钱人的社交场合里,严峰既愤怒又失落。

愤怒的是自己成长太慢，远远没有女友的挣钱能力强，他变得狂躁、自卑，动不动就指责女友爱慕虚荣，不知廉耻。同时，他的内心又很自责，为什么自己没钱、没能力、没事业？失落越多，猜忌也越多，两人开始不断地争吵，他神经质地认定两人的心早已越来越远。

有一天，应酬喝多了的胡安莉被一个西装革履叫Eason的男人送到家门口，男人见胡安莉身子快倒下来了，便伸手扶了一把。刚好看到这一幕的严峰二话不说，一拳就打到了对方鼻子上，男人瞬时鼻血直流，而无论一旁的胡安莉怎么解释，严峰认定她就是嫌弃他穷，所以才如此水性杨花。胡安莉一气之下，提出了分手，严峰却不置可否。

可就在胡安莉提出分手不到两周，严峰便后悔了，他诚心地哀求胡安莉，希望能再给他一次机会，可介于两人不论情感还是思想都无法互融，胡安莉选择了那位苦苦追她已经半年，且更懂她的男人Eason。

亲眼见到胡安莉最后选择了Eason，严峰一度试图挽回两人的情感，甚至大闹她与Eason的订婚宴，却被胡安莉叫人给赶了出去，并听到她对旁人说，此生再也不想见到他。也就是在那个时候，他魂不守舍地在街上漫无目的地行走，出了车祸，不只身受重伤，还破了相。所幸当时被一个好心人救了。

人生陷入低谷，同时失去爱情、事业，还毁了容。严峰心中充满了委屈、痛恨与不甘。那时他觉得自己在中国已经待不下去了，既然已无脸待在国内，就只能远走他乡。为了远离这片伤心地，也为了让脸更好地恢复，严峰毅然去韩国投奔在那里做生意的小叔叔，并在韩国做了整形手术，从此改名朴正俊。

在韩国打拼了几年后，严峰邂逅了一个服装家族的千金小姐。为了抓住这个改变命运的机会，他绞尽脑汁，最终获得对方的芳心，顺利与富家千金结婚，并在家族企业中承担了重要的角色。

只是目前董事长年事已高，所剩时日无多，这个韩国服装豪门家族陷入了一场充满血腥的遗产争夺战。董事长先后有三个太太和五个孩子，其中有两个儿子、三个女儿。他的妻子正是董事长三太太所生，是最受宠的小女儿，很有可能会成为这次遗产争夺战中最大的受益者。

不过碍于其他兄姐的刁难，在关键问题上，一直无法达成妥协。如果能够在这个节骨眼上帮助妻子拿到一向空白的中国市场，那么必然是一件大功，因此，他的妻子才同意他带着部分人手前来开拓中国市场。

只是没想到他之前制造仿品的动静太大,妻子怕被家族其他人抓住把柄,才一再告诫一定要低调,再低调。朴正俊因此才在火车浜7号被仿品打得焦头烂额的关头收手,火车浜7号也因此幸免于难。

朴正俊的回归,一是想在中国市场做出一些成绩,以帮助他那位豪门千金巩固在家族的地位,二是憋屈了这么多年,当年的遗弃之仇不可能不报!

"莉莉,别来无恙!"待众人都散去,二人独处时,朴正俊轻吐了一口气,总算对胡安莉喊出了这个尘封已久的名字。

胡安莉闻声脸色大变。真的是他!想起第一次看到这个男人的身影,胡安莉便觉得很像曾经的严峰,可是眼前这个人却完全不是严峰的样子。在他身上究竟发生了什么?他又为何会在此时出现?

"莉莉,你认出我了吧?我是那个跟你在一起三年,当初说一定要娶你,与你一辈子都不分开的严峰。因为你,我的脸毁了;因为你,我只身去到韩国;因为你,我成了现在的样子。我永远不会忘记你当初抛弃我时的决绝,也永远不会忘记你带给我的伤害!"朴正俊越说越大声,表情也变得狰狞。他一把抓起胡安莉的左手,紧紧地握住,令她完全措手不及。

"放开!你弄痛我了!"望着眼前这个突然发疯般的男人,胡安莉心中又惊又怒。

朴正俊也察觉到自己的情绪过于激动,缓缓地放开了胡安莉的手,脸上满是仇恨的表情却是丝毫未减:"你知道我这么多年是怎么过来的吗?为了等到今天,我严峰寄人篱下,改了名字,隐藏了身份,忍受了多少白眼,遭了多少罪。我今天站在这里,就是要你痛苦,要你后悔!"

"所以你就指使严军来害火车浜7号?你就利用林梦瑶来报复我?你就一手策划了陈筱露在巴黎时装周的抄袭事件?你究竟是严峰,还是让我完全陌生、心狠手辣的朴正俊?我曾经认识的严峰,即便要报复我,也不会用这么卑劣的手段!要赢,也只会赢得漂漂亮亮、干干脆脆!当年的严峰情愿被人耻笑,也不会收受回扣。当年的严峰情愿被人误解,也绝对不会在背后暗箭伤人!我看你呀,不是换了脸,恐怕你连心也换了!"

"你?……莉莉……你……很好!"朴正俊被胡安莉的这番反问搞得结结巴巴。她说的每一句话、每一个字仿佛都像利剑刺进他的胸口,让他百感交集。

曾经的他确实是一条汉子,一个无比正直的人。可是正直又有什么好下场?在公司因不想同流合污而被排挤,在社交场合因不会说违心的话而被嘲讽,最后不是连女朋友也被抢走了吗?

尽管朴正俊有千万个理由可以反驳，可如今自己曾经的挚爱当面数落和谴责自己时，他才陡然明白原来自己那颗冰冷的心依旧是有温度的。胡安莉的话，让朴正俊渐渐地冷静下来。他独自走到窗边，为自己点燃了一支雪茄，足足十分钟没有说话。

胡安莉看到这个曾经深爱过自己的男人陷入了久久的沉默中，她知道她的话起了作用，知道他心里并非完全冷漠，开始耐心地坐在椅子上，表情放松地等待着这个男人。她知道他一定会转过身来，给她想要的答案，就像过去无数次，他一转身就能看到她的微笑一样。

"好，莉莉，我成全你。"朴正俊望着胡安莉的脸，停顿了两秒道，"你想要公平，想要光明正大对吧？那我们就在赛场上较量。世界杯主题服装大会，我相信你们已经拿到了邀请函。这次的服装设计，会角逐出世界前五强代表队。我会带着我的队伍加入，到时候林梦瑶也会作为加盟队员出现。我们就来光明正大地打个赌。我知道火车浜7号是你一生最大的心血，这家公司就像你的孩子一样。如果我输了，从今以后，我再也不会与火车浜7号作对，我们俩的恩怨也就此一笔勾销。但如果我赢了，那么你以后将永久地离开火车浜7号，除了保留股权，将不再担任公司任何职位！"

"好，我们一言为定。"尽管胡安莉也没有完全的把握，然而在这样的条件下，既然对方言明了不再背后做小动作，那么火车浜7号就有机会走出至暗时刻……

第六十六章 幕后推手

下午6点，一回到中国机场，安娜和陈筱露便被蜂拥而来的媒体记者们包围得水泄不通。

与在巴黎时看上去略显慌乱的情景不同，此时两人都已经心中有数，相互对视一眼后，便淡定而平静地注视着眼前哄闹的记者们，耐心地等待着救场者的出现。

果然，记者们还未近身，救场者来了！

只见来者一个箭步，飞快将两人护在身后，原来是身材挺拔而英俊的赵云良，他带人直接堵住了此刻正蠢蠢欲动的记者们。

"各位记者朋友，谢谢大家如此关心我们火车浜7号的两位设计师，我是火车浜7号的品牌营销总监赵云良，我想大家一定有很多疑问，不妨跟随我们到这边来。"说着，在赵云良的引导下，记者们来到了机场二楼的一家咖啡馆内。

原来，在与朴正俊达成共识后，对方答应不再背后刁难，也表示愿意配合胡安莉和她的团队来处理这件事，他们会安排一个人承担所有的责任然后道歉，但不会以他公司的名义，其他的就要靠火车浜7号自己处理。过去的事情已经发生，至于能挽回多少，全看他们造化。

既然安娜她们离开巴黎时装周时遭遇了记者的围攻，现在，不如反其道而行之，主动通知记者们，就地开一个招待会，把所有情况说清楚。

定好策略后，赵云良提前跟安娜和陈筱露通了电话，又事先租下了二楼这间私人咖啡馆。

因此,当记者们来到咖啡馆时,只见咖啡馆的灯光十分明亮,横梁处拉了一条超长的横幅,横幅上红底白字写着:热烈庆贺安娜、陈筱露巴黎时装周载誉而归,火车浜7号特别记者招待会!

"听说陈筱露抄袭是有人存心搞的恶作剧……"

"不知道事情是真是假,要真是抄袭,那我们的脸都丢完了!"

"这事还真不好说,但现在新出来的证据似乎比较偏向火车浜7号。"

记者们在台下七嘴八舌地小声议论着,各自心中都有自己的猜测。眼看人差不多已经到齐了,赵云良整理了一下仪表,站到了吧台最显眼的位置:"欢迎各位记者朋友们的到来,我是火车浜7号的品牌营销总监赵云良。相信这两天,大家在网上看到了各种各样的传闻,看大家的神情也是非常想知道,事件的真相究竟如何,那么现在我就来为大家揭晓。"

说完,只见赵云良背后落下了一块幕布,Andy则在一旁打开了投影。就在一个小时前,朴正俊那边已经安排了马甲说明陈筱露抄袭之事完全是子虚乌有,承认是自己的恶作剧,并在网络上将图片作假的过程清晰地发布了出来。此帖经过发酵后,已经登上热搜。之后赵云良再拿出当时陈筱露设计的原稿、灵感来源和相关资料。这一对比,自然真相了然。

"事情的真相就是,有人故意恶作剧,用经过处理的截图作为所谓的证据,攻击了设计师陈筱露和火车浜7号。此人这么做的动机和目的目前尚不清楚。但修改的证据和设计师本人的说明,是石锤的铁证。大家可以上网去求证!其实,设计师的每一件作品虽然各具特色,但一贯的风格和骨子的气质是一致的。大家如果在网上找设计师陈筱露的任何一款作品,一定会发现某些普遍的共性,就像你们在场的每一位媒体工作者,我相信你们的稿子里一定也有你们自己独特的'基因'。"

赵云良坦然的话语赢得了台下的一片掌声,尤其是最后以记者们的文风作为比喻,更是让大家深有所感。再来看这次的抄袭事件,那个西班牙设计师之前的风格明显偏简欧化,且从未到过中国,不可能设计出如此地道的中式风格。相反,这次巴黎时装周上,陈筱露的设计倒是一如她往常的风格,再加上有人已经站出来承认作假,那么可信度还是非常高的。

待赵云良解释完后,安娜和陈筱露也先后走到台上。

"大家好,我是火车浜7号设计部总监安娜。非常感谢大家对火车浜7号一直以来的关注和支持。我高度认同刚刚赵总说的话,这也是我想跟大家解释的。在当下这样一个竞争激烈的市场环境下,难免会有一些居心叵测之辈,也难免会出现一些让人啼笑皆非的诽谤。但我们火车浜7号会继续保持一贯的原创精神,顺利融入世界设计的最新潮流。我们将继续严于律己,不断创新,继续领跑市场。我们的设计师陈筱露绝不可能做出剽窃他人作品的事情!其他设计师也不会,今天不会,以后也不会!"

"这不是曾经斩获过中国国际青年时装设计师大奖的安娜吗?"有熟悉服装界的记者,一眼便看出安娜的来头。

"我记得她还登上过 Vogue,被评为亚洲最有潜力的女装设计师。她能说出这样的话,几乎是为陈筱露打包票了。"人群中有人接过话头,继续补充道。

其他记者见状,也更加坚信陈筱露并没有抄袭。大家纷纷用镜头和麦克风记录下了今天这宝贵的一番宣言。

而无论是赵云良的恳切说辞,还是安娜的郑重保证,对于陈筱露来讲,都是一份厚重的认可。两人能在众人面前以自己的人品、身份为自己做担保,这样的信任,让陈筱露在感动之余,更有了一份对火车浜7号的敬畏与责任。

"感谢赵总,感谢安总,感谢所有帮助揭露真相和信任我的人。巴黎时装周的获奖于我只是一个新的开始,我会让大家看到更多我的原创作品。请大家继续支持我,支持火车浜7号!"轮到她说话时,她反而觉得似乎一切解释都没有太多的意义,她能表达的只有感谢火车浜7号,感谢这里给了她一个无限宽广的平台,更感谢火车浜7号给予她的信任和支持。说完,她深深地向现场所有人鞠了一躬,也向赵云良和安娜鞠了一躬。

见到这一幕的安娜忍不住上前给了陈筱露一个拥抱,这个女人过往所经历的一切,她都看在眼里,同是女人的她又怎能不心疼不怜惜?尤其是她始终还欠着她一个回答。也只有在这一刻,安娜褪下了所有的束缚,也褪下了往日冷冰的铠甲,只想给眼前的陈筱露一份温暖和鼓励。

而陈筱露也紧紧地抱住了安娜,眼眶不觉一阵温热,她感受到了这个冰冷美人洒脱不羁的外表下一颗火热又仗义的心,更感受到了一种人与人之间完全真挚、真诚的感情。

招待会结束后,陈筱露和安娜刚打算离去,便见到了不久前来到机场的李可唯和吴榛,两人因为有些事情耽搁了,所以来得有点晚,只看到了刚刚陈筱露与安娜在台上拥抱的场景。但两人的内心都有些五味杂陈,说不出是什么滋味。

"筱露姐,恭喜你沉冤得雪。我们来接你和安总,先上车吧。"李可唯说着从脸上挤出了一丝笑容,将两人带到了吴榛的车上。只是平日里一路总喜欢叽叽喳喳的李可唯,却一直没怎么说话。连向来活泼的吴榛也异常沉默,令陈筱露甚是奇怪。两人心事重重的表情,更像是有什么事瞒着自己。

"难道是旭光的事情查出来了?二哥那边终于有线索了?"其实在陈筱露刚到巴黎那天,李可唯便给她发了信息,说事情有了重大进展,他们已经找到二哥,即将动身前去拜访。为了不打扰陈筱露参赛,希望她安心准备,两人有把握在结束后便能给她一个真相。如今看来是真的,陈筱露不由兴奋地想。不过既然查出来了,难道不应该开心吗?为什么两人一副不想讲话的样子,尤其是看向安娜的眼神十分犀利,而看自己的时候又有些躲避。

此时的陈筱露并不清楚,就在她与安娜登机之前,安娜曾收到过吴榛发来的信息。而信息的内容不是别的,正是关于欧阳旭光的事情,不过因为事情影响重大,两人也只是做了简单交流,具体事宜,都认为回国后当面说清楚更为妥当。

为了全局着想,吴榛与李可唯商量了一下,打算先与安娜沟通具体情况,再告知陈筱露。若真是安娜的过错,他倒可以作为中间人,不管是为火车浜7号,还是为朋友交情,希望能够尽力调和,只是这件事情实在是太古怪了。

汽车缓缓地驶入隧道,驶入无边的黑暗之中,车里的四个人却是各自怀着不同的心事。

那日,在临海的那家工厂,虽然吴榛和李可唯认错了人,可神奇的是没过几天,二哥的妻子却主动打来了电话,说二哥已经回到家里。

这段躲风头的日子,二哥很不好过,还被人骗了。回到家时,他已变得又黑又瘦,连孩子都快认不出他来了。

夫妻俩商量后决定见吴榛和李可唯一面,告诉他们事情的来龙去脉。不过唯一的要求是,吴榛要保证不追究二哥的过失,这件事情之后,也希望他们不要再为难自己。吴榛和李可唯当即表示,只要能找出幕后推手,今后一概不究。于是才有了四人在二哥当初接受委托人任务时的那家酒店的见面。

二哥大概一米七左右,身材匀称,皮肤黝黑,但两眼炯炯有神,一看就是很会办事的。起初李可唯还纳闷,一身淳朴打扮的二哥为什么会约在这间看上去不仅时尚还有些奢华的酒店见面。直到坐下来,看到人来人往,她才明白过来,这样的地方,确实更能掩饰他和委托人之间的交易。

只听二哥说道:"他当时也是和我约在这里见面的。"

"他?"李可唯和吴榛同时兴奋起来,都意识到幕后推手即将浮出水面。

"安排临海当地的人举报欧阳旭光的公司商业欺诈,确实是我一手操作的。我知道欧阳旭光在临海以次充好,用电商模式骗了不少老百姓上当。所以他委托我办这件事时,我没有觉得这是一件坏事。欧阳旭光这种敛财方式迟早是要出事的,我当时还有点行侠仗义的感觉……所以,当那个人通过我的朋友找到我,让我去办这件事时,我毫不犹豫地答应了。

"我当时真的也没多想。那个人讲欧阳旭光敛财这件事情时,也是正气凛然的。看在酬劳也不错的分上,我当然马上安排人去干了,根本没想过欧阳旭光居然会因为这点事坐牢啊!更没想过他后来竟然死了!我以为我牵扯到了很可怕的阴谋中,所以我躲了起来,直到事情平息。

"我发誓,我真没想害他……要是知道事情会发展成这样,我是绝对不会接受那个人的委托,去做这件事的!"

李可唯和吴榛最初从陈筱露那里得知欧阳旭光被举报是因为一个隐藏在火车浜7号的男人的指使,两人当时以为陈筱露也只是道听途说,事实未必如此。如今听二哥这么一说,他们已经肯定要找的幕后推手确有其人。

"你说的这个人,到底是谁?是不是一个男人?是不是在火车浜7号?"情急之下,李可唯不管不顾,将自己的想法脱口而出。此时一旁的吴榛却对李可唯轻轻摇了摇头,示意让二哥自己说。

"这个人,当时其实并没有出现在我面前,他是给我打的电话,在电话里谈了这笔交易,他事先将一个纸袋交给服务生,在交代完事情后,服务生把纸袋才交给了我。我打开来看,发现是包裹得严严实实的两万块现金。虽然他没出现,可是我隐隐觉得他就在附近。记得当时我看到二楼有一个全身穿着黑色套装、戴着口罩墨镜的人一直在朝我这边张望,直到看到服务生将纸袋给了我,我也把钱收到了包里,他才放下手机走出门。"

"那这个人,你有什么印象?是高是矮,是男是女,你知道吗?"

"身高啊……身高应该跟我差不多,一米七吧,骨架很小。他当时的那个打扮是男是女,我还真看不出来,但是他的声音有点娘娘腔的感觉!"

"是男是女,你都分不清楚吗?"原本以为事情已经快真相大白,李可唯正心急火燎地等待下文,可眼前这个男人竟然糊涂到连对方是男是女都不知道,她也着实有些无语了。

"除了身高,那个人身上还有什么显著特征没有?比如脸、身上、手上,有没有什么特殊的地方?"吴榛并没有因为线索快断了而心浮气躁,相反他依旧耐心地问着二哥，毕竟他是现在唯一的希望。

经吴榛这样一提醒，二哥才突然想起一个细节："他当时在二楼的时候，我隐约记得他无名指上戴了一个钻石戒指，闪闪发光，看上去还挺贵的样子。"

是这样？此时的吴榛瞬间意识到，也许他们之前的猜测全是错的，他们被误导了。

从一开始陈筱露说是一个隐藏在火车浜7号的男人操控了这一切，到他与李可唯寻找真相时，也一心认为一定是一个男人所为，自始至终他们都没怀疑过，也许这个人根本就不是一个男人。

身高一米七、中性打扮、无名指上的昂贵戒指……此人非但不是一个男人，还是火车浜7号一个位高权重、极受人尊敬的女人。想到这里，吴榛的心里莫名生出了一丝忧虑，如今事件似乎越来越复杂。怎么会是她？为什么她会这么做？一想到这些未知的问题，吴榛的眼里竟闪过一种久违的不安。

与此同时，李可唯也发现了二哥口中事情的蹊跷，如果在火车浜7号的这个幕后推手不是男人而是女人，而二哥口中的戒指和身高又是最关键的信息，那么……只有她了！

"怎么可能？"两人的心中都在反复地质疑着，他们无论如何也无法相信，那个人会牵涉其中。可当他们对视的那一刻，从彼此惊讶的表情里，又立马意会到了对方和自己完全一致的猜测。

"可这一切究竟是怎么发生的？"两人惆怅地望着酒店里往来的人群，却只能等那个人亲自揭开这个谜底。

第六十七章　水落石出

不到一小时,黑色的奔驰商务车已停在陈筱露所住的小区门口。李可唯按吴榛事先的叮嘱下了车,麻利地帮陈筱露把行李搬下来,负责送她到家。四人暂时挥手作别。车载着吴榛和安娜继续前行,赶往火车浜7号。

"筱露姐,这场风波看来马上就过去了。巴黎时装周的获奖最终带来良好的市场效应。没人能挡住处女座的疯狂逆袭。"李可唯终是忍不住打破这份沉默,眼睛里星光熠熠。

"应该没事了。"陈筱露淡然一笑,"这一路来,什么怪事没遇上?只要做好自己就OK了。"

"嗯嗯。"其实,李可唯心里明白,吴榛这样的安排是很有头脑的。安娜可不是一般人,事情的来龙去脉没了解清楚,到时候度没把握好,欧阳旭光案件引发的震荡可就不是巴黎时装周有人造谣陈筱露抄袭这个事件的级别了。

他俩当然希望一切只是误会,只是万一情况属实,或者欧阳旭光与安娜之间真有不可告人的秘密,他希望能够将事情造成的伤害降到最低……无论如何,在陈筱露与安娜对质之前,吴榛得第一时间弄明白。

李可唯此时得先拖着陈筱露,给吴、安两人密谈拖出时间和空间。所以,在去陈筱露家的这小段路上,李可唯尽量装出火热劲儿使劲尴聊。

"筱露姐,对了,真真最近还好吧……"

"唉,她奶奶、爸爸的事对她打击还是挺大的,脾气变坏了。不过,最近我妈过来照顾她,听话了不少,人也活泼了。"

"那就好。她毕竟还是个孩子。"

……

"对了,筱露姐,风传今年巴黎时装周的水平下降了不少,是真的吗?那些秀是不是都误入歧途,一味奢华?"

"这个要根据品牌的调性来,不过奢华倒是难免的……你怎么突然关心起这个了?"

"哦哦。筱露姐,我……"李可唯今天的心不在焉、口无遮拦,早就让陈筱露察觉到了异样。如今这有一搭没一搭的闲聊,更是让陈筱露生疑。

还没等李可唯回复,陈筱露便突然打断了她的话。她停下脚步,凝视着李可唯,那双眼睛仿佛能穿透她的心思:"可唯,你告诉我,你们找到二哥后,是不是已经知道一直潜藏在火车浜7号的幕后推手是谁了?"

"嗯……"李可唯心情十分复杂。以两人之间的了解,她又如何瞒得过陈筱露呢!

素来耿直的她从来就不是一个藏得住事情的人,更何况陈筱露因为欧阳旭光事件前前后后遭受了多少打击,经历过多少痛苦和悲伤,她比任何人都清楚。如今自己明明逼近真相却不能在第一时间告诉她,虽是想着为她好,可心底终究有些自责。

见李可唯一脸的难色,陈筱露更加确信自己的猜测是真的。"他到底是谁?难道真的在火车浜7号?你现在不想告诉我?"

"我……"李可唯沉默了一会儿,东张西望,似有难言之隐,"筱露姐,一会儿方便了,我们再聊这个吧。"

"可唯,自从我到火车浜7号以来,我一直把你当成最好的朋友,我的事情,你是最清楚的!"陈筱露的脸上虽无怨气,语气却有一种不怒自威的压迫。这种压迫中又似乎带着七分反问和三分请求,让此时的李可唯更加心软和愧疚。

"对不起,筱露姐……"李可唯心知已无法隐瞒,便道,"筱露姐,我们换个地方说话吧,我希望你可以先冷静一下,我把我知道的都告诉你。"

"好,那去我家里吧。"

再次来到这片住宅区时,李可唯有种恍然如梦的感觉。记得一年多以前,因为极限词的事情,她第一次来到这片老小区,满心的慌乱,以为自己闯下大祸,手里的钱又不够,那时陈筱露就像她的救命稻草。可没想到的是,在这里她头一次看到了真真,知道了欧阳旭光,也听到了属于陈筱露的故事,更明白了这个气质高雅的女人为何会到火车浜7号做一份行政的工作。

两人一同踏入房屋时,真真恰好被外婆带去游乐场了,房间里的布置跟之前相比,似乎依旧没有太大的改变,一家三口的照片,真真喜欢的毛绒玩具,陈筱露闲暇时做的一些手工饰品……

时过境迁,李可唯没想到,这一次的到来,却是因为自己要亲口告诉陈筱露那个幕后推手是谁。

"筱露姐,其实……在背后……让人举报欧阳旭光的人,是设计部的总监安娜!"李可唯思索了一会儿,终究决定用最直接的方式告诉陈筱露这个惊天的真相。

"什么?是安娜?这怎么可能?"果然,陈筱露的眼底里流露着难以置信的表情,连连摇头,"可唯,你再说一遍,你说安排人举报旭光的人是安娜?你们真的没有弄错?"

想起前一秒钟,就在机场,安娜如此诚恳地用自己的名义为她洗刷冤屈,还与自己紧紧地相拥在一起。安娜是什么身份、什么气度的人?在公司、在设计界,她可是一个像女神一样存在的人物啊!说谁都可能派人举报欧阳旭光,但非要说是安娜,陈筱露表示她怎么也不相信!

其实,一开始李可唯、吴榛何尝不是同样感到难以置信?面对陈筱露绝然质疑的眼神,李可唯只得耐下性子,将自己与吴榛如何找到二哥,且将这个过程中二哥说的话一五一十全部复述给了陈筱露。

"那么说,真的是安娜了?"陈筱露脸色紧绷,仍旧没从刚刚的震惊中恢复过来。"可是为什么会是她?她为什么要这样做?旭光究竟哪里招惹了她?这种破事,她盼咐人去办就是了,她有的是人,她干吗还要亲自操办?她可是安娜!"

陈筱露连环炮式的追问,等来的却是李可唯的哑然沉默,因为这也是李可唯、吴榛最困惑的地方。

"我们一会儿去公司,见安娜和吴榛,当面问清楚即可。"李可唯见时间差不多了,按预先的计划向陈筱露做出提议,并立马得到了对方肯定的回应。

另一边,安娜办公室。相似的疑问,也一直盘旋在吴榛的脑海里。

在接到吴榛明示欧阳旭光事件需要回国第一时间面谈时,安娜就迅速做好了心理建设。在办公室坐下后,两人都有些尴尬地看着对方,竟然都无从说起。

吴榛的心情是十分复杂的。他难以想象为什么一直以女神形象示人的安娜会去做这样一件与她看似毫无瓜葛的事情,也难以想象花钱找人去操作实名投诉这么低级的事她居然会亲自上阵。那么,这背后是否存在什么秘密或隐情?

第六十七章　水落石出

安娜给双方都倒了杯热开水，倒显得淡定从容，一眼看穿了吴榛的心思："吴榛，我知道你想知道答案并想维护我。谢谢！……有什么问题你就直接问吧！"

"好的。是这样……"吴榛耐心地讲述了调查欧阳旭光事件的前前后后，最后表示很困惑，但还是一针见血地询问起来，"安总，真的是你电话操控，给二哥两万佣金找人实名举报欧阳旭光公司涉嫌商业欺诈？"

"嗯，确实是我。"安娜往沙发上一靠，倒是干干脆脆地承认了。

"其实……实名投诉这样的事，对电商公司，尤其对欧阳旭光这样的公司，实在不算新鲜事，本来就经常有人投诉。但以安总的身份和个性，怎么会亲自屈尊去推动呢？难道我们公司与欧阳旭光公司，或者安总与欧阳旭光本人有严重过节？"

"哈哈，吴总果然很尖锐。欧阳旭光公司的网上广告和街头海报做得都很招摇，想钱想疯了。上面都有二维码，谁都可以扫码买他们卖得又便宜又好看的饰品。买了但不满意的买家可随时退货，只是物流费要买家自己承担。但买家一想，东西不值几个钱，跟退货要承担的物流费差不多，所以买家即使买了不满意，大多不愿退货。

"这里当然有猫腻……我很好奇，下了单，货到后果然证实了自己的猜想……既然涉嫌欺诈，那谁都可以实名投诉，对吧？我也是买家，不可以投诉吗？我不方便实名投诉，叫人去投诉，可不可以吗？"安娜眨巴着眼睛，不疾不徐地反问道。

"当然当然。你是在告诉我，是你不方便亲自投诉，才安排人去投诉？"

"是呀，亲自投诉或安排人投诉，都可以呀！只要我愿意！"

"但你一出手就给二哥两万！为这点事出这么多钱，不像是一般买家的实名投诉呀！"

"那吴总的意思是？"

"所以我困惑呀！我不敢猜这里头有深仇大恨，但至少有某种报复的心态和狠劲儿！究竟是因为什么让安总你不惜屈尊亲自推动，出钱出力呢？如果不是结了梁子，那还能是什么呢！可我死活想不出缘由。安总，你可以告诉我了吗？"

"吴榛就是吴榛，聪慧过人。还有什么问题？"

"有呀！安总可是费了心机，托人找到了二哥，让二哥在临海，而不是在钱江找人，还实打实地在网上买了欧阳旭光公司的东西，再以商品质量低劣和交易欺诈的正当理由打电话到当地派出所进行实名举报……这番心思，如此周折，哪像一个普通买家会干的事，我说的对吧，安总？再后来，欧阳旭光公司被临海警方调查，资产被查封，人还入了狱……这么严重的后果，安总满意了吗？"

"不要无限发挥哈！我承认，是我叫人给这种投机敛财的公司一个教训，给一个有点明星光环的创业者一点苦头,这没什么不妥吧?"

"安总,欧阳旭光本人可是人财两空呢?"

"事情闹这么大,这倒真不是我能想到的。我不否认我用实名投诉的方式,让他的公司付出代价,让那个人付出代价。但欧阳旭光被判刑、入狱,甚至……真的是我从没想过的!这超出了我的预期,完全是另一件事了。"

"你的意思是,欧阳旭光承担了严重的经济后果和法律责任,甚至最后失去生命,都不是你想要的结果?"

"是的。我只想让他的公司和本人吃个教训,后面的事有些失控,绝不是我的目的。"

"还是那个问题,安总与欧阳旭光之间,或火车浜7号与欧阳旭光公司之间,究竟有什么深仇大恨呢?"

"……"安娜确实没有想到会引发蝴蝶效应,造成一系列后果,尤其是没想到,欧阳旭光会在狱中自杀。而陈筱露也在机缘巧合之下,来到了火车浜7号……她无语了,陷入久久的沉默中。

吴榛感觉到安娜回复中的防守与进攻。他了解安娜的为人与性格,更听出她语气里的诚恳和内疚,她愿意承担责任。可安娜向来不是多管闲事的人,为什么她偏要给欧阳旭光一个教训,莫非他们认识?否则,安娜根本不必去教训一个完全没有瓜葛的人!或者安娜隐瞒了什么,难道她的背后还有人,而她不愿意提及?

"安娜,我知道你并非存心,也没料到会引起这么严重的后果。欧阳旭光欺诈消费者是事实,后面我们也打听过。其实除了那两个人,确实还有其他人举报。可我一直不明白,为什么指使做这件事的人会是你?你跟欧阳旭光是不是有什么过节?还是为了什么人去做这么一件完全不'安娜'的事?不然我相信,以你的为人、性格,你绝对不会突然去做这样的事!"吴榛决定一问到底,干脆挑明了!

然而,就在这关键的问题上,安娜始终保持沉默,仿佛在寻找妥当的言语,做一个合适的交代。

"吴榛,这事因我而起……而我只能说,我做的一切,并不是为了害人。这其中的前因后果,实在太复杂。原谅我不能细说。在这件事上,我唯一对不起的人只有陈筱露。作为女人,我知道这件事给她带来了多大的伤害,也知道如今她有多不容易。更重要的是,她即将带队参加设计师大赛,重任在肩。她很快会知道事情的所有真相。到时她会怎么看待我?怎么看待公司对她的期待?"安娜低下头,有些难过。

吴榛深知,其实自己没有任何资格去评判安娜,他只是希望尽自己的力量去调和其中的矛盾。见安娜如此神态,他心中更是不忍。

"安娜,我想不管是我还是陈筱露,我们都不相信你会去做这件事,不管你有任何难言之隐……但纸终究包不住火,我们得一起去面对!"

吴榛明白,真相即将大白,只剩一层薄薄的窗户纸了。

第六十八章　真相大白

然而，刚刚还十分坦然的安娜，面对吴榛真诚的请求，却是眉头深锁，不愿再透露半个字。场面陷入尴尬，长时间的沉默让整个办公室变得格外寂静。

吴榛心里更加坚信事情存在着一个更为复杂的真相。找人举报的事情，安娜能坦然而大方地承认，可为什么一提及原因，安娜便如岩石般沉默无语？

除非……吴榛心中其实已然明了……除非，这件事还与其他人有关，而且这是一个在安娜心中十分重要的人……

这时，高铁从火车浜的屋顶上呼啸着飞驰而过，隆隆的轰鸣反复敲打着两颗煎熬而僵持的心，好一阵子声音才慢慢远去。

谁知办公室的大门"吱呀"一声骤然被人推开了。

"让我来说吧！"来者略带疲惫、面色苍白，正是才出院不久在家休养的胡安莉。她获悉安娜和陈筱露从巴黎回国，吴榛第一时间约谈安娜并声称有敏感的要事。胡安莉便多少猜出了事情的缘由，于是从家里赶来了。

"胡总，你怎么来了？"吴榛和安娜见到胡安莉，皆是一脸吃惊的表情。两人都没有料到胡安莉会在这个时候出现，她又如何知道两人在这里商谈。

"怎么？你们这副样子都跟见了鬼似的。来，看看我的胳膊、我的腿，可都是实实在在的，虽然我还是个病人，可还活得好好的。"

听到胡安莉这一打趣，两人原本有些紧张的神色稍稍缓和了起来。

原来，今天的记者招待会，胡安莉本想亲自出马的，一则欢迎安娜和陈筱露载誉归来；二则作为火车浜7号头号人物亲自向媒体做出一番解释，彻底翻转所谓"剽窃"丑闻；三则亲自交代风头无两的陈筱露领军火车浜7号设计师团队迎战朴正俊团队的事宜。

然而，考虑到胡安莉目前的身体情况，赵云良认为大事已然化小，建议胡安莉不用露面。而后两人在沟通时，胡安莉从赵云良口中意外得知，才从临海赶回来的吴榛和李可唯似乎有要事找安娜商谈，两人还特意主动请缨前往机场接机。此前她已经得知吴榛和李可唯还在四处打探二哥的下落。胡安莉敏锐地觉察出吴榛第一时间约安娜密谈，铁定跟那件事有关。

"千万不能误伤了安娜！"她心里这样想着。胡安莉也是在上次服装仿品事件之后，才知道欧阳旭光被举报的事情跟安娜有关，她相信这件事的结果并非安娜本愿，归根结底是自己家的事情连累了安娜，于是不管不顾地赶了过来，听到两人果然是在谈欧阳旭光的事情。既然避无可避，一切都该水落石出了。

"吴榛，既然你受人所托追寻事情的真相，那我就亲自告诉你，安娜完全是为了我……"

太出人意料了！胡安莉此话一出，吴榛立马惊住！怎么这件事居然还把董事长胡安莉牵扯了进来？这怎么可能？难道是商业上的纠纷？可这两个公司八竿子都打不到一起，怎么也说不通呀！

二人密谈变成了三人密谈。三人都没注意到的是，胡安莉前脚刚来，陈筱露和李可唯后脚就赶到了火车浜7号，两人蹑手蹑脚地躲在安娜办公室外面听他们谈话。

李可唯收到吴榛的微信，确认安娜已干脆地亲口承认她是实名举报欧阳旭光公司的幕后推手，便按事先计划带陈筱露来与安娜直接交流。却没想到事情竟然发展成这样子，此时陈筱露心如刀割。

欧阳旭光为了赚快钱，确实是做了蠢事并因此而入狱。只是无论如何想不到，安娜竟然是幕后推手。她跟吴榛一样，也十分渴望知道安娜亲口告诉她这么做的动机和原因。可万万没想到，胡安莉却突然出现，并亲口说这件事与她有关。一切太出乎意料，令人震惊！陈筱露与李可唯面面相觑，躲在一旁，三人的每一句话都像尖刀般，让此时的陈筱露每一秒都经历着心惊胆战。

"准确地说，是为了我的堂妹胡洁。"胡安莉深吸了一口气，她知道，该来的一切总会来的。

"怎么又冒出一个堂妹来？"吴榛一头雾水，躲在外面的陈、李二人更是稀里糊涂。

"如果不是因为我的堂妹胡洁,我跟安娜根本不可能知道有欧阳旭光这个人……"胡安莉此话一出,吴榛和李可唯的脸上当即露出一丝警觉的表情,而身为女人的陈筱露,更是在这一刻似乎敏感地捕捉到了什么……

"事情发生在四年前的一个夏天,胡洁已是钱江艺术大学大三学生。那年暑假,她说回家太闷了,不好玩,想留在钱江打工,并借住在我家。她对服装设计又很有兴趣,我便让她跟着安娜打打下手。"说起这个妹妹,胡安莉依旧记得那时她脸上无比纯真的笑容,还有关于未来种种天真又热烈的幻想。

紧接着,她继续说道:"胡洁虽然贪玩,悟性却十分高,而且做事也特别认真,加之性格开朗,尤其讨人喜欢,连平时不爱夸人的安娜也对她寄寓了厚望。当时安娜还特地对我说,若是胡洁愿意留下再努力两年,在火车浜7号她一定能成为独当一面的设计师……

"就这样过了两个月,暑假也结束了,胡洁回到了学校。那段时间,因为公司事务很忙,我几乎没怎么跟她联系。直到有一天,安娜告诉我,胡洁流产了,精神也出现了问题。

"我当时根本不信!这是我最爱的堂妹,距那个暑假也就不到半年,难道是她在学校发生了什么事情?胡洁的父亲很早便过世了,母亲又一直生病。在钱江,她唯一能依靠的亲人,就只有我。我当即和安娜一起去找胡洁,才发现她没有去上课,在学校附近租了一间房子休养。起初她死活不愿告诉我们发生了什么事情,直到我们一再逼问,她才说出了将她变成现在这个样子的人,正是欧阳旭光!"

听到这里,吴榛脸上写满了错愕,安娜的脸上则是一副痛苦又惋惜的表情。

陈筱露更是一脸惊恐与质疑。这究竟是怎么回事?她做梦都没想过欧阳旭光在外面竟然有别的女人!而这个女人竟然还是一名在校大学生,是胡安莉的堂妹。

他们说的真的是旭光吗?是那个在大学校园里弹着吉他跪下向我求婚的学生会会长?是那个在寒冬的大街上只买了一份烤红薯,自己却舍不得吃,一定要留给我的男人?是无数个夜晚,与自己相拥而眠,告诉我,这个世界上只爱我一个女人的模范老公?陈筱露说什么也不敢相信。

听到这个久违而熟悉的名字,此时屋内的安娜也忍不住回想起这个她曾经最看重的弟子:"我一直不明白那么善良又那么开朗的胡洁为什么会遭遇这样的命运?如果不是欧阳旭光,她一定是火车浜7号最好的苗子,也会成为一名时装界不可多得的女装设计师。我跟胡总打拼了这么多年,从来没有看到她因为什么事情这么痛苦过,胡洁的流产、抑郁和最后发生的悲剧,让作为姐姐的胡总什么都做不了。关键是面对这样的男人，胡洁到最后依旧对他死心塌地，说一切都是自己心甘情愿……可她还不到二十三岁呀，她明白什么是真正的爱情吗……"

说着，安娜看了一眼吴榛，继续道："就像你说的一样，这根本不是我该做的事情，我也没必要亲自出手。可当时一切就是那么巧，我恰好在临海，恰好看到了他的海报，恰好发现了他生意里的猫腻，一时气不过的我才找到二哥，打算给他一个教训。我本意也只是想为胡总、为胡洁出口气，但我真没想到他会坐牢，更没想过他最后……"

"安娜，这件事不怪你。一切只能说是天意吧！只是可怜了胡洁，也可怜了陈筱露……如果她那个暑假没有留在钱江，就不会遇到欧阳旭光，不会在酒吧被他的风度吸引，更不会被他的花言巧语蒙蔽……这世上有多少女人败给爱情，就有多少男人败给了下半身的欲望……当然，也不是所有男人都如此，至少，我们的吴总算是一个清醒的吧。"

"哎，那也不是。"听到胡安莉的这番肯定，吴榛反而不好意思起来，解释道，"胡总，谢谢你的谬赞啊。不过，要说实话，我以前也不是那么好。开豪车，逛夜店，挥金如土的日子，我也没有少过，也不是没有体验过那些纸醉金迷的享乐。只是在经历一些事情后，我突然明白，人的欲望是无穷无尽的，我不愿也不会做那个把灵魂交给欲望的人。从我幡然醒悟的那一天，我开始知道我想要怎样的人生，这也是我最终选择留在火车浜7号的原因。无关乎任何金钱与权力，这里让我重新看到了梦想，还有奋斗的意义！"

吴榛的自我表露让安娜和胡安莉十分钦佩，也让一旁在听的李可唯心中五味杂陈。经过这段时间的相处，吴榛早已不再是她心中玩世不恭的花花公子，而今天的这番话，更让她看到这个男人的坦诚和内心的坚持。而在陈筱露看来，就连吴榛也明白的道理，为什么她眼中那么理智、那么优秀的旭光却没有想通……

"有的人年纪轻轻就已经了悟本质，有的人反而迷醉半生，也无法走出。像欧阳旭光这样的人，其实我也见得不少，以前过了不少苦日子，经过多年奋斗削尖脑袋挤进成功人士的行列，所以他们踮着脚尖都想去证明自己是个人物，开豪华轿车，住高档别墅，左拥右抱都是美女，侃侃而谈都是人脉，显得自己好像很有难耐，可是这些真的就是成功吗？成功又一定要用这些去证明吗？"胡安莉感慨道。

一旁的安娜也点了点头。这些年，两人的商务活动、日常社交，免不了会接触各种各样的男人。有的人就像欧阳旭光一样，金玉其表，败絮其中；有的则像吴榛，看似放浪不羁，实则已回头是岸；而另外一部分人，恰恰正处于两者之间，在良知的田野与欲望的沟壑中，左右摇摆，进则天堂，退则地狱。

"也许欧阳旭光并不是没有后悔过……只是……已经晚了。"吴榛此话一出，又是惊愕了众人。

"这是什么意思？"无论是现场的安娜、胡安莉，还是门口的陈筱露和李可唯，都听出了话语中的蹊跷。

"我前几天去找了一个人，这个人是我监狱管理局的一个朋友告诉我的，他是欧阳旭光在监狱里关系最好也是走得最近的一个狱友，他叫张小龙。我找到他的时候，说明了来意：因为欧阳旭光坐牢和意外死亡的事情，让他的亲人很难过，所以受他太太的委托，想问一下他到底发生了什么事情。张小龙告诉我，欧阳旭光这个人在监狱里跟其他很多犯人是不一样的，他没有犯罪前科，而且相貌堂堂，谈吐不凡。因为越聊越投缘，张小龙便认欧阳旭光做了大哥。

"他们在监狱的那段时间，欧阳旭光也经常向他谈及自己的过往，说自己一错再错，也许是前半生把好运都透支了，才有了今天这么多的报应……他说他唯一的心愿是希望能努力改造减刑，争取早日出狱东山再起，找到合适的生意，然后尽快赚钱，把银城十里桃花的房子再买回来，能够让筱露母女过回原来的生活，这样他也会更安心。因为这个缘故，张小龙告诉欧阳旭光，自己是做旧厂房拆迁、回收钢材和电缆生意的。这个行业虽然不被人关注，但利润还不错。如果能找到那种很有价值的旧厂房，一单生意就能赚到不少。他把这件事跟欧阳旭光说了后，欧阳旭光还兴奋地盘点了自己的资源，说有一个死党就在一大型钢铁厂做高管，如果他们能够顺利拿下几家钢铁厂房，那么说不定很快就能完成这个心愿。但是没想到，张小龙都没来得及出狱，却传来了胡洁的死讯，欧阳旭光随之也了结了自己……"

吴榛的话，让在场的女人们无不唏嘘。

"难道他是为陈筱露母女选择生，但随后又为胡洁的死而选择死？他在自我挣扎，他想自我救赎，最后又自我放弃。我真的很难明白这是一个什么样的男人。"胡安莉感慨道。

此时吴榛想起了张小龙临走时跟他说过，欧阳旭光走的前一天曾经告诉他，他这辈子最对不起三个人，这三个人也是他生命中最重要的三个女人，一个生养了他，一个为他延续了生命，还有一个让他最愧疚，他不仅害得她失去了孩子，更让她染上了让她耻辱一生的疾病。

当时的吴榛立马从张小龙的话中捕捉到了蛛丝马迹，也隐隐地洞悉了欧阳旭光自杀的真相，随后他打探到了欧阳旭光所患的疾病和他传染给胡洁的不治之症。只是，这个原因他只能一辈子藏在肚子里，谁也不能说。此时，吴榛的心中也异常地难

第六十八章 真相大白

受。也许命运就是这样残酷，它一遍遍地将人打倒在地，又总是在一个人重新拥有希望时，却用一种猝不及防的方式熄灭了希望的灯塔。

见吴榛略略发呆的表情，胡安莉愣了愣，有些狐疑道："吴总，你该不会还有什么瞒着我们吧？"

"没有没有……"吴榛苦笑着忙摆手，"我也不是欧阳旭光，当然不知道他心里怎么想的。人就是矛盾的吧，一念之间，有时候就是天地之别。对了，倒是张小龙说欧阳旭光走之前留了一张纸条给他，说希望他交给陈筱露。他说既然我是受陈筱露的委托去找他，便把那张纸条给了我。我把它放在了陈筱露办公室的抽屉里，她明天来估计就能看到了。"

此时门外听到一切的李可唯看向了心情复杂的陈筱露，得到她的同意后，李可唯悄悄从抽屉里取来了吴榛提到的纸条，纸条上只有短短的几行字：

人生莫测，一错再错，无论我如何挣扎，无论我多想救赎自己，到头来也是徒劳，我确实是罪无可恕。对不起筱露，对不起女儿，也对不起被我伤害的人……如有来世，让我做牛做马也心甘情愿。

——欧阳旭光绝笔

事到如今，陈筱露已是泣不成声。她明白了为什么欧阳旭光会执意与她离婚，也明白了为什么他听到火车浜7号会是那样的反应……

可陈筱露心中仍旧想不通的是，从大学时代开始他就是那么上进的一个人，一个靠自己的打拼改变自己的命运的人，一个宠妻狂魔和女儿奴，什么时候开始变成后来这样人前君子、人后人渣的？什么力量把他改造成这样的？可悲的是自己竟然从未觉察，这些年他竟然变得如此堕落，有着如此不堪、令人唾弃的一面！而自己从来只会认定他是一个好老公、好父亲和好儿子！

"这个男人为什么会走到这样一步？筱露也许还不知道他的这一面，如果筱露知道了真相，不知道该多伤心！"安娜皱着眉头，看向了窗外。此时的夜色比来时已经深了好几分，辽阔的天空就像一块深色的幕布，将万物紧紧地包裹。在这片深色天空的笼罩下，没人知道，今夜又将酝酿出多少人间的悲欢离合……

"当一个男人身处于名利圈、女人堆里，有多少能够坐怀不乱……我也算是半个过来人，我相信他对陈筱露、对家人的爱是无可替代的，毕竟两人有这么多年的情感。我曾经听可唯说，她去过筱露家里，看到过他们一家三口的照片，那般幸福的样子，一定没办法装出来。而那时无论陈筱露还是真真，都非常认可和信任欧阳旭光。"吴榛顿了顿，向门外张望，仍不见两人的踪影。屋内的三人也渐渐陷入了沉默。

吴榛趁着这会儿给李可唯发信息:"你们到哪儿了?"

李可唯:"我们一会儿再碰头,筱露姐就不过去了。"

只见吴榛回过身来,一声长叹,又接着说道:"很多人像欧阳旭光这样,初入社会时,他们像所有的热血青年一样,有理想、有抱负、肯努力、肯吃苦,那个时候,他们创业打拼的所有动力几乎都是为了自己所爱的人。可随着时光流逝,当他们开始累积一定的财富,开始拥有一些名声,开始享受事业成功带来的优渥生活时,他们中有些人却不知不觉迷失了自己,像《星球大战》中的极地武士蜕变成黑武士。这些成功人士又有多少人守住了自己的本心,抵挡住了欲望的诱惑?大部分人要么没有机会经历,要么也只有在经历后才幡然醒悟,明白原来那些热闹和繁华在凋零后,也不过一片废墟、一撮黄土罢了,能始终保持清醒的不过是少数。"

胡安莉和安娜同时点了点头,都明白吴榛的话皆是出自肺腑,并非为欧阳旭光开脱,而陈筱露也从吴榛的话中明白了欧阳旭光的转变看似偶然,却又是某种必然。

"希望筱露有一天知道这一切的时候能够慢慢地消化和接受吧。她是那么好的一个人,又是那么优秀的设计师,命运真不该如此待她。"想到陈筱露的天赋才华,还有她的种种遭遇,胡安莉哽咽着说。

一旁的安娜更是红了眼眶,难过起来。门外,李可唯看到陈筱露紧闭双眼,捂着嘴不敢哭出声,也陪着再度落泪。此时听完一切的陈筱露,心中竟然异常平静。已近午夜,天色也越来越暗沉,远处的高铁早已见不到踪影,窗外的树上偶尔有一只鸟经过,抖了抖翅膀又很快飞走了。

对于欧阳旭光的愧疚还有他的悔恨,陈筱露虽然得到了一丝安慰,却终究无法理解他的改变,无法理解他的隐瞒。一种撕裂的感觉侵袭着她的全身,就像一道道原本快要愈合的伤口又不断裂开,不只是撕心裂肺的疼,更有一种难以释怀的心痛。

陈筱露突然想到胡洁曾经失去的一切,仿佛孽缘般后来一一降临在她的身上。是否生命就像一个圆,所有的人、事、因果,在转了一大圈后,再次出其不意地回到原点。

一切似乎都已水落石出。她没有办法平复内心巨大的失落,更没有心情走进去面对还在密谈的三人。陈筱露眼里全是眼泪,她掉头就走,再也无法听下去。李可唯回头看了屋内的三人一眼,立马转身追了出去,一把拉住了陈筱露的胳膊。这时,一辆轿车电光石火般地出现在她们面前,紧急刹车的司机探出头来大喊:"不要命了!"在李可唯连声说着"对不起"后,那辆车也随即消失在了夜幕中。

此时，黑夜中的大街，重新变得空空荡荡，路灯无精打采地亮着。陈筱露的脑海中突然出现了一个画面：那是一个大雪纷飞的冬日，她与闺密等一行人驱车前往法院——从中产生活的幸福云端直接坠落到家徒四壁的冰天雪地里——那个永远不会忘记的厄运来临的日子，那个一切归零重新开始的日子……

尾 声

  在安娜办公室三人密谈结束后,吴榛开着车出来,四处张望。他知道,有一个人应该还在等着他,也许就在附近。
  李可唯并没有按计划带陈筱露敲门进来,也许和胡安莉的意外现身有关。当真相一层一层剥开,门内的三个人久久沉浸在断断续续的伤感中,而走到门外的人或在获知这一切后已悄然离去。
  吴榛心中同样充满惆怅:"你在哪儿?"
  突然见火车浜7号大门处、大树的浓荫之下站着一个熟悉的身影——此人正是刚刚跟陈筱露分别的李可唯。
  "可唯……"吴榛瞬间从对方的眼睛里读出了复杂的信息,"你们都听到了?她知道了全部真相?陈筱露,刚才一个人离开了?"
  李可唯点了点头,回应了吴榛的一连串问题。她轻叹了口气,说道:"我们上车说吧。"
  吴榛打开车门,让李可唯坐上副驾驶位。李可唯泪光点点,在车中将她与陈筱露何时到达、两人又听到了什么、陈筱露的反应等逐一告诉了吴榛。两人都有种说不出来的唏嘘。
  "本以为帮筱露姐找到了真相,也算是解了她这么久以来的心结,却没有想到这个真相是如此的残忍与不堪。对她来讲,我想更是一种雪上加霜的难受和折磨。"李可唯不禁感慨道。

"是啊,虽然我们遂了她的意,帮她找到了真相,最后却不知道算是帮了她还是害了她。这一切都太不可思议,造化弄人啊!不知道最终她会怎么去面对火车浜7号,以及这里已发生和将发生的事情。"吴榛心里明白,换了谁都难以去应对其中戏剧性的纠缠和种种意外。

李可唯心知吴榛原本是好意想要成全自己的"助人为乐",如今却蹚了这样一趟浑水,无论对筱露姐、安总,还是胡总,大概都有些左右为难,便立马掉转了话头,对吴榛这次的行为肯定道:"不过,不管怎么说,我这次对某人的表现是非常满意的,能够掌控整个大局,吴公子果然是智慧过人,神通广大,又能吃苦,不愧是火车浜7号最有魅力的男人!"

被李可唯这样一说,果然吴榛面露喜色,不过嘴上却说道:"你这个李大侠,以后再接这种单子的时候,我们还是商量好再去做吧。你的性格一向直爽、干脆,再加上处女座的不屈不挠,若是找不到真相,你是必定不会罢手的。只是,有时候真相往往跟我们想的不一样,甚至远远超出我们的想象,这就是最难把握的……"

"知道啦,吴公子,吴总,吴大人……也不知道是谁说就喜欢我这股处女座的执拗劲,以后我都跟你商商量量,还不行吗?反正你也会听我的!嘻嘻嘻!"

"……"李可唯式的强词夺理和撒娇,吴榛暗叹,这世间也只有此女子一人了。

吴榛将李可唯送到她家楼下,正打算告别离开,却发现李可唯双臂抱在胸前,目光炽烈地盯着他。

"我新买了一个破壁机,吴公子要不要留下来喝杯豆浆呀?"

"豆浆?……我刚刚不是喝了不少水……"

"怎么?不想留下来?是嫌弃我的屋子太小,条件简陋,装不下你吴少的金身?"

"哈哈哈!怎么可能呢?"吴榛顿时明白,心里一暖,瞪大了眼睛,他从李可唯得意扬扬的表情里捕捉到了什么,幸福就这么突然降临,内心大喜,随即应道,"想留想留!不只想喝今天的豆浆,还想喝明天的……"

"那走啦!今晚起,你就是我李可唯的人了!"李可唯娇嗔地笑着,将吴榛一把拉到了身边。

"好啊……你……"吴榛装作恭顺的样子迅速贴了过去,拼命地点着头。

夜色很美,两颗相爱的心怦怦在跳。二人却都装作若无其事的样子,一步一步晃悠着走向他们的爱巢……

第二天一大早,安娜第一通电话就是告诉胡安莉,她已收到陈筱露托人带来的

"研修申请"——一份申请休年假的假条。上面除了说要休年假,并没有更多的说明。

而此时胡安莉和安娜已从吴榛口中得知,陈筱露已经知道了事情的全部真相。

安娜二话没说,直接批给了陈筱露十天的假期。她知道此刻的陈筱露正面临着人生中最动荡和最难挨的时刻。也许这件事后,陈筱露会一直走不出心里的阴影,无法在火车浜7号继续待下去;也许,虽然可能性很小,是她想通后,会继续留在火车浜7号,带领火车浜7号的一众设计师参加之后的世界杯大赛。

没有人知道究竟会是哪一种结局!可不管胡安莉还是安娜,二人目前都在担忧陈筱露可能无法走出低谷。毕竟,比起当时欧阳旭光被判刑的事情,如今这样残酷的真相带来的打击或许沉重十倍都不止。

换了谁,这可能都是一道迈不过去的大坎儿。

对于陈筱露来讲,一连串出乎意料的真相确实让她感觉到陷入了一场前所未有的震惊。她的心在获知真相的那刻起,早被刀子割得七零八碎。她在痛苦不堪的哀伤中落泪,在低声的哀泣中反复地克制自己。这是人生中最戏剧性的时候,那晚她回家后一宿没睡,直到泪水流干。

天亮时,她补好妆后装作若无其事的样子,仔细叮嘱母亲怎样照顾好女儿真真——她需要出一趟远门。她留了请假条给李可唯带去公司,然后买了张机票独自飞往希腊。

她并没有惊动更多人,只是在闺密群里告诉大家,辛苦了这么久,这回一个人去国外休年假了。闺密们表达了祝福,让她有空时分享一些旅游的照片。作为古希腊迷的颜静唠叨着说,去希腊是一场心灵之旅,造访绝美的爱琴海和众多的古迹不仅可以获得创作灵感,而且能带来心灵的富足。范思琪则开玩笑说希腊帅哥多,替她们多拍些帅哥照片,还特别提醒她照顾好自己,早去早回。陈筱露只好平静地回复"嗯嗯"……

在圣托里尼的夕阳下,陈筱露静静地看着天边的晚霞;在爱琴海碧蓝的海水里,她聆听着潮起潮落;在德尔菲神庙,望着"认识你自己"那振聋发聩的神谕……她每晚都发一组照片在闺密群里。由于时差,闺密们大约在十小时后回以玫瑰与亲吻的表情。她的心一天一天慢慢平静下来,渐渐作别过去的悲伤。几千年来,古希腊总是不断用诗歌、戏剧和雕塑讲述一个真相:残酷的命运总是毫无征兆地落在人类的头顶,而人类永远不会停止对自身的探索和对世界的远征。异国的风土人情也让她在一周时间里暂时完全抽离了惯性的日常,也让她捋清了生活的诸多头绪。

"把过去还给过去,而未来还将到来!"陈筱露看着镜子里消瘦的自己,心里渐渐感到了慰藉,也有了答案。是的,她已经在热爱的工作中找到乐趣,实现经济独立和人格独立。真相击碎了过去,让一切归零,而属于她的人生却才刚刚开始。

有趣的是,她真遇到了一个希腊帅哥,在雅典卫城脚下的一个山冈。他叫Petros,有着英俊的雕塑般的面庞,眼睛里闪烁着光芒,白色T恤加蓝色牛仔裤,瘦高的个子在一堆人中很醒目。他手上拿着一本书,在讲解苏格拉底的最后日子。他指着岩洞和锈迹斑斑的铁门对围着他的几个旅客用英文说:"这里曾是囚禁苏格拉底的地方……"阳光从松林的缝隙里投射到他的左脸上。他平静而温和的眼神越过人群与陈筱露的眼神正好相遇……

这两天,安娜已经向胡安莉和董事会做了一个重要的申请并获准。她要辞去首席设计师和设计总监的职位,而推荐的继任者是陈筱露。而她自己将去伦敦,出任火车浜7号海外事业部CEO。

说来也算是因祸得福。上次仿品事件,虽然对火车浜7号的品牌造成了严重威胁,但是从另一个角度来看,当时朴正俊他们的疯狂营销也意外地帮火车浜7号拓展了海外的市场。原来不少海外连锁型商铺和大型百货公司正是在那次的事件中,通过仿品认识了火车浜7号这个品牌,也看到了火车浜7号的良好品质和非凡潜力。

为此,公司接受了安娜的计划,决心利用这个机会,好好开拓海外市场。

这一天终于到来。钱江国际机场,胡安莉、赵云良、吴榛、李可唯、颜如玉、周南等人一同来到机场为安娜送行。

必须过安检了。安娜心中祈愿,眼睛却四处搜寻:"你会来吗?"

果然还是没有那个人的身影,安娜所做的努力或许只能是这样的结局。

就在安娜黯然神伤,转身即将离开时,不知谁叫了声:"陈筱露!那是陈筱露吗?"

谁也没有料到,一抹熟悉的身影直奔过来,然后,又在远处站住了。

"——是筱露姐!"人群中的李可唯率先看到了一身休闲装的陈筱露静静地站在往来的人群中。众人回头,目光齐齐地随着李可唯手指的方向看去。安娜同样闻声停下了脚步,脸上慢慢露出了笑容……

安娜和陈筱露就这么远远地对视着,笑容慢慢地在她们的脸上绽放,然后挥手告别。

安娜心里一暖:"你回来了!"

"我回来了!"

她们读出了彼此的心声。阳光从航站楼的一侧烈烈地照过来,火车浜7号的一群人安静地站着,心里暖流涌动。